JOCELYN KELLEY

Die Lady mit der Lanze

Buch

St. Jude's Abbey ist alles andere als ein gewöhnliches Kloster. Ganz im Sinne seiner Gründerin, Königin Eleanor von Aquitanien, werden hinter seinen Mauern mutige junge Frauen in den ritterlichen Kampfdisziplinen sowie den Selbstverteidigungskünsten des Fernen Ostens unterwiesen – zum Schutz der Krone und ganz Englands. Auf Geheiß der Königin verlässt die schöne Elspeth Braybrooke St. Jude's und begibt sich nach Wales, wo sie ein sagenhaftes magisches Artefakt finden soll: den »sprechenden Stein« *Llech-lafar*. Denn es steht geschrieben, dass der König sterben muss, sollte er je einen Fuß auf diesen Stein setzen. Doch just als Elspeth in jene Burg einbricht, in der sie Näheres über den Stern zu erfahren hofft, wird sie von dem unwiderstehlichen walisischen Ritter Tarran ap Llyr »gerettet«. Damit ihre geheime Mission nicht bekannt wird, bleibt der jungen Kriegerin gar nichts anderes übrig, als sich erst mal ganz schicklich und damenhaft der Entourage des Ritters anzuschließen. Tarran hütet derweil seine ganz eigenen Geheimnisse – und so schmiedet er einen gefährlichen Plan, in dessen Mittelpunkt die schöne Fremde steht …

Autorin

Jocelyn Kelley ist das Pseudonym einer bekannten amerikanischen Autorin. Seit ihrer Kindheit liebt sie es zu lesen und träumte davon, einmal große historische Romane zu schreiben, in denen die mutige Heldin viele aufregende Abenteuer besteht – ein Traum, den sie sich mit ihrer faszinierenden Tetralogie über die vier Kämpferinnen aus der St. Jude's Abbey erfüllte. Jocelyn Kelley lebt mit ihrem Ehemann, drei Kindern und ebenso vielen Katzen in Massachusetts.

Weitere Informationen finden Sie unter:
http://www.jocelynkelley.com

Bei Blanvalet außerdem lieferbar:

Die Lady mit dem Schwert (36653)

Jocelyn Kelley

Die Lady mit der Lanze

Roman

Deutsch von Anke Koerten

blanvalet

Die Originalausgabe erschien 2005 unter dem Titel
»One Knight Stands«
bei Signet, a member of Penguin Group Inc., New York.

Umwelthinweis:
Alle bedruckten Materialien dieses Taschenbuches
sind chlorfrei und umweltschonend.

1. Auflage
Deutsche Erstausgabe Juni 2007
bei Blanvalet, einem Unternehmen der Verlagsgruppe
Random House GmbH, München.

Published by arrangement with NAL Signet,
a member of Penguin Group (USA) Inc.
Umschlaggestaltung: HildenDesign, München
Umschlagillustration: © John Ennis / Agt. Schlück
Redaktion: Sabine Wiermann
lf · Herstellung: Heidrun Nawrot
Satz: DTP Service Apel, Hannover
Druck und Einband: GGP Media GmbH, Pößneck
Printed in Germany
ISBN: 978-3-442-36744-3

www.blanvalet-verlag.de

1

»Achtung!«

Elspeth Braybrooke duckte sich, als ein zollstarker Stock über ihren Kopf hinwegsauste. Hätte er sie getroffen, wäre sie bewusstlos umgefallen, wenn der Schlag nicht sogar schlimmere Folgen gehabt hätte.

Mit einem lauten Aufschrei schlug sie den Stock der Gegnerin beiseite, ehe er seine Bahn vollenden konnte. Eine rasche Drehung ihrer Waffe, und sie ließ ihre Hände zu einem Ende ihres fast sechs Fuß langen Kampfstockes gleiten, als sie sich aufrichtete. Ein Stöhnen ertönte, als sie mit aller Kraft den gegnerischen Stock traf. Sie verstärkte den Druck und ließ ihrer Gegnerin keine Chance, wieder in die Offensive zu gehen.

Die Konturen des Stockes verschwammen vor ihren Augen, als sie ihn um ihre Gegnerin wirbelte, gegen deren Kniekehlen schlug und ihn nur so weit höher auftreffen ließ, dass ihre Schülerin zu Boden ging. Nun sprang sie auf die andere Seite des liegenden Mädchens und hielt den Stock zu beiden Seiten des Nackens mit den Händen fest, ohne den tödlichen Hieb auszuführen.

Elspeth richtete sich auf und streckte die Hand aus, um ihrer Gegnerin auf die Beine zu helfen. Das Mädchen, dessen Gesicht vor Erregung und Anstrengung gerötet war, verbeugte sich.

»Zeige mir, wie du diese Drehung machst, Schwester Elspeth.« Sie keuchte, ihre Augen leuchteten erwartungsvoll.

Elspeth erwiderte die Verbeugung, ehe sie dem Mädchen und den fünf anderen, die zugesehen hatten, zulächelte. »Morgen, Schwester Dominique. Wenn wir länger verweilen, kommen wir zu spät zur Abendandacht. Die Sonne geht schon unter, der Gottesdienst beginnt bald, und du bist ermattet. Ein einziger Schwung mit dem Stock könnte dich glatt umwerfen.«

Schwester Dominique fuhr sich mit dem Ärmel ihres Trainingskittels über die Stirn und durch das mit glänzenden Schweißperlen durchsetzte Haar. »Wenn du es der Äbtissin nicht meldest, wird ihr unsere Abwesenheit vielleicht gar nicht auffallen.«

»Aber heute wird gesungen, und ich höre gar zu gern eine gesungene Messe. Und wenn die Äbtissin entdeckt, dass du die Messe in der Fastenzeit versäumst, wäre sie von dir sehr enttäuscht.«

»Das stimmt«, sagte Schwester Dominique, die das Gesicht verzog und dann lachte.

»Rasch, erfrisch dich ein wenig. Wir treffen uns in der Kapelle. Ich möchte vom Gesang nichts verpassen.« Sie deutete mit dem Stock zur Kapelle, einem anmutigen Bau mit Bogenfenstern und einem hoch zum Himmel aufragenden Glockenturm, die im Inneren dank der Säulenreihen, die das Dach trugen, den Eindruck schlichter Sachlichkeit vermittelte. Die Größe des Raumes von der Tür bis zum Altar kam voll zur Geltung, da es keine Bänke gab und die Schwestern der Messe stehend beiwohnten.

Ehe sie zur Kapelle eilten, legten die Mädchen ihre Stöcke ab. Elspeth hörte ihr Gekicher und ihre hellen Stimmen noch, als sie bereits weit entfernt waren.

Als sie die Trainingsstöcke einsammelte, die ihre Schülerinnen bei den täglichen Übungsstunden verwendeten, wusste sie, dass sie sich beim Gottesdienst nur mühsam würde wachhalten können. Seit Tagesanbruch, der immer früher kam, da der Winter dem Frühling wich, hatte sie unterrichtet.

Als sie über das Trainingsgelände hinter dem Refektorium ging, summte Elspeth die Weise, die sie heute zu hören hoffte. Die Melodie war kompliziert, wurde sie aber vom Chor gesungen, schwebten die Noten herrlich über dem Kirchenschiff. Sie wünschte, sie hätte mitsingen können, doch blieb ihr neben ihrem Unterricht keine Zeit für den Chor. Vielleicht war es so am besten. Das gemeinsame Singen hatte seine Tücken, da ihre Stimme ihrem eigenen Weg folgte, der ihren Gefühlen entsprach, aber nicht immer mit dem Gesang des Chores übereinstimmte.

Sie ging die Stufen zum Untergeschoss hinunter, um die Trainingsstöcke ihrer Schülerinnen im Vorratsgewölbe der Abtei zu verstauen. Im Inneren herrschte Halbdunkel, zwischen den auf dem Lehmboden verstreuten Steinchen waren leise huschende Geräusche zu hören.

»Mäuschen, friss nicht zu viel«, sagte sie mit leisem Lachen. »Lass uns, die wir heute schwer gearbeitet haben, etwas übrig.«

Wie oft hatte die Äbtissin sie gescholten, weil sie mit jedem und allem, was ihr über den Weg lief, redete, doch konnte Elspeth diese Gewohnheit nicht ablegen. Sie lehnte die Stöcke an eine Wand unweit eines kleinen Fensters.

Ein Schatten glitt am Fenster vorüber, Schritte eilten

die Steinstufen herunter. Eine Silhouette spähte ins Gewölbe und rief: »Schwester Elspeth?«

»Hier hinten«, antwortete sie der Schwester, die im Eingang stand. »Hier hinten mit meiner Freundin, der Maus.«

»*Sie* ist da!«

Elspeth erstarrte. Sie wusste, dass man sich dieselben Worte ehrfürchtig in allen Räumlichkeiten von St. Jude's Abbey zuflüsterte, vom Pförtnerhaus angefangen bis zur Kapelle. Man raunte sie einander im Schlaftrakt zu, ebenso im Refektorium, wo die Schwestern ihre Mahlzeiten einnahmen. In den Stallungen und im Vorzimmer zu den Räumen der Äbtissin würde man sie wiederholen.

»*Sie* ist da?«, fragte Elspeth im Flüsterton.

Kein Mensch innerhalb der Klostermauern musste fragen, um wen es sich handelte. Elspeth war sicher, dass alle Herzen so aufgeregt schlugen wie ihres. Alle hielten den Atem erwartungsvoll an. Seit der Gründung der Abtei durch Eleanor, der Gemahlin König Henrys II. von England, war die Königin nur einmal im Kloster erschienen, und doch wussten alle Schwestern, dass dieser einzigartige Konvent ohne die Königin nicht existieren würde.

»Ja, und die Äbtissin bittet Euch zur Begrüßung in den Kreuzgang.«

»Aber es ist Zeit für die Vesper. Hochwürden wird nicht erbaut sein, wenn ich verspätet zur Messe erscheine. Als ich vergangenes Jahr einmal aufgehalten wurde, hat er …«

»Schwester Elspeth, *sie* ist da!«

Elspeth nickte, als sie an ihrer Mitschwester vorüber hinauseilte. Die Anwesenheit der Königin in der Abtei unterbrach die gewohnte Tagesroutine in jeder Hinsicht.

Sie trat eben hinaus auf den Hof des Kreuzganges, als ihr einfiel, dass sie für eine Unterredung mit der Äbtissin nicht passend gekleidet war. Ihr Übungskittel wies Schweißflecken auf, und ihr stets widerspenstiges Haar umgab ihre Schultern wie eine rötliche Lockenmähne. Sie konnte die Äbtissin nicht warten lassen und würde sich entschuldigen, wie schon oft, wenn ihre Trainingsstunden zu lange gedauert hatten und sie sich zum Abendessen nicht hatte umziehen können.

Der Hof bestand aus blanker Erde mit einem Springbrunnen in der Mitte. Sie hatte während der Übungen gar nicht bemerkt, dass der Brunnen von Frühlingsblumen umgeben war, die in der leichten Brise nickten. Sie blickte an ihnen vorüber zu den drei Frauen, die in ein Gespräch vertieft waren. Die Schwestern, die zum Abendessen eilten, hielten Abstand, um sie nicht zu stören.

»Ach, Schwester Elspeth, kommt her!«, rief die Äbtissin, die einen guten Kopf kleiner war als die anderen Frauen.

Neben der Äbtissin stand Nariko, die aus einem Land weit jenseits des sagenumwobenen Jerusalem stammte und von der Königin nach England gebracht worden war. Hell olivfarbene Haut und langes schwarzes Haar, das ein Gesicht mit hohen Backenknochen und mandelförmigen Augen umrahmte, verliehen ihr eine exotische Schönheit. Als Trainingsleiterin bildete sie die Elite des Klosters aus, da sie von ihrem Vater Kampftechniken gelernt hatte, wie man sie in England nicht kannte. Sie lehrte die Schwestern, wie man sich ohne Waffe nur mit dem Körper verteidigte.

Die dritte Frau drehte sich um, als Elspeth um den Brunnen herumging. Elspeth hielt staunend mitten im

Schritt inne, als sie die Königin anblickte. Eleanor von Aquitanien, jetzt Königin von England, war für ihre Schlagfertigkeit und ihre Schönheit berühmt. Elspeth konnte verstehen warum. Die Jahre hatten dem Liebreiz der Königin nichts anhaben können.

Elspeth beugte die Knie und neigte den Kopf. Was hätten ihr Vater und ihre Mutter wohl gesagt, wenn sie diese Szene erlebt hätten? Ihre Tochter zusammen mit der Königin von England! Eine Braybrooke, Spross einer Familie wandernder Schausteller, wurde nun der Königin vorgestellt.

»Sie ist nicht so groß, wie ich erwartete«, sagte die Königin, als Elspeths Herzschlag sich so weit beruhigt hatte, dass sie wieder etwas hören konnte.

»Lasst Euch von der Größe nicht täuschen.« Die Äbtissin lachte, als die Königin Elspeth bedeutete, sich zu erheben.

»Wie ich hörte, bist du mit dem Kampfstock die Beste.« Die Königin musterte sie abschätzend. »Stimmt das? Nur keine falsche Bescheidenheit. Ich möchte die Wahrheit hören.«

»Ich unterweise meine Mitschwestern im Stockkampf. Ich weiß auch mit anderen Waffen umzugehen, aber am besten handhabe ich den Stock. Ich weiß …« Missbilligendes Stirnrunzeln der Äbtissin ließ sie verstummen. Sie redete zu viel, eine Gewohnheit, die sie nicht ablegen konnte, zumal wenn sie nervös war.

»Andere zu unterrichten und selbst eine Fertigkeit zu besitzen, können zwei verschiedene Dinge sein.« Die Königin lächelte Nariko zu. »Ich hoffe, Ihr fasst meine Worte nicht als Beleidigung auf, liebe Freundin.«

»Keineswegs, Euer Majestät.« Nariko erwiderte das Lächeln, für sie eine Seltenheit. »Es freut mich, dass Ihr eine meiner besten Schülerinnen kennen lernt.«

»Wir werden sehen.« Die Königin deutete auf die entfernte Ecke des Kreuzganges.

Ein braunhaariger Mann trat vor, und Elspeth zuckte zusammen. Sie konnte sich nicht erinnern, außer dem Priester jemals einen Mann in diesem geheiligten Bereich gesehen zu haben. Als er einen Kampfstock wirbeln ließ, schätzte sie ihn so kühl ab, wie die Königin es bei ihr getan hatte. Er handhabte den Stock mit jener lockeren Sicherheit, die langen Stunden der Übung entsprang.

»Hier«, hörte sie hinter sich ein Flüstern.

Sie drehte sich um. Schwester Dominique hielt Elspeths Kampfstock in der Hand. Nicht ihren Trainingsstock, sondern jenen, der bei Vorstellungen zum Einsatz kam. Der dicke Stock war wie eine Doppellanze an beiden Enden mit Eisenspitzen versehen und ganz glatt, so oft waren ihre Hände über ihn geglitten.

Sie griff danach und sah die Äbtissin an, die mit einer Kopfbewegung auf den Mann deutete. In dem gewölbten Kreuzgang, der den Hof umgab, drängten sich nun viele Schwestern, die ihre Neugierde nicht zügeln konnten. Auch als die Glocke der Kapelle läutete, rührte sich niemand, bis auf den Mann, der mit einem Lächeln auf sie zuging.

»Ich werde achtgeben, Euch nicht zu verletzen, Schwester«, sagte er mit herablassendem Lächeln.

»Sehr freundlich. Eure Vorsicht könnt Ihr Euch freilich sparen. Ich stelle mich der Herausforderung.« Wieder musste sie sich ermahnen, ihren Wortschwall zu beenden, und setzte nur hinzu: »Auch ich werde mich bemühen, Euch nicht zu verletzen.«

Er verzog zornig den Mund, weil sie es wagte, auch nur anzudeuten, sie könne ihn mit ihrer Waffe berühren. Er kniff die Augen zusammen. Vom Gang her war Gekicher zu hören, das rasch verstummte. Gewiss hatte einer der strengen Blicke der Äbtissin seine Wirkung nicht verfehlt.

Während der Mann sie umkreiste, drehte Elspeth sich um die eigene Achse, den Stock schräg vor ihrem Körper. Als sie höflich den Kopf neigte, wie Nariko es zu Beginn und am Ende jeder Lektion verlangte, schwang der Mann schon seinen Stock. Erschrocken, dass er ihren Gruß nicht erwiderte, fiel sie um.

Sie stöhnte auf, als sie auf dem harten Boden auftraf. Ihr Schädel dröhnte von dem Schlag, der in ihr nachhallte, vor ihren Augen verschwamm alles. Die Warnrufe, die an ihr Ohr drangen, verrieten ihr, dass niemand einschreiten und dem Kampf ein Ende machen würde, obwohl der Mann sich nicht dem Ehrenkodex gemäß verhalten hatte.

Noch während sie sich wegrollte, hörte sie seinen Stock dort auf dem Boden auftreffen, wo sie gelegen hatte. Sein Versprechen, sie nicht zu verletzen, war vergessen. Dasselbe galt nun für sie.

Sie rappelte sich auf, ergriff ihren Stock an einem Ende und schwang ihn heftig. Ihr Gegner hob seine Waffe, ihr Schlag aber ließ ihn einige Schritte rücklings taumeln. Wieder weiteten sich seine Augen vor Staunen. Er kniff den Mund zusammen, als sie sich abermals lächelnd verbeugte, diesmal ohne den Blick von ihm zu wenden.

Mit wildem Geschrei stürmte er auf sie zu. Ohne dem

Lärm und den Rufen um sie herum Gehör zu schenken, parierte sie jeden Angriff seines Stockes. Er war größer als sie und sein Stock länger, sie aber war flinker, sodass sie nicht zu sehr im Nachteil war.

Rundherum ging es, immer im Kreis, Angriff und Abwehr. Sie beobachtete seine Hände genau, um aus der Art, wie er den Stock hielt, seine nächste Positionsänderung vorauszusehen. Dennoch glückte es ihm immer wieder, sie zu Fall zu bringen, wenn er gegen ihre Kniekehlen schlug, wie sie es bei Schwester Dominique getan hatte.

Als er nach einem Vorwärtssprung den Stock an ihre Kehle drücken wollte, riss sie ihren Stock hoch und traf ihn in den Bauch. Sie drückte fest zu und zwang ihn und seine Waffe von ihr aus gesehen nach links. Sie fasste ihren Stock an einem Ende, schwang ihn und traf ihren Gegner in die Brust. Er ging zu Boden. Sie verschob die Hände und drosch den Stock gegen die Rückseite seines Beines, als er sich hochkämpfen wollte. Sie rollte sich weg von ihm, als er mit dumpfem Aufprall auf dem Boden auftraf.

Sofort sprang sie auf und wappnete sich für den nächsten Angriff. Der Mann lag auf dem Rücken und hielt die Augen geschlossen. Eine Blutspur zog sich seitlich über sein Kinn. Sie ging, auf der Hut vor einer Finte, vorsichtig Schritt für Schritt näher, streckte ihren Stock wie eine Lanze aus und stieß den Mann an. Er rührte sich nicht. Sie hob seine Linke mit dem Stock an und ließ sie wieder los. Die Hand sank schlaff zu Boden.

Elspeth ging zum Brunnen und lehnte ihren Stock daran. Sie schöpfte Wasser mit der hohlen Hand und schüttete es dem Mann ins Gesicht. Als er heftig prustete und spuckte, griff sie nach ihrer Waffe und hielt diese an seine Brust. Er schlug die Augen auf, und sie las Erstaunen darin.

»Hoffentlich habe ich Euch nicht zu arg zugesetzt«, sagte sie.

Er rollte sich weg und unternahm zwei Versuche, auf die Knie zu kommen. Ohne ihre ausgestreckte Hand zu beachten, stand er ganz langsam auf. Schwankend versuchte er einen Schritt. Nach seinem Stock greifend, benutzte er ihn als Stütze, um sich auf den Beinen zu halten. Er wischte Blut von seiner aufgesprungenen Lippe und lächelte. »Nicht zu arg.«

Sie verbeugte sich und sah erstaunt, dass er ihrem Beispiel folgte. Gleich darauf vernahm sie hinter sich ein leises, seidiges Rascheln und drehte sich um. Hinter ihr stand die Königin. Der Mann hatte der Königin die Ehre erwiesen und nicht der Frau, die ihn bezwungen hatte.

Auch Elspeth setzte zu einer Verbeugung an, die Königin aber bedeutete ihr, aufrecht zu bleiben.

»Ihr hattet eine würdige Gegnerin, Sir Bernard«, sagte Königin Eleanor in der melodiösen Sprechweise ihrer aquitanischen Heimat. »Ihr wart klug, den Kampf abzubrechen.«

»Ich möchte Revanche«, sagte Sir Bernard, der den Kopf hob und seinen Griff um den Stock verlagerte.

»Vielleicht ein andermal.« Die Königin sah Elspeth an. Ihr Blick war kühl und schätzte das Mädchen abermals ab. »Lady Elspeth soll für mich eine Aufgabe erledigen.«

Lady Elspeth? Die Königin zu korrigieren war undenkbar, doch kam Elspeth dieser Titel nicht zu, da sie nicht edler Abkunft war.

Als wüsste Königin Eleanor um ihre Gedanken, sagte sie: »Jede Frau in diesem Kloster, die meine Befehle ausführt, erhält den Titel Lady.«

»Fordert von mir, was Ihr wollt. Ich bin hier, um Euch zu dienen, und bin glücklich …« Wieder ermahnte sie sich, den Mund zu halten, konnte aber die Vorfreude, die sie durchströmte, nicht bezähmen. Bis vor mehr als einem Jahr hatte keine der Schwestern im Kloster gewusst, warum sie zu Kämpferinnen ausgebildet wurden. Dann war die Königin zum ersten Mal seit der Gründung des Klosters gekommen und hatte die Hilfe einer der Schwestern beansprucht.

Das Kloster hatte seine Gründung dem Weitblick der Königin zu verdanken. In Zeiten der Gefahr, wenn Verbündete rasch zu Gegnern wurden, musste eine kluge Frau für jeden Kampf gerüstet sein. Nicht für Glaubenskämpfe, wohl aber für solche, die die Königin ihrer Macht berauben und den englischen Thron schwächen konnten.

St. Jude … der Schutzpatron hoffungsloser Fälle. Die Königin hatte den Namen der Abtei gut gewählt, da sie sich nur in scheinbar aussichtslosen Fällen an die Klosterinsassinnen wandte, die ihr in den Sälen und Gärten der Abtei erworbenes Kampfgeschick im Dienst der Königin einsetzen sollten.

»Kommt mit mir«, forderte die Königin sie auf.

Elspeth gehorchte und ging mit der Königin zum Wandelgang. Die anderen Schwestern traten beiseite und bedachten Elspeth mit neugierigen und mitfühlenden, ja sogar mit neidischen Blicken. Alle wollten eine Chance, um zu beweisen, dass sie des Schutzes der Herrscherin würdig waren, doch wussten auch alle, wie verzweifelt die

Lage sein musste, wenn die Königin gekommen war, um in St. Jude's Abbey Hilfe zu suchen.

Königin Eleanor sagte kein Wort, bis sie auf den Hof vor dem Kapitelhaus, einem gedrungenen Bau neben der Kirche, hinausgetreten waren. »Die Rückkehr des Königs, der in Irland weilt, steht kurz bevor. Wie schon auf der Hinreise wird er durch Wales kommen, wenn er die Irische See überquert hat. Und just in Wales soll seinem Leben Gefahr drohen, wie ich vor Kurzem hörte.«

Elspeth nickte wortlos. Machte sie jetzt den Mund auf, konnte es geschehen, dass sie redete und redete, bis ihr das Allerschlimmste über die Lippen kam. Selbst im Kloster munkelte man von der Untreue des Königs, doch wagte niemand laut auszusprechen, dass es um das königliche Eheglück nicht gut bestellt war, da man nicht wusste, ob das Gerücht auf Wahrheit beruhte oder nur reiner Klatsch war. Hinter der Sorge der Königin um das Wohlergehen ihres Gemahls stand wohl ihr Wunsch, ihrem Lieblingssohn Richard den Thron zu sichern. Der König hatte zwei Jahre zuvor zwar seinen Sohn Henry zum Nachfolger erkoren, doch hatte der junge Thronfolger bislang keinen Sohn gezeugt.

»Sprecht Ihr Walisisch, Mylady?«, fragte die Königin.

»Früher hatte ich eine Ahnung davon, da meine Familie durch die walisischen Marken und weiter nördlich nach Wales zog, als ich ein Kind war, doch vergaß ich das Gelernte.«

»Zweifellos wird Euch alles wieder einfallen.«

»Zweifellos.« Sie wollte der Königin nicht widersprechen.

»Könnt Ihr die Worte *Llech-lafar* übersetzen?«

Sie kramte in ihrer Erinnerung und war erstaunt, dass sie einen Teil der Antwort wusste. »*Llech* heißt Stein.«

»Sehr gut. *Llech-lafar* heißt ›sprechender Stein‹.« Die Königin blickte nach Westen. »Nach einer alten Weissagung, die angeblich auf den großen Zauberer Merlin zur Zeit König Arthurs zurückgeht, wird ein Mann, den die Waliser als fremden König ansehen, bei seiner Rückkehr von der Eroberung Irlands auf diesen Stein treten und den Tod finden.«

»Glaubt Ihr, diese Geschichte könnte wahr sein? Es existieren in ganz England und den Marken unzählige Geschichten von Merlin, und viele entbehren jeder Grundlage.« Sie kannte diese Sagen aus ihrer Kindheit und hatte erst mit der Zeit begriffen, dass die meisten nur belehren und unterhalten sollten.

Anstatt ihr darauf zu antworten, sagte die Königin: »Lady Elspeth, Ihr sollt nach Wales gehen, *Llech-lafar* suchen und dafür sorgen, dass der König nicht auf den Stein tritt.«

»Ich soll einen Felsbrocken finden, der vielleicht nur eine Legende ist?«, stieß sie erstickt hervor. Jemanden mit einem so absurden Auftrag zu betrauen, sah der vernunftbetonten Königin gar nicht ähnlich.

»So ist es.«

»Wenn aber der König nach England segelt anstatt nach Wales …«

»Meeresströmungen und Winde werden ihn zurück nach Wales treiben. Ihr stellt viele Fragen, während ich nur eine einzige Antwort brauche. Seid Ihr gewillt zu tun, worum ich Euch bitte, Lady Elspeth?«

Sie verneigte sich. »Es ist mir eine Ehre zu tun, was immer Ihr fordert.« Die Worte waren leicht auszusprechen, doch hatte sie keine Ahnung, wie diese wahrhaft übermenschliche Aufgabe zu bewältigen war. Wie sollte sie unter den walisischen Klippen und Bergen einen bestimmten Felsblock finden? Sie behielt diese Frage für sich.

»Ihr dürft nicht versagen.« Die Königin reichte ihr eine Schriftrolle. »Englands Zukunft liegt in Eurer Hand.«

2

Die See erglühte blutrot unter den Strahlen der untergehenden Sonne, die unter einem Strich dunkler Wolken knapp über dem Horizont hervordrangen.

»Ist das nicht wundervoll?«, fragte eine gedämpfte Stimme. »Etwas so Schönes sah ich noch nie.«

»Das glaubst du doch nicht wirklich, Vala.« Tarran ap Llyr spähte zwischen den Bäumen, die sie umgaben, hinaus auf die See. Er hasste die Farbe Rot. Früher hatte er ihr so wenig Beachtung geschenkt wie allen anderen Farben – ehe er gesehen hatte, wie flüssiges Rot auf dem Boden seines Hauses vergossen wurde.

Als er seinen Blick vom tiefroten Meer losriss, hörte er den Falken krächzen, der auf seiner linken Hand saß. Er hatte Heliwr aufgezogen, seit er aus dem Ei geschlüpft war, und der Vogel schien seine stärksten, dunkelsten Gefühle mit ihm zu teilen. Vielleicht weil auch das Sinnen und Trachten des Raubvogels ausschließlich der Jagd und Beute galt.

Tarran zügelte sein Pferd, um sich dem Schritt der alten

Frau anzupassen. Ihre Brauen waren fast so weiß wie ihr Haar, ihr mondförmiges Gesicht war vom jahrelangen Leben an den Küsten der westlichen See zerfurcht. Obwohl der Nachmittag warm war, trug sie einen voluminösen Umhang aus schwarzer Wolle über einem gleichfarbigen Gewand.

Vala lachte. Ihre Aufregung war mit jeder Meile, die sie nach Süden und Westen zogen, gewachsen, wie sie nicht verhehlen konnte. Warum auch? Nicht viele Frauen ihres Alters zogen durch ganz Cymru, um bei ihrer Enkeltochter Aufnahme zu finden. Dennoch sah er ihr an, wie jede zurückgelegte Meile schwer auf ihr lastete.

»Ich glaube es wirklich«, antwortete sie mit ihrer sanften Stimme. »Ich hörte Cymrus Schönheit von jenen preisen, die vor uns das Land durchzogen. Nun möchte ich jedes einzelne Bild auskosten, um mich an den Erinnerungen immer wieder erfreuen zu können.«

Tarrans Freund Seith ap Mil trieb sein Pferd an, um an seiner Seite zu reiten. Tarran nickte Seith zu, der mit seiner hellroten Tunika und dem tiefblauen Umhang so farbenfroh wirkte wie die Blumen auf der Wiese. Sogar seine Strümpfe, nach langem Ritt so staubig wie jene Tarrans, prangten noch immer in einem grotesken Grün und ließen seine runden Waden wie Zwiebelknollen aussehen. »Glaubst du, dass wir bei dem Herrn der Burg, die hinter diesen Bäumen sein soll, um Herberge bitten können?« Seith strich mit seiner Hand über seinen ausladenden Leib. »Ich würde ein Mahl, das ich nicht selbst zubereiten muss, sehr zu schätzen wissen.«

»Bislang hast du aber nichts zurückgewiesen, was wir fingen.«

»Unsere Fastenspeisen bestanden ausschließlich aus Fisch und etwas Brot, während Heliwr sich Hasen und hin und wieder ein Waldhuhn schmecken ließ.«

»Beneidest du meinen Falken?«

»Nein, weil wir vor Aschermittwoch zu oft Wild hatten. Manchmal wünscht ein Mensch sich aber etwas Feineres, etwa Hühnchen am Spieß oder eine Lammkeule.«

Vala lachte. »Tarran, es sieht aus, als wärest du unter uns der Einzige, der das raue Leben vorzieht.«

Kopfschüttelnd trieb Tarran sein Pferd an, während er gleichzeitig die Fußriemen seines Falken fester umfasste. Sein Pferd verfiel in Trab.

Hinter sich hörte er Seith fragen: »Was habe ich nun Falsches gesagt?«

Tarran schuldete seinem Freund eine Entschuldigung. Später würde er dafür sorgen, dass Seith sie bekam. Seith war ihm treu geblieben, als Tarran einen solchen Freund nicht verdiente. Doch Seith konnte nicht verstehen, weshalb Tarran die Ruhe des Alleinseins und die Gesellschaft einiger weniger Freunde einem großen Haus vorzog, in dem sich immer jemand fand, der etwas sagte, das die Erinnerungen wachrufen würde, die er zu verdrängen versuchte. Bislang war es ihm nicht geglückt, denn das Rot des Sonnenunterganges hatte einen Schmerz in ihm geweckt, so heftig, als wäre *er* derjenige, der erstochen worden war.

In den Schatten unter den Bäumen hielt sich noch die Feuchte des vergangenen Winters. Bereit, die Klinge bei Bedarf zu ziehen, befingerte er die Gravuren am Griff. Stellen im dunklen Schatten wie diese lockten Halunken an. Während sie durch den Wald ritten und einen breiten, munter dahinfließenden Fluss überquerten, verstummten hinter ihm die Männer und Vala. Im fernen Westen Cymrus gehorchten den englischen Gesetzen nur jene, die etwas zu gewinnen glaubten, wenn sie sich der Autorität des Königs beugten.

Tarran atmete auf, als sie Minuten später wieder in den Sonnenschein hinaustraten. Ein Angriff würde nicht ohne Vorwarnung kommen, und er bezweifelte, ob jemand so kühn sein würde, sie in Sichtweite der Burg zu attackieren. Banditen würden Vergeltung von innerhalb der Mauern fürchten, die den viereckigen Turm umgaben. Und der Gebieter der Burg wäre ein Narr, Reisende auf seinem Lehensgebiet anzugreifen, da dieses Vorgehen den Zorn des Königs auf ihn lenken konnte.

Die Burg auf der Anhöhe wirkte klein im Vergleich zu dem weiten, über ihren Wehrgängen aufragenden Bergpanorama. In einem dunkleren Grau als das nackte Gestein des Gebirges thronte Kastell Glyn Niwl auf einer von Bäumen gerodeten Fläche. Bei näherer Betrachtung sah man, dass die Mauern von scharfem Gestein gesäumt wurden. Kein Grün milderte die Grundfesten, da es leicht brennbar war und Eindringlingen Deckung bot.

Aus einer engen Maueröffnung hing eine Frau.

Tarran wollte seinen Augen nicht trauen. Das konnte nicht sein … und doch war es so! Eine Frau hing aus der schmalen Öffnung. Schlanke Beine baumelten an der Wand und traten wild um sich, während die Frau verzweifelt bemüht war, mit den Zehen Halt im Mauerwerk zu finden.

Er trieb sein Pferd zu einem wilden Lauf bergauf an, während er gleichzeitig die Riemen umfasste, die seinen

Falken auf seiner Linken festhielten. Heliwr krächzte und bereitete sich auf den Moment vor, da Tarran ihn in die Höhe entlassen würde. Tarran ließ den Vogel nicht los, als er unter der Frau anhielt. Als er drei Stangen auf den Felsen liegen sah, fragte er sich, wozu sie dienen mochten, wandte aber rasch seine Aufmerksamkeit der über ihm hängenden Frau zu.

Er streckte seine rechte Hand aus. Ihre Füße befanden sich außerhalb seiner Reichweite. Sich in den Bügeln aufrichtend, presste er die Beine an die Flanken des Pferdes, das prompt scheute und von ihm mit ein paar halblauten Worten beruhigt werden musste. Auch als er hinter sich Hufschlag und Stimmen vernahm, drehte er sich nicht um und ließ die Frau nicht aus den Augen.

»Loslassen!«, rief er.

Sie warf einen Blick nach unten und runzelte die Stirn. Sie schüttelte den Kopf, dass ihr rotes Haar nur so flog, und versuchte, die Zehen in eine Spalte zwischen den Steinen zu zwängen.

Verstand sie kein Walisisch? Dann musste sie aus den Grenzmarken stammen.

»Loslassen!«, rief er in der anglonormannischen Sprache der englischen Gebiete östlich des Offa's Dyke. Er hatte sie als Kind zugleich mit dem Walisischen erlernt. »Ich fange Euch auf!«

»Fort mit Euch!«, befahl sie. »Ich brauche Eure Hilfe nicht.«

»Ist sie nicht ganz richtig im Kopf?« Seith griff nach den Zügeln von Tarrans Pferd und hinderte es daran, sich zu bewegen. Er nahm den Falken und balancierte ihn auf seinem linken Arm, der so dick war wie seine Beine.

»Vermutlich, aber auch eine Verrückte verdient es nicht, zu Tode zu stürzen.« Tarran biss die Zähne zusammen. Beim heiligen David, nie wieder wollte er eine Frau mit gebrochenen Gliedmaßen, blutig und tot sehen! Er zog sein Schwert, reckte sich und schlug mit der flachen Seite der Klinge der Frau auf die Kehrseite. »Loslassen!«

Anstatt ihm zu gehorchen, trat sie ihn und klammerte sich wie eine Klette an den schmalen Mauerschlitz. »So verschwindet doch endlich! Ich brauche Eure Hilfe nicht. Ich will sie nicht. Ihr sollt fortgehen. Nun geht schon!«

Eine Verrückte!

Wieder hob er das Schwert. Diesmal schlug er sie fest auf den rechten Ellbogen.

Sie schrie auf, als die Finger ihrer Rechten den Halt verloren. Eine Sekunde lang hing sie an der Linken, während sie mit der anderen Hand nach neuem Halt tastete. Als ihre Finger abrutschten, stöhnte sie auf. Und dann fiel sie. Er streckte die Arme aus und fing sie auf, ehe sie auf den Steinen auftreffen konnte. Ihre Beine schlugen gegen seine Brust, dass ihm laut die Luft entfuhr. Er drückte ihre wild um sich schlagenden Gliedmaßen an sich. Ihre Hand schlug sein Kinn. Sie fest an sich pressend, ließ er sich zurück in den Sattel fallen. Schmerz durchschoss seine Schenkel, die den Aufprall ihres Sturzes auffingen. Das Pferd wieherte angstvoll. Er beruhigte es mit leisen Worten, hielt dabei jedoch den Blick auf die Frau in seinen Armen gerichtet.

Rotes Haar umrahmte ihr Gesicht und umgab lockig die Schultern des schiefergrauen Gewandes, das sie über einem hellblauen Unterkleid trug. Es war ein schlichtes

Gewand ohne viel Stickerei, doch war der Stoff feiner als alles, was eine Bauersfrau besitzen konnte. Ihr an ihn gedrückter Körper war kurvenreich, jedoch so fest und straff wie der eines durchtrainierten Kriegers. Ihr feines Gesicht zwang einen Mann, es anzusehen, immer wieder anzusehen. Ihre Lippen, die sie geöffnet hielt, da sie vor Anstrengung keuchte, waren weich und üppig. Ihre strahlenden grünen Augen trübte kein Anzeichen von Wahnsinn. Sie schloss sie, und ihr Körper drängte sich an seinen, als sie um Atem rang.

»Wie geht es ihr?«, fragte Vala, aus Angst lauter als sonst.

»Sie lebt.« Tarran holte tief Luft und atmete langsam aus, als er seine Männer ansah. Neben Seith waren es noch drei andere, die sich verschworen hatten, ihm zu seiner Rache zu verhelfen.

Iau ap Mil war Seiths jüngerer Bruder, sein Leibesumfang war ebenso stattlich wie der von Seith. Ihm zur Seite ritten Kei ap Pebin und Keis Vetter Gryn ap Dwnn. Niemand sprach ein Wort.

»Gott hat sie behütet.« Tarran wollte sich seine Verbitterung nicht anmerken lassen. Seiner geliebten Addfwyn war niemand zu Hilfe geeilt. Sie hatte ihren Mördern allein gegenübergestanden.

In der Burg ertönte Hörnerschall, das Zeichen dafür, dass man sie an der Mauer bemerkt hatte. Tarran schenkte dem Signal keine Beachtung und sah wieder die Frau in seinen Armen an. Hatte sie das Bewusstsein verloren? Zorn wallte in ihm auf, eine ihm wohlbekannte Gemütsregung. Was immer diese Frau angestellt hatte, es war kein Grund, sie aus der schmalen Maueröffnung zu stoßen. Und ein Unfall war ausgeschlossen, da die Öffnung zu klein war, um einen zufälligen Sturz zuzulassen.

»Sie kommt zu sich!«

Tarran bedurfte Valas Warnung nicht, da die Frau einen bebenden Atemzug tat. Dabei streifte ihr Körper den seinen, Grund für ihn, selbst scharf einzuatmen. Er machte ein finsteres Gesicht und fluchte. Von Wut und Rachedurst abgesehen hatte er nach Addfwyns Tod jede leidenschaftliche Regung aus seinem Wesen verbannt, und so sollte es bleiben.

»Gemach, gemach«, befahl er. »Öffnet die Augen ganz langsam, damit Ihr nicht wieder in Ohnmacht fallt.«

»Ich war nicht ohnmächtig«, gab die Frau zurück, doch zitterte ihre Stimme so heftig wie sie selbst.

»Dann habt Ihr die vortreffliche Nachahmung einer Ohnmacht geliefert.«

Ihre Augen öffneten sich, und sie sah ihn so finster an, dass er sich fragte, ob seine Worte der Wahrheit nähergekommen waren, als ihr lieb war. Warum täuschte eine aus Lebensgefahr Gerettete in den Armen ihres Retters einen Zusammenbruch vor?

»Ihr Narr!«, stieß sie hervor.

Dies war das Letzte, was er zu hören erwartete. Hatte er sie missverstanden? Stirnrunzelnd fragte er: »Was habt Ihr gesagt?«

Sie stieß sich von seiner Brust ab und setzte sich aufrechter hin. Auch so befanden sich ihre Augen eine Handbreit unter seinen. Das war gut so, denn sie blitzten ihn gefährlich an.

»Lasst mich los!«, forderte sie. »Ihr habt alles ruiniert. Ihr ahnt nicht, wie lange ich auf diese Gelegenheit warten musste. Fast hatte ich es geschafft, da musstet Ihr daherkommen. Nun, ist es für Euch eine Genugtuung, dass alles zunichte ist?« Wieder bewegte sie sich. »Lasst mich los!«

»Erst, nachdem Ihr gesagt habt, wer …« Sein Atem entfuhr ihm mit einem Fluch, als sie ihm ihre Faust in den Leib rammte.

Sie entkam seinem Griff und glitt vom Pferd hinunter. Die Hände in die Hüften gestemmt, wandte sie ihm den Rücken zu und blickte zu einem Punkt hoch oben an der Mauer empor. Er war für sie abgetan.

Er war versucht, ihr zu sagen, dass Tarran ap Llyr einer war, den man auf eigene Gefahr ignorierte, doch wollte er keinen Streit mit dem Rotschopf. Rot! Noch ein Grund, die Farbe zu verwünschen. Er war versucht fortzureiten, doch hatte er ihr das Leben gerettet und musste dieses Leben nun beschützen. Und er wusste auch wie. Er würde den Mann finden, der sie so gemein behandelt hatte, und diesen Schuft lehren, was es hieß, an Fingerspitzen über spitzen Steinen zu hängen. Und nur sie konnte ihm den Namen des Mannes nennen.

Er sprang vom Pferd und packte ihren Arm. »Ein Wort des Dankes wäre angebracht!«

»Euch danken? Aber gewiss, danke.« Sie knickste kurz. »Auf mir ruht ein Segen, edler Ritter, dass Ihr just in diesem Moment des Weges gekommen seid.« Ihr sarkastisches Lächeln wurde zu einem Stirnrunzeln. »Freilich ein unglücklicher Segen. Würdet Ihr jetzt gehen und mich alleinlassen?«

»Wer seid Ihr?«

Sie verdrehte die Augen, als sie versuchte, sich das

Haar aus dem Gesicht zu streichen, das ihr üppig über Schultern und Brüste fiel. Als sie nach dem obersten der drei auf dem Boden liegenden Stöcke griff, sagte sie: »Für Eure Fragen habe ich keine Zeit. Fort mit Euch.«

Tarran drehte sie zu sich um. Der Stock, nach dem sie gegriffen hatte, entfiel ihr, und das kleine Querstück unter der Spitze traf ihn über dem Stiefel am Schienbein. Der Schmerz war so scharf, dass er schluckte.

»Seid Ihr völlig verrückt geworden?« Er zog sie näher an sich. »Sagt endlich, warum Ihr an der Mauer gehangen habt.«

»Loslassen!« Sie zog einen Fuß zurück, und er legte den Arm um ihre Mitte und drückte sie an seine Brust. Ihr Fuß holte aus, verfehlte aber sein Bein.

Über ihren Kopf hinweg befahl er: »Kei, reite zum Tor und übermittle dem Burgherrn unsere Grüße mit der Bitte, zum frühest möglichen Zeitpunkt empfangen zu werden.«

Der Mann, so hager wie Seth rund, nickte und wollte sich zum Tor begeben.

»Lasst Euch durch mich nicht aufhalten, selbst ans Tor zu gehen«, sagte die Frau. »Sicher werdet Ihr in Lord de la Rochelle einen glänzenden Gastgeber finden. Er genießt bei Engländern und Walisern gleichermaßen Achtung. Ihr werdet daher in seinem Haus willkommen geheißen. Solltet Ihr …«

Tarran hatte genug von ihrem Geplapper. »Wie heißt Ihr?«

»Lasst Ihr mich los, wenn ich Euch meinen Namen nenne?«

»Nennt ihn, dann sehen wir weiter.« Wieder fragte er

sich, wer der Mann sein mochte, der sie aus der Burg geworfen hatte. Fast empfand er Mitgefühl mit ihm. Die Frau war ein Ärgernis … und verlockend. Während sie sich in seinen Armen drehte und wand, kostete er die Weichheit ihrer Kurven aus.

Verdammt. Sie war irre, und ihre Verrücktheit hatte ihn angesteckt. Gefühle, die einen Mann verwundbar machten, konnte er jetzt nicht gebrauchen.

»Wie heißt Ihr?«, fragte er abermals.

Schon glaubte er, sie würde ihm eine scharfe Bemerkung an den Kopf werfen, doch nachdem sie einen Blick über die Schulter zum Tor geworfen hatte, wo Kei mit den Wachposten sprach, sagte sie: »Ich bin Elspeth Braybrooke. Jetzt wisst Ihr meinen Namen und könnt mich loslassen.«

»Und ich heiße …«

»Euer Name interessiert mich nicht. Ich habe nicht die Absicht, ihn auszusprechen. Ihr habt mich von einer sehr wichtigen Aufgabe abgehalten.« Mit einer jähen Armdrehung löste sie sich aus seinem Griff. »Guten Tag, Sir.«

Er packte ihren Arm wieder. Und abermals befreite sie sich mit einer flinken Bewegung. Sie schenkte ihm ein triumphierendes Lächeln, ehe sie nach den Stöcken griff.

Vielleicht sollte er sie ihrem Schicksal überlassen. Vielleicht sollte er ihre Gleichgültigkeit als Segen ansehen, da er seine Reise fortsetzen und das ausführen konnte, was er an Addfwyns Leichnam gelobt hatte. Aber wie hatte die Frau seinen Griff so leicht brechen können? Nicht einmal Seith, mit dem er von klein auf trainiert hatte, schaffte es, seinem Griff zu entkommen.

Tarran ging um sie herum und stellte einen Fuß auf die

oberste Stange. Sie zog daran, hielt aber inne, als das Holz laut über den Stein schürfte.

»Was wollt Ihr?«, fragte sie aufblickend. »Warum lasst Ihr mich nicht in Ruhe?«

Er nahm ihre Hand, nicht mit festem Griff, sondern so, als würde er ihr aus dem Sattel helfen. »Weil ich wissen möchte, wie es kam, dass Ihr aus einer Schießscharte gehangen habt.«

Sie runzelte die Stirn »Ich wüsste nicht, was Euch das angeht. Nur weil Ihr des Weges gekommen seid und Euch eingemischt habt, muss ich Euch nichts verraten. Wenn Ihr nun gehen würdet …«

»Kindchen«, sagte Vala, deren beruhigende Stimme Müdigkeit verriet. »Tarran ap Llyr möchte nur sicher sein, dass Euch nichts geschieht.«

Elspeth war die alte Frau gar nicht aufgefallen. Sich mit einem arroganten Waliser anzulegen war eines. Zu einer alten Frau grob zu sein, etwas ganz anderes. Sie zählte auf Latein bis zehn, sodann auf Normannisch und Englisch, ehe sie sagte: »Das einzig Schlimme, das mir heute widerfuhr, war Tarran ap Llyrs Schwert an meinem Arm.«

Ihren Ellbogen reibend, der noch immer von dem Schlag brannte, sah sie den Mann an, dessen Stiefel auf dem Stock verharrte. Keiner Menschenseele hätte sie verraten, dass ihr die Luft weggeblieben war, als sie aus der Schießscharte fiel und sein Gesicht sah. Noch nie hatte sie ein solches Antlitz gesehen, kalt und wie aus Stein gemeißelt. Seine Augen, schwarz wie sein Haar, waren durchdringend und eisig. Mit seinen starken Armen, den eines Kriegers, den breiten Schultern und der entsprechend breiten Brust wirkte er einfach entmutigend.

Aber sie war nicht gewillt, sich entmutigen zu lassen. Sie war nicht von St. Jude's Abbey aus durch ganz England gezogen, um sich vom dunklen Blick eines Walisers aus der Fassung bringen zu lassen. Schon als Kind hatte sie viel von diesem Volk gehört. Verträumt, mit einer Neigung für Poesie, Musik und alten Sagen, waren die Waliser von Natur aus nicht so kampflustig wie die Normannen. Ihr Anführer Lord Rhys, Fürst von Deheubarth, der dies erkannte, hatte König Henry den Lehenseid geleistet, ehe der König aufbrach, um seine einstigen Verbündeten in Irland zu unterwerfen.

»Bewegt Euren Fuß, Sir«, befahl sie.

Er rührte sich nicht.

»Besitzt ein Waliser nicht so viel Anstand, um den Wunsch einer Lady zu erfüllen?«

»Besitzt eine Lady, die dumm genug ist, einen Waliser offen zu schmähen, nicht so viel Anstand, die Neugierde ihres Retters zu befriedigen, indem sie ihm erklärt, wie es kam, dass sie wie ein in der Sonne bleichendes Wäschestück aus der Schießscharte hing?«

»Retter?« Sie lachte kalt, als er eine Hand aufs Knie stützte und die andere, mit einem Lederhandschuh umhüllte, hochhob. Ein beleibter Mann reichte ihm einen Falken. Wollte er ihr Angst machen? Er vergeudete seine Zeit. »Sir, ich sagte schon, dass ich keinen Retter brauche.« Mit einem Blick auf die Stangen fuhr sie fort: »Ihr wisst, was Ihr wissen müsst. Ihr könnt mich daher in Ruhe lassen.«

»Erst, wenn Ihr meine Frage beantwortet, Elspeth.«

»Meine Antwort kennt Ihr.« Sie sah ihn finster an. »Warum sollte ich Euch mehr sagen, wenn Ihr doch alles ruiniert habt?«

»Alles ruiniert? Ich habe Euch gerettet. Wer hat Euch hinausgestoßen? Wen habt Ihr dermaßen erzürnt, Elspeth, dass er Euch durch die schmale Maueröffnung hinaus in den Tod stürzen ließ?«

»Hinaus?« Sie lachte verbittert auf. »Ich wollte nicht hinaus. Ich versuchte, hineinzugelangen.«

3

Der dunkelhaarige Mann riss erschrocken den Mund auf. Noch nie in ihrem ganzen Leben war Elspeth so enttäuscht gewesen. Ohne die Einmischung Tarran ap Llyrs und seiner Gefährten hätte sie unbemerkt in die Burg und wieder herausgelangen können. Die Erkundigungen, die sie auf Lord Rhys Burg in Cardigan über *Llech-lafar* eingezogen hatte, ohne den Grund ihres Interesses an diesem besonderen Stein preiszugeben, hatten zu viel Argwohn geweckt. Zwar hielt sie Lord Rhys, der als Fürst Deheubarth Lehensmann des Königs war, für vertrauenswürdig, war sich aber der anderen nicht so sicher. Als schließlich die Fragen der Leute praktisch zu Verhören ausarteten, hatte sie sich mitten in der Nacht davongemacht und gehofft, ihre Abwesenheit würde unbemerkt bleiben, bis es zu spät war, die Verfolgung aufzunehmen.

Der Auftrag Königin Eleanors war ihr schon absurd erschienen, als sie sich noch innerhalb der Mauern von St. Jude's befunden hatte, nun aber fragte sie sich, ob er nicht gar unmöglich war. Die Schriftrolle der Königin hatte die Namen jener enthalten, die ihr weiterhelfen konnten. Elspeth hatte alle aufgesucht, niemand aber hatte ihr einen Hinweis geliefert, wie sie den einen Felsstein unter den unzähligen im Land verstreuten finden konnte. Das Problem lag nicht darin, dass der verflixte Stein in Wales etwa unbekannt gewesen wäre. Er war vielmehr zu gut bekannt. Man hatte sie zu Dutzenden von Orten geschickt, an denen der weise Merlin den Stein hinterlassen haben sollte. Und immer hatte sie später erfahren müssen, dass es nicht *Llech-lafar* war und dass dieser mythische Stein sich anderswo befand.

Sie setzte ihre Suche also fort und stellte Fragen. Die Zeit, die ihr noch blieb, um den Stein zu finden, wurde immer knapper. In Cardigan hatte sie gehört, dass König Henrys Rückkehr nur durch die Stürme in der Irischen See verzögert wurde. Sollte sich das Wetter bessern, würde er segeln. Sie musste *Llech-lafar* finden, ehe der König darauftrat und der Fluch seine Wirkung tat.

Elspeth hatte erfahren, dass es auf Kastell Glyn Niwl eine weise Frau gäbe, die wissen mochte, wo Merlins Stein wirklich zu finden war. Elspeth hatte geplant, sich in die Burg zu schleichen, die Frau zu finden, sie auszufragen und dann wieder unauffällig zu verschwinden. Es war fraglich, ob die Waliser ihre Suche fördern würden, hätten sie geahnt, warum sie *Llech-lafar* unbedingt finden wollte. Kastell Glyn Niwl gehörte einem Lord der Grenzmark, einem Normannen, der sich einen einst walisischen Besitz angeeignet hatte. In seinem Haus mussten noch Waliser leben, da sich nicht alle Einheimischen in die ihnen verbliebenen Gebiete im Bergland zurückgezogen hatten.

Alles war gut gegangen … bis Tarran ap Llyr alles verdorben hatte.

»Ihr habt in die Burg eindringen wollen?«, fragte Tarran und unterbrach damit ihre Gedankengänge.

»Das sagte ich doch, oder?« Elspeth bückte sich nach der zuoberst liegenden Stange. Als sein Fuß sich nicht von der Stelle rührte, erwog sie, an dem Stock zu zerren. Sie warf einen kurzen Blick auf den Falken, weil sie nicht wollte, dass er verletzt wurde. Seine leuchtenden Augen passten trotz der helleren Farbe zum kalten Blick seines Herrn.

»Erklärt mir den Grund. Das ist das Mindeste, was Ihr tun könntet, um Eurem Lebensretter zu danken.«

Elspeth hörte das Sirren, als ein Schwert gezogen wurde. Es juckte sie in den Fingern, den Stock einzusetzen, doch sie blieb reglos stehen. Sie ließ nur ihren Blick wandern. Der Mann, der Tarran den Falken übergeben hatte, hielt nun sein Schwert in der Hand. Würde er sie angreifen? Sie sah wieder zu Tarran, als er seinem Begleiter bedeutete, das Schwert zu senken. Der Mann gehorchte, wenn auch mit langem Gesicht.

Weitere Fragen drängten sich Elspeth auf. Zwischen den Männern war eine geheime Botschaft ausgetauscht worden, die sie nicht verstand. Der andere schämte sich seines Verhaltens, doch hatte er recht getan, auf eventuelle Schachzüge ihrerseits gefasst zu sein. Sie wollte fragen, wer sie waren, und warum sie eine alte Frau bei sich hatten, hatte aber keine Zeit, ihre Neugierde zu befriedigen.

Mit verschränkten Armen sagte sie: »Ihr habt mich nicht gerettet, Tarran ap Llyr. Durch Eure Schuld wäre ich fast zu Tode gestürzt.«

»Glaubt Ihr denn wirklich, Ihr hättet durch diese Öffnung hineinklettern können?« Er musterte sie von Kopf bis Fuß. »Schlank seid Ihr zwar, doch lassen sich Eure weiblichen Formen nicht durch eine Schießscharte zwängen.«

»Ich hätte mich durchzwängen können.« Sie hatte es nur gehofft, wollte aber ihre Zweifel für sich behalten. Würde er sie auslachen? Sie hatte in seiner Miene nicht die Andeutung eines Lächelns gesehen.

»Mit Hilfe dieser langen Stangen?« Er berührte eine mit der Zehenspitze.

»Ja.«

Seine dunklen Augen wurden wieder schmal und verliehen ihm einen Ausdruck wild wie jener seines Falken. »Zwei Stangen weisen am Ende zwei Querstücke auf. Habt Ihr Euch auf diese Stangen oder wie immer sie heißen, gestellt, um die Öffnung zu erreichen?«

»Man nennt sie Stelzen.«

»Ihr habt meine Frage nicht beantwortet.«

»Ich sah keine Notwendigkeit dazu, da Ihr das Offenkundige erkannt habt. Ebenso ist es offenkundig, dass, wäret Ihr nicht des Weges gekommen …«

»Wie lange hättet Ihr dort oben gehangen, ehe Ihr auf die Felsen gestürzt wäret oder die Wachen Euch bemerkt hätten, nachdem Ihr entdeckt hättet, dass die Öffnung zu schmal ist?«

»Das sollte Euch nicht bekümmern.«

Er äußerte halblaut etwas, von dem sie argwöhnte, dass es ein walisischer Fluch war. »Wenn Ihr mir diese Frage nicht beantworten wollt, dann sagt mir wenigstens, wo und warum Ihr gelernt habt, auf Stelzen zu gehen.«

»Das ist leicht zu beantworten. Da man nie weiß, wann

man gewisse Fertigkeiten brauchen kann, eignet ein kluger Mensch sie sich bei Gelegenheit an.«

»Das ist keine Antwort.«

»Es ist die einzige, die ich habe.« Einem Fremden würde sie nichts von dem Leben verraten, das sie vor ihrem Klosterdasein geführt hatte.

Als er seinen Fuß von ihren Stelzen nahm, hob sie diese zusammen mit dem dritten Stock auf. Sie achtete darauf, die oberste Stelze so zu halten, dass die eisernen Spitzen des Kampfstockes verdeckt wurden. Sie wollte nicht erklären müssen, warum sie diese Waffe bei sich hatte. Sie setzte besser auf das Überraschungsmoment, wenn er ihre Versuche, das zu tun, was sie tun musste, weiterhin behinderte.

Der Mann, den er zum Tor geschickt hatte, kam mit breitem Grinsen zurückgelaufen. Elspeth blickte von ihm zu Tarran, dessen Lippen unverändert blieben und einen geraden Strich bildeten. Was für ein verdrießlicher Kerl!

»Lord de la Rochelle heißt uns willkommen«, sagte der Mann.

»Danke, Kei.« Tarran nickte den anderen zu, die sich hinter ihm einreihten.

»Ihr habt sie gut gedrillt, wie ich sehe.« Elspeth schalt sich für diese Bemerkung. Wie konnte man nur so gedankenlos sein? Den Streit in die Länge zu ziehen, steigerte die Gefahr, dass Tarran die Wahrheit entdeckte.

»Sie akzeptieren Disziplin in der Hoffnung, das Ziel zu erreichen, das wir uns setzten.«

»Und was ist das?«

»Das sollte Euch nicht bekümmern.«

Sie stellte die Stelzen auf und betrachtete ihn mit einem

Ausdruck so kühl wie der seine. Es war sein gutes Recht, sie mit den eigenen Waffen zu schlagen, doch musste sie sicher sein, dass er nichts mehr unternehmen würde, um sie daran zu hindern, ihr der Königin gegebenes Versprechen zu halten.

Elspeth hatte keine Ahnung, wie lange sie und Tarran dastanden und einander anfunkelten, nicht gewillt, den Blick als Erster zu senken. Das Krächzen des Vogels auf seiner Linken zerriss schließlich ihren spannungsgeladenen Kontakt.

Regen setzte ein, als hätte der Falke ihn herbeigerufen. Kein sanfter Frühlingsregen, sondern eine wahre Sintflut. Die alte Frau zog ihre Kapuze hoch, als Elspeth, noch immer mit den Stelzen in der Hand, zu den Felsen lief.

Sie hörte Rufe, verlangsamte ihren Lauf aber nicht. Plötzlich schnitt ein Pferd ihr den Weg ab und schlug mit den Vorderhufen gegen sie aus. Hinter ihr ertönte eine Stimme. Tarrans Stimme! In einer einzigen Bewegung ließ sie die Stelzen fallen und schwang den Kampfstock. Der Reiter brüllte laut, als sie ihn aus dem Sattel stieß. Mit dumpfem Aufprall landete er auf dem Boden.

Sie erwischte die Zügel, ehe das Pferd auf seinen ächzenden Reiter trampeln konnte. Mit der Waffe in der Hand kniete sie an seiner Seite nieder.

»Seid Ihr verletzt?«, fragte sie ihn.

Der schwere Mann, der mittelbraunes Haar hatte, machte ein Auge auf und knurrte etwas Unverständliches, wobei er seinen rechten Arm umklammerte, von dem die Hand in einem merkwürdigen Winkel herabhing.

»Ja, er ist verletzt«, sagte Tarran hinter ihr. Er übergab

den Falken dem Mann, der ihn zuvor gehalten hatte. Der Vogel schlug mit den Flügeln und krächzte unwillig, weil er weitergereicht wurde. »Ihr habt ihn hart getroffen.« Er schob sie fort, ging in die Hocke und strich die Seiten des Mannes entlang. Als dieser wieder stöhnte, sagte er: »Iau, sie hat dir mindestens eine Rippe gebrochen.« Er untersuchte den rechten Arm des Mannes. »Und dein Handgelenk.«

»Seinen Arm habe ich nicht getroffen«, sagte sie.

»Ihr habt ihn vom Pferd gestoßen. Wenn er sich die Hand beim Sturz brach, ist es immer noch Eure Schuld.«

Er hatte Recht. Elspeth verkniff sich eine Entschuldigung, als Tarran sich aufrichtete und sie finster anschaute. Hoch erhobenen Hauptes, obwohl der Regen ihr ins Gesicht prasselte, fasste sie den Stock mit beiden Händen. Nicht fest, sondern so locker, dass sie auf alle seine Bewegungen reagieren konnte.

»Ihr seid verrückt!«, stieß er hervor.

»Ich? Ich reagierte auf Euren Warnruf!«

»Er galt Iau! Sein Pferd hätte Euch verletzen können.«

»Genau«, erwiderte sie. »Hätte ich mich nicht verteidigen sollen? Die Pferdehufe waren knapp vor meinem Gesicht und hätten mich treffen können. Das Pferd hätte mich niedertrampeln können. Woher sollte ich wissen, ob er sein Ross zu zügeln vermag? Er hätte die Kontrolle verlieren und …«

»Genug! Ihr bringt es fertig, dass ein Mann die Kontrolle über das verliert, was er an Verstand besitzt.« Er legte eine Hand auf ihre auf dem Kampfstock.

Hitze flammte auf, wo seine Finger sie berührten, so glühend, dass es sie erstaunte, dass der Regen nicht zu

Dampf wurde. Sie riss die Hand zurück, geschockt von Empfindungen, wie sie sie nie erlebt hatte.

Er packte ihren Stock, ehe dieser auf den Steinen auftreffen konnte. Sie schnappte nach Luft, als ihr klar wurde, dass er nun ihre Waffe in der Hand hatte. Sie griff danach. Er hielt den Stock hoch über den Kopf, außer ihrer Reichweite. Erstaunt sah sie, dass der Stock nicht schwankte, ein Zeichen dafür, dass er nicht nur breite Schultern hatte, sondern auch starke Muskeln.

»Ich möchte den Stock«, sagte sie blinzelnd, da es nun noch stärker regnete. Sie ignorierte den Mann, der vortrat und an Iaus Seite niederkniete. Er untersuchte Iau, wie Tarran es getan hatte.

»Damit Ihr noch einen meiner Männer verletzen könnt?«

»Ich sagte es schon … ich hätte den Stock nicht eingesetzt, wenn ich mich nicht gefährdet gefühlt hätte.«

Er schnaubte. »Warum habt Ihr aus einer Schießscharte gehangen, wenn Ihr um Euer Wohlbefinden so besorgt seid?«

Ein kalter Regentropfen floss über ihr Rückgrat und verzögerte ihre Antwort. Sie machte einen Schritt nach rechts. Erstaunt weiteten sich seine Augen, als er sich zu ihr umdrehte. Wieder folgte ein Schritt nach rechts, auf die Felsen zu. Er folgte ihrem Beispiel.

Sein Stiefel musste Iau gestreift haben, da der auf dem Boden Liegende ein Stöhnen hören ließ. Als Tarran einen Blick auf den Mann warf, der Iaus rechten Arm verband, sah Elspeth ihre Chance. Sie sprang auf die Felsen und entriss ihm den Stock mit einer der Drehungen, an denen sie hart gearbeitet hatte, um sie zu beherrschen.

Er starrte sie verblüfft an und schüttelte seine Hände, die brennen mussten. Als sie die Felsen entlanglief, vorsichtig, da die Steine rutschig waren, rief er ihr nach, sie solle stehen bleiben.

Sie tat es und bückte sich, um einen Sack aus einem Versteck zwischen den Felsblöcken hervorzuholen. Sie öffnete ihn und holte einen Umhang aus ungefärbter Wolle heraus. Den Stock lehnte sie an die Burgmauer, als sie den Umhang um ihre Schultern schwang. Sie schob die Kapuze hoch und fasste nach Sack und Stock.

Als sie sich umdrehte, sah sie Tarran noch immer neben seinen Männern stehen. Sie alle und die alte Frau schauten sie an, als wäre sie ein fremdartiges Wesen.

Es regnete immer stärker, während sie von den Felsen herunterstieg und zu Tarran ging. Vor ihm blieb sie stehen und stützte wortlos ein Ende des Stockes auf den Boden. Die Stille wurde nur vom Geprassel des Regens und vom Stöhnen des Mannes auf dem Boden unterbrochen.

Plötzlich ertönte lautes Gelächter, gefolgt von den Worten: »Ihr dürft Euren Zwist getrost auf Glyn Niwl austragen.« Aus dem Tor kam hoch zu Ross ein Mann an der Spitze einer Gruppe von Fußsoldaten. Er ritt noch einen weiteren Schritt vor. »Lord de la Rochelle erwartet Euch in seiner Halle.« Er neigte den Kopf, konnte aber sein Grinsen nicht verbergen.

Elspeth seufzte. Jetzt war es unmöglich, sich in die Burg zu schleichen, die weise Alte zu suchen, die wusste, wo Merlins Stein sich befand, und vom Burgherrn unbemerkt zu verschwinden. Sie konnte behaupten, dass sie ihre Reise fortsetzen musste. Und dann konnte sie einen anderen Weg in die Burg suchen, musste jedoch damit rechnen, dass Tarran oder einer seiner Gefährten Lord de la Rochelle verrieten, was sie versucht hatte. Das Überraschungsmoment war dahin.

Sie nahm die Stelzen und schulterte alle drei Stangen, ehe sie auf das offene Tor zuging. Als sie Iau fluchen hörte, warf sie einen Blick zurück und sah, dass Tarran seinem Mann langsam auf die Beine half. Bedauern darüber, dass sie den Mann verletzt hatte, durchschoss sie, und sie dachte an die vielen Male, als die Äbtissin sie ermahnt hatte, jede Aktion zu überdenken, ehe sie sie durchführte. Hätte sie aber in Kauf genommen, selbst verletzt zu werden, konnte es das Ende des Königs bedeuten.

Die Soldaten machten ihr Platz. Wie viel hatten sie gesehen? Als ihr einer zuzwinkerte, wandte sie den Blick ab. Man hatte sie vor der Welt außerhalb der Klostermauern gewarnt, wo Männer um die Aufmerksamkeit der Frauen buhlten. Eine Warnung, derer es nicht bedurfte. Als Kind hatte sie zwar nicht begriffen, was es bedeutete, wenn ihre Mutter bei einem Auftritt gierige Männerhände wegstieß, doch hatten sich die Bilder in ihr Gedächtnis eingegraben. Sie sah noch immer den Abscheu in den Augen ihrer Mutter vor sich, wenn ein zudringlicher Kerl an ihrem Kleid zerrte, um sie auf seinen Schoß zu ziehen. Das spröde Lachen ihrer Mutter, so anders als ihr echtes, war Elspeth für immer in Erinnerung geblieben.

Nie würde sie zulassen, dass ein Mann so mit ihr umsprang. Sie war nicht mehr die Tochter fahrender Gaukler. Sie war eine Lady von St. Jude's Abbey. Eine *Lady*! Kein Mann würde es wagen, eine Lady so zu behandeln!

Als sie über die Zugbrücke und unter dem Fallgatter

hindurchschritt, wurde Elspeth gewahr, dass die anderen ihr folgten. Ihr galten alle Blicke im äußeren Hof, als Männer und Frauen in ihrem Tun innehielten, um die Neuankömmlinge zu beobachten.

Eine Hand legte sich auf ihren Arm. Das Gefühl der Hitze, das sie verspürt hatte, als Tarran ihre Finger berührte, huschte wieder über ihre Haut.

»Achtet darauf, Euch nicht allein sehen zu lassen«, sagte er im Flüsterton.

»Ich kann selbst auf mich achtgeben.« Sie wusste seine Freundlichkeit zu schätzen, wenn sie aber auch nur andeutungsweise den Eindruck erweckte, sie wäre nicht imstande, sich selbst zu schützen, würde er womöglich noch entschlossener an ihrer Seite bleiben. Mit seinem Zorn und seinem Befehlston konnte sie sich abfinden, nicht aber mit den Gefühlen, die er in ihr mit einer ganz unverfänglichen Berührung weckte. Die Empfindungen, die seinen Fingerspitzen entsprangen, verdrängten jeden Gedanken an ihre Aufgabe.

»Das wird sich zeigen. Ein glücklicher Hieb, gegen einen Wehrlosen geführt, beweist wenig.« Er ließ ihren Arm nicht los. »Sogar Heliwr ist zuweilen verletzlich.«

»Heliwr?«

Er warf einen Blick auf den Vogel, der auf seinem linken Unterarm thronte, und seine Miene wurde weich. »Das ist das walisische Wort für Jäger.« Stimme und Züge verhärteten sich wieder, als er hinzusetzte: »Würdet Ihr wohl bei Vala bleiben, während ich mit unserem Gastgeber spreche?«

»Es ist mir eine Ehre, über sie zu wachen.«

Seine dunklen Brauen senkten sich, als Regentropfen

aus seinem dichten schwarzen Haar herunterflossen. »Gebt acht, nicht auch sie aus dem Sattel zu stoßen.«

Alles was sie sagte, würde seinen Missmut steigern, deshalb drängte sie sich zwischen den Männern zu der alten Frau durch, die sich von einem Mann, der Kei ähnelte, vom Pferd helfen ließ. Dieser Mann sah Elspeth finster an, doch die alte Frau bedeutete ihr näherzutreten.

»Die Lady wird mich vor Gefahr bewahren«, sagte Vala mit sanftem, aber erschöpftem Lächeln. »Geh zu den anderen, Gryn.« Sie legte ihre Hand auf Elspeths Arm. »Ich bin Euch dankbar für Euren Schutz, Mylady.«

»Ihr werdet ihn hoffentlich nicht brauchen.« Sie konnte nicht anders, als das Lächeln erwidern. Vala hatte etwas an sich, das sie an die Äbtissin erinnerte. Verbarg Vala wie die Äbtissin eiserne Willenskraft hinter aufrichtiger Güte?

Als sie den Männern zum Tor in den inneren Hof folgten, sagte Vala: »Sicher seid Ihr neugierig, warum eine alte Frau mit fünf Kriegern reist.«

»Das bin ich.«

Sie entkamen drei Schritte lang dem Regen und betraten sodann den Innenhof. Elspeths nasser Umhang klebte bei jedem Schritt an ihr. Der Geruch nasser Wolle stieg ihr bei jedem Atemzug in die Nase.

»Unser Ziel ist Tyddewi«, sagte Vala. »Jene Stadt, die ihr Normannen St. David nennt. Dort lebt meine Enkelin, die mich bei sich aufnimmt, da ich zu alt bin, um jemandem nütze zu sein.« Sie sah lächelnd zu Tarran und seinen Männern, die den Hof überquerten. »Er ist so großzügig, mich dorthin zu begleiten.«

»Gehört auch er zu Eurer Familie?« Elspeth konnte

nichts Außergewöhnliches im inneren Hof entdecken. Niedrige Holzbauten umgaben einen an der rückwärtigen Mauer aufragenden, runden Turm. Durch eine schmale Toröffnung zur Linken sah sie den grauen Finger eines Wasserlaufs, der die Rückseite der Burganlage umfloss und Schutz vor Eindringlingen bot.

Vala schüttelte den Kopf, dass Tropfen von ihrer Kapuze sprühten. »Ich war seine Amme. Als er heranwuchs, fanden seine Eltern für mich andere Aufgaben auf Kastell Gwalch Glas.«

»Kastell?«

»Ja. Sein Vater war ein illegitimer Spross König Henrys I. von England, und seine Mutter war Prinzessin Nest, die mit Gerald von Windsor vermählt wurde.«

»*Er* ist ein Fürst?«

Als hätte er ihre Frage vernommen, hielt Tarran inne, drehte sich um und hielt wieder ihren Blick fest. Sie konnte sich ihn in prächtigen roten Gewändern vorstellen, wie er den Vorsitz in einer großartigen Halle führte, in der alle, Männer wie Frauen, um seine Gunst wetteiferten. Eine Halle wie jene anderen, in denen ihre Eltern zur Unterhaltung hoher Herrschaften aufgetreten waren.

Seinen eindringlichen Blicken würde nichts entgehen, was auf seinem Besitz vorging. Sie würden auch den Tapfersten einschüchtern, der sich vor ihm verneigte. Trug ein walisischer Fürst eine goldene Krone? Auf seinem ebenholzschwarzen Haar würde sie so hell strahlen wie die Sonne.

»In den Augen der Normannen ist er kein Fürst«, sagte Vala, und Elspeth löste den Blickkontakt mit Tarran, um die alte Frau anzusehen, die ihre Kapuze zurückstreifte, als sie den Turm betraten. »Die Waliser aber erkennen auch illegitime Söhne als rechtmäßige Erben ihrer Väter an.«

Elspeth schob ihre Kapuze ebenfalls zurück. Sie vergewisserte sich, dass die langen Stangen nicht die niedrige gemauerte Decke des Eingangskorridors streiften, und ging auf einen gewölbten Eingang zu, hinter dem Stimmen hervordrangen.

Als sie den Bogen durchschreiten wollte, vertrat ihr ein Mann den Weg. Er war gedrungen wie der Turm und so kahl wie die Wände.

»Keine Waffen in der Halle!«, knurrte er.

Elspeth zögerte. Die Vorstellung, sich ohne ihren Kampfstock unter Fremde zu begeben, war beunruhigend. Sie würde sich nackt und angreifbar fühlen.

»Hört auf den Mann, Elspeth«, sagte Tarran, als er im Eingang stehen blieb. Der Falke auf seinem Arm trug ein knappes Lederhäubchen über den Augen. »Sein Ansinnen ist vernünftig.«

Sie übergab dem Mann alle drei Stangen. Sein Gleichmut, als er sie an die Wand lehnte, verriet, wie oft er diese Bewegung ausgeführt hatte.

»Wie ich sehe, gilt Euer Falke nicht als Waffe«, sagte sie, als sie um den Mann herumging.

»Wer eine Ahnung von Falken hat, weiß auch, dass sie nur angreifen, wenn sie Hunger haben, und auch dann nur kleine Beutetiere.« Tarran musterte sie wieder von Kopf bis Fuß. »Kleiner als Ihr, also habt Ihr nichts zu befürchten.«

»Falls Ihr mich beleidigen wollt, vergeudet Ihr Euren Atem. Ich empfand fehlende Körpergröße nie als Nachteil.« Sie bedachte ihn mit ihrem kältesten Lächeln, als sie an Nariko dachte, die ihr erklärt hatte, dass bei manchen Formen waffenlosen Kampfes Elspeths Kleinheit ein Vorteil sein konnte. »Von wem würde man mehr Bedrohung erwarten? Von einem Mann mit einem sich sträubenden Falken auf dem Arm oder von einer Frau mit einem Stock in der Hand? Überraschung kann die wirksamste Waffe sein.«

»Es würde mich sehr wundern, wenn Ihr auf eine Bemerkung mit nur wenigen Worten antworten würdet.«

Sie lachte, als sie die Halle mit der hohen Decke betraten. Wieder zog sie alle Blicke auf sich. Von den Tischen aus, die sich um eine erhöhte Tafel drängten, vom größeren zweier Kamine nahe der Wand, aus einer Ecke, in der kleine Mädchen Nähunterricht bekamen, aus dem Bereich der Halle, wo das Gesinde frische Binsen auf dem Steinboden verteilte, der so grau wie die Wände war … alle sahen sie an.

Die Einzigen, die sie ignorierten, waren zwei Männer, die links vom Eingang saßen. Sie trugen schlichte Gewänder in gebrochenem Weiß, deren Kapuzen sie zum Schutz gegen die feuchte Luft hochgezogen hatten. Sie saßen eng zusammengedrängt da, und sie hörte, dass sie leise sangen. Keiner der beiden blickte auf, und sie fragte sich, ob es Schausteller waren, die übten, oder Bewohner der Burg, die sich auf diese Weise unterhielten.

Sie biss sich auf die Unterlippe, um ihr Lachen zu unterdrücken. Hoffentlich war der Burgherr nicht so finster wie Tarran. Ob Tarran ap Llyr jemals lächelte?

»Warum bereitet Ihr mir keine Überraschung«, fragte Tarran, »und übt Euch in Zurückhaltung, während ich unseren Gastgeber begrüße? Ihr könntet beweisen, dass ich mich irrte und Ihr doch über Verstand verfügt.« Ihre Antwort wartete er nicht ab und ging auf die erhöhte Tafel zu, wobei er nur innehielt, um seinen Vogel auf einen schmalen Sims zu stellen, wo die treibenden Rauchschwaden das Tier nicht ersticken konnten. Die Fesseln des Vogels befestigte er an einer einfachen, aus einem einzigen Ast bestehenden Sitzstange. Er zog etwas aus dem Beutel, den er an seinem Gürtel trug, und legte es neben den Falken. Es musste Fleisch sein, da der Vogel sich gierig darüber hermachte.

Sie blickte an Tarran vorbei zu dem Mann an der Hochtafel. Sein stattlicher Leibesumfang, der Pokal in seiner Hand und die Frau auf seinem Schoß ließen erkennen, dass Lord de la Rochelle ein Mann war, der sein Leben zu genießen verstand. Sein Haar war ergraut, sein volles Gesicht aber faltenlos. Er bedeutete ihnen vorzutreten.

Elspeth blieb zurück, die alte Frau desgleichen, und Elspeth war erstaunt, als Vala ihre Hand auf ihre legte.

»Trotz allem, was Tarran glaubt«, sagte Vala, »besitzt Ihr Weisheit, Mylady.«

Sie wollte Vala erklären, wie sehr sie sich in ihrer Vermutung irrte, Elspeth wäre von edler Herkunft. Im Kloster hatte kein Mensch dem Rang Bedeutung beigemessen. Dort zählten nur die erbrachten Leistungen. Sie wünschte, außerhalb der Klostermauern hätte es sich ebenso verhalten. Aber wünschte sie es sich wirklich? Sie hörte es zu gern, wenn man sie Lady nannte, so gern, dass sie darauf achten musste, sich von ihrem Stolz nicht auf Abwege führen zu lassen.

Die Hände hinter dem Rücken verschränkt, weil sie sich ohne einen Stock unsicher fühlte, beobachtete sie, wie Tarran Lord de la Rochelle begrüßte. Der Fürst der Grenzmark lächelte und rief nach Ale für Tarrans Begleiter, während man Iau in die Ecke brachte, wo die Kinder genäht hatten. Ein Ale-Humpen wurde ihr in die Hand gedrückt. Sie trank in tiefen Schlucken und ließ die wärmende Flüssigkeit ihre Kehle hinunterrinnen.

Eine Magd trat vor sie hin, die Hände ausgestreckt. »Ich bringe Euren Mantel zum Trocknen, Mylady.«

»Danke.« Elspeth übergab ihr dankbar ihren nassen Umhang und beugte sich vor, um zu fragen: »Wo finde ich die alte weise Frau, die hier leben soll?«

»Meint Ihr Rhan?«

»Ja«, sagte sie, ohne zu wissen, wie die Gesuchte hieß.

»Sie ist an Fieber erkrankt, Mylady.« Das Gesicht der Magd verriet Besorgnis. »Niemand darf zu ihr.«

»Aber ich muss sie sehen!«

Die Frau sah sie betrübt an. »Mylady, Ihr könntet auch erkranken. Niemand darf in ihr Krankenzimmer, ehe das Fieber nicht sinkt.«

Elspeth seufzte, als die Magd ging und den Mantel an den kleineren Kamin legte. Bei St. Jude, ihr wurde jedes nur mögliche Hindernis in den Weg gelegt, um sie abzuhalten, diesen verdammten Stein zu finden!

Wieder blickte Tarran sie an. Nicht nur er, sondern auch ihr Gastgeber. Es war klar, dass über sie gesprochen wurde. Als der Lord Tarran lachend auf die Schulter schlug, ballte sie ihre Hände frustriert zu Fäusten. Hätten die beiden geahnt, was sie im Schilde führte … Sie dachte den Gedanken nicht zu Ende. Niemand durfte es wissen.

Tarran winkte sie mit gekrümmtem Finger zu sich. Sie blickte weg. Sie war kein Tier, kein Vogel, der auf Befehl folgte.

»Ein Wort der Warnung, wenn Ihr erlaubt«, sagte Vala, und Elspeth wurde gewahr, dass die alte Frau sie und Tarran beobachtet hatte. Müdigkeit lastete auf Valas Schultern, ihre Augen aber blickten unter schweren Lidern scharf hervor.

»Aber gewiss.« Sie zwang sich zu einem Ton, der ihre Wut nicht erkennen ließ. Tarran nahm auf Valas Erschöpfung keine Rücksicht. Er hätte dafür sorgen müssen, dass sie sich hinsetzen konnte, ehe er Lord de la Rochelles Willkomm suchte.

»Tarran ap Llyr ist ein Mensch starker Gefühle. Ihr wäret gut beraten, keines dieser Gefühle zu wecken, während er sein Ziel verfolgt.«

»Ziel? Ich dachte, er begleitet Euch nach Tyddewi zu Eurer Enkeltochter.«

Valas Gesicht wurde so weiß wie ihr Haar. »Ihr müsst vergessen, dass ich dieses Wort wählte.«

»Warum? Es ist nichts Unrühmliches, wenn ein Fürstenspross ein Ziel verfolgt.« Sie wünschte, sie hätte nicht so sarkastisch geklungen, als die alte Frau noch bleicher wurde. Da Vala nicht Ursache ihres Zorns war, setzte sie sanfter hinzu: »Schon gar, wenn das Ziel einem ehrenhaften Grund dient.«

»Das ist der Fall«, sagte Tarran hinter ihr.

Sie drehte sich um und entdeckte, dass er so dicht hinter ihr stand, dass sie nur seine durchnässte Tunika sehen konnte. Der Stoff klebte an seiner Brust und betonte jede Fläche und Wölbung. Es reizte sie, seine Muskelstränge mit ihren Fingern nachzuzeichnen. Sie hätte zurücktreten sollen, konnte sich aber nicht rühren. Ihr Atem stockte, und sie fragte sich, ob er ihr Herz hören konnte, das wie ein Schmiedehammer in ihrer Brust pochte.

Wohl wissend, dass sie etwas sagen musste, ehe er merkte, wie überwältigt sie von seiner unverhüllten Kraft war, fragte sie: »Und welches ehrenhafte Ziel verfolgt Ihr?«

»Wir suchen einen Mörder. Er heißt Bradwr ap Glew.«

»Wer wurde ermordet?«

Sein Ton blieb ruhig, als er sagte: »Meine Frau Addfwyn.«

4

Tarran wartete, dass Elspeth die Fragen stellte, die er schon so oft gehört hatte. Wie war seine Frau ermordet worden? Wo? Warum? Was gedachte er zu unternehmen, um ihren Tod zu rächen? Er war mit diesen Fragen so oft bestürmt worden, dass er sie der Reihe nach ohne zu überlegen beantworten konnte. Und immer wurden sie auf die gleiche Weise gestellt.

Wie?

Wo?

Warum?

Was wollt Ihr tun, um ihren Tod zu rächen?

Auf die ersten drei antwortete Tarran kurz und bündig, die letzte überhörte er geflissentlich. Nur seine Gefährten kannten die Antwort. Sonst niemand. Seine Rachepläne durften Addfwyns Mörder nicht zu Ohren kommen, ehe sich Tarran nicht die Gelegenheit bot, das Blut dieses Schurken zu vergießen, wie ihres vergossen worden war, als man sie erstach und sterben ließ.

»Es tut mir leid«, sagte Elspeth leise.

Er wartete. Die Fragen kamen immer als Nächstes.

»Ihr müsst sie sehr geliebt haben, weil Ihr ohne Rücksicht auf Eure Verpflichtungen den Menschen sucht, der ihr das Leben raubte«, fuhr sie fort. »Hoffentlich habt Ihr trotz Eures Grams Erinnerungen, die Euch trösten.«

Er wartete. Nun würde sie sicher die Fragen stellen.

»Euer Ziel ist ein ehrenhaftes«, fuhr sie fort. »Ich wünsche Euch, dass Ihr es erreicht.« Sie wandte sich an Vala. »Ihr seht sehr müde aus. Ihr solltet Euch hinsetzen. Lasst Euch von mir helfen.«

Tarran starrte sie an, als Elspeth ihre Hand unter Valas Ellbogen schob und sie zu einer Bank führte. War es das? Er sah, wie sie ihr half, sich hinzusetzen, und staunte, dass Hände, die den Stock so kraftvoll geführt hatten, auch sanft sein konnten. Sein Blick streifte Elspeths Profil. Ihre Nase wies am Ende ein wenig nach oben, ein Zeichen, das unweigerlich auf koboldartige Spitzbüberei schließen ließ, wie seine Mutter ihn gelehrt hatte. Ihr Mund hatte einen ähnlichen Schwung, und er schätzte, dass sie trotz der vielen finsteren Blicke, die sie in seine Richtung geworfen hatte, oft und gern lächelte.

Immer wieder aber wurde sein Blick von den üppigen roten Locken angezogen, die die Schultern ihres dunkelgrauen Kleides umgaben und bis zu ihrer Taille fielen – ein Anblick, der jeden Mann, der ein wenig Leben in sich spürte, erregen musste.

Er blickte weg. In ihm war kein Leben mehr. Sein Leben hatte mit jenem Addfwyns geendet. In ihm war nur die dunkle, dumpfe Kälte unerfüllter Rache. Fast zwei Jahre hatte es gedauert, bis er alles in Erfahrung gebracht hatte, was er brauchte, um Vergeltung zu erlangen. Und von dieser würde er sich nicht abbringen lassen, auch nicht für die Chance, selbst zu entdecken, ob Elspeth Braybrooke so köstlich war, wie sie aussah.

Verzeih mir, Addfwyn. Er durfte nicht an eine andere Frau denken, während der Mörder seiner geliebten Ehefrau noch lebte. Während der langen Monate, seitdem er an Addfwyns Grab gestanden und mitangesehen hatte, wie Erde hineingeworfen wurde, hatte er keiner Frau mehr als nur einen flüchtigen Blick geschenkt ... bis er Elspeth Braybrooke begegnete.

»Was ist Euch auf Eurer Reise zu Ohren gekommen?«, fragte Lord de la Rochelle hinter ihm. Dankbar für den Vorwand, den Blick von Elspeth losreißen zu können, drehte Tarran sich zu ihrem Gastgeber um. Seit über zwei Generationen waren die Lords der Marken keine Feinde mehr, doch erfüllte es die Waliser mit Bitterkeit, dass die Normannen Cymru unter sich praktisch aufgeteilt hatten. De la Rochelles Familie hatte Anspruch auf diesen Besitz erhoben, als William von der Normandie Cymru unterwarf, wie er sich auch das Sachsenland im Osten, wo er William der Eroberer genannt wurde, untertan gemacht hatte.

»Nichts Ungewöhnliches«, antwortete er. »Warum?«

»Gerüchte wollen wissen, König Henry hätte in Irland gegen Strongbow gekämpft, ihn aber nicht getötet.« De la Rochelles Miene verriet Nachdenklichkeit.

Hatte der Lord der Mark gehofft, Richard, Earl of Clare – ein tapferer Mann, der sich den Namen Strongbow erworben hatte – würde von König Henry abfallen? Das hätte zu weiterem Blutvergießen zwischen dem König und seinen normannischen Lehensmännern geführt, während die Fürsten versucht hätten, sich von Irland möglichst viel anzueignen, ehe dort wieder Gesetz und Recht Geltung hatten. Hatte de la Rochelle gehofft, die Besitzungen seiner Familie in Aquitanien und Cymru auch noch um Land in Irland vergrößern zu können?

»König Henry ist gerecht, doch hat er mit jenen, die Ungehorsam zeigen, wenig Geduld«, sagte Tarran und setzte den Humpen an.

»Oder mit Drohungen.«

»Drohungen?«

De la Rochelle senkte die Stimme. »Ihr seid Waliser. Ihr kennt die Geschichte von *Llech-lafar.*«

Tarran starrte ihn verwundert an. »Das Ammenmärchen von Merlins sprechendem Stein?«

»Es heißt, dass ein fremder König, der Wales unterwirft und nach Irland zieht, um jemanden zu bekämpfen, der Blut an den Händen hat, bei seiner Rückkehr nach Wales auf den Stein treten und sterben wird. Er besiegte Strongbow, der das Blut der gesamten irischen Armee an seinen Händen hat. Jetzt kehrt König Henry zurück. Tritt er auf *Llech-lafar,* könnte es für unseren König den Tod bedeuten.«

Für *deinen König,* wollte Tarran sagen, unterließ es jedoch. Die Waliser hatten dem normannischen König Gefolgschaft gelobt.

»Ein Ammenmärchen«, wiederholte er. »Steckte auch

nur ein Körnchen Wahrheit in dieser alten Legende, wären die Normannen schon längst aus Cymru vertrieben worden.«

De la Rochelle schlug ihm lachend auf die Schulter. »Gut gesagt. Kommt und esst etwas zum Ale.«

»Sobald ich nach meinem Gefährten gesehen habe«, gab er zurück.

»Difyr wird dafür sorgen, dass es ihm an nichts fehlt.« Wieder lachte der Lord verhalten auf. »Sie hat viele Talente, die einen Mann seine Wunden vergessen lassen. Soll sie sich seiner annehmen, während wir uns an amüsanten alten Geschichten erfreuen.«

Tarran ließ sich mit der Antwort Zeit. Fehlte ihm auch der Glaube an die aus Bergnebeln aufgestiegenen Mythen, so hatte er doch nicht die Absicht, mit einem Lord der Grenzmark darüber zu scherzen.

»Uns bleibt die ganze Nacht, um Euer herrliches Ale zu genießen.« Tarran nahm einen Schluck. »Und Lügengarn zu spinnen.«

»Die ganze Nacht? Wollt Ihr nicht mit Eurer schönen Frau zusammen sein?«

Fast hätte er ausgerufen »Ja!«, dann aber wurde ihm klar, dass de la Rochelle Elspeth Braybrooke meinen musste. Sie war eine Schönheit, doch war er sich nicht sicher, ob sie nicht ganz richtig im Kopf oder nur naiv war.

Als er einen lauten Schrei hörte, blickte er über seine Schulter und sah, dass Kei und sein Vetter Gryn je einen Arm Elspeths festhielten. Und sie von Iau wegzerrten. Glaubten sie etwa, sie würde in de la Rochelles Halle versuchen, ihm etwas anzutun? Er sah auch, wie wütend sie über diese unsanfte Behandlung war.

Er wollte den beiden zurufen, sie loszulassen, doch der Lord lachte. »Eure Freunde gehen ja sehr freundlich mit Eurer Holden um, ap Llyr. Eure walisischen Frauen sollen sehr bereitwillig viele Männer mit ihren Reizen beglücken.«

Er ignorierte die Beleidigung. Sie war sinnlos. Elspeth war so normannisch wie de la Rochelle.

Ehe Tarran seinen Männern befehlen konnte, Elspeth loszulassen, stolperte Gryn gegen Kei, und beide stießen gegen eine Bank. Diese schwankte, ein Ende schnellte hoch. Kei sprang beiseite, Gryn aber war nicht schnell genug. Die Bank traf ihn in der Leibesmitte, so dass er gegen Elsbeth taumelte. Sie wich aus, und er schlug gegen die Wand, ehe er zu Boden glitt. Sie warf ihm und Kei einen angewiderten Blick zu und ging zurück zu Iau, um den man sich kümmerte.

»Erstaunlich, dieses Frauenzimmer«, murmelte de la Rochelle. »Fasst man eine andere so grob an, kreischt sie sich die Seele aus dem Leib.«

Tarrans Magen krampfte sich zusammen. Warum erinnerte ihn die einfachste, alltäglichste Bemerkung an Addfwyns Tod und seinen noch ungestillten Rachedurst?

»Ihr könnt von Glück reden, eine solche Frau zu haben«, setzte der Baron hinzu.

»Sie ist nicht meine Frau.«

»Nein? Gehört sie einem Eurer Männer?«

»Nein.« Er sah zu, wie Kei seinem Vetter auf die Beine half. Gryn schwankte. Beide wirkten ziemlich betrunken, doch war es unmöglich, weil sie keine Zeit gehabt hatten, mehr als einen Humpen Ale zu leeren. Was Elspeths Irrsinn ansteckend? »Sie ist erst kürzlich zu uns gestoßen.«

»Ach, wirklich?« De la Rochelles Augen funkelten vor unverhülltem Verlangen. »Wo habt Ihr sie getroffen?«

Tarran fluchte insgeheim. *Er* war nicht naiv, und er hätte voraussehen können, worauf die Fragen de la Rochelles abzielten. Da er Elspeth das Leben gerettet hatte, war er nun verpflichtet, für ihren Schutz zu sorgen. Addfwyn zu beschützen, hatte er nicht geschafft. Er durfte nicht wieder versagen.

»Ich traf sie vor Euren Mauern«, sagte er, nicht gewillt, mehr zu enthüllen. De la Rochelle war zuzutrauen, dass er eine Frau, die dabei ertappt wurde, wie sie aus einer Schießscharte seiner Burg hing, für sich fordern würde.

Tarran durchschritt die große Halle und ging zu Iau, der an eine Wand gelehnt dasaß. Er konnte nur Iaus ausgestreckte Füße sehen, da Seiths ausladende Erscheinung ihm die Sicht raubte. Seiths Rücken war steif, als würde er eine große Last heben. Steif wovon? Vor Wut? Er hörte ein Knurren und blickte nach links, wo Gryn an der Wand lehnte, den Mund vor Wut verzerrt. Seine Männer trauten Elspeth nicht. Warum hätten sie sie sonst von Iau fortgezerrt? Immerhin hatten sie so viel Ehre im Leib, ihr nichts anzutun, und hatten sie losgelassen.

Er legte seine Hand auf Seiths starre Schulter, drängte sich vor und blieb neben seinem Freund stehen. Er hob eine Hand, um Seiths Frage abzuwehren, doch hätte er ohnehin nicht antworten können, da ihm der Atem stockte, als er Elspeth neben Iau knien sah.

»Ihr handhabt den Stock meisterlich, Mylady«, sagte Iau in bewunderndem Ton.«

»Danke.« Elspeth untersuchte den festen Verband um

seine Hand mit einer Ruhe, die verriet, dass sie wusste, was sie tat. Iaus Handgelenk auf ihre Handfläche bettend, sagte sie: »Difyr, wenn die Lederstreifen trocken sind, solltest du den Verband mit Eiweiß bestreichen. Dadurch wird er hart und schützt die Hand während der Heilung viel besser.«

»Das ist mir neu.« Die junge brünette Frau wollte sich ihre Zweifel nicht anmerken lassen.

»Es ist eine Methode aus dem Heiligen Land.« Elspeth lächelte. »Ich lernte sie von jemandem, der von dort kam.« Um Difyrs weiteren Fragen zuvorzukommen, fuhr sie fort: »Iau ap Mil, ich muss mich entschuldigen, weil ich Euch verletzte.«

»Ihr habt Euch nur verteidigt. Ich hätte es nicht anders gemacht.« Iau schaute Difyr an, die sich ganz nahe über ihn beugte. Jede Bewegung war eine offene Einladung, als sie mit ihrer Brust so oft seinen Arm streifte, dass es kein Zufall sein konnte. »Ich könnte nicht sagen, dass es mir etwas ausmacht, meine Verletzung hier auszuheilen, Difyr.«

Die Brünette schenkte ihm ein schüchternes und zugleich kokettes Lächeln.

»Ihr wollt hierbleiben?«, fragte Elspeth. Behutsam zog sie ihre Hand unter seinem Handgelenk hervor, als Difyr eine Schlinge darum legte und an seiner Schulter festmachte.

Iau lachte und kitzelte die Brünette unterm Kinn. »Ich wäre nur eine Last, wenn ich mein Schwert nicht gebrauchen kann. Da ist es besser, ich bliebe hier, als mit Fürst Tarran weiterzuziehen.«

»Ihr nennt ihn Fürst?«

»Er ist einer.« Iaus Stirn legte sich in Falten, als sein Blick sich verfinsterte. Weil sie ihm diese Frage gestellt hatte oder weil die Antwort erforderte, dass er den Blick von Difyr losriss, die kein Geheimnis daraus machte, wie glücklich sie wäre, ihn von seinen Schmerzen abzulenken? »In Wales gilt es als klug und vernünftig, neben den ehelichen Söhnen für alle Fälle noch einen Erben zu haben. Ein überaus logisches System, meint Ihr nicht auch?« Er lächelte wieder, als sein Blick zu Tarran wanderte. »Danke, dass Ihr mir zur Linderung meiner Leiden Ale bringt, Mylord.«

Tarran reichte seinem Gefährten den Humpen. Er verbarg seinen Ärger, weil Iau ausgerechnet diesen Moment gewählt hatte, um ihn zu bemerken. Elspeths Reaktion auf Iaus gezielte Frage wäre sehr interessant … und erhellend gewesen.

»Es sieht ganz danach aus, als würdest du bei so hingebungsvollen Pflegerinnen nicht zu stark leiden.« Die scherzhaft gemeinten Worte wirkten schal.

Seine Männer sahen ihn erstaunt an. Seit Addfwyns Tod hatte er auch nicht die Andeutung eines Witzes zum Besten gegeben. Warum jetzt? Er wünschte, er hätte den Mund gehalten, als seine Leute die Blicke abwendeten, seinetwegen peinlich berührt.

Ihre Verlegenheit hätten sie sich sparen können, da die Magd Difyr nur Augen für Iau hatte. Welche Miene Elspeth zur Schau trug, konnte er nicht einmal ahnen, da sie ihm den Rücken zukehrte. Sie richtete sich mit derselben Anmut auf, die er an ihr gesehen hatte, als sie ihren Kampfstock handhabte.

»Kann ich mit Euch sprechen?«, fragte er.

Sie wandte ihm ihr Gesicht zu, und er hatte das Gefühl, jemand hätte ihm einen Schlag versetzt. Ihm stockte der Atem, als er ihrem Blick begegnete. Ihre grünen Augen wirkten unergründlich tief, während ihre wirren roten Locken wie der Herbstwald waren, wenn das Laub vor dem Herannahen des Winters in seinen leuchtendsten Farben prangt.

»Aber gewiss, Fürst Tarran«, antwortete sie mit einer Kühle, die er von ihr noch nie gehört hatte.

»Allein?«

Falls seine Frage sie überraschte, war ihr nichts anzusehen. »Gehen wir dort an den leeren Tisch? Auch ich möchte etwas mit Euch besprechen.«

»Ach?« Er reichte ihr seine Hand.

Als sie ihre Finger auf seine Hand legte, fehlte nicht viel, und er hätte sie zurückgezogen. Ihre Berührungen waren wie Blitze, die ihn durchzuckten. Auch seine Lederhandschuhe vermochten ihn vor der Glut nicht zu schützen. Ihre Finger umklammerten die seinigen, die viel breiter waren, und er staunte, wie kräftig sie ihn anfasste. Noch mehr staunte er, als sie ebenso rasch seine Hand losließ, zum Tisch ging und dann stehen blieb. Sie blickte sich nicht um, obwohl sie eindeutig darauf wartete, dass er sie einholte.

Die Neugierde fesselte ihn ebenso, wie es das Feuer getan hatte. Sie verbarg ihr Gesicht. Warum? Wollte sie ihm vorenthalten, wie sie auf seine Berührung reagiert hatte? Er war versucht, zu ihr zu sagen, dass sie zu verbergen suchte, was sie bereits zu erkennen gegeben hatte. Führte sie ihn in eine leere Ecke in der Hoffnung, ihn zu verführen, wie das Frauenzimmer es bei Iau versucht hatte?

Tarran fluchte insgeheim. Hatte Elspeth ihn mit einem ihrer um sich tretenden Beine am Kopf getroffen? Das wäre die einfachste Erklärung dafür, dass er anscheinend seinen Verstand verloren hatte. Zwei Jahre lang hatten alle Gedanken nur darum gekreist, Bradwr ap Glew zu finden und ihn für Addfwyns Tod büßen zu lassen. Und jetzt, da er genau auf dieses Ziel zusteuerte, wurden seine Gedanken von dieser Rothaarigen abgelenkt.

Rot! Wie er diese Farbe hasste! Immer wenn er Elspeth Braybrooke ansah, musste er sich dies in Erinnerung rufen.

Kaum hatte er sich ihren Schritten angepasst, als sie ihn mit kaum verhülltem Zorn fragte: »Wie konntet Ihr – ein Fürst – zulassen, dass Vala ohne Ruhepause eine so lange Strecke zurücklegte?«

»Sie beklagte sich nicht«, stieß er erstaunt über ihre Frage hervor. Er hatte angenommen, sie wolle über seine Gefährten Klage führen.

»Ich bin sicher, dass sie es nicht tat, doch seid *Ihr* der Fürst, nicht sie. *Ihr* seid derjenige, der sich um seine Gefolgsleute kümmern soll, ob gesunder junger Krieger oder eine alte Frau, die Euch ihr Leben lang diente. Sie ist erschöpft.«

Er wollte antworten, als ihm einfiel, dass er keine Antwort hatte. Sie hatte Recht. Wieder hatte er sich so sehr auf seine eigenen Belange konzentriert, dass er seinen Verpflichtungen nicht nachgekommen war. Er war verpflichtet, Vala vor den Strapazen der Reise zu bewahren. Statt einer Antwort bedeutete er Elspeth, sich auf die Bank zu setzen.

Sie tat es, und ihre Augen wurden groß, als er sich neben sie setzte. »Was habt Ihr mir zu sagen, dass es niemand hören soll?«

»Warum fragt Ihr das?«

»Ich wüsste keinen anderen Grund, weshalb Ihr mich hierherbringt und Euch so nahe zu mir setzt.«

Er konnte sich mehrere Gründe denken. Seine Gedanken mussten ihm ins Gesicht geschrieben sein, da sie so rasch den Blick abwendete wie seine Männer, als er den matten Scherz versucht hatte. Beim heiligen David! Was war nur mit ihm los? Seine Gedanken waren nie abgeirrt, bis er sie gesehen hatte, wie sie aus der Schießscharte hing. Und jetzt musste er darum kämpfen, seine Gedanken zu sammeln.

Nein, das stimmte nicht. Sie konzentrierten sich nur allzu gut auf diesen rothaarigen kleinen Kobold. Es fiel ihm schwer, nicht ihre Lippen anzustarren, wenn sie ein Wort formten. Wie würden sie unter seinen schmecken? Unterschied sich der Kuss einer Normannin von jenem einer Waliserin? Er verdrängte diese Gedanken, ehe er dem Verlangen nachgeben konnte, es herauszufinden.

»Warum reist Ihr allein?«, fragte er.

»Ich fand niemanden, der in dieselbe Richtung musste.«

»Ihr seid nicht dumm. Ihr wisst, wie viele Gefahren auf einen Reisenden lauern, zumal auf eine Frau.«

»Ich weiß.« Sie lächelte, doch war in ihrer Miene nichts Warmes. Sie erinnerte ihn an Heliwrs intensiv starren Blick, wenn er hochgeworfen wurde und davonflog, auf Beute aus.

»Und Ihr habt keine Angst?«

»Ich bin sehr wachsam, Fürst Tarran. Das ist ein großer

Unterschied.« Sie zog eine Braue hoch. »Wie Eure Männer erlebt haben.«

Er war an ihren Klagen über seine Männer nicht interessiert. Mit ihnen würde er sich später befassen. Nun aber ... »Auch Wachsamkeit schützt nicht vor Angriffen.«

»Ihr sagt nur, was ich schon weiß. Wir Ihr seht, langte ich wohlbehalten auf Kastell Glyn Niwl an.«

»Woher?«

Sie senkte den Blick. Bis jetzt hatte sie ihn offen angesehen. Warum zögerte sie, ihm zu sagen, woher sie kam? Vielleicht wurde sie verfolgt und wollte keine Spur hinterlassen. Oder sie war von dem normannischen Gut fortgelaufen, das ihr Zuhause war. Vielleicht war sie verrückt.

Nein, Letzteres konnte er nicht glauben. Sie reagierte mit einer Klarheit und Kühnheit, die keinem umnachteten Verstand entspringen konnte.

»Wohin wollt Ihr?«, fragte sie.

»Wir reisen südwärts nach Tyddewi. Falls Ihr in diese Richtung wollt, könnte ich Eure Hilfe gebrauchen.«

Sie blickte an ihm vorbei, dann sah sie ihn wieder an. Er hätte sich gern umgedreht, um festzustellen, was sie sah. Er tat es nicht. Seine Männer waren zur Stelle, und de la Rochelle war kein Feind.

Das war Bradwr ap Glew auch nicht gewesen.

»Warum bittet Ihr mich um Hilfe, wo doch Eure Männer klarmachten, dass sie mich dorthin wünschen, wo der Pfeffer wächst?«, fragte sie.

»Ich denke an Vala. Ich weiß, dass sie gern weibliche Gesellschaft auf der Reise hätte.«

»Wie gütig, ihre Bedürfnisse zu bedenken.«

»Ich stehe tief in ihrer Schuld. Wenn Ihr Euch uns anschließen wollt, wir brechen mit Sonnenaufgang auf.«

Sie runzelte die Stirn. »Ich dachte, Ihr wollt Valas Belange über die Euren stellen.«

»Das tue ich, aber …«

Sie drohte ihm mit dem Finger, als hätte sie einen Grünschnabel vor sich. »Ihr sprecht von Eurer Sorge um sie, und im nächsten Atemzug redet Ihr von einem frühen Aufbruch. Sie braucht Ruhe. Nicht nur heute Abend, sondern einen ganzen Tag oder gar zwei. Wollt Ihr ihr diese Frist gönnen?«

Er sah zu Vala hin. Sie saß am Tisch, den Kopf in der Hand, die Ellbogen aufgestützt, und kämpfte schwankend gegen den Schlaf an. Niemals würde sie ihn bitten, auf der Burg länger zu verweilen.

»Ja, die gönne ich ihr«, sagte er leise.

Elspeth lächelte, und er kämpfte die Erregung nieder, die ihn durchströmte. Ihr Lächeln bewirkte, dass sich ein Mann wie ein Held fühlte, auch wenn er dessen unwürdig war. »Ich danke Euch, dass Ihr meine Worte in Erwägung zieht«, erwiderte sie. »Ich will Euer Angebot auch erwägen und Euch vor dem Aufbruch Bescheid geben, wie ich mich entschied, Fürst Tarran.«

Er wollte hören, warum sie ihre Antwort hinauszögerte, hatte aber keine Chance.

De la Rochelle trat zu ihnen. »Ach, hier seid Ihr«, sagte er.

Tarran glaubte ein Aufatmen Elspeths zu vernehmen, war aber seiner Sache nicht sicher, da der Fürst sie mit einem warmen Händedruck begrüßte. Falls sie zögerte, seine Hand zu ergreifen, konnte Tarran nichts davon bemerken.

De la Rochelle beugte sich über ihre Hand. »Kommt und nehmt an meinem Tisch Platz. Es kommt so selten vor, dass mich ein so reizender Gast beehrt.«

Tarran stand ebenso wie Elspeth auf. Sie lächelte, als ihr Gastgeber sie zu der erhöhten Tafel geleitete. Ihre Schritte verrieten Erregung. Ob sie die Gesellschaft des Grenzmark-Lords jener Tarrans vorzog? Da de la Rochelle wie sie Normanne war, fühlte sie sich bei ihm vielleicht wohler.

Als der Baron sich neben sie in seinen prächtig verzierten Stuhl setzte, verriet der Blick, den er Elspeth zuwarf, dass Wohlgefühl nicht das war, was de la Rochelle für sie plante. Während Tarran die Stufen zur Hochtafel hinaufschritt, hörte er, wie sie ausführlich auf eine Frage des Barons einging. Erst ein Bein, dann das andere über die Bank links von Elspeth schwingend, ließ er sich nieder. Er sah hin, als der Baron herzlich über etwas lachte, das nicht unbedingt amüsant war. Der lüsterne Blick in de la Rochelles Augen war unmissverständlich, Elspeth aber schien ihn entweder nicht zu bemerken oder er war ihr willkommen.

Er merkte, dass er sich wieder geirrt hatte, als sie ihren Arm, auf den der Fürst seine Hand gelegt hatte, so rasch wegzog, wie sie ihre Finger von seiner eigenen Hand gezogen hatte. Ihr Lächeln blieb, wurde aber so brüchig wie Klippen unter dem ständigen Anprall der Brandung. Er fragte sich, wie lange sie es halten konnte, ehe es wegbrach.

»Ihr solltet Euer Lob für Vala aufsparen, Mylord«, sagte Elspeth. »Ich bezweifle, ob es viele Frauen in ihrem Alter gibt, die die Mühsal einer so langen Reise auf sich nehmen, um ihrer Enkelin bei der Geburt ihres ersten Kindes beizustehen.«

Valas Enkeltochter erwartete ein Kind? Tarran hatte nichts davon gehört. Vala äußerte sich selten über weibliche Angelegenheiten, ein Urenkel aber war etwas anderes. Er senkte den Blick. Spann Elspeth ein Garn für den Grenzmark-Lord?

Er blickte zu der alten Frau, die sie beobachtete. Ihre leichte Kopfbewegung in Richtung Elspeths und de la Rochelles hätte ebenso gut ein lauter Befehl sein können, da er diesen Ausdruck an Vala gut kannte. So hatte sie ihn immer angesehen, wenn sie ihm als Jungen wegen einer Pflichtvergessenheit die Leviten las. Seit Addfwyns Tod hatte er ihn an ihr nicht mehr gesehen.

Wieder fluchte er leise. Es bedurfte Valas Ermahnung nicht, um zu wissen, welche Absichten de la Rochelle mit Elspeth hatte.

»Vala hat sich nie vor einer Verpflichtung gedrückt«, warf er ein.

De la Rochelle warf ihm einen wütenden Blick zu, weil er sich eingemischt hatte, doch tat er, als hätte er nichts bemerkt.

»Die Frauen meiner Familie haben immer schon bewiesen, dass sie würdig sind, besungen zu werden.« Tarran hasste leeres Gerede, und zum ersten Mal, seit sie in seinen Armen die Augen aufgeschlagen hatte, wünschte er sich, dass Elspeth etwas sagte.

Als hätte er seine Gedanken laut ausgesprochen, setzte Elspeth hinzu: »Mir scheint, jede Familie in Wales hat ihre Heldensagen. Ich hörte einige, von begabten Spielleuten vorgetragen, und sie waren wundervoll.« Ihr Lachen klang, als hätte sie keinen einzigen vernünftigen Gedanken im Kopf, was nur ein Narr glauben konnte, wie Tarran wusste. »Und es gibt viele wundersame Legenden, die mit der Gegend verknüpft sind.« Sie lächelte Tarran zu, und wieder hatte er das Gefühl, als hätte ihm jemand mit einem einzigen Schlag die Luft abgepresst. »Welche Geschichte ist Euch die liebste, Fürst Tarran?«

»Jene von Fürst Pwyll, der sich ein Jahr lang als Tod ausgibt, damit er den ärgsten Feind des Todes bezwingen kann.«

»Diese Geschichte kenne ich nicht«, sagte sie und wandte sich leicht von ihrem Gastgeber ab.

De la Rochelles Stimme klang wie ein leises Grollen. »Ich würde sie Euch gern erzählen, während wir speisen.«

»Während wir speisen?«

»Elspeth«, warf Tarran ein, »ich glaube, Ihr wolltet Euch überzeugen, ob Vala nach dem langen Reisetag tüchtig isst.«

Der Lord runzelte die Stirn. »Eine Magd kann …«

»Danke, dass Ihr mich erinnert, Fürst Tarran.« Ihr Ton war ruhig. »Wenn Ihr mich entschuldigen wollt, sehe ich nach Vala. Ihr entschuldigt mich doch, Mylord?«

»Ja«, gab de la Rochelle in einem Ton zurück, der erkennen ließ, dass es ihm unbegreiflich war, warum sie die Gesellschaft einer alten Frau der seinen vorzog.

Sie stand auf und bückte sich, wie um nach ihrem Schuh zu sehen. So leise, dass nur er ihre Worte hören konnte, flüsterte sie Tarran zu: »Danke.«

»Es war mir ein Vergnügen«, gab er ebenso leise zurück.

Fast hätte Fürst Tarrans spöttische Antwort ihr ein Lachen entlockt. Sie drückte seinen Arm in einer so unbefangenen Geste, als gratuliere sie einer ihrer Schülerinnen nach einem gelungenen Schlag. Doch war nichts einfach an dem Gefühl, das sie durchströmte, mächtig wie ein Sturmwind, luftig und zart wie Eierschaum. Sie schwankte zwischen Schaudern und Kichern.

Als seine Miene sich verfinsterte, ließ sie seinen Arm los und ging zu Vala, die an einem leeren Tisch saß. Viele der Anwesenden hatten sich bereits vor den Feuerstellen ausgestreckt, um bis zum Sonnenaufgang zu schlafen.

Sie hätte Fürst Tarran nicht berühren sollen. Hatte sie denn nicht gewusst, wie beunruhigend es war, ihn zu berühren? Er war kein Freund. Er war ein mächtiger Mann, der niemals lächelte. Dennoch bewirkte die Berührung seiner Finger – und umgekehrt –, dass ihr Puls jagte.

Es wäre vielleicht leichter gewesen, mit ihrer Reaktion auf *seine* Finger fertigzuwerden, wenn sie nicht gleichzeitig versucht hätte, Lord de la Rochelles Finger abzuwehren. Der Fürst hatte alles darangesetzt, sie immer wieder anzufassen. Und immer wieder war sie seinem Blick ausgewichen, weil dieser ihr andeutete, dass ihm ein viel vertraulicheres Gespräch vorschwebte. Behandelte er jede Frau so, die Kastell Glyn Niwl betrat?

Bei allen Heiligen! Wäre Fürst Tarran ihr nicht in die Quere gekommen, hätte sie in die Burg hinein- und wieder herausgelangen können, ohne dem lüsternen de la Rochelle zu begegnen. Und warum hatte er nicht gesagt, dass er Fürst war? Schämte er sich, ein unehelicher Sohn und damit ein Bastard zu sein? Das war unsinnig, schließlich wurde er von seinen Landsleuten als Fürst anerkannt.

Elspeth, die gehofft hatte, ihre Fassung wiedererlangt zu haben, wurde eines Besseren belehrt, als sie sich neben Vala setzte und die alte Frau sagte: »Kind, du zitterst ja. Stimmt etwas nicht?«

»Nein, mir geht es gut.« Sie war froh, der Hochtafel den Rücken zuwenden zu können. Zusehen zu müssen, wie ihre Mutter die lüsternen Hände eines Lords hatte ertragen müssen, war schon grässlich genug gewesen. Nun aber erleben zu müssen, wie der Fürst sie ebenso gierig betastete, war noch ekelhafter. Wie hatte ihre Mutter es nur ertragen können?

Vala schüttelte den Kopf. »Du bist aschfahl. Als du an der Mauer in Fürst Tarrans Armen lagst, hattest du mehr Farbe.«

»Da war ich wütend!«

»Das bist du jetzt auch. Du zitterst wie in dem Moment, als du auf eigenen Füßen Fürst Tarran gegenüberstandest.«

Elspeth lächelte betrübt. »Danke für Eure Besorgnis, Vala, doch es geht mir gut. Oder, um ehrlich zu sein, mir wird es gut gehen, wenn ich Kastell Glyn Niwl hinter mir lasse.«

»Ein reizendes Mädchen wie du wird überall Aufmerksamkeit auf sich ziehen.«

Nicht, wenn ich zur St. Jude's Abbey zurückkehre, wollte sie erwidern. Sie hatte ihr Leben dort immer geliebt, doch wie viel Freiheit sie innerhalb der Mauern genoss, hatte sie erst ermessen können, nachdem sie diese verlassen hatte.

Als Elspeth keine Antwort gab, schob Vala ihr ein Tranchierbrett mit Brotstücken und Fragmenten von zerkochtem Fisch zu. »Vor vielen Jahren schon lernte ich, dass alle Probleme weniger unüberwindlich scheinen, wenn man etwas im Magen hat«, sagte die alte Frau mit sanftem Lächeln.

Elspeth griff nach einem Stück Brot. Sie brach etwas davon ab und knabberte daran. Das Brot war frisch und köstlich. Sie musste sich zurückhalten, um es nicht hinunterzuschlingen. Die Wegzehrung, die sie von Cardigan mitgenommen hatte, war seit dem Vortag aufgebraucht.

»Darf ich dir eine Warnung mit auf den Weg geben, Kind?«, fragte Vala.

Sie nickte, den Mund voller schwerem Brot.

»Iau ap Mil ist wie sein Bruder Seith ein ausgeglichener Mensch, doch trifft dies weder auf Kei ap Pebin noch auf seinen Vetter Gryn ap Dwnn zu. Wie du ihren Gefährten zugerichtet hast, missfällt ihnen gründlich.«

»Ich weiß.« Sie griff nach einem Bierkrug und spülte das Brot mit Ale hinunter. »Das sagte Fürst Tarran bereits.«

Offenkundig befriedigt lächelte Vala.

»Habt Ihr mir das gesagt, um herauszufinden, was er äußerte?«, fragte Elspeth erstaunt.

»Ich wusste, dass er es sagen würde, doch tut es gut, es bestätigt zu hören.« Nach einer kleinen Pause fragte sie: »Was sagte er dazu, dass du zwei seiner besten Männer gegen diese Bank krachen ließest?«

Elspeth riss noch ein Stück Brot ab. »Nichts.«

»Nichts?«

»Er kam nicht darauf zu sprechen.« Sie ließ das Brot los,

als sie sah, wie sie es zwischen den Fingern der geballten Faust zerdrückte. Als Fürst Tarran sie unter vier Augen hatte sprechen wollen, war sie sicher, dass er dahinterkommen wollte, wie sie es geschafft hatte, sich so behände von seinen zwei Männern zu befreien. Offensichtlich hatte er während seines Gesprächs mit Lord de la Rochelle nicht bemerkt, dass sie die Tricks benutzte, die Nariko ihr beigebracht hatte. Mit einem schnellen Griff nach der Hand und einer raschen Drehung hatte sie einen gegen den anderen prallen lassen. In ihrem Bemühen, nicht zu fallen, waren sie gegen die Bank gepoltert, so dass diese sich aufgestellt hatte. Sie hatte darüber nicht lachen können, weil sie über die Anmaßung der beiden, sie einfach in der Halle herumzustoßen, zu stark erbost gewesen war.

»Merkwürdig«, murmelte Vala.

»Ich erwartete nicht, dass er sich für ihr rüpelhaftes Benehmen entschuldigt.«

»Dem Fürsten muss entgangen sein, wie du dich aus Gryns und Keis Griffen befreit hast.«

»Ach …« Nun war sie um eine Antwort verlegen.

»Hast du sein Angebot, mit uns weiterzureisen, angenommen?«

Elspeth starrte die alte Frau an. »Woher wisst Ihr, dass er mich fragte, ob ich mit Euch gehen will?«

Vala nahm ein Stückchen Fisch und roch daran. »Ich kenne sein Mienenspiel so gut, dass ich weiß, was er denkt.« Sie knabberte am Fisch.

»Lächelt er denn nie?«

Die alte Frau, deren Gesicht sich besorgt verzog, legte das Stückchen auf das Brett zurück. »Er lächelte oft und bereitwillig.« Sie seufzte. »Ich wünschte, er würde es wieder tun. Vielleicht könnt Ihr ihn dazu bringen, weil wir alle es seit Lady Addfwyns Tod nicht schafften.«

Sie gab darauf keine Antwort. Diese Aufgabe konnte sie nicht übernehmen, weil sie ihrer Verpflichtung der Königin gegenüber in die Quere kommen konnte. Fürst Tarrans Aufforderung, mit seiner Gruppe und Vala zu reisen, würde für sie nicht mehr infrage kommen, wenn die weise alte Rhan sie auf der Suche nach *Llech-lafar* in die entgegengesetzte Richtung schickte. Es würde einfacher sein, wenn ihre Wege sich trennten, damit sie nicht länger mit Fürst Tarran und seinen hitzköpfigen Gefährten zusammen sein musste. Und doch konnte sie ihre Hoffnung auf eine gemeinsame Weiterreise nicht dämpfen. Denn dann konnte sie die Wärme seiner Fingerspitzen auskosten.

Was dachte sie sich eigentlich dabei? Trotz Fürst Tarrans verwirrender Liebkosungen, die sie sehr genoss, hatte die ihr von Königin Eleanor übertragene Aufgabe Vorrang. Sie musste diesen verdammten Stein finden und schleunigst nach St. Jude zurückkehren, ehe sie ihren letzten Rest Verstand einbüßte.

5

Elspeth trat durch die kühlen Schatten vor dem gewölbten Tor auf den langen, schmalen Innenhof. Das Pförtnerhaus war nicht weit. Auf dem ungepflasterten Boden sah man die Spuren unzähliger Füße, die ihn während der schlammigen Zeit überquert hatten.

Auf der anderen Seite der Mauer sprachen zwei Männer miteinander. Sie konnte ihre Worte nicht verstehen und bemühte sich auch nicht darum. Sie hatte gesehen, wie die Wachposten vom Obergeschoss des Torhauses, von dem aus die Fallgatter bedient wurden, heruntergestiegen waren. Falls nicht einer von ihnen wusste, wo sich *Llech-lafar* befand, konnte nichts, was sie sprachen, ihr Interesse wecken.

Abortgerüche wehten von der Rückseite des Hauptturms her, während der Küche verlockendere Düfte entströmten, die ahnen ließen, dass bald das Frühstück fertig sein würde.

Das Frühstück war der Grund dafür, dass sie diese frühe Stunde zum Üben nutzte. Sie wollte nicht wieder die Gleichgültige spielen müssen, wenn ihr Gastgeber, dessen Hände sich in ihrer Nähe zu vervielfältigen schienen, sie bedrängte. Wären ihre Reflexe durch das lange Training nicht so schnell gewesen, hätte sie seine frechen Finger nicht abwehren können.

Sie lehnte die Stelzen an die Mauer und trug ihren Kampfstock in die Mitte des Hofes. Die Morgensonne, eben erst über den Bergen im Osten aufgegangen, hatte die Luft kaum erwärmt. Sie schauderte, obwohl es nicht so kalt war wie einige Wochen zuvor, als sie den Offa's Dyke überquert und Wales erreicht hatte. Die Sonne würde bald wieder hinter den Wolken verschwinden, die gleich einem angriffsbereiten Tier am Himmel kauerten. Sie musste trainieren, ehe der Regen einsetzte. Sie entfernte die Metallspitzen von den Stockenden. Sie mochte es nicht, wenn sie aufgesteckt waren, doch hatte die Äbtissin darauf bestanden, dass keine Schwester die Abtei verlassen durfte, ohne sich verteidigen zu können.

»Auch bis zum Tod?«, hatte Elspeth gefragt.

Sie war erschrocken, als die Äbtissin nickte.

»Ich kann aber jeden Feind abwehren, indem ich ihn bewusstlos zu Boden strecke oder ihn sonst irgendwie kampfunfähig mache. Ich muss ihn nicht töten.«

»Das trifft zu, wenn man es mit einem einzelnen Gegner zu tun hat. Stehst du aber mehreren gegenüber, wirst du feststellen, dass ein Schlag, mit dem du einen allein verwundest, nicht ausreicht.«

Elspeth hatte widersprochen, bis die Äbtissin sie an ihr Gehorsamsgelübde erinnerte. Die Äbtissin war nicht gewillt, sich umstimmen zu lassen. Elspeth, die genau wusste, wie viel Kraft es kostete, um einen Mann bewusstlos zu schlagen, musste auch gewillt sein zu töten, wenn es um das Leben des Königs ging.

Nach der Unterredung mit der Äbtissin hatte sich ihr Magen vor Übelkeit zusammengekrampft. Dieses Gefühl meldete sich wieder, als sie die Metallspitzen neben die Stelzen steckte.

Obwohl sie sich nie wieder so übertölpeln lassen würde wie von dem Vertrauensmann der Königin, wollte sie daran festhalten, sich vor dem Gegner zu verneigen. Es war eine Gewohnheit, vertraut wie ausgetretene Schuhe, selbst wenn ihr Gegner eine Stange war, die Lord de la Rochelles Männern zum Lanzentraining diente. Ein Sack mit zwei aufgemalten Augen war der Schädel. Die Stange war größer als die meisten Männer, eignete sich aber gut als Angriffsziel.

Leicht tänzelnd ergriff sie den Stock so, dass eine Hand

oben war. Das Wichtigste, was sie gelernt hatte, war die Einschätzung des Gegners, das Erkennen seiner Stärken und Ausnutzen der Schwächen.

Obwohl sie sich albern vorkam, hatte Gewohnheit etwas Tröstliches. Sie verbeugte sich. Die runden Augen auf dem Sack erwiderten starr und blind ihren Blick.

»Du bist größer als ich«, sagte sie, als sie die Stange umkreiste und dabei laut redete, als würden ihre Schülerinnen zuschauen. »Dein Stock ist viel länger als der meinige, meiner aber kann unter deinen stoßen und ihn aushebeln.«

Sie schnellte vor und stieß mit einem Stockende auf die Stange.

»Doch du würdest kontern, ehe ich deine Knie träfe.« Sie drehte den Stock in scharfem Winkel nach oben. »Ich muss verhindern, dass dein Stock mich von oben auf Kopf oder Schultern trifft. Und ich muss flink sein, sonst wird deine größere Reichweite und deine Größe den Kampf zu meinen Ungunsten wenden.«

Ihre Hände glitten den Stock entlang, dann schwang sie ihn hoch und trat vor. Der Stock traf den ausgestopften Schädel knapp unter dem Kinn. Der Stoff zerriss, Federn quollen hervor.

Sie wirbelte davon. Den Stock über dem Kopf und wieder tiefer vor sich drehend, hielt sie inne, als sie zwei Männer am kleinen Tor erblickte. Drei andere Männer versuchten, an ihnen vorbeizusehen.

»Sehr eindrucksvoll«, sagte Lord de la Rochelle, als er und Fürst Tarran auf sie zukamen. »Meint Ihr nicht auch, ap Llyr?«

Es erstaunte sie nicht, dass der Lord Fürst Tarran nicht

mit seinem Adelstitel anredete. Kein Lord der Grenzmark würde diese walisische Tradition anerkennen, da damit das Recht der Normannen, über dieses Gebiet zu herrschen, in Frage gestellt worden wäre. Sie sah die Blicke, die das Gesinde des Lords wechselte. Die Leute waren irritiert von der Art, wie er mit Fürst Tarran redete.

»Ja, sehr eindrucksvoll«, erwiderte Fürst Tarran. »Gegen eine Stange kämpft sie sehr geschickt.«

»So wie gegen Euren Mann.«

»Das war ein Glückstreffer.« Er wandte ihr den Rücken zu und tat sie ab. »Iau zog sich seine Verletzungen zu, als er ihrem wilden Schwung ausweichen wollte und aus dem Sattel fiel.«

»Sie traf ihn gar nicht?«

»Nein.«

Elspeths Nägel gruben sich in den Stock. Fürst Tarran log. Sie verschluckte ihre Erwiderung. Er musste einen Grund haben, dem Lord diese Geschichte aufzutischen. Bislang hatte keiner der beiden etwas getan, das sie an der Ausführung ihrer Aufgabe gehindert hätte. Sie durfte sich daher nicht in Beziehungen oder Konflikte der beiden hineinziehen lassen.

Lord de la Rochelle ging mit breitem Lächeln an Fürst Tarran vorüber. »Ein einzigartiger Anblick, eine Frau einen Kampfstock mit Geschick handhaben zu sehen.«

»Ich habe lange trainiert, Mylord«, gab sie kühl zurück. Wenn er noch näher käme … Ihre Finger umklammerten den Stock fester. Sie zwang sich zu einem lockeren Griff. Sie konnte gegen den Lord keinen Schlag führen, wenn sie ihm nicht mehr vorzuwerfen hatte als mangelnde Ritterlichkeit.

»Sieht so aus.« Er griff nach ihrem Stock. »Vielleicht könnt Ihr mir die letzte Bewegung zeigen.«

Sie stützte den Stock auf den Boden und verhinderte so, dass er ihn anfasste. Lächelnd konstatierte sie, dass Fürst Tarran sie anblickte, seine Hände hinter dem Rücken verschränkt.

»Mit meinem Stock könnt Ihr nichts anfangen, Mylord«, sagte sie, »da er für einen Mann Eurer Statur zu kurz ist. Ich bin sicher, dass Ihr in Gesellschaft einer Frau gewohnt seid, auf einen viel längeren Stock zurückzugreifen.«

Der Lord lachte schallend. »Seht Euch vor, ap Llyr. Sie nimmt genau Maß an einem Mann.« Er neigte den Kopf und sagte: »Wenn Ihr hier fertig seid, würde ich gern das Frühstück mit Euch einnehmen. Kommt in die große Halle. Jemand wird Euch zu mir führen.«

Elspeth nickte, obwohl sie nicht beabsichtigte, das Frühstück oder etwas anderes mit ihm zu teilen. Sobald die Männer gegangen waren, konnte sie in ihrem Training fortfahren, bis alle bei Tisch saßen. Dann würde sie sich in Rhans Kammer schleichen.

Fürst Tarran folgte ihm nicht, als der Lord fortging. Schweigend stand er da, die Hände hinter dem Rücken verschränkt. Fast hätte man glauben können, in ihm sei nicht mehr Leben als in dem ausgestopften Sack auf der Stange. Wenn er nichts sagte, würde sie sprechen. »Warum habt Ihr Lord de la Rochelle angelogen?«

Er tippte auf ihren Stock. »Närrin! Ihr habt wirklich keine Ahnung?«

»Wenn Euch und Eure Männer der Glaube tröstet, dass es nicht meine Geschicklichkeit war, die Iau ap Mil bezwang, dann glaubt meinetwegen die Geschichten, die Ihr erfindet. Ich weiß, dass Waliser gern fabulieren, doch hätte ich nicht gedacht, dass dies Lügen mit einschließt, Lügen über eine Wahrheit, die wir beide kennen. Ich …«

Er packte den Stock zu beiden Seiten ihrer Hände. Mit einer einzigen raschen Bewegung hob er ihn bis unter ihr Kinn. »Still jetzt, Weib!«, knurrte er, sein Gesicht dicht vor ihrem.

Sie versuchte, den Stock hinunterzudrücken, doch er war zu stark. Sie trat einen Schritt zurück. Er desgleichen. Wieder wich sie zurück. Er hielt den Abstand. Sie japste, als sie gegen die Stange stieß. Es gab kein Ausweichen, weder nach rechts noch nach links.

Sie hob ihr Kinn und begegnete seinem Blick, der nicht mehr kühl war, sondern vor Zorn loderte.

»Ihr habt *mir* eine Frage gestellt«, sagte sie zähneknirschend.

»Eine Frage, die nur ein Ja oder Nein erfordert hätte.«

»Ich gab Euch die Antwort, die ich für angemessen hielt. Wenn es Euch nicht passt, könnt Ihr …« Sie würgte, als er den Stock als stille Warnung gegen ihre Kehle drückte.

Ihre Nasen stießen fast aneinander. Außer seinem eindringlichen Blick konnte sie nichts sehen. »Denkt an meine Worte und hütet Euch vor unserem Gastgeber. Er hat Fragen gestellt.«

»Worüber?

»Über Euch.«

»Das dachte ich mir.« Vermutlich glühten ihre eigenen Augen nun vor Zorn. Vielleicht plapperte sie zu viel, doch waren Fürst Tarrans Antworten zu knapp und reizten sie zu immer weiteren Fragen. »Was wollte er wissen?«

Er senkte den Stock eine Handbreit unter ihre verletzliche Kehle. »Er wollte wissen, ob wir ein Liebespaar sind.«

Sie lachte und wusste sofort, dass sie es bereuen würde, als sie seine finstere Miene sah, doch konnte sie nicht anders. Wenn ein anderer angedeutet hätte, Elspeth Braybrooke, Tochter fahrender Gaukler und nunmehrige Lady von St. Jude's Abbey, könnte das Bett eines walisischen Fürsten teilen, hätte sie ihn für verrückt erklärt.

»Verzeiht. Ich hätte nicht lachen sollen, aber allein der Gedanke, dass ...«

Seine Stirn furchte sich noch stärker.

Sie musste es anders versuchen. »Ihr müsst zugeben, dass es eine lächerliche Vorstellung ist.«

Wieder neigte er sich ihr zu. »Ist es das?«

»Ja! Wir kennen uns erst seit gestern, und Ihr habt aus Eurer Verachtung für alles, was ich tue und sage, kein Hehl gemacht. Bei jeder Gelegenheit zeigt Ihr mir den Rücken und tut mich ab wie ein lästiges Insekt. Ihr habt mich zwar gefragt, ob ich mit Euch weiterreisen möchte, aber nur aus Sorge um Vala, und nicht, weil Ihr ...«

»Still!« Er trat näher. Sie drückte sich wieder gegen die Stange.

Sie wagte kaum zu atmen. Jede Bewegung würde dazu führen, dass sie seine harte Brust berührte. Seine starken Beine waren an ihrem Rock, und plötzlich wurde ihr jeder männliche Aspekt an ihm bewusst. »Aber Ihr habt mich gefragt ...«

Sein Mund drückte sich auf ihren und drängte ihren

Kopf zurück an die Stange. An seinem Kuss war nichts Sanftes. Sie wollte ihren Kopf abwenden, nicht gewillt, sich von seinem Zorn überwältigen zu lassen. Er entriss ihr den Stock und warf ihn beiseite.

Mit ihren nun freien Händen stemmte sie sich gegen seine Brust und trat ihn zugleich ans Schienbein. Als er einen Fluch herausbrüllte und sein Griff kurz nachließ, schlüpfte sie zwischen ihm und der Stange davon und lief zu ihrem Stock. Er folgte ihr, packte ihren Arm und drehte sie zu sich um.

Ihre Bewegung kam instinktiv. Die Knie beugend, drückte sie ihren Arm scharf gegen seinen Daumen. Ungläubig sah er mit an, wie sein Griff brach und sie nach seinen Schultern fasste. Sie vollführte eine halbe Drehung. Er flog über ihre Hüfte und landete auf dem Boden. Stöhnend schloss er die Augen und blieb reglos liegen.

Sie erschrak. Eben hatte sie einen Fürsten in hohem Bogen zu Boden gehen lassen. Und einen seiner Männer hatte sie schon verletzt. Hatte auch er eine Verletzung davongetragen?

»Fürst Tarran?«, fragte sie, als sie sich neben ihn kniete.

Er schlug die Augen auf.

»Seid Ihr unversehrt?«

»Wo habt Ihr das gelernt?«, murmelte er.

»Der Daumen ist schwächer als die anderen Finger. Übt man auf ihn Druck aus, kann man sich aus dem stärksten Griff befreien.«

Er schüttelte den Kopf und schnitt eine Grimasse. »Könnt Ihr nicht aus Mitleid mit meinem brummenden Kopf einfach meine Frage beantworten?«

»Ja.«

»Gut.« Er machte eine Pause und stützte sich auf einen Ellbogen auf. »Warum dieser Angriff? Habe ich etwas getan, um Euch so aufzubringen?«

»Ihr habt alles nur Mögliche getan, um mich aufzubringen.«

»Indem ich Euch beistehen wollte, de la Rochelles Annäherungsversuche abzuwehren.« Er ließ sich auf den Boden sinken und schloss die Augen. »Vielleicht begrüßt Ihr seine Avancen.«

»Nein, Ihr hattet Recht bezüglich des Lords. Geirrt habt Ihr Euch nur darin, dass ich Eures Schutzes bedarf.«

»Ihr glaubt also, es allein mit jedem Gegner aufnehmen zu können«

»Bis jetzt war es so.«

Er öffnete ein Auge und schaffte es irgendwie, sie anzufunkeln. »Mit was für Gegnern hattet Ihr es zu tun? Habt Ihr nur mit Eurer Vernunft gekämpft, die Euch riet, nicht durch eine schmale Maueröffnung in eine Burg zu klettern?«

»Darüber werde ich nicht mehr streiten. Seid Ihr verletzt?«

Wieder schloss er die Augen. »Wenn dies die Art und Weise ist, wie Ihr Eure Verbündeten behandelt, werde ich alles daran setzen, niemals Euer Feind zu werden. Warum dieser Angriff?«

Sie hockte sich auf ihre Fersen. »Ich wollte nicht, dass Ihr mich küsst.«

»Das hättet Ihr sagen können.«

»Ihr habt mir nicht die Chance für mehr als zwei Wörter gelassen.«

»›Nein‹ ist nur ein einziges Wort.«

»Immer habt Ihr mich unterbrochen.«

»Ach?«

»Seid Ihr sicher, dass Ihr unversehrt seid?« Sie legte ihm die Hand auf die Stirn, um sein Gesicht zu sich zu neigen und seinen Blick zu prüfen, dessen Festigkeit ihr verraten konnte, ob er eine Gehirnerschütterung erlitten hatte.

Er stieß ihre Hände fort und stand auf. »Mir fehlt nichts.« Er zog sie hoch, ließ sie aber nicht los. »De la Rochelle wird nicht so nachsichtig sein, wenn Ihr ihn zu Boden stoßt.« Er zuckte zusammen, als litte er beim Sprechen.

Sie vermutete, dass er wirklich Schmerzen hatte, da sie beim Training selbst oft gestürzt war. Hatte sein Kopf mehr als nur eine Beule abbekommen? Sie hob die Hand und strich über seinen Hinterkopf.

Er fasste nach ihrer Hand und zog sie weg. »Was soll das?«

»Ich versuche nur, Euren Kopf zu untersuchen.« Sie blickte ihn so finster und drohend an wie er sie. »Vielleicht sollte ich mir mehr Sorgen um den Boden machen, den Euer Schädel beschädigte.«

»Vielleicht solltet Ihr Euch de la Rochelles wegen mehr sorgen.«

»Kümmert Euch nicht um mich. Ich kann selbst auf mich achtgeben.«

»Wirklich?« Er verdrehte ihr Handgelenk und beugte sich darüber. Sein Atem war warm, doch liefen ihr Schauer über den Rücken, als er fragte: »Könnt Ihr auf Euch achtgeben, wenn er dies macht?«

Er drückte seinen Mund auf die Innenseite ihres Handgelenks. Ihre empfindliche Haut glühte unter seinen Lippen. Ihre andere Hand krallte sich in den Rock, während sie versuchte, das Zittern, das sie durchlief, zu beherrschen.

Den Kopf leicht anhebend fragte er: »Kannst du es?«

»Auf mich achtgeben?« Mit bebender Stimme setzte sie hinzu: »Ja.«

»Auch wenn er das macht?«

Ihre Antwort ging in ein leises Stöhnen über, als er mit der Zungenspitze über ihren Hals glitt und sein Gesicht in ihrem Haar vergrub. Sie suchte festeren Halt und spürte seine muskulöse Brust unter ihren Fingern. Es war nicht mehr ihr Rock, an den sie sich klammerte, sondern sein Gewand. Starke Empfindungen erschütterten sie.

Sein Atem brannte an ihrem Ohr, und sie kostete mit geschlossenen Augen die Glut aus.

»Nun … kannst du es?«, raunte er.

»Ja.« Ihre Stimme war leise wie seine. »Ja, ich kann es.«

»Bist du sicher?«

»Ich denke schon.«

»Zweifel?« Sein Ton verriet eine Andeutung von Belustigung, die sie von ihm noch nie gehört hatte. »Dann sag mir, ob du es auch noch kannst, wenn er das macht?«

Er nahm ihre Lippen in Besitz, sanft diesmal. Es überwältigte sie und brachte ihre Sinne ins Taumeln, als hätte man sie umgeworfen. Seine Finger strichen über ihre Wangen, durch ihr Haar. Er neigte ihren Kopf zurück, als er den Kuss vertiefte, bis sie an seinem Mund keuchte. Als seine Zunge über ihre Lippen strich, konnte sie sich nicht vorstellen, ihm die innersten Geheimnisse ihres Mundes oder was immer er forderte vorzuenthalten. Seine Zunge glitt in ihren Mund, und sie legte die Arme um seinen Nacken.

Er zog sich zurück, sie aber nicht. Bewegte sie sich nur einen Wimpernschlag, würde das herrliche Gefühl schwinden. Unter ihren Fingerspitzen lockte feines Haar zur weiteren Erkundung. Sein Atem war langsam und tief, während seine Brust sie streifte, ihrer aber schnell, als hätte sie *Llech-lafar* durch ganz Wales geschleppt.

Llech-lafar! Elspeth ließ die Arme sinken und trat zurück. Sie drehte sich nach der Stange um, an der zerfetzter Stoff flatterte. Aus dem Augenwinkel sah sie, wie er die Hand nach ihr ausstreckte und wieder zurückzog.

»Habt Dank für Eure Besorgnis, Fürst Tarran.« Fast wäre sie an seinem Titel erstickt. Er war ein Fürst. Sie hätte einen Fürsten nicht küssen sollen … es sprachen unzählige Gründe dagegen. Der wichtigste war, dass ihr einziger Anspruch auf den Titel Lady von ihrer Zugehörigkeit zur Abtei herrührte. »Seid versichert, dass ich sehr gut imstande bin, mich vor Lord de la Rochelle zu schützen.« *Du bist es, vor dem ich mich nicht schützen kann.*

»Wenn Ihr sicher seid …«

»Das bin ich.«

»Nun, dann habe ich Euch lange genug vom Training abgehalten.« Er neigte den Kopf und schritt durch den Torbogen.

Sie griff nach ihrer Waffe und erschrak, als sie sah, wie ihre Finger zitterten. Dann hob sie die Stelzen auf und hielt die drei Stöcke an die Brust gedrückt, doch auch jahrelange Übung vermochte ihr heftiges Herzklopfen nicht zu beruhigen, als sie sich mit aller Kraft zurückhalten musste, Fürst Tarran nicht zurückzurufen.

6

Tarran zog eben seinen linken Stiefel an, als Seith ap Mil in den Raum polterte, in dem sie die vorige Nacht verbracht hatten. De la Rochelle hatte sich als großzügiger Gastgeber gezeigt und ihnen ein eigenes Gemach zugewiesen, anstatt sie in der großen Halle schlafen zu lassen. Der Raum war der beste, den sie seit dem Verlassen von Kastell Gwalch Glas bewohnt hatten. Neben einem Bett mit Baldachin zum Schutz gegen eventuell von der Decke fallende Mäuse und anderes Ungeziefer gab es für seine Männer frisch gefüllte Strohsäcke. Der Duft nach Heu und Kräutern, der in der Luft lag, wurde von der Brise, die mit dem Regen durch das einzige Fenster hereinwehte, im Raum verteilt. Das Fensterbrett war so tief, dass das Wasser sich darauf sammelte, anstatt auf den Boden zu fallen.

Wäre er mit Heliwr allein unterwegs gewesen, hätte er einen Weg gefunden, den Falken vor dem Unwetter zu schützen, und wäre bei Tagesanbruch nach Süden geritten. Verzögerungen waren nicht nach seinem Geschmack, doch war es bis nach Tyddewi nicht mehr weit. Und von der Stadt mit der Kathedrale war es nicht weit an die Südküste, wo man ein Boot nach Lundy Island nehmen würde. Dort lag die neue Flotte, die sich rüstete, westwärts zu segeln, und dort würde es ihm vielleicht glücken, den genauen Aufenthalt von Bradwr ap Glew in Erfahrung zu bringen.

Sein Freund Seith ging auf ihn zu, wobei seine Stiefel weitere Düfte aus den Binsen auf dem Boden aufsteigen ließen. Tarran betrachtete ihn aufmerksam. Seiths Doppelkinn wabbelte vor Empörung bei jedem Schritt.

Auf einen Wutausbruch gefasst, da Seith seine Gefühle niemals zügelte, stellte Tarran den Fuß auf den Boden und bemühte sich, seine Zehen an der verrosteten und hinderlichen Schnalle vorbeizuzwängen.

»Hast du den letzten Rest Verstand verloren?«, fuhr Seith ihn an.

»Ich wusste gar nicht, dass mir auch nur ein Funken abhanden kam.« Er stand auf und versuchte, seine Zehen ein Stückchen nach vorne zu schieben.

»Beim Vorderzahn des heiligen David, Tarran! Seit Addfwyns Tod bist du nicht du selbst. Wir trugen deine Trauer mit. Wir gelobten, dir zu helfen, Bradwr ap Glew zu finden, selbst wenn wir an den Rand des Horizonts segeln müssten, von wo kein Sterblicher je wiederkehrt.«

»Ich weiß, was ihr gelobtet! Ich weiß es jede Stunde, jeden Tag, sei ich wach oder von einem Albtraum verfolgt.«

»Verzeih mir.« Seiths Zorn hatte sich etwas gemäßigt.

Endlich steckte Tarrans Fuß im Stiefel. »Hoffentlich bist du gekommen, um mir zu sagen, dass es deinem Bruder gut geht.«

»Ja, die Verbände sind ein guter Schutz. Er sagte, das Mädchen hätte die Lederstreifen mit Eiweiß versteift.«

»Elspeth Braybrooke schlug vor …«

Seith stieß einen Fluch hervor. »Sie ist nicht das, was sie zu sein scheint. Sie verfügt über viele überraschende Fähigkeiten und weiß die merkwürdigsten Dinge.«

»Gewiss. Wir sollten froh sein, dass sie deinem Bruder helfen konnte.«

»Nachdem sie ihn verletzte!«

»Das gebrochene Handgelenk zog er sich beim Sturz vom Pferd zu.«

Seith nickte. »Was immer Elspeth Braybrooke sein mag, sie hat etwas im Sinn, das ihr todernst ist und das sie verschweigt.«

»Gewiss«, sagte Tarran wieder. »Aber was?«

»Das ist die Frage, oder?« Er senkte die Stimme, obwohl sie allein waren. »Mylord, sie ist eine *Sais*. Wie die anderen Landfremden muss sie aus einem bestimmten Grund hier sein. Warum spricht sie nicht darüber?«

»Seith, heraus damit! Eine einzelne Normannin, die durch Cymru reist, kann nicht Grund deiner Sorge sein. Was beunruhigt dich wirklich?«

Sein Freund ging ans Fenster und lehnte sich ans breite Fensterbrett. »Ich würde es nicht glauben, hätte ich es nicht mit eigenen Augen gesehen.«

»Was denn?«

»Wie sie Kei und Gryn mit bloßen Händen in die Knie zwang.«

»Du beliebst zu scherzen.«

»Nein. Sie entkam deren Griff mit Leichtigkeit.« Während Seith seine Erklärungen heftig fuchtelnd unterstrich und zu demonstrieren versuchte, was Elspeth getan hatte, lauschte Tarran aufmerksam. Was Seith sagte, hörte sich unglaublich an, doch wusste Tarran, dass jedes Wort wahr war. Sein Freund verstummte und ging auf Tarran zu.

»Du scheinst nicht erstaunt«, sagte Seith.

»Ich kenne ihre Fähigkeit, einen Mann zu Boden zu bringen.« Er rieb sich den Hinterkopf.

»Sie hat es mit dir ebenso gemacht?«

»Ja, und es war ein ordentlicher Schock.«

Seith verschluckte einen derben Fluch. »Wie kann das nur sein?«, fragte er. »Du bist Fürst Tarran, ein großer Krieger.« Seine Miene verriet Bestürzung. »Mylord, Verzeihung, dass ich es nicht eher sagte. Ich wusste nicht, dass du nicht gesehen hast, was sie tat.«

»Für Entschuldigungen gibt es keinen Grund. Wäre ich auf das vorbereitet gewesen, wozu sie imstande ist, hätte ich sie bei dem Versuch, sie abzuwehren, vielleicht verletzt. Sie wird uns mit ihren Tricks nicht mehr überrumpeln können.« Er stand auf. »Wer weiß? Auf dem Weg nach Tyddewi werden wir ihre Fähigkeiten vielleicht gut gebrauchen können.«

Seith fasste nach seinem Schwertgriff. »Bei dem Eid, den ich dir leistete, gelobte ich, dass ich eher sterbe, als zuzulassen, dass uns eine Frau verteidigt.«

»Ich verlange nicht, dass du ihr Platz machst.«

»Gut«, kam eine Antwort von der Tür her.

Tarran erkannte Keis Stimme. Ein Blick zeigte ihm, dass Keis Vetter neben ihm stand. Die zwei waren selten getrennt ... eigentlich nur, wenn einer eine Frau fand, die ihn unterhielt. Kei war auf der Burg seines Vetters aufgewachsen, und Gryn war von ihm so abhängig wie von einem älteren Bruder.

»Vielleicht«, fuhr Kei fort, als er eintrat, »ist sie ein Zeichen dafür, dass unser Glück sich wendet.«

»Eine sonderbare Feststellung für einen Mann, den sie mit solcher Leichtigkeit bezwang«, grollte Seith.

»Ich kann meine Schande vergessen, um zu erleben, dass Bradwr ap Glew für seine bezahlt.« Kei schob sein Kinn vor. Nun sah er viel älter aus als siebzehn. »Kannst du es, Seith ap Mil?«

»Es ist nicht dein Bruder, den sie verletzte. Du bist von ihr angetan, weil sie hübsch ist.«

Gryn schlug beiden Männern auf die Schultern. »Das fiel uns allen auf.«

»Hübsche Frauen machen Verdruss.« Seiths Ton wurde noch missmutiger.

»Das stimmt«, sagte Tarran.

»Sie hat bereits meinen Bruder und dich verwundet.«

Kei und Gryn stellten nun Fragen, wie Elspeth ihn verletzt hätte, und stritten sich, wem die Ehre zufallen sollte, dem Frauenzimmer beizubringen, welch üble Folgen es hatte, wenn man einem Fürsten Schaden zufügte. Tarran bedeutete ihnen mit einer Handbewegung zu schweigen.

Sie gehorchten, Seith aber nicht. »Und doch hast du sie aufgefordert, mit uns weiterzuziehen.«

»Vala wird sich über weibliche Gesellschaft freuen«, sagte Tarran.

»Du könntest sie hierlassen.«

Kei brummte: »Sie war entschlossen hineinzuklettern. Ebenso wird sie bereit sein, ihren Hals zu riskieren, um herauszuklettern.«

»Ich werde nicht zulassen, dass noch eine Frau sterben muss, weil ich die Verpflichtung scheute, für ihren Schutz zu sorgen«, sagte Tarran ernst.

»Sie ist nicht Lady Addfwyn, und …«

»Seith, in diesem Punkt gibt es keine weitere Debatte.«

Sein Freund nickte zögernd. Als Tarran die Vettern anblickte, nickten auch sie. Er erwog, sie schwören zu lassen, sie würden ihm helfen, für Elspeths Sicherheit zu sorgen, doch würden sie seine Bitte als Affront gegen ihre Ehre ansehen, da sie gelobt hatten, ihm zu folgen und alles zu tun, um Addfwyns Tod zu rächen. Wenn nun Elspeths Schutz gefordert war, würden sie ihn nicht im Stich lassen.

Während seine Männer nun den Klatsch besprachen, den sie in der Burg gehört hatten, trat Tarran an das Fenster. Er blickte durch den Regen und entdeckte, dass er Ausblick auf den Hof hatte, auf dem Elspeth trainiert hatte. Er hätte bei Sonnenaufgang aufbrechen sollen. Hatte er Valas wegen gezögert oder weil Elspeths Antwort auf sich warten ließ? Er verachtete die Freude, die in ihm aufkam, wenn er sie sah. Sie glich seiner geliebten Addfwyn so gar nicht und war widerborstig und scharfzüngig, während Addfwyn von ruhiger Wesensart gewesen war und einen stillen Humor gehabt hatte, doch war Elspeth die erste Frau, die seit seiner Heirat Gefühle in ihm angesprochen hatte, weil sie eine ähnliche Pflichtauffassung hatte wie er.

Während der Regen hereinfegte und sein Gesicht traf, sagte er sich, dass es dumm gewesen war, sie zu küssen, auch wenn er damit ihrem ständigen Geplapper ein Ende bereiten wollte. Dieses eine Mal hatte sein Verlangen noch mehr geschärft. Eine andere Frau wäre vor seinen starken Gefühlen oder vor seiner Warnung vor de la Rochelle erschrocken. Sie hatte sich wacker gehalten … und dann hatte sie sich an ihn gedrängt und ihm in Erinnerung gerufen, was er an Addfwyns Grab aufgegeben hatte.

Zu vergessen, wie es war, eine Frau in den Armen zu halten, hatte alles einfacher gemacht. Nun wünschte er, er hätte wieder vergessen können. Doch als das Bild Elspeths, weich und weiblich und voller Verlangen vor sein geistiges Auge trat, barg er sein Gesicht in den Händen. Wie konnte er *dies* vergessen?

7

Die große Halle war hell erleuchtet. In allen Wandnischen brannten Leuchten. Während der Fastenzeit war diese Fülle nicht angebracht, doch schien kein Mensch daran Anstoß zu nehmen. Wasserspuren machten den Steinboden glitschig. Qualm, der wegen des schlechten Wetters nicht abziehen konnte, hing dicht und erstickend in der Luft.

An der erhöhten Tafel saß Elspeth zwischen Lord de la Rochelle und Fürst Tarran. Sie hätte es vorgezogen, neben Vala an einem der unteren Tische zu sitzen, doch hatte ihr Gastgeber nicht mit sich reden lassen, und sie wollte ihn durch eine Ablehnung nicht erzürnen. Starke Emotionen einzudämmen, erschien ihr als vernünftigste Vorgehensweise.

Fürst Tarran musste zu demselben Schluss gelangt sein. Nichts was er sagte oder tat, ließ auf den Vorfall im Hof schließen, doch zeigte ihr ein Blick, dass ungezügeltes Feuer in seinen Augen brannte. Konnte es denn sein, dass ihre Küsse ihn nicht ungerührt gelassen hatten?

Sie hatte ihn nicht wieder angesehen. Sie bezweifelte, ob sie beim Anblick dieser starken Leidenschaft ihre ohnehin fragile Fassung würde wahren können. Am Nachmittag war ihr erster Versuch misslungen, in die Kammer zu gelangen, in der Rhan, die weise Frau, das Bett hütete. Er hätte glücken können, hätte sie sich nicht von Gedanken an die Küsse des walisischen Fürsten so sehr ablenken lassen, dass sie die im Korridor stehende Frau übersah, die sie dann aus dem Turm gewiesen hatte.

Sie wünschte, sie hätte einen plausiblen Grund gehabt, sich von Lord de la Rochelle, der seine Verführungsversuche fortsetzte, fernzuhalten. Schob sie seine Hände weg, schien es für ihn eine Herausforderung, sie umso dreister zu berühren. Sie tastete nach dem Griff ihres Messers und zog die Hand wieder weg, ehe sie in Versuchung geraten konnte, es in den Baron zu stoßen. Lord de la Rochelles Fingers krochen über ihre Beine. Sie versetzte ihm einen Klaps, und er grinste. Vielleicht hätte sie erwähnen sollen, dass sie eine Schwester von St. Jude's Abbey war, doch war sie nicht sicher, ob ihn dies zurückgehalten hätte.

Von dem Wunsch erfüllt, unter einem Vorwand den Tisch verlassen zu können, sah sie den drei Gauklern zu. Sie merkte, dass ihnen sonst kaum jemand Beachtung schenkte, als der Jongleur, der ältere der zwei Männer, einen Ball fallen ließ und niemand einen Mucks von sich gab. Keine ermutigenden Rufe, kein Gelächter. War die harte Arbeit ihrer Eltern ebenso gleichgültig aufgenommen worden? Sie hatte die Menschen, die zu ihren Vorstellungen kamen, niemals beobachtet, so fasziniert war sie gewesen und hatte die Augenblicke genossen, wenn Vater oder Mutter nach Monaten der Übung einen neuen Trick präsentierten. Der Zauber dessen, was sie zeigten, verblasste nie, auch wenn sie den Trick später selbst erlernte.

»Ihr seid heute so still«, sagte Lord de la Rochelle. »Ich hoffe, es ist alles nach Wunsch.«

Nein, hätte sie am liebsten ausgerufen. *Innerhalb dieser Mauern gibt es jemanden, der vielleicht weiß, wo ich* Llech-lafar *finden kann, und man hindert mich daran, mit ihm zu sprechen*. Sie lächelte, wie schon den ganzen Abend, wenn ihr auch die Galle hochkam.

»Ja.« Sie schnitt eine Grimasse, als der Jongleur abermals einen Ball fallen ließ und lief, um ihn aufzuheben.

»Wenn ihre Ungeschicklichkeit Euch verdrießt, dann sagt es, und ich weise sie aus der Halle.« Er legte ihr die Hand aufs Knie wie schon mehrmals, seitdem das Mahl begonnen hatte.

Sie hob seine Hand fort, wie schon mehrmals, jedes Mal voller Hoffnung, er würde dieses abstoßenden Spiels überdrüssig werden.

»Nein, es ist nicht nötig, dass Ihr sie fortschickt.« Unvorstellbar, dass sie der Anlass sein sollte, die Gaukler, unverkennbar Eltern und Sohn, in die stürmische Nacht hinauszujagen. Wären ihre eigenen Eltern noch am Leben gewesen und sie mit ihnen unterwegs, hätte es ihre Familie sein können, die auf der Burg eine Vorstellung gab.

»Vielleicht zieht Ihr eine Geschichte vor«, sagte der Lord.

»Habt Ihr einen Barden?«

Lord de la Rochelle stieß einen Pfiff aus. In einer entfernten Ecke erhob sich ein Mann, der eine Kapuze über seinen Kopf gestülpt hatte. Er war einer der singenden Männer, die ihr gleich beim Betreten der Halle aufgefallen waren. Der andere war nirgends zu sehen. Vielleicht wartete einer auf einen Gunstbeweis des Fürsten, während der andere schlief oder aß. Das Licht der zahlreichen Leuchten wurde vom Metall am Gürtel des Mannes und von einem Medaillon reflektiert, das über seinem in einem Grauton gehaltenen Gewand hing. Einen Augenblick lang hielt sie es für ein Kruzifix und fragte sich, ob er vielleicht ein Bettelmönch war. Dann erkannte sie, dass er einen runden Stein oder ein Medaillon um den Hals trug. Der Mann steckte es unter sein weites Obergewand, als er vortrat und sich verbeugte.

»Wir möchten eine Geschichte hören«, sagte der Lord.

»Welche denn?« Die Stimme des Kapuzenmannes war ebenmäßig und angenehm, wie es sich für einen Poeten gehörte.

Lord de la Rochelle griff sich einen Fisch vom Servierbrett und riss ihn entzwei. Lächelnd fragte er: »Ap Llyr, wisst Ihr eine bessere Geschichte als jene von *Llechlafar*?«

Elspeth, der vor Verblüffung die Luft wegblieb, suchte Halt am Tisch. Warum erwähnte der Lord den sagenhaften Stein? Sie zwang sich zu einem tiefen Atemzug. War jede Farbe aus ihrem Gesicht gewichen? Es fühlte sich eisig kalt an.

Sie durfte sich nicht von Panik überwältigen lassen. Der Name des verfluchten Steins war in Wales von manchen Lippen zu erwarten. Wer die Geschichte kannte, dem war klar, dass die Zeit, in der Merlins Fluch sich erfüllen sollte, der einem König aus der Fremde galt, die Gegenwart war.

Als sie ihren lang angehaltenen Atem ausstieß und den Kopf hob, entdeckte sie, dass der Kapuzenmann sie anblickte. Vielmehr vermutete sie es, da er seine Kapuze nicht zurückgeschoben hatte. Wohl wissend, dass sie etwas sagen musste, fragte sie: »Was ist mit der Geschichte von Pwyll, der die Stelle des Todes einnahm, um seinen Feind zu erschlagen?«

»Nicht seinen Feind.« Mit einem tiefen Zug leerte Tarran seinen Humpen. »Er erschlug den größten Feind des Todes.«

Lord de la Rochelle schüttelte den Kopf. »Eine traurige Geschichte, wie so viele walisische Sagen.« Er winkte den Geschichtenerzähler fort. »Lieber schaue ich diesen unfähigen Artisten zu, als mir eine düstere Geschichte anzuhören. Glaubt Ihr, dass an der Sage von *Llech-lafar* mehr dran ist? Ihr nanntet sie ein Ammenmärchen, aber glaubt Ihr, dass ein Fluch sich bewahrheiten kann?«

Sie wollte antworten, als sie merkte, dass der Lord Fürst Tarran angesprochen hatte. Sie hoffte, die zwei Männer würden ihr nun während des Mahles keine Aufmerksamkeit mehr schenken. Die Szene war ihr eine Warnung gewesen. Wenn bekannt wurde, dass König Henry von Irland nach Wales zurückzukehren gedachte, würde die Geschichte von *Llech-lafar* oft wiederholt werden. Niemand durfte ihre Mission mit dieser Sage in Verbindung bringen.

Sie blickte an den drei Gauklern vorbei, die sich auf den nächsten Teil ihrer Darbietung vorbereiteten, und sah Fürst Tarrans Begleiter an einer der Feuerstellen sitzen. Valas Gesicht war von Müdigkeit und Kummer gezeichnet. Elspeth hatte gehofft, Vala würde während des verregneten Nachmittags Gelegenheit für ein Schläfchen finden, doch als Elspeth von ihrem vereitelten Versuch, mit der weisen Frau der Burg zu sprechen, zurückgekehrt war, hatte Vala mit ihr ein Gespräch angefangen. Keine Andeutung Elspeths hatte die alte Frau ermutigen können, sich zur Ruhe zu begeben.

»Und jetzt«, sagte Lord de la Rochelle mit lautem Auflachen, während seine Hand ihren Schenkel entlangglitt,

»planen andere Narren, sich der Flotte anzuschließen, die von Lundy Island aus westwärts zu den Kolonien segelt, die vielleicht gar nicht existieren.«

Sie schob seine Hand fort, und er lachte wieder.

Fürst Tarran erwiderte: »Viele glauben, dass Fürst Madoc eine ferne Insel weit draußen im Ozean erreichte.«

»Auch so eine walisische Legende.« Der Lord gab ein Zeichen, seinen und Fürst Tarrans Humpen neu zu füllen. »Jenseits von Irland gibt es nichts außer einigen Inseln, auf denen sich gesetzlose Nordmänner niederließen, nachdem man sie des Landes verwies.«

»Wer ist Fürst Madoc?«, fragte Elspeth.

Sie hatte erwartet, Fürst Tarran würde antworten, doch es war der Baron, der sagte: »Er ist die neueste walisische Sagengestalt. Er soll das westliche Meer befahren haben, bis er auf ein von einem friedfertigen Volk bewohntes Land stieß. Das ist die Geschichte, die er vergangenes Jahr in die Welt setzte, um ein paar Toren zu bewegen, ihm auf eine neue Westfahrt zu folgen. Jetzt sammeln sie sich auf Lundy Island. Sie fahren an den Rand der See und ins Vergessen. Fürst Madoc wurde vermutlich von seinen Halbbrüdern getötet, um ihn daran zu hindern, Anspruch auf die väterlichen Besitzungen zu erheben.« Er nahm einen tiefen Schluck, ehe er ihr Knie drückte und hinzusetzte: »Wir wollen uns besserer Unterhaltung erfreuen.« Wieder glitten seine Finger ihr Bein entlang.

Als sie ihre Hand auf seine legte, um ihm Einhalt zu gebieten, wurde ihr klar, dass er keine Vernunft annehmen würde. Sie warf einen Blick auf den Ale-Krug auf dem Tisch. Er war mehrmals geleert und nachgefüllt worden.

Der Baron musste dem Vollrausch nahe sein. Gelang es ihr, sein Vorhaben so lange zu vereiteln, bis er sternhagelvoll war, konnte sie ihm entrinnen, ohne ihn bewusstlos schlagen zu müssen.

Wie hast du es jahrelang ertragen können, so angefasst zu werden, Mutter? Sie kannte die Antwort, da ihre Eltern oft gesagt hatten, dass man alles tun musste, um den Unterhalt der Familie zu sichern, eine Lehre, die im Kloster insofern eine Wiederholung fand, als jede Lektion mit der Ermahnung verbunden war, dass der Dienst für die Abtei und die Königin Vorrang vor allem anderen hätte.

»Ja, sehr gut«, sagte sie und hoffte, dass die Mittel, die ihrer Mutter geholfen hatten, lüsterne Lords abzuwehren, auch ihr helfen würden.

Fürst Tarran rutschte auf der Bank entlang, sagte aber nichts. Vielleicht war sein Vertrauen zu ihr gewachsen.

Der Lord stand auf und streckte seine Hand aus. »Wenn Ihr mit mir kommen wollt …«

»Wohin denn? Warum genießen wir die Unterhaltung nicht hier?«

»Hier?« Seine Augen wurden rund, dann lachte er. »Ein interessanter Vorschlag.«

»Ich dachte, wir könnten es für alle interessant machen, wenn wir hierbleiben.« Sie verschränkte die Arme auf dem Tisch und lächelte den Gauklern zu. Nun musste sie alles anwenden, was man ihr jemals beigebracht hatte, nicht nur jene Regeln, die sie dem Kloster verdankte. »Meint Ihr nicht auch, Mylord?«

Er spuckte, ehe er antwortete: »Das ist es nicht, was ich mir vorgestellt habe.«

»Nein? Dann braucht Ihr mehr Phantasie, Mylord, wenn mir die Kühnheit gestattet ist.« Sie stand auf. »Wartet hier.«

»Warten? Worauf?«

»Auf eine sehr interessante Unterhaltung.«

Als sie hinter ihn trat, streckte Fürst Tarran wie auf dem Hof die Hand aus und zog sie wieder zurück. Ihre Finger sehnten sich danach, die Sorgenfalten auf seiner Stirn zu glätten. Er stand auf und verschob die Bank, als benötige sie Platz, um hinter ihm vorbeizukommen.

»Vorsicht«, murmelte er, als die Holzbeine auf dem unebenen Steinboden scharrten.

Sie nickte kaum merklich. Der Lord durfte nichts merken. Mit unverändertem Lächeln ging sie die Stufen hinunter und durch die Halle zu den Gauklern. Sie spürte, dass alle sie beobachteten, neugierig, was sie vorhatte. Ein Mann wollte nach ihren Röcken greifen, als sie vorüberging, doch der neben ihm Sitzende schlug seine Hände weg und flüsterte ihm etwas zu, so laut, dass Elspeth es hörte.

»Sie gehört ihm!«

Die Worte machten ihr Beine. Obschon sie froh sein musste, dass Lord de la Rochelles Besitzanspruch sie vor seinen lüsternen Männern schützte, musste sie sich den Lord vom Leib halten, bis sie mit Rhan gesprochen und von ihr erfahren hatte, was für ihre Suche von Bedeutung war.

Als sie sich ihnen näherte, schätzten die Gaukler sie unbehaglich ab. Der ältere Mann, dessen hellbraunes Haar schweißnass an der Stirn klebte, trat schützend vor die dunkelhaarige Frau und den jüngeren Mann.

»Mylady.« Er führte die Hand an die Stirn und vollführte die Andeutung einer Verbeugung.

»Guten Abend.« Um ihnen die Befangenheit zu nehmen, sagte sie rasch: »Eure Darbietung gefiel mir.«

»Es war nicht unsere beste«, sagte er.

»Das kann geschehen, wenn das Publikum nicht das beste ist.«

»Ihr wisst, wovon Ihr sprecht, Mylady.«

Sie lächelte. »Wollt Ihr mir Eure Namen nennen?«

»Ich bin Cors ap Fflam. Meine Frau, mein Sohn.«

»Ich bin Elspeth.« Sie zögerte und sagte dann: »Elspeth Braybrooke, die Tochter von Mercer Braybrooke.«

Die Gaukler wechselten einen erstaunten Blick, ehe Cors fragte: »Sprecht Ihr von Mercer Braybrooke, der mit fünf Gegenständen zugleich jonglieren konnte?«

»Ja. Ihr ehrt das Andenken meines Vaters, indem Ihr Euch seiner erstaunlichen Fähigkeiten entsinnt.«

»Wir freuen uns, die Bekanntschaft seiner Tochter zu machen. Kein Wunder, dass Ihr Verständnis für unsere Lage aufbringt.« Cors verstummte, als er zu der Hochtafel blickte, an der sie gesessen hatte.

Elspeth wünschte, sie hätte Zeit, Cors und seiner Familie alles zu erzählen, doch sie lächelte und deutete auf einen Stock, doppelt so lang wie ihrer. »Darf ich mir den Stock ausborgen?«

»Mit der Tochter Mercer Braybrookes teilen wir gern alles.« Er bedeutete seinem Sohn, den Stock zu bringen. »Wie können wir helfen?«

»Kommt mit und betet, dass ich weiß, was ich tue.«

Wieder schien die Familie verblüfft, doch folgten sie ihr zur Hochtafel. Ihr Plan war einfach, doch musste sie vorsichtig sein. Wenn sie den Lord demütigte, würde sein Verlangen womöglich in Zorn umschlagen.

Als sie vor der Tafel stehen blieb, fragte Lord de la Rochelle: »Wozu soll der Stock dienen?«

»Eine Herausforderung, Mylord …«

»Ich dachte …«

»Euer interessanter Vorschlag einer Abwechslung in der Unterhaltung brachte mich auf eine Idee.« Sie tippte an ihr Kinn, als sie die nachdenkliche Haltung einnahm, die sie der Äbtissin abgeschaut hatte, wenn diese über einem Problem grübelte. »Ich dachte mir, welche andere Unterhaltung könnte Lord de la Rochelle ergötzen?«

»Eine leicht zu beantwortende Frage«, sagte der Lord und griff über den Tisch, um das Haar zu befingern, das ihr über die Brust fiel.

Ohne das Gewieher seiner Männer zu beachten, das ertönte, als sie auswich, drehte sie sich so, dass der Lord ihren Abscheu nicht sehen konnte, und nahm den Stock von Cors Sohn entgegen. Als sie sah, dass Tarrans Gesicht sich verfinsterte, fiel es ihr schwerer, so zu tun, als sähe sie es nicht. Bislang hatte er ihr vertraut, wie sie es von ihm erbeten hatte.

»Mir fiel ein«, fuhr sie fort, als hätte der Fürst nichts gesagt, »dass Lord de la Rochelle einer langen Reihe tapferer Krieger entstammt, und dachte mir, dass der edle Herr eine Herausforderung gern annehmen würde, da der Preis dann umso süßer wäre. Habe ich mich geirrt, Mylord?«

»Nein.«

Sie wollte lächeln. Er musste diese Antwort geben, um nicht vor seinen Leuten und seinen Gästen beschämt zu werden.

»Dann lasst mich die Herausforderung formulieren.« Sie wandte sich an Cors und seinen Sohn. »Fasst beide den Stock an einem Ende und haltet ihn zwischen euch.« Mit einem Blick zur Hochtafel sagte sie: »Mylord, seht Euch dieses Hindernis zwischen den zwei Männern an. Ich behaupte, dass ich jede Höhe übertreffe, die Ihr über diesen Stock springt.«

Er legte die Hände auf den Bauch und prustete los. »Ich bin über eineinhalb Kopf größer als Ihr. Es ist anzunehmen, dass Eure Beine nicht einmal so lang sind wie mein Unterarm.«

»Das ist etwas, das Ihr nur annehmen könnt … im Moment.« Einen Ellbogen auf den Tisch stützend lächelte sie ihm zu. »Und wenn Ihr meine Herausforderung nicht annehmt, nehme *ich* an, dass Ihr heute Abend kein Interesse an anderen Vergnügungen habt.«

Als der Lord mit einem lauten Schrei zu den Stufen stürzte, setzte Fürst Tarran über die Tischplatte hinweg und landete wenige Zentimeter vor ihr.

Sie wich erschrocken zurück. »Was macht Ihr da? Ihr werdet Euch verletzen.«

»Mir reicht dieser Unfug.« Fürst Tarrans Blick durchbohrte sie.

»Dann geht!«

»Ich soll Euch hier mit ihm zurücklassen?« Er deutete mit dem Daumen auf den Baron, der eben die Stufen heruntertaumelte.

»Ich werde mit dem Baron schon fertig.«

»Seid Ihr dessen so sicher, Elspeth?« Er packte sie an den Schultern. »Wenn Ihr Euch verschätzt habt, werdet Ihr meine Hilfe brauchen.«

Wie auf ein Stichwort hin knurrte Lord de la Rochelle: »Ap Llyr, haltet Euch heraus.«

»Ich wollte der Lady nur einen Rat erteilen. Ihr wollt doch nicht, dass sie sich heute Abend noch das Genick bricht, oder?« Er bedachte den Lord mit eisigem Lächeln.

Elspeth zuckte zusammen. Sie war neugierig auf Fürst Tarrans Lächeln gewesen, doch wenn er ein so kaltes zur Schau trug, wäre es ihr lieber gewesen, es nie gesehen zu haben.

Der Lord murmelte etwas vor sich hin, räusperte sich und wies Cors und dessen Sohn an, die Stange in einer Höhe zu halten, die ihm zusagte. Einige der Männer des Barons scharten sich um ihn, debattierten angeregt die Höhe und schmeichelten ihm, wie leicht er seinen Sieg erringen würde.

»Elspeth, Ihr spielt mit dem Feuer«, sagte Fürst Tarran leise, »und Ihr könntet in eine Situation geraten, aus der Ihr Euch nicht herausreden könnt. De la Rochelle wird es nicht schätzen, wenn man ihn als Narren dastehen lässt.«

»Ich weiß, was ich tue.«

»Das sagtet Ihr heute Morgen auf dem Hof.«

Hastig blickte sie weg. »Aber jetzt weiß ich wirklich, was ich tue.«

Er legte ihr die Hand auf den Arm und blickte zu den Männern des Barons, die ihm Ale nachschenkten und schon mit der Siegesfeier beginnen wollten. »Er sieht sich bereits als Sieger und Euch als seinen Siegespreis.«

»Bitte, versteht doch.« Sie sah ihn an. »Wenn ich nicht etwas unternehme, wird er mich heute in sein Bett zwingen.«

»Nicht während ich …«

Sie schüttelte den Kopf. »Ich brauche dabei Eure Hilfe nicht.«

»Aber das tut ein Mann für die Frau, die er unter seinen Schutz gestellt hat.«

»Schutz?« Ihre Augen wurden groß. »Ich brauche Euren Schutz nicht. Ich kann selbst auf mich achtgeben, Fürst Tarran.« Sie wandte sich ab und beobachtete, wie Lord de la Rochelle die Höhe des Hindernisses abschätzte.

»Tarran«, hörte sie im Flüsterton hinter sich. Der Name strich an ihrem Haar vorbei und über ihre Haut, verlockend und mysteriös und mit einer Aura von Gefahr behaftet, die jede vom Lord erdachte in den Schatten stellte. »Ihr müsst mich nicht ›Fürst‹ nennen.«

»Ihr seid Fürst.« Sie rührte sich nicht, während sie diese hauchfeine Liebkosung auskostete. »Es ziemt sich, dass ich Euch so anrede, wie es die anderen auch tun.«

Seine Finger auf ihren Schultern brachten sie dazu, dass sie sich ihm wieder zuwandte. In seinen Augen loderten die Flammen mächtiger Gefühle, die er diesmal nicht zu verbergen suchte. »Die anderen sind hier zu Hause. Ihr nicht. Ihr seid eine *Sais.*« Nach einer Pause fuhr er fort: »Das bedeutet Fremde.«

»Ich weiß. Ihr seid nicht der Erste, der das Wort gebraucht.«

»Wir sind so weit!«, kündigte der Lord an.

»Elspeth …«

»Sagt nichts, Tarran«, befahl sie. »Es ist zu spät zur Umkehr.«

Tarrans Hand blieb auf ihrer Schulter, während sie zu de la Rochelle gingen, der sich für den Sprung bereit machte. Sie verbarg ihr Erschrecken, dass die Stange fast auf gleicher Höhe mit den Tischflächen lag. Der Lord war groß, doch hatte sie nicht erwartet, dass er sich sein Ziel so hoch steckte.

»Lieber riskiert er, dass er es nicht schafft«, murmelte Tarran, als hätte sie ihre Gedanken laut ausgesprochen, »als dass Ihr ihn schlagt. Doch hat er nicht die Absicht zu versagen. Er will Euch gewinnen.«

»Ich weiß.«

»Und was werdet Ihr tun, wenn er gewinnt?«

Sie schauderte und sagte nichts. Lord de la Rochelle konnte nicht gewinnen, wenn alles nach ihrem Plan ging. Wenn er es aber schaffte … Nein, das konnte sie nicht zulassen.

Der Lord leerte noch einen Humpen Ale. Unter den aufmunternden Zurufen seiner Männer rannte er los und sprang. Sein Fuß stieß gegen die Stange, er landete mit lautem Aufprall auf den Knien, doch ließen Cors und sein Sohn die Stange nicht fallen.

Man half dem Lord auf die Beine und reichte ihm den nächsten Humpen. Er kam hinkend auf sie zu und verbeugte sich. »Die Reihe ist an Euch.«

»Ja, das ist sie.« Sie bedeutete den anderen, Platz zu machen. Dann ging sie zu der Stange, die fast auf Höhe ihrer Taille lag. Sie tat, als prüfe sie das Hindernis, und schenkte Cors und seinem Sohn ein ermutigendes Lächeln. Sie hätte ihnen raten sollen, den Stab loszulassen, falls der Fürst ihn berührte, doch konnte der Verlust eines Gönners wie Lord de la Rochelle ihren Hungertod bedeuten.

Mit dem Ausruf »Los!« raffte sie ihren Rock so hoch,

dass sie laufen konnte. Sie schnappte nach Luft, als sie am Arm gepackt wurde. In dem Versuch, sich zu befreien, verdrehte sie ihren Arm. Der Griff wurde nur noch fester, als Tarran vor sie trat.

»Mylord«, sagte er zu dem Fürsten. »Ich habe noch einen Rat für sie, ehe sie springt.«

»Genug der Worte.« Lord de la Rochelle stampfte wie ein Kind mit dem Fuß auf. »Soll sie am eigenen Leib spüren, wie töricht ihre Wette ist.«

»Ihr werdet doch der Lady nicht eine faire Chance verweigern, der von ihr geäußerten Herausforderung nachzukommen, oder?«

»Nein … Sagt ihr, was Ihr müsst«, gab Lord de la Rochelle nach kurzem Zögern von sich. Er ging zu seinen Leuten, die eifrig tranken.

»Loslassen«, forderte sie, kaum dass der Lord ihnen den Rücken zukehrte.

»Warum? Damit Ihr hinkt wie de la Rochelle?« Tarran zog sie näher zu sich heran. »Wenn Ihr das glaubt, Elspeth, dann denkt noch einmal nach. Er wird Euch keine Chance geben, Euch alles zu überlegen. Diesmal tat er es nur, weil ein echter Krieger seinem Gegner jede Chance einräumen muss, sich mit ihm gebührend zu messen.«

»Lasst mich los«, flüsterte sie. »Ich weiß, was ich tue, und unser Gastgeber wird schon ungeduldig.«

»Kann ich mir denken, weil er es kaum erwarten kann, Euch in sein Bett zu bekommen.«

Sie reckte ihr Kinn. »Was Euch nichts angeht.«

»Leider doch.«

»Ach?« Ihr Herz pochte heftig in ihrer Brust. Hatte der Kuss auf dem Hof auch in ihm etwas entfacht?

»Ich weiß, dass Ihr glaubt, Ihr könntet alles allein durchstehen, und das mag zuweilen auch der Fall sein, aber nicht heute Abend.«

Ihr Herz sank mit einem traurigen Schlag. »Hört endlich auf, so zu tun, als wäret Ihr mein vom Himmel gesandter Schutzengel, nur weil Ihr mich aufgefangen habt, nachdem *Ihr* mich von der Mauer gerissen habt.«

Er fasste mit der anderen Hand unter ihr Kinn. »Elspeth, ich übernahm in dem Moment die Verantwortung für Euch, als es sich zeigte, dass Ihr jemanden mit gesundem Menschenverstand braucht, der über Euch wacht.«

»Ich besitze selbst gesunden Menschenverstand!« Sie wehrte sich dagegen, sich an ihn zu schmiegen, während seine Finger ihr Kinn umschlossen. So leicht konnte sie Lord de la Rochelle, die absurde Herausforderung und sogar den gesunden Menschenverstand selbst vergessen, während sie in sein Haar fasste und seinen Mund zu sich zog.

»Bewiesen habt Ihr es nicht.«

Zorn wallte von neuem in ihr auf. Nicht seiner kühlen Worte wegen, sondern weil er für das Verlangen, das in ihr wie ein heftiger Sturm tobte, nicht empfänglich schien.

Sie packte seinen Arm und schob seine Hand weg, als sie ihr Kinn seinem Zugriff entzog. »Mein Plan sieht vor, dass ich mich unter dem Stab hindurchwinde.«

»Darunter?«

»Ich sagte, dass ich die Höhe, die er überspringt, überwinden würde. Ich sagte nicht, dass ich über den Stab springe. Ich werde unten durchkriechen.«

Er äußerte etwas auf Walisisch, was sich für sie wie ein

Fluch anhörte. »Und wie wird er Eurer Meinung nach reagieren, wenn Ihr ihm zeigt, was für ein Narr er ist?«

»Er hat versucht, mich zur Närrin zu stempeln, indem er mich ständig befingerte.« Sie wollte noch mehr sagen, doch ihr Plan löste sich in alle Bestandteile auf.

»Das ist etwas anderes.« Ohne innezuhalten, erhob er die Stimme. »De la Rochelle, sie hat ihre Forderung zurückgezogen.«

»Was?«, riefen Elspeth und der Lord zur gleichen Zeit.

»Ich weiß, dass Ihr nicht wollt, dass die Lady sich verletzt«, sagte Tarran.

Lord de la Rochelle hinkte auf sie zu und knallte seinen Humpen auf den Tisch. »Eine Herausforderung ist eine Herausforderung.«

»Ja«, setzte Elspeth hinzu, »er ist …«

Als Tarran ihren Arm drückte, war es eine wortlose Warnung. Sie erwog, seinen anderen Arm zu packen und ihn zu Boden zu werfen, musste sich aber eingestehen, dass ihre Wut auf den Lord sie zu einer dummen Wette verleitet hatte.

»Wenn Ihr nicht darauf verzichten wollt«, sagte Tarran, »müsst Ihr die Wette abändern, damit die Lady sich nicht schwer verletzt.«

Tarran gab sie frei, trat auf Lord de la Rochelle zu und blieb stehen, als er sich plötzlich von einem Dickicht blanker Klingen umgeben sah. Auf der entgegengesetzten Seite des Raumes wurden auch Tarrans Leute von Dolchen und Schwertern in Schach gehalten. Lord de la Rochelles Befehl, die Halle unbewaffnet zu betreten, war von seinen Getreuen nicht befolgt worden. Elspeth spürte, wie ihr Magen sich unangenehm zusammenzog, als ihr aufging, dass der Lord sie in eine zunehmend brisante Situation manövriert hatte.

»Ein Ehrenmann würde diesem Unsinn ein Ende bereiten«, sagte Tarran so ruhig, dass man hätte meinen mögen, sie säßen an der Tafel und genössen ihr Mahl. »Sie war trunken vor Erregung und für ihr Tun nicht verantwortlich.«

»Trunken?« Der Lord lachte. »Mal sehen, wie betrunken die Lady ist.« Er deutete auf den Stab, den die zwei Männer hielten. »Ich fordere die Lady heraus, über diesen Stab zu gehen.«

»Sie könnte fallen und sich verletzen.«

Er schlug auf den Tisch neben sich. »Der Abstand zum Boden ist kleiner als jener, den ich übersprang.« Auf einen Wink hin gaben ihm seine Männer den Weg frei. Mit einem Ellbogen schob er sich an Tarran vorbei. Seine Männer drängten vor, um Tarran wieder mit ihren Klingen zu umzingeln.

Elspeth straffte die Schultern, als sie dem Blick des Lords begegnete. Die Andeutung eines triumphierenden Lächelns zuckte um seine Lippen. Wie ein Jagdhund glaubte er, seine Beute in eine Falle getrieben zu haben. Sie hoffte, dass er sich irrte.

»Nehmt Ihr an«, fragte er, »oder gebt Ihr Euch geschlagen?«

Sie lächelte gezwungen. »Ich nehme an, wenn Ihr meinem Beispiel folgt.«

»Ich? Ich sprang über den Stab.«

»Ihr habt ihn mit dem Fuß gestreift. Wenn ich die Distanz zwischen zwei Tischen schaffe, ohne zu fallen, ist es eine fehlerlose Darbietung. Ihr müsst dasselbe zeigen.«

»Das wird nicht nötig sein, da Ihr es nicht schafft, ohne herunterzukugeln.« Er lachte. »Dann bin ich Sieger und werde mit Euch herumkugeln.«

Ihren Abscheu verbergend, nickte Elspeth. Sie ging zu Cors und seinem Sohn, die die Stange zwischen zwei Tischen stabil hielten, indem jeder auf einem Ende saß, und vermied es, Tarran anzublicken. Die Männer des Barons riefen Wetten, als sie auf eine Bank und auf den Tisch stieg, auf dem Cors Sohn saß. Niemand wettete auf ihren Sieg. Man wettete darum, wie viele Schritte sie vor ihrem Sturz schaffen würde.

Als Tarran auf sie zukam, glaubte sie, die Männer des Lords würden ihn daran hindern. Sie taten jedoch nichts, als Tarran unweit der Mitte der Stange mit ausgestreckten Armen Aufstellung nahm, um sie aufzufangen. Sie wollte ihn beruhigen, konnte es aber nicht, da sie sich auf die vor ihr liegende Aufgabe konzentrieren musste.

Bis auf das Knistern des Feuers in den Kaminen herrschte atemlose Stille, als sie ihren Fuß auf die Stange schob. Sie sah von Cors zu seinem Sohn. Beide blickten unverwandt auf ihre Füße, und sie wusste, dass auf sie Verlass war und sie die Stange festhalten würden.

Ihr Herzschlag dröhnte ihr in den Ohren. Was der Lord forderte, war nicht unmöglich. Ehe sie erkrankte, hatte ihre Mutter ihr die Grundkenntnisse der Balance auf einer Stange vermittelt. Elspeth hatte im Kloster zu üben versucht, war aber davon abgekommen, als sie sich in die Kunst des Stockkampfes und andere in der Abtei gelehrten Fertigkeiten vertiefte. Ihr letzter Versuch, auf einer Stange zu gehen, lag mindestens fünf Jahre zurück. Damals hatte sie nicht die ganze Länge geschafft, weil sie kichern musste. Nun, zum Lachen gab es jetzt nichts.

Die Entfernung zwischen den zwei Männern entsprach in etwa der Länge ihres Kampfstockes. Das Gleichgewicht zu halten und mit ein paar raschen Schritten die Distanz zu überwinden, ehe sie fallen konnte, würde nicht so klappen wie in ihrer Kindheit.

Unmöglich ist es nicht. Nur weil andere es glauben, heißt das noch lange nicht, dass du es nicht schaffst.

Sie straffte die Schultern, als die Erinnerung an die Stimme ihres Vaters kam. Geduldig wie immer, wenn er ihr einen Trick erklärte, von dem sie hofften, sie würde ihn eines Tages beherrschen. An diese Worte hatte sie lange nicht gedacht. Sie staunte, dass seine Stimme noch in ihrem Bewusstsein nachhallte.

Den Blick auf die obere Begrenzung der Bogentür gegenüber richtend, schob sie erst einen Fuß und dann den anderen die Stange entlang. Sie hörte jemanden scharf einatmen. Tarran? Cors oder seinen Sohn? Einen anderen? Sie wagte keinen Blick.

Sie streckte die Hände aus, als hielte sie ihren Stock. Wenn sie ihn schwang, musste sie wie jetzt ihr Gleichgewicht halten. Sie verlagerte ihr Gewicht, um den linken Fuß wieder vorzuschieben. Die Stange bog sich leicht und vibrierte, als schöpfe auch sie tief Atem. Sie versuchte, diese Bewegung zu ignorieren, als sie ihren rechten Fuß vorschob.

Heftig schwankend kämpfte sie verzweifelt um ihr Gleichgewicht. Als Lord de la Rochelles Männer johlten, konnte sie sich sein lüsternes Grinsen lebhaft vorstellen. Ihr Magen rebellierte vor Abscheu. Nein, sie würde nicht unterliegen. Rasch trat sie vor. Jede Sekunde konnte ihre letzte auf der Stange sein. Fast lief sie auf Cors zu.

Dann hatte sie den Tisch am anderen Ende erreicht, und Stille senkte sich über die Halle.

Neben ihr flüsterte Cor: »Gut gemacht. Von einer Tochter Mercer Braybrookes nicht anders zu erwarten.«

»Danke.« Mehr konnte sie nicht sagen, weil sie vom Tisch gehoben und an eine harte Brust gedrückt wurde.

Tarran! Sie lehnte den Kopf an seine Schulter und gab sich seiner Stärke hin. Seinen Schutz brauchte sie nicht, doch konnte sie sich nicht vorstellen, dass sie anderswo lieber gewesen wäre als in seinen starken Armen. Mit geschlossenen Augen sog sie seinen männlichen Moschusduft ein, den es in ihrem Klosterleben nicht gegeben hatte. Er war berauschender als das Ale des Barons.

»Wenn Ihr darauf wartet, dass ich Euch recht gebe und sage, Ihr könntet mit dem Lord allein fertig werden, könnt Ihr lange warten«, murmelte er.

»Ich erwarte überhaupt nicht, dass Ihr etwas sagt.«

»Gut.« Seine Finger streichelten ihr Knie, als er in ihr Haar flüsterte: »Aber ich muss sagen, dass Ihr großartig wart.«

Er stellte sie auf die Beine. Anstatt ihn zu bitten, sie wieder in die Arme zu nehmen, sagte sie zu ihrem Gastgeber: »Nun ist die Reihe an Euch, Mylord.«

»Ich habe meine Zweifel, ob die Stange mich aushält.« Lord de la Rochelle entfernte sich humpelnd. An den Stufen zur Hochtafel trat eine blonde Magd vor, um ihn über die doppelte Niederlage hinwegzutrösten. Er schlang den Arm um sie und flüsterte ihr etwas zu. Sie kicherte.

Tarran stieß den Atem aus, den er angehalten hatte,

seit … wann? Seit Elspeth törichterweise ihren Gastgeber herausgefordert hatte? Seit dieser sie seinerseits herausforderte und sie ihren Fuß auf den schmalen Stab setzte? Nein, da hatte er atmen können. Sein Atem hatte ihn erst im Stich gelassen, als er sie nach ihrer erstaunlichen Vorstellung in die Arme nahm.

»Ein Glück, dass ich so rasch vergessen bin«, sagte Elspeth.

Leicht vergessen? Er bezweifelte, ob er jemals ihre blitzenden Augen und lockenden Lippen vergessen würde. Auch bezweifelte er, ob er sie vergessen wollte.

Der Gedanke war für ihn ein größerer Schock als ihre Fähigkeit, auf einer Stange zu gehen. Auch wenn sie mit ihnen bis Tyddewi ging, würde sie binnen weniger Tage aus seinem Leben verschwunden sein. Gewiss würde sie dann auch aus seinem Bewusstsein verschwinden, anders als die Erinnerung an Addfwyns Tod, die ihn nie verlassen würde.

»Zum Glück für Euch«, sagte er anstelle seiner beunruhigenden Gedanken, »ist de la Rochelle noch nüchtern genug, um zu wissen, dass er mehr als ein angeschlagenes Knie riskiert hätte, wenn er Eurem Beispiel gefolgt und über die Stange gegangen wäre. Warum müsst Ihr so töricht handeln, wenn Ihr über so viel Scharfblick und Intelligenz verfügt? Es gab andere Wege, de la Rochelle zu überzeugen, dass Ihr an seinen Angeboten nicht interessiert seid.«

»Dann sagt mir welche! Ich versuchte es mit Höflichkeit. Mit Humor. Ich tat alles, was ich konnte, um ihn abzuwehren – bis auf einen Stich in die Hand mit meinem Messer. Ich riskierte sogar, mir den Hals zu brechen.«

»Genug!« Er ergriff ihre Hand. Er wusste, dass er sie nicht berühren sollte, doch konnte er nicht an sich halten.

»Wenn Ihr meine Antworten nicht hören wollt, dann stellt mir keine Fragen.« Sie beäugte ihn von oben bis unten, dreist, wie der Lord sie gemustert hatte. »Oder hofft Ihr, wieder einen Kampf zu entfesseln wie heute Morgen?«

Tarran zwang sich zu einer ausdruckslosen Miene, jeder andere Teil aber reagierte auf die Erinnerung an das, was sie auf dem leeren Hof geteilt hatten. Das Verlangen nach ihren Lippen durchdrang ihn so heftig wie ein Stich. Mochte er sich noch so sehr bemühen, er konnte sein Verlangen, sie begierig und weich zu spüren, nicht verdrängen. Sie hatte etwas Unschuldiges an sich, doch hatte sie rasch erfasst, wie sie seine Küsse erwidern musste, damit sie ihn erregten.

Als er keine Antwort gab, machte sie auf dem Absatz kehrt und ging zu Vala, worauf seine Männer sich erhoben und sich Platz an einem anderen Tisch suchten, Vala aber hieß sie voller Wärme willkommen. Er sah, wie sich die Anspannung in Elspeths Schultern löste, als sie sich neben Vala setzte, ganz so, als gehöre sie zu der alten Frau.

Tarran schritt aus der großen Halle und kam gleich darauf wieder. Als er eine Magd mit einem Ale-Krug sah, winkte er sie herbei, und sie kam gelaufen. Wortlos griff er nach dem Krug. Sie schenkte ihm ein erwartungsvolles Lächeln. Er aber ließ sie stehen und stürzte davon, fort von Gelächter, von zu viel Geschwätz und von den Männern und Frauen, die um gegenseitige Aufmerksamkeit buhlten.

Er brauchte Stille und Zeit, um nachzudenken. Hätte

er am Morgen darüber nachgedacht, hätte er Elspeth nicht geküsst.

Verzeih mir, Addfwyn. Du weißt, dass ich dir mein Herz gab, das du bei deinem Tod mit dir nahmst.

Er wartete auf Antwort, doch es kam keine. Niemals kam Antwort. Nur wenn er sich eine Szene aus der Erinnerung ins Gedächtnis rief, konnte er das leise Lachen oder die warme Stimme seiner Frau hören.

Doch war jede dieser Erinnerungen eine Qual für sich.

Er setzte den Krug an und trank. Ale lief vorne an seinem Gewand hinunter, doch verschüttete er nur wenig. Als der Krug geleert war, stellte er ihn in eine Nische auf dem Gang.

Er ging weiter und trat hinaus in die kühle Nacht. Die scharfen Winterwinde hatten sich gelegt, doch kam kühle Frühlingsluft vom westlichen Meer. Als er aufblickte, sah er, dass die Regenwolken sich verzogen hatten. Myriaden von Sternen funkelten an einem Himmel, an dem der Mond noch nicht aufgegangen war.

Als die Lichter verschwammen, fragte er sich, wie viel Ale er in sich hineingegossen hatte. Erstaunlich, doch er hatte keine Ahnung. Es sah ihm nicht ähnlich, dem Ale maßlos zuzusprechen, ebenso wenig, wie es ihm ähnlich sah, begierig von fremden Lippen zu kosten.

Er stützte die Ellbogen auf eine Brüstung und lehnte die Stirn in die Hände. Seit Addfwyns Tod hatte er keine Frau voller Verlangen angeblickt. Wie konnte ihm eine andere geben, was sie ihm gegeben hatte? Warum sollte er mit einer anderen teilen wollen, was er mit seiner geliebten Frau geteilt hatte?

Vor allem aber fragte er sich, warum er ausgerechnet

Elspeth Braybrooke in seinem Bett wollte? Sie selbst hatte über die Vermutung, sie wären ein Liebespaar, gelacht. Er hätte ihre Belustigung als Beleidigung auffassen und einfach weggehen sollen.

Und doch wurde ihm überall eng, als er an den Duft ihrer von der Sonne getönten Haut dachte, an ihre schnellen Atemstöße. Diese Reaktion zeigte ihm, dass er noch immer lebte. Er wollte aber nicht leben. Er wollte bei Addfwyn sein, doch war dies unmöglich. Im Tod konnte er seinen Schwur nicht erfüllen und Rache an ihrem Mörder üben.

Und er konnte Elspeth nicht wieder küssen.

Fluchend schlug er mit der Faust auf die Brüstung. Er wartete, bis der Schmerz, der wie mit einem Echo durch seinen Arm schoss, seinen Kopf klärte, damit er das verlockende Bild von Elspeths Gesicht dicht unter seinem verdrängen konnte. Der Schmerz bewirkte indes, dass sein Blick noch verschwommener wurde.

Er war betrunken.

Bei allen Heiligen, er wusste es besser, als seine Beherrschung dem Ale zu opfern. Mit dem Rücken zur Brüstung ließ er sich zu Boden gleiten und die Beine über den Mauerrand baumeln. Er lehnte den Kopf an die Steine und blickte zum Firmament.

Am Morgen musste er einen Weg finden, Elspeth zu sagen, dass sie sich mit der Antwort zu lange Zeit gelassen hatte, dass er ohne sie aufbrechen würde, dass sie jemanden anderen finden musste, den sie mit ihrem ununterbrochenen Geplapper plagen konnte. Auch wenn sie ihn anflehte, würde er nein sagen. Auch wenn sie ihm einen Kuss und mehr bot …

Seine Gedanken verweilten dabei, und er schloss die Augen. Er hätte sie verdrängen sollen, nahm sie aber mit sich, als er einschlief.

8

Er träumte. Tarran wusste es, weil er seinen Herzschlag hörte und seine Lungen sich mit jedem Atemzug hoben und senkten.

Doch stand er in der Halle König Arawns, des Herrschers von Annwfn, jenes Landes, in das die Seelen der alten walisischen Krieger gelangten, nachdem der als Tod verkleidete König sie für sich gefordert hatte. In der Welt der Menschen war der König gefürchtet, in seinem eigenen Reich aber wurde er verehrt, wie die Sagen wissen wollten. In einem großen Tal, in dem die Früchte des Feldes die vielfache Größe jener erreichten, die auf den Feldern der Menschen wuchsen, lag seine Halle. Dort versammelten sich die tapfersten Krieger und schönsten Frauen, von denen einst viele unter den Menschen gewandelt hatten. Andere aber waren aus einem Geschlecht, älter als die Menschen, jenem Geschlecht, dem auch König Arawn entstammte.

An der großen Tafel saß der König. Das Antlitz des Todes in Annwfn war angenehm, die ideale Ergänzung zu der Schönheit an seiner Seite, die für ihn die erlesensten Leckerbissen wählte und ihm reichte, während er einer Musik lauschte, so herrlich, dass ein lebender Mensch sie nicht hören konnte, ohne in Tränen auszubrechen.

Tarrans Wangen waren trocken, und er war am Leben, da er sich auf der Suche nach Addfwyns Mörder nicht in einen Kampf mit einem Gegner eingelassen hatte.

Addfwyn! Sie musste sich unter den Auserwählten in der großen Halle befinden, da nur Arawns Lady schöner sein konnte als Tarrans geliebte Frau.

Er ließ den Blick über die Halle schweifen. Die ganze Länge abzuschreiten hätte eine Strecke bedeutet, so lang wie die Umrundung des Fußes von Yr Wyddfa, des großen Berges im Norden. Addfwyn inmitten der glänzenden Versammlung zu finden, war eine Aufgabe eines großen Helden wie Pwyll würdig, der anstelle des Todes mit einem gewaltigen Dämon gekämpft hatte, wie die ältesten Sagen zu berichten wussten.

Und die Geschichte von Pwyll, der die Stelle des Todes einnahm, um seinen Gegner zu bezwingen?

Er ignorierte die Frage, die ihm eine leise Stimme stellte, die in den Winkeln seines Bewusstseins hauste. Die Frage war in der Welt der Lebenden gestellt worden. Er befand sich nicht mehr dort. Er war in Annwfn, dem Totenreich, wo er seine Frau zu finden hoffte.

Dann sah er Addfwyn. Das dunkle offene Haar lag wie ein Umhang um ihre Schultern. Voll schmerzlicher Sehnsucht wünschte er sich, das seidige Cape würde wieder seine nackte Haut bedecken.

Ihr Blick traf seinen, und er war neben ihr. Die Entfernung war von der Berührung zweier lang getrennter Seelen überwunden worden. Er setzte sich neben sie und wollte sie in die Arme nehmen.

Addfwyn glitt auf der Bank weiter. Er wollte ihr nach, doch der Gedanke an Elspeth, die dasselbe getan hatte, als sie de la Rochelle auswich, drängte sich ihm auf. Und ließ ihn auf der Stelle erstarren. Er verdrängte das Bild aus dem Kopf.

Und die Geschichte von Pwyll, der die Stelle des Todes einnahm, um seinen Gegner zu bezwingen?

Nein, er wollte Elspeths Stimme nicht hören. Er war bei seiner geliebten Addfwyn. Er sollte ausschließlich an sie denken und nicht an eine unmögliche Frau, die ihn immerzu erzürnte.

»Addfwyn«, sagte er leise. Er hatte ihr so viel sagen wollen, doch konnte er sich auf kein einziges Wort besinnen.

»Du solltest nicht hier sein«, flüsterte sie.

»Ich gelobte, den Rest meiner Tage an deiner Seite zuzubringen. Wenn du hier bist, sollte ich es auch sein.«

»Deine Zeit ist noch nicht gekommen.«

»Wenn ich mich an König Arawn wende, gewährt er mir vielleicht die Bitte, zu dir zu kommen, nachdem ich deinen Tod rächte.«

Sie hob ihre Hand, um sein Gesicht zu streicheln, wie sie es so oft vor ihrem Tod getan hatte. Sie zog sie zurück, ehe sie ihn berührte.

»Nicht einmal der Tod selbst kann ändern, was ist und was sein wird.«

»Es muss einen Weg geben.« Er griff nach ihrer Hand. Seine Finger umschlossen ein Nichts, obwohl er ihren Arm vor sich sehen konnte. »Addfwyn, warum kann ich dich nicht berühren?«

»Weil du nicht hierher gehörst. Du wandelst noch in der Menschenwelt. Dort wirst du bleiben, bis es Zeit für dich ist, den Vorhang zu diesem Land zu durchschreiten.«

»Lass mich einen Weg finden, zu kommen und bei dir zu bleiben.«

Sie schüttelte den Kopf. »Du, der du mein Mann warst, musst dein Leben leben, wie es dir zugedacht ist. Geh zurück in deine Welt. Dort ist für dich noch viel zu tun. Du musst es zu einem Ende bringen, ehe du zu Recht hier sein kannst.«

Er wollte widersprechen, doch schwanden die Worte aus seinem Mund. Die schöne Szene verblasste wie das letzte Dämmerlicht.

Er erwachte, wieder einmal allein.

9

Als Elspeth am nächsten Morgen die große Halle betrat, wirkte diese merkwürdig verlassen, vielleicht deswegen, weil kein Licht brannte und niemand an der Hochtafel war. Sie ging zu Vala, die bei ihrem Frühstück saß. Einer von Tarrans Männern war bei ihr, Kei ap Pebin, wenn sie den Namen richtig behalten hatte. Er war einer der Männer, die versucht hatten, sie von Iau wegzuzerren. Sie dachte, er würde gehen, als sie sich dem Tisch näherte, doch rührte er sich nicht und beobachtete sie genau.

Vala blickte über ihre Schulter und schenkte Elspeth ein einladendes Lächeln. »Komm und setz dich zu uns.«

Falls sie das letzte Wort besonders betont hatte, entging es Elspeth. Kei ap Pebin aber musste es gehört haben, denn seine Miene verfinsterte sich noch mehr.

»Guten Morgen«, sagte sie, als sie sich neben Vala niederließ.

Die alte Frau schob ihr eine Schüssel mit fast erkaltetem Haferbrei hin. Elspeth aß ein paar Bissen und legte dann ihren Löffel hin. Die ganze Nacht über hatte ihr Magen revoltiert, und sie hatte keinen Schlaf gefunden. Auch als sie aus dem Hauptturm ins Freie geschlüpft war und in der Hoffnung, sich zu ermüden, im Mondschein mit ihrem Stock geübt hatte, war es ihr nicht geglückt, ihren Weg in die versöhnlichen Arme des Schlummers zu finden.

»Wo ist Tarran?«, fragte sie.

Kei sah sie unwillig an. »Warum redet Ihr so formlos von ihm?« Er lachte knapp auf. »Oder ist das Eure Art, uns ins Gedächtnis zu rufen, dass Ihr Normannin seid?«

»Dazu bedarf es keiner Erinnerung«, gab sie zurück.

Vala hob die Hände. »Den neuen Tag mit einem alten Streit zu beginnen, ist eine Zeitvergeudung.«

Elspeth murmelte eine Entschuldigung. Sie wusste, wie man sich benahm, auch wenn er es nicht wusste. »Um Eure Frage zu beantworten, Kei, Tarran bat mich, ihn mit seinem Namen zu nennen.«

» Na also«, sagte Vala lächelnd. »Eine völlig vernünftige Antwort. Solltest du noch Fragen haben, mein Junge, dann stelle sie Fürst Tarran.«

»Ich habe eine.« Er legte die Arme verschränkt auf den Tisch, wobei die Finger seiner Rechten über dem Messer verharrten, das neben einem halb verzehrten Brotlaib lag. »Warum habt Ihr uns gestern mit Euren Possen in Gefahr gebracht?«

Sie verschränkte die Arme auf dem Tisch, um es ihm

nachzumachen. »Ich war gestern als Einzige gefährdet. Wenn Ihr glaubt, Kei ap Pebin, ich würde das Bett eines Mannes teilen, damit Ihr unter seinem Dach noch eine Mahlzeit und ein weiches Bett genießen könnt, irrt Ihr Euch.« Sich an Vala wendend, der man ansah, wie bekümmert sie war, fragte sie in sanfterem Ton: »Weißt du, wo Tarran ist?«

Ehe die alte Frau antworten konnte, sagte eine tiefere Stimme hinter ihr: »Fürst Tarran kehrte letzte Nacht nicht in unser Gemach zurück.«

Obwohl mächtig wie eine Mauer, bewegte sich Seith ap Mil mit der Behändigkeit eines nur halb so schweren Mannes. Er war nicht dick, doch sehr muskulös. Die Sehnen seiner Unterarme sahen aus wie Seile, die diese Muskelmasse zusammenhielten. Seine Kleidung war so grell, dass sie den Augen zu so früher Stunde wehtat.

Sie stand auf, damit sie nicht Nackenschmerzen bekam, wenn sie zu ihm aufblickte. »Ist das bei ihm Gewohnheit?« Sie versuchte, den Krampf in ihrem Inneren zu ignorieren. Lord de la Rochelle hatte sich gestern rasch mit einer anderen Frau getröstet. Hatte Tarran dasselbe getan? Die Nackenschmerzen wanderten wieder in die Magengegend.

»In letzter Zeit schon.« Seith seufzte.

Vala seufzte.

Kei seufzte.

»Würde mir das jemand erklären?«, fragte sie entnervt.

Vala sah die Männer an und sagte dann: »Der Schlaf meidet ihn, seit seine Frau ermordet wurde. Und wenn er schlafen kann, erschöpfen ihn Albträume so sehr, als hätte er nicht geschlafen.«

»Das kann ich verstehen.«

»Du hast Albträume?« Valas Mitgefühl war so warm wie eine Umarmung. »Es tut mir leid, das zu hören.«

Ehe Elspeth die falsche Annahme der alten Frau korrigieren konnte, schob ein Mann sich an Seith vorbei. Das Abzeichen an seiner Schulter verriet, dass er Lord de la Rochelles Verwalter war. Er hielt eine Pergamentrolle in der Hand.

»Tarran ap Llyr?«, fragte er, obwohl jeder, der Augen im Kopf hatte, sehen konnte, dass Tarran nicht am Tisch saß. »Wer spricht in seiner Abwesenheit für ap Llyr?«

»Ich«, sagte Seith.

Der Verwalter knallte die Rolle hin und ging wieder.

»Was ist das?«, fragte Gryn, der nach dem Verwalter an den Tisch getreten sein musste, da Elspeth ihn zuvor nicht bemerkt hatte.

Seith brach das Wachssiegel und entrollte das Pergament. Er warf einen Blick darauf und sah dann sie an. »Könnt Ihr lesen?«

»Ja.«

»Es ist in Normannisch und nicht in Latein geschrieben, daher kann ich es nicht lesen.« Er verkniff die Lippen ob der Beleidigung des Lords und reichte ihr das Pergament. »Würdet Ihr so gut sein?«

»Ja.« Sie nahm das verknitterte Pergament vorsichtig entgegen und entrollte es auf dem Tisch. Die wenigen Worte darauf hätten nicht so förmlich präsentiert werden müssen, doch stand zu vermuten, dass Lord de la Rochelle nicht die Absicht hatte, in der großen Halle zu erscheinen. Ob er an den Folgen zu reichlichen Ale-Genusses litt, sich in seinen Privatgemächern die Zeit mit der Magd vertrieb oder sich schämte, sich in ihrer, Elspeths, Anwesenheit vor seinen Männern zu zeigen, konnte sie nicht abschätzen.

»Was steht da?«, fragte Kei.

Sie ließ die Rolle zuschnappen. »Was zu erwarten war. Bis auf Iau, der bis zur Genesung bleiben kann, sollt Ihr die Burg verlassen, ehe die Sonne im Zenith steht. Bleibt Ihr, werdet Ihr zu einem längeren Aufenthalt verurteilt, allerdings in einer Zelle.« Sie griff nach der Rolle und übergab sie Seith. »Ihr müsst Tarran unverzüglich finden und es ihm sagen.«

Als sie sich zum Gehen wandte, rief Seith ihr nach: »Kommt Ihr mit uns?«

Ohne innezuhalten rief sie über die Schulter: »Das lasse ich Euch wissen, ehe die Sonne den Zenith erreicht. Sagt Tarran, er solle nicht aufbrechen, ehe ich ihm Antwort gebe.«

»Wenn er aber beharrt und …«

»Lasst ihn nicht gehen, ehe ich ihm Antwort gebe!« Sie lief aus der großen Halle. Sie hatte keine Zeit zu verlieren. Sie musste mit Rhan, der weisen Frau, sprechen. Sie hatte auch keine Zeit, sich den Kopf zu zerbrechen, was geschehen würde, wenn die Worte der Alten sie in eine Richtung schickten, die jener entgegengesetzt war, die Tarran einschlagen wollte … oder wenn sie sie in dieselbe Richtung schickte.

Elspeth blickte sich auf dem Gang nach beiden Seiten um. Von einem Tonnengewölbe überspannt, war er so schmal, dass sie sich wunderte, wie ein Mann von Seiths Format sich hier durchzwängen konnte. Dergleichen hatte sie noch nie gesehen. Ein brillanter Entwurf, da eventuelle feindliche Eindringlinge gezwungen waren, im Gänsemarsch zu gehen. Sie bemerkte kleine Luken in der Decke. Ähnlich jenen in den Torhäusern unten, konnte man sie öffnen und den Feind mit siedend heißem Sand überschütten. Auf einer Seite waren in regelmäßigen Abständen Türen angebracht, so niedrig, dass man sich beim Eintreten bücken musste. Waren zwei Türen zugleich offen, war der Feind dazwischen gefangen und konnte mit seinem Schwert nicht richtig ausholen.

Wen fürchtete Lord de la Rochelle so sehr, dass er einen solchen Korridor über seiner großen Halle angelegt hatte? Es mochte ein walisischer oder ein persönlicher Feind sein. So oder so, der Lord war gut vorbereitet.

Wie auch sie es sein musste.

Binnen einer Stunde erwartete Tarran – es fiel ihr noch immer schwer, einen *Fürsten* nur mit dem Namen anzusprechen – von ihr eine Entscheidung, ob sie sich seinen Männern und Vala auf der Reise nach Süden anschließen wollte. Difyr, die brünette Magd, die geholfen hatte, Iau zu verbinden, hatte ihr verraten, wo die alte Rhan untergebracht war. Sie hätte Elspeth alles gesagt, um sie zum Gehen zu bewegen, damit sie den Verletzten wieder für sich allein hatte und ihn mit Aufmerksamkeiten verwöhnen konnte.

Elspeth zählte die Türen. Die fünfte sollte jene zu dem Raum sein, in dem man Rhan abgesondert hatte. Sie verhielt den Schritt. Wenn sie erkrankte, würde sie *Llech-lafar* nicht rechtzeitig finden können. Dennoch – dieses Risiko musste sie eingehen.

Lederscharniere knarrten, als sie die Tür öffnete. Sie knarrten noch mehr, als sie die Tür hinter sich schloss.

Der Raum war klein, nicht mehr als ein paar Schritte nach beiden Richtungen. Eine einzige Funzel brannte in einer Ecke. In dem fensterlosen Kämmerchen, in das nie frische Luft gelangte, waren die Ausdünstungen von Krankheit und Ausscheidung bei jeden Atemzug spürbar. Bis auf einen Strohsack, auf dem sich eine Decke befand, war der Raum leer.

Als sie langsam näher ging, erkannte sie eine Gestalt unter der Decke, so abgezehrt, dass nur ein Fingerbreit zwischen Decke und Strohsack war.

»Wer bist du, Kind?«, kam eine erstaunlich kräftige Stimme vom Strohsack her.

»Ich bin Elspeth.«

»In der Burg gibt es keine Elspeth.«

»Ich bin auf der Reise und fand hier Unterkunft.«

Ein knochiger Finger hob sich und bedeutete Elspeth, näherzukommen. »Was führt dich zu mir?«

»Bist du Rhan, die weise Frau?« Sie kniete neben dem Strohsack nieder und starrte in ein faltiges Gesicht, das sie an die nackten, gefurchten Felsen im Gebirge erinnerte. Erstaunlich dichtes weißes Haar war über den fleckigen Strohsack gebreitet. Jemand musste es vor kurzem gebürstet haben, da es wie frisch gefallener Schnee schimmerte.

»Die bin ich«, sagte die Alte auf dem Strohsack.

»Besitzt Ihr Wissen, das über die Kräuterkammer hinausreicht?«

Rhan lachte, ein tiefes, heiseres Geräusch. Elspeth musste an ein Messer denken, das an einem Stein geschärft wird. »Ich habe in meinem Leben viele Dinge gesehen, Kindchen. Und aus allem zog ich eine Lehre, so dass ich viel weiß, was nichts mit der Kräuterkammer zu tun hat, der ich einst vorstand.« Sie hob einen zitternden Finger. »Aber wenn du einen Liebestrank möchtest, um das Herz eines jungen Mannes zu gewinnen, bist du vergebens gekommen. Solche Tränke mische ich nicht mehr, und die Geheimnisse werde ich dir nicht verraten.«

»Ich will keinen Liebestrank.«

»Nein? Du siehst aus wie eine junge Frau, die an Liebeskummer leidet.«

»Ich will keinen Liebestrank.« Sie war froh, nicht in Versuchung zu geraten. Im Kloster hatte man sie gelehrt, dass solche Tränke nutzlos waren, doch abends nach der Vesper hatten sich die Schwestern oft zusammengesetzt und geklatscht. Mehr als eine hatte im Flüsterton gefragt, ob es wohl eine Kräutermischung mit Zauberkraft gäbe, die das Herz eines Mannes entflammen konnte.

»Warum bist du dann gekommen, um mit der alten Rhan zu sprechen?«

»Ich möchte mehr über *Llech-lafar* erfahren.«

»Ich kenne den Stein, von dem du sprichst«, murmelte die Alte.

»Weißt du, wo er sich befindet?«

»Am Lauf des Flusses Alun.«

»Wo ist das?«

Die Alte runzelte die Stirn. »Wer bist du, dass du den Fluss Alun nicht kennst?«

»Ist es der Fluss unweit von Pembroke Castle?«

Der König war von Pembroke aus nach Irland gesegelt und würde vielleicht dort wieder zurückkehren. Auf dem Weg nach Irland war er womöglich unbeschadet auf den Stein getreten, da der Fluch nur bei seiner Rückkehr wirksam wurde.

»Nein.« Rhans Stirnfalten wurden tiefer. »Er mündet in die See nahe der Stelle, wo die St. David's Cathedral stand, ehe sie niederbrannte. Warum möchtest du etwas über den Stein erfahren?«

Elspeth ballte ihre Hände im Schoß zu Fäusten. In der Nähe der St. David's Cathedral? Das würde bedeuten, dass sie dieselbe Richtung einschlagen musste wie Tarran und seine Gefährten. Völlig irrationale Freude löschte alle anderen Gedanken aus und wirbelte durch sie hindurch. Sie versuchte sie zu dämpfen, ein kleiner Rest aber blieb und sandte Schauer über ihre Haut.

Es kostete sie viel Kraft, ihre Stimme ruhig zu halten. »Ich frage aus Neugierde.«

Rhan schüttelte den Kopf und zuckte zusammen, als schmerze sie diese einfache Bewegung. »Du bist eine *Sais*. Für dein Volk gibt es nur zwei Gründe, Offa's Dyke zu überschreiten: Eroberung und Hoffnung auf Reichtümer.«

Elspeth lächelte. »Das trifft auf mich nicht zu. Ich bin gekommen, um mehr über *Llech-lafar* zu erfahren, weil ich neugierig bin, ob die Legende auf einem wahren Kern beruht.«

»Und um dafür zu sorgen, dass euer normannischer König nicht darauftritt?«

Sie hoffte, dass man ihr ihre Betroffenheit nicht ansah. Die Alte war wahrhaftig weise. »Ich habe keinen Einfluss darauf, was König Henry tut. Als Mann von jäher Wesensart tut er, was er will und hört auf keinen Rat.«

Rhan griff nach Elspeths Hand. Ihr Griff war so zerbrechlich, dass Elspeth es nicht wagte, ihr die Hand zu entziehen, aus Angst, die alte Frau könnte dabei verletzt werden. Elspeths Hand umdrehend zog Rhan sie dicht an ihre Augen, ließ ein Gemurmel hören und gab sie dann frei.

»Geh zurück«, sagte die Greisin. »Kehre zurück in deine Heimat, ehe du den Fluch heraufbeschwörst, den du abwenden möchtest.«

»Falls du mir Angst machen willst, so lasse ich mich nicht so leicht ins Bockshorn jagen. Ich möchte die Wahrheit über *Llech-lafar* herausfinden und werde in Wales bleiben, bis ich alles weiß.«

»Die Wahrheit ist in deiner Hand.«

»Welche Wahrheit? Warum sollte meine Hand die Wahrheit über den Stein verraten?«

Elspeth hielt die Hand hoch und starrte sie an. Sie sah die Schwielen von ihrer Arbeit mit dem Stock. Die kleine, fast unsichtbare Narbe von einem Hundebiss in ihrer Kindheit. An der Seite sah man Abschürfungen von ihrem Kletterwagnis. Sie war versucht, die Hautfetzen vor der Alten abzureißen und zu sagen, dass jemand, der seinen Hals riskiert hatte, um durch eine schmale Maueröffnung zu kriechen, sich nicht von rätselhaften Worten irremachen ließ.

»Über den Stein sagt sie nichts aus, doch zeigt sie, dass du alles aufs Spiel setzt, was dir lieb und teuer ist, wenn du den eingeschlagenen Weg weiterverfolgst. Halte ein und gebe dich geschlagen. Es ist der einzige Weg, damit du nicht alles verlierst, was du in deinem Herzen trägst.«

Die Tür öffnete sich mit ohrenbetäubendem Knarren. Eine Frau spähte herein und rief: »Was treibst du hier? Hinaus! Sofort!«

Die Frau erbleichte, als Elspeth aufstand. Hatte die

Magd Angst, weil sie eine Lady gescholten hatte, die ihr Herr verführen wollte?

Elspeth beugte sich wieder über die Kranke. »Habt Dank für Euren Rat.«

»Folge meiner Warnung, Kind! Ich bitte dich!« Die Alte stöhnte.

Die Frau an der Tür stürzte herein und schob Elspeth beiseite. Ihre Sorge um die Kranke siegte über ihre Bestürzung.

Elspeth ging hinaus und schloss die Tür. Das Knarren der ledernen Türangeln ging ihr durch und durch. Sie hatte nun die Information, um den Stein zu finden. Lag er in Sichtweite der Ruine von St. David's Cathedral? Sie würde von einem Ende des Flusses zum anderen suchen, um die genaue Lage des Steines festzustellen. Und wenn sie in seine Nähe gelangt war, würde ihr sicher jemand mit seinem Wissen weiterhelfen. Sie würde den Stein finden und dafür sorgen, dass der König nicht den Fuß daraufsetzte. Damit war ihre Mission für die Königin erfüllt. Der König würde durch den Fluch nicht ums Leben kommen. Alles würde so ausgehen, wie Königin Eleanor es hoffte, und Elspeth …

Sie zitterte. Sie wollte nicht glauben, dass sie durch Erfüllung ihres Gelübdes alle ihre Lieben verdammte. Keine ihrer Mitschwestern hätte gezögert sich zu opfern, wenn die Königin es gefordert hätte. Keine würde erwarten, dass Elspeth zögerte, ihren Auftrag zu erfüllen, weil die Abtei dadurch gefährdet wurde. Das glaubte sie aus ganzem Herzen, durfte aber gar nicht daran denken, wieder heimatlos zu sein. Nach dem Tod ihrer Eltern hatte das Kloster ihr Schutz und Bleibe geboten. Die Vorstellung, beides zu verlieren und nicht zu wissen, wohin sie sich wenden sollte, war zu schrecklich. Nicht auszudenken …

Aber was, wenn die Alte Recht hatte?

10

»Bist du sicher, dass sie nicht sagte, wohin sie gehen wollte?« Tarran, der den äußeren Burghof überquert hatte, hielt inne. Er richtete den Blick auf Seith, der die Zügel des Pferdes hielt, auf dem Iau mit sichtlichem Unbehagen saß.

Sein Freund zuckte hilflos mit den Schultern. »Sie sagte nur, sie würde dir ihre Antwort zukommen lassen, ehe die Sonne den Scheitelpunkt erreicht, und sie bat, wir sollten nicht aufbrechen, ehe sie dir antwortet.«

»Sie sagte nichts von *unserem* Aufbruch.« Gryn stand neben Kei bei den Pferden in den schmäler werdenden Schatten des Torhauses. Der Hof lag nahezu verlassen da, ein schlechtes Zeichen. »Es war nur von dir die Rede, Fürst Tarran. Warum gehst du mit dem Mädchen nicht ins Bett, wie sie es will, und die Sache ist erledigt?«

»Und sie auch«, setzte sein Vetter hinzu.

»Genug!« Er schnitt eine Grimasse. Hoffentlich ahnte niemand, dass er das Wort, das er zu Elspeth so oft gesagt hatte, nicht hatte aussprechen wollen. Auf seinem Arm schlug sein Falke mit den Flügeln, von Tarrans Heftigkeit sichtlich erschreckt. »Ich stellte eine Frage, auf die ich eine Antwort möchte.«

»Seith sagte alles, was wir wissen. Sie sagte, sie würde dir ihre Entscheidung mitteilen.« Wie immer versuchte Vala, die Wogen zu glätten.

Meist schätzte er ihre ruhige Art so sehr wie die hitzigen Meinungsäußerungen seiner Männer. Nie hätte er sich mit Menschen umgeben, die ihm nach dem Mund redeten, da sie für ihn keine Herausforderung darstellten.

Herausforderung!

Dass man sie von Kastell Glyn Niwl verbannte, war Elspeth zuzuschreiben. Dennoch hätte er es ihr nie verübelt, weil sie versucht hatte, sich zu schützen. So wie er es Addfwyn nicht verübelte, dass sie in seinem Traum gesagt hatte, seine Zeit, zu ihr nach Annwfn zu kommen, wäre noch nicht gekommen. Noch immer schmerzte ihn die Leere, die im Gefolge des bösen Traumes zurückgeblieben war.

»Die Sonne hat ihren Zenith fast erreicht«, sagte Seith. »Wenn wir bleiben …«

Er nickte. Er konnte nicht riskieren, Vala dem Zorn de la Rochelles auszusetzen. Auch konnte er seinen Männern nicht zumuten, sich einem zahlenmäßig weit überlegenen Feind zu stellen, nur weil er sich verspätet hatte.

»Los«, befahl er.

»Ohne dich?« Seith schüttelte den Kopf. »Wir verlassen dich nicht.«

»Geht nur. Ich komme bald nach.« Er blickte zum Himmel. »Mir bleibt noch etwas Zeit, ehe die Sonne den Scheitelpunkt erreicht. Ich verspreche, dass ich das Torhaus hinter mir haben werde, bevor de la Rochelle mich der Säumigkeit bezichtigen kann.«

Vala legte ihm die Hand auf den Arm. »Sei auf der Hut!«

»Das werde ich sein.«

»Für dich und für die Lady.«

Er nickte und tätschelte ihre Hand. »Gewiss.«

Er ging zu seinem Pferd, als die anderen aufsaßen. Er sah ihnen nach, als sie unter dem Bogen des Torhauses durchritten, hinaus auf die Straße, so schnell Iau mithalten konnte. Er wunderte sich nicht, dass dieser trotz seines Geplänkels mit de la Rochelles Magd nicht hatte zurückbleiben wollen. Keiner der Männer hätte sich von ihrem Ziel abbringen lassen. Tarran wollte Iau nicht um diese Chance bringen, auch wenn sie mit ihm langsamer vorankamen.

Die Sonne stieg zu rasch höher. Tarran ergriff die Zügel seines Pferdes und ging zum Tor zum inneren Hof. Auf den vier Geschossen des Hauptturmes gab es etliche Räume, und Elspeth konnte sich in jedem von ihnen befinden. Er kniff die Lippen zusammen. In de la Rochelles Gemach würde sie nicht sein. Wenn er aber ohne sie losritt … nein, sie unter dem Dach des Barons zurückzulassen, war unvorstellbar.

Zögerte er aber zu lange, bot er de la Rochelle Anlass zu boshaftem Ergötzen, wenn man ihn in ein Verlies unter der großen Halle warf. Das würde bedeuten, dass Addfwyns Tod ungerächt blieb.

Er sollte gehen.

Er musste bleiben.

Als er den leeren Hof überquerte, sah er zu seiner Linken Bewegung. Eine Magd, die aus dem Vorratsspeicher trat. Nein, keine Magd, wurde ihm klar, als die Sonne von einer scharfen Klinge reflektiert wurde, sondern ein Krieger. Er sah die Umrisse anderer Krieger auf der oberen Mauer. Ein zweiter Mann kam aus dem Innenhof, ein Schwert wurde klirrend aus der Scheide gezogen. Hinter ihm ertönte wie zur Antwort ein Echo.

Er war umzingelt. De la Rochelle wollte es ihn schwer büßen lassen, weil er dem Befehl, die Burg zu verlassen, nicht nachgekommen war. Zu jedem anderen Zeitpunkt hätte Tarran sein Leben aufs Spiel gesetzt, um dem Burgherrn zu zeigen, dass er vor einem Lord der Marken sein Knie nicht kampflos beugte, doch durfte er sein Leben jetzt nicht riskieren, da es galt, geleistete Gelübde zu erfüllen.

Er ließ die Zügel los und zog sein Schwert. Sein Pferd wich leise wiehernd ein paar Schritte zurück. Es wusste, dass vor einem blanken Schwert Vorsicht geboten war.

»Flieg!«, befahl er Heliwr leise und entließ den Falken in die Luft. Lieber lief er Gefahr, den Vogel zu verlieren, als ihn gefangen und dem Willen des Lords ausgeliefert zu sehen.

Der Vogel flog auf und landete oben auf einem Turm, sichtlich unsicher, welche Beute er jagen sollte.

De la Rochelle trat auf die Stufen, die zur Mauer führten. Für den Kampf gerüstet trug er ein Kettenhemd über seinem Gewand. Sein Schwertgürtel, der sich um seinen Bauch spannte, schnürte ihn so fest ein, dass es ein Wunder war, dass er atmen konnte. Wie lange war es her, dass der Lord sich für einen Kampf gegürtet hatte?

Doch war es nicht de la Rochelle, mit dem er es aufnehmen musste.

Die Mannen des Lords lechzten nach der Ehre, ihn gefangen zu nehmen. Mit dem Daumen über den Schwertgriff streichend, wartete er. De la Rochelle war am Zug.

Der wartete nicht lange. »Ich sagte, Ihr solltet gehen!«, brüllte er. »Jetzt werdet Ihr den Preis dafür zahlen, weil Ihr meinen Befehl missachtet habt.« Er hob die Hand, und vom Torhaus her hörte man ein Rasseln.

Tarran fluchte. Die Fallgatter wurden herabgelassen. Nun saß er hier wie ein Tier in der Falle. Wenn er sich nicht auf der Stelle umdrehte und losrannte, würde man ihn ins Verlies werfen, und er konnte seine Addfwyn und Elspeth geleisteten Schwüre nicht halten.

Er knirschte mit den Zähnen. In einem Verlies zu schmachten, damit de la Rochelles Bosheit befriedigt wurde, wollte er nicht. Er schwang sein Schwert und stieß den Kriegsruf seiner Sippe aus.

Als sein Ruf im Außenhof widerhallte, wurde er von einem anderen übertönt, der von rechts kam. Die Krieger des Lords drehten ihre Köpfe.

Aus dem Stallhof raste ein Karren heraus. De la Rochelles Mannen sprangen beiseite, um nicht überfahren zu werden. Entsetzen zeichnete sich in den Zügen des Lords ab. Falls es sich nicht um einen Scherz des Burgherrn handelte …

Der Karren raste auf Tarran zu. Er hob abwehrend sein Schwert, ehe er leuchtend rotes Haar hinter der Fahrerin herwehen sah.

Elspeth!

»Springt auf!«, rief sie im Vorüberrasen.

Er fuhr herum und starrte ihr nach. Wie sollte er bei diesem Tempo das Gefährt einholen? Sie holte mit ihrem Stock aus und schlug auf sein Pferd ein, das davongaloppierte. Der Karren fuhr unverändert schnell, bis das Tier unter dem Torhaus und unter den langsam herabsinkenden Fallgattern hindurchsprengte.

Sie zog die Zügel an und wendete das Gefährt in einem unglaublich engen Bogen, so dass sich auf einer Seite die Räder vom Boden hoben und der Karren sich neigte. Sie raste weiter, und de la Rochelles Krieger stoben auseinander.

Mit lautem Krach schlugen die Räder auf dem Boden auf. Wieder hielt der Karren auf Tarran zu, während der Lord Befehle brüllte. Seine Männer stürzten vor, machten aber keine Anstalten, den Karren aufzuhalten. Andere nahmen zwischen dem Wagen und den langsam herabsinkenden Fallgattern Aufstellung.

Mit einem lauten Ausruf ließ Elspeth die Zügel auf die Pferderücken schnalzen, der Wagen gewann noch mehr Tempo. Erwartete sie, er würde zwischen die Räder springen und an Bord klettern? Nein, denn er sah, dass hinten etwas aufklappte. Sie hatte die hintere Bordwand des Karrens geöffnet und ihm eine Möglichkeit zum Aufsteigen eröffnet. Aber auch so blieb ihm nur eine Chance, und er musste sie genau abwägen. Ein einziger Fehltritt, und die Räder würden ihn zermalmen.

Sie rief ihm etwas zu, doch konnte er sie neben den Rufen des Lords und seiner Leute nicht verstehen. Er beachtete die Leute nicht, während er sich auf den Wagen konzentrierte.

Näher.

Noch etwas näher.

Noch etwas näher.

Jetzt!

Mit einem Hechtsprung landete er auf dem Karren und prallte gegen drei Stäbe, die an einer Bordwand lehnten. Stöhnend und mit einem unterdrückten Fluch versuchte er sich aufzusetzen.

»Unten bleiben!«, rief sie.

»Was?«

»Unten bleiben!« Ohne die Zügel loszulassen, duckte sie sich neben ihm zu Boden.

»Ihr seht ja nicht, wohin wir fahren!«

»Das Pferd weiß es, weil es sah, wie das Eurige den einzigen Fluchtweg fand.« Wieder ließ sie die Zügel schnalzen und kauerte auf dem Boden. »Unten bleiben!«

Er hörte Männer aufschreien, als der Wagen sie wieder auseinanderstieben ließ. Ein Blick nach hinten zeigte ihm, dass sie lachend in die Richtung zeigten, die der Karren nahm. Als ihm der Grund für ihre Belustigung klar wurde, war es wie ein Schlag in die Magengrube.

»Wenden!«, rief er. »Das Fallgatter sinkt!«

»Ich weiß.«

Er packte ihren Arm. »Wendet, ehe wir getroffen und in so viele Stücke gerissen werden wie der Karren.«

»Loslassen! Ich weiß, was ich tue.«

Für Widerspruch war keine Zeit. Die Sonne verschwand, sie fuhren nun unter dem Torhaus hindurch. Er ließ sie los, wohl wissend, dass es zu spät zum Wenden war. Er musste ihr die winzige Chance lassen, die sie hatten.

»Runter!«, rief sie.

Er drückte sich flach auf den Karrenboden. Die Spitzen befanden sich knapp über ihnen. Eine traf die Seitenwand, der Karren schwankte, doch gelang es ihr, ihn vor dem Umkippen zu bewahren. Mit einem lauten Zuruf feuerte sie das Pferd an. Einer ihrer Stöcke wurde aus dem Wagen geschleudert. Sie blickte sich um und ließ die Zügel schnalzen. Als das herunterhängende Bordbrett vom Fallgatter durchbohrt wurde, hieb er mit seinem Schwert auf das Verbindungsscharnier ein und trennte es ab. Das Brett zersplitterte unter den Eisenspitzen.

Nun waren sie wieder in der Sonne und rasten im gestreckten Galopp die Straße nach Süden entlang. Vor ihnen sprengte sein Pferd dahin. Sie überholten es.

Tarran setzte sich auf. Er hob den linken Arm und stieß einen Pfiff aus. Heliwr flog in weiten Bogen herunter, setzte sich auf seinen Arm und schalt ihn krächzend, weil er ihn ausgeschickt hatte, ohne dass Beute in Sicht war. Er pfiff nun eine andere Tonfolge, und sein Pferd spitzte die Ohren, ehe es ihnen folgte.

»Werden wir verfolgt?«, fragte Elspeth.

Er warf einen Blick hinter sich. »Nein. Bis das Fallgatter so weit angehoben wird, dass jemand passieren kann, dauert es eine Weile. De la Rochelle weiß, dass unser Vorsprung zu groß ist.« Er lehnte sich mit dem Ellbogen an die Seitenwand des Karrens, als sie auf ihren Fersen kauernd das Pferd ein wenig zügelte.

»Alles in Ordnung?«

»Bis auf ein paar blaue Flecken …« Er schlang die Zügel um einen Ring an der Seitenbordwand. »Ich habe weitaus weniger Blessuren, als de la Rochelle mir gern beigebracht hätte.«

Elspeth riss den Blick von der schmalen Straße los, die die Landzunge in der Richtung zur See durchzog. »Ihr hättet nicht bleiben sollen.«

»Ich rechnete nicht damit, dass de la Rochelles Ungeduld ihn daran hindern würde, den Sonnenhöchststand zu erwarten. Und Ihr hattet gebeten, ich solle bleiben, bis Ihr mir Eure Entscheidung mitgeteilt hättet.«

»Das war vorher.«

»Vor … was?«

»Bevor ich entdeckte, dass Ihr dumm genug sein würdet, bis kurz vor dem Höchststand der Sonne zu bleiben.«

»Ich konnte nicht fort. Ich trage für Euch Verantwortung.«

Sie umfasste die Zügel fester. »Wie oft muss ich Euch sagen, dass ich Euren Schutz nicht brauche?«

»Wenn es wahr wäre, würde ich es glauben.«

»Ich rettete *Euch*.«

»Allerdings, und dafür bin ich dankbar.« Er klopfte auf die Seitenwand. »Was brachte Euch auf die Idee, mit einem Gefährt aus de la Rochelles Beständen diese wilde Fahrt zu wagen?«

»Es war nicht Teil eines Planes, um Euch zu retten, da ich dachte, Ihr wäret so vernünftig, vor Mittag zu verschwinden.« Sie machte ein besorgtes Gesicht. »Den Karren wollte ich für Vala. Für eine Frau ihres Alters ist ein langer Ritt zu mühsam.«

»Tyddewi ist nicht mehr weit.«

»Der Karren wird Eure Reise daher nicht nennenswert behindern. Ihr wolltet, dass ich mich um sie kümmere. Sie ist erschöpft, und sie ist traurig, weil sie Euch nicht mehr wie einst ein Lächeln entlocken kann. Sie …«

Er hob die Hand. »Ihr habt Euren Standpunkt klargemacht. Ist der Karren an Eurer Verspätung schuld?«

Elspeth war versucht, Ja zu sagen, um weiteren Fragen zu entgehen, doch wollte sie nicht lügen, wenn es nicht dringend erforderlich war. »Ich musste unbedingt mit jemandem Bestimmten sprechen. Das ist der Grund, weshalb ich zum Kastell Glyn Niwl kam. Heute war es endlich so weit. Es war ein faszinierendes Gespräch, und die Zeit verflog leider. Ich merkte, dass es fast Mittag war …«

»Beantwortet Ihr jemals eine simple Frage mit einer ebenso simplen Erwiderung?«

»Ich dachte, ich hätte es getan. Ihr fragtet, wohin ich gegangen wäre, und ich sagte es.«

»Ihr habt mir viel mehr gesagt, als ich wissen wollte.«

»Wenn Ihr es nicht wissen wollt, hättet Ihr die Frage anders stellen sollen.«

Er beugte sich zu ihr, eine Stellung, die die Breite seiner Brust betonte. Sein Gewand wurde zurückgezogen und an die deutlich hervortretenden Muskeln gepresst, die sie entdeckt hatte, als er sie an sich zog. Ihr Herz pochte wie wild, und das erschreckte sie, weil er sie gar nicht berührt hatte. Mit jedem Atemzug fiel es ihr schwerer, Luft zu holen. Um sie herum schien die Luft zu verschwinden.

»Also gut«, sagte er mit einer Geduld, die sie ihm nicht zugetraut hätte. »Ich werde meine Frage anders formulieren. Ich werde sie als Feststellung äußern. Macht Euch nicht davon, wenn es Zeit zum Aufbruch ist.«

»Das ist keine Feststellung. Das, *Fürst* Tarran, ist ein Befehl.«

»Das ist es.« Er runzelte heftig die Stirn. »Werdet Ihr ihn befolgen?«

»Vernünftige Befehle befolge ich immer. Aber ich muss

Euch bitten, diese Befehle klar zu äußern, da ich Eure Pläne nicht erraten kann. Wenn Ihr …«

»Wenn Ihr still sein würdet, könnte ich Euch sagen, was ich plante.«

»Und was plant Ihr?«

Er setzte Heliwr auf eine Seite des Karrens und machte die Halteriemen fest, damit der Vogel nicht fortfliegen konnte. Dann griff er an ihr vorbei und zog an den Zügeln. Die Pferde blieben stehen.

»Wir müssen die anderen einholen«, sagte sie. »Warum halten wir an? Habt Ihr den Verstand verloren?«

»Sehr wahrscheinlich.«

Er umfasste ihr Gesicht mit beiden Händen und hob es an. Als sich sein Mund auf ihren senkte, bewegte sie sich und lehnte sich an ihn. Langsam, jedoch mit einer Begierde, die sie sehr gut nachempfinden konnte, erkundete er ihre Lippen. Als ihre Finger seine Arme und Schultern hinaufglitten, schob er sie zurück auf die Bodenfläche des Karrens. Sein Arm war unter ihr, und er war über ihr. Seine männliche Kraft hüllte sie ein, und sie wollte ihm nicht entfliehen.

Seine Zunge schnellte in ihren Mund, als sie um Atem rang. Gleichzeitig schoben sich seine Finger über ihre Brust und tasteten sich weiter, wie seine Lippen an ihrem Mund, wobei keine Stelle unberührt blieb. Ihr Verstand wurde von einem unbekannten Sehnen erfasst, als ein ganzes Meer von ungeahnten Empfindungen sie durchflutete.

Sie wollte ihn berühren. Sie wollte ihm einen Teil der Wonne zurückgeben, die er ihr spendete. Als ihre Zunge über seine strich und in seinen Mund glitt, erbebte sie unter ihm. Es war ebenso viel Glück darin, ihn zu entdecken, wie von ihm berührt zu werden.

Als er mit ihrer Brustspitze spielte, verkrampfte sie ihre Finger im Rücken seines Gewandes. Nichts, auch nicht ihr Entzücken, durfte sie davon abhalten, seine Berührungen ganz bewusst zu genießen. Ihr stoßweiser Atem klang laut in ihren Ohren, als sein Mund sich von ihrem löste, um Küsse auf Wange und Hals regnen zu lassen. Sie flüsterte seinen Namen, als seine Zunge ihr Ohr salbte, die Windungen langsam nachzeichnete, um jedes Lustgefühl, das dort wartete, zu entfachen.

»Du bist köstlich«, raunte er an ihrem Ohr. »Und empörend.«

Sie öffnete die Augen und blickte zu ihm auf. »Es ist nichts empörend daran, dich vor Lord de la Rochelles Verlies bewahren zu wollen.«

»Gern hätte ich de la Rochelles Miene gesehen, als wir seiner Falle entkamen.« Als er lächelte, war es für sie ein Schock, denn seine Züge veränderten sich so, als hätte man eine Lampe dahinter entzündet. Sie berührte seine Wange dort, wo tiefe Fältchen um seine Augen verrieten, dass Vala Recht gehabt hatte. Er hatte oft gelächelt.

Sie strich diese Falten von der Wange zur Schläfe entlang. Ihre Finger durchkämmten sein schwarzes Haar in hundertfacher Liebkosung. Aufseufzend flüsterte sie: »Wir sollten die anderen suchen. Sie werden in Sorge um uns sein.«

»Ja, das sollten wir.« Er streifte ihre Lippen mit seinen.

Wieder aufstöhnend lenkte sie seinen Mund zurück. Ein neckender Kuss war nicht genug. Würde ihr Verlangen nach ihm nie gestillt werden? Und war dies wünschenswert? Nein, daran wollte sie nicht denken. Als er sie auf die Bretter der Ladefläche drückte, gab sie sich seiner Berührung hin.

Lachen traf Tarrans Ohren wie eine Ohrfeige. Der Karren schwankte, und er blickte auf – in die vertrauten Gesichter seiner Männer. Sich auf die Knie aufrichtend, sah er, wie Elspeths Gesicht seine Weichheit verlor, als sie erfasste, dass sie nicht allein waren.

»Elspeth, wir haben bei Eurer Rettung mitgeholfen. Ihr könnt uns ebenso Eure Dankbarkeit zeigen.« Kei schlug sich lachend auf den Schenkel.

Nur sein Vetter lachte mit, verstummte aber, als er merkte, dass sonst niemand einstimmte.

Elspeth errötete tief, als Kei sich über die Bordwand lehnte und ihr zuzwinkerte. Er griff in ihr Haar, und sie wollte ihn schlagen, verfehlte ihn aber, weil Tarran Keis Gewand vorne packte und ihn jäh zu sich riss und die Faust hob. Keis Augen wurden rund vor Staunen.

»Nicht, Tarran«, bat Elspeth. »Er ist dein Freund.«

Ihre Fingerspitzen auf seinem Arm brachten ihn zur Vernunft. Er versetzte Kei einen Stoß und ließ ihn los. Er war bereit gewesen, einem vertrauten Freund die Faust ins Gesicht zu rammen. Er hatte im Begriff gestanden, ihre Kameradschaft zu gefährden aus Wut, weil er gestört worden war, als er Elspeth verführte. Anstatt wütend zu sein, hätte er Kei für seine Störung dankbar sein müssen.

Valas mahnendes Stirnrunzeln galt beiden, und Kei und sein Vetter drängten sich um Iau, der zusammengesunken auf seinem Pferd saß. Tarran sprang vom Karren.

»Wir sind froh, dass Ihr wohlbehalten und frei seid«, sagte Seith, als er Elspeth vom Gefährt herunterhalf.

»Wir auch.« Tarran umfasste den Arm seines Freundes mit einem Kriegergruß. Wusste Seith, dass Tarran ihm dankbar war, weil er Elspeth half? Tarran war nicht sicher, ob er sich bei einer neuerlichen Berührung zurückhalten könnte oder sich mit ihr der Liebe hingeben würde ohne Rücksicht auf Umstehende.

Als Elspeth die zwei übrig gebliebenen Stöcke aus dem Karren hob, sprach niemand ein Wort. Er sah, dass beide Stöcke Querstücke aufwiesen.

»Iau muss im Wagen fahren«, sagte sie, ohne jemanden anzusehen. Einen Stock lehnte sie an den Karren. Den anderen neigte sie und brach das Querstück ab, das sie auf die Ladefläche warf. Dann fasste sie die Stelze an wie ihren Kampfstock.

Er hörte, wie Vala und seine Männer die Luft anhielten, als sie mit dem Stock eine Reihe von Bewegungen übte. Sie prüfte den Stock, ob die Balance stimmte. Sie wirbelte ihn, stieß mit ihm wie mit einer Lanze gegen einen unsichtbaren Gegner, schwang ihn in geschmeidigen Bewegungen, die ganz einfach wirkten. Er wusste, dass sie es nicht waren und dass sie über eine enorme Geschicklichkeit verfügte. Nachdem sie den Stock auf den Karren geworfen hatte, hob sie die andere Stelze. Sie stellte den Fuß auf das Querstück und brach es ab. Wieder warf sie das kurze Stück Holz auf den Karren. Wieder ging sie die Bewegungen durch. Erst als sie mit einem erleichterten Lächeln innehielt, das die Strenge ihrer Miene milderte, schien sie zu bemerken, dass die anderen sie beobachteten.

Sie stellte den Stock auf und fragte, als wäre nichts Ungewöhnliches geschehen: »Hat jemand daran gedacht, Proviant aus der Burg mitzunehmen?«

Elspeth stieß mit ihrem Stock gegen einen Stein und trat dann dagegen. Ihr einziger Lohn war eine wunde Zehe. Während Tarran und seine Männer ihre Mahlzeit aus dem Fluss angelten, war sie beide Ufer eine halbe Meile nach beiden Seiten entlanggelaufen und hatte Dutzende Felsbrocken begutachtet, die groß genug waren, dass der König darauftreten konnte. Woher sollte sie wissen, welcher nun *Llech-lafar* war?

»So wirst du dir eine Zehe brechen«, sagte Tarran, als er sich an dem Strauch vorbeizwängte, der direkt am Wasser stand. In seinem Korb lagen frisch gefangene Fische.

Sie fragte sich, ob alle der Fische so überdrüssig waren wie sie. Wie gut, dass Ostern bevorstand und man bald wieder Geflügel und Fleisch essen konnte.

»Ist dies der Fluss Alun?«, fragte sie.

»Nein. Der ist weiter im Südwesten. Warum fragst du?«

»Das Gerede von *Llech-lafar* weckte meine Neugierde. Ich möchte wissen, wo er ist.« Bei allen Heiligen! Sie hatte am falschen Fluss gesucht.

Er stellte den Korb mit den noch immer zappelnden Fischen auf den Boden. »Warum fasziniert dich diese alte walisische Sage so sehr?«

»Die Geschichten von König Arthur und Merlin gehören den Menschen zu beiden Seiten von Offa's Dyke.«

»Das mag für die Sachsen zutreffen, nicht aber für die Normannen. Diese Sagen gehören euch nicht.«

Sie kauerte sich nieder und tippte mit den Fingern auf einen Stein. Wie sollte sie unter den unzähligen Steinen in Wales den einen finden? Und was sollte sie tun, wenn sie ihn gefunden hatte? Der Stein, den sie mit dem Fuß angestoßen hatte, saß fest im Untergrund.

Sich aufrichtend sagte sie: »Normannen und Sachsen wurden zu einer Nation. Nur die Waliser bestreiten, dass ihr Beitritt zu dieser Union unausweichlich ist.«

»Ebenso die Iren und Schotten.«

Sie schauderte. »Die Schotten sind Wilde. Wenn der König klug ist, lässt er sie in Ruhe.«

»Vielleicht sollten die Waliser wilder sein.« Er zog sie an sich.

»Vielleicht solltest du es sein.« Lachend ließ sie ihren Stock fallen und lenkte seinen Mund zu ihrem.

Seine Zunge versengte ihre Lippen, ehe sie zwischen sie glitt. Ihr Mund öffnete sich in einem leisen Seufzer, als seine Arme ihre Schultern umfassten und sie mit eiserner Kraft festhielten. Er rückte ein wenig ab, und als sie die Augen aufschlug, sah sie, dass er sie forschend anblickte.

»Was ist?«, flüsterte sie.

»Pst. Ich will sehen, wie der Sonnenschein auf deinem Gesicht glüht.«

Als sie ihm mit den Fingerspitzen über die Wange strich, spürte sie ein köstliches Prickeln, das mehr Nähe forderte. Sein Mund legte sich wieder auf ihre Lippen, und sie hatte das Gefühl, von Sonnenhitze verzehrt zu werden.

Etwas traf ihren Fuß, gleich darauf wieder.

Mit einem Aufschrei zuckte sie zurück. Ein Blick nach unten zeigte ihr, dass ein wild zappelnder Fisch auf dem Boden lag, der aus dem Korb geschnellt war. Sie bückte sich und hob ihn auf. Ein Griff nach ihrem Messer, und sie erlöste ihn von seinen Qualen. Das Messer wischte sie im Gras ab und steckte es wieder in seine Scheide.

Sie hob den Korb auf und reichte ihn ihm. »Nächstes Mal töte sie, wenn du sie fängst.«

»Das werde ich tun.« Er legte seine Hand über ihre auf dem Korb und zog Elspeth an sich. »Fischgeruch ist nicht eben der süßeste Duft«, sagte er naserümpfend.

Sie zog ihre Hand unter seiner hervor und bückte sich nach ihrem Stock. Als sie sich aufrichtete, sah sie, dass er sie beobachtete. »Du solltest hier draußen nicht nur den Stock als Schutz bei dir haben«, sagte er.

»Mehr brauche ich nicht.«

»Wirklich?« Er zog eine Braue hoch.

Sie lachte. »Mehr brauche ich nicht, um mich zu schützen, hätte ich sagen sollen. Wenn du dir Sorgen machst, zeige ich es dir gern.«

»Ich sah dich beim Training, doch ist das nicht dasselbe wie ein Kampf mit einem echten Gegner. Bei einem plötzlichen Angriff bleibt dir vielleicht keine Zeit, an den Stock heranzukommen.«

»Ich kenne noch ein paar andere Tricks.«

»Und die wären?«

Sie deutete auf die Uferlinie. »Gehe zehn Schritt in diese Richtung, Ich laufe ebenso weit in die andere.«

Tarran stand vor einem Rätsel, folgte aber ohne zu fragen ihrer Anweisung. Sie hatte es einen Trick genannt, doch was war ihre Absicht? Er stellte den Korb mit den Fischen auf das Ufer neben sich. Er wollte beide Hände frei haben … was immer sie planen mochte.

Sie rief ihm zu: »Wenn man uns angreift, und du näher bei meinem Stock sein solltest als ich, könntest du mir so helfen.« Sie hob den Stock und schleuderte ihn im hohen Bogen in seine Richtung.

»Du hättest kraftvoller werfen sollen!«, rief er, als ein Stockende den Stein traf, gegen den sie getreten hatte. »Er fällt zu kurz.«

»Sieh doch!«

Der Stock prallte ab und flog in einem ebenso hohen Bogen, wie sie ihn geworfen hatte, auf ihn zu. Er fing ihn mit einer Hand auf, erstaunt, dass der Stock wieder senkrecht bei ihm landete.

»Wirf ihn zurück!«, rief sie.

»Wie?«

»Halte ihn wie einen Speer und schleudere ihn auf den Stein.«

»Er könnte brechen.«

»Keine Angst. Vertraue mir, Tarran.« Ihr vertrauen? Hatte sie denn wirklich keine Ahnung, wie sehr er ihr vertraute? Sie hatte ihm dank ihrer Geistesgegenwart das Leben gerettet, und zugleich hatte sie ein Gefährt beschafft, um Vala und Iau nach Tyddewi zu schaffen.

Er vertraute ihrer Tapferkeit und Findigkeit ... und ihrer atemberaubenden Schönheit.

Er selbst war es, dem er nicht trauen konnte. Ließ er zu, dass er in ihr Leben hineingezogen wurde, riskierte er, so verletzt zu werden wie damals, als er Addfwyns Kopf gehalten hatte und ihr bleiches Antlitz kein Lebenszeichen erkennen ließ.

Er senkte den Stock, griff nach dem Fischkorb und ging zu ihr. Er reichte ihr den Stock, und sie nahm ihn verdutzt in Empfang.

Er beugte sich über sie und küsste sie auf die Wange. Seine Lippen verweilten und kosteten die Lebendigkeit ihrer Haut aus. Es drängte ihn, ihre warme Haut überall zu erkunden, um die Erinnerung daran zu löschen, wie kalt Addfwyn in seinen Armen gelegen hatte. Doch durfte er niemals – auch nicht einen Augenblick – vergessen, warum er sich auf seiner Mission befand.

»Tarran?«, fragte sie. Aus ihrem Ton hörte er dasselbe Flehen heraus, das auch er mit jedem Herzschlag in sich spürte.

Er durfte sich nicht ablenken lassen – nicht von süßer Nähe noch von strahlenden Augen voller Leben. Ohne eine Antwort zu geben, ging er fort.

11

Elspeth wünschte sich sehnlichst, aus dem Karren aussteigen und zu Fuß weitergehen zu können. Nach stundenlangem Dahinholpern über schlechte Straßen schmerzte ihr ganzer Körper. Gegen Langeweile und Unbehagen hatte auch leises Summen nicht geholfen, da jede Melodie den Rhythmus des schwankenden Karrens angenommen hatte. Die Zügel mit der Linken haltend, starrte sie geradeaus auf die Kurven vor ihr. Den Hügeln zwischen der Straße und dem zum Meer abfallenden Gelände schenkte sie keine Beachtung. Auch die salzige Luft verlockte sie zu keiner Erkundung der Küste, und die Meeresbrise, die ihr Haar zauste, vermochte ihre Mattigkeit nicht zu durchdringen. Sie war durchgefroren, ihre Sachen klebten an der Haut.

Unbeirrt hielt sie den Blick durch den feuchten Nebel auf die schwankenden Kehrseiten des Ochsengespanns vor dem Karren gerichtet. Die Pferde gegen Ochsen einzutauschen, hatte sich als gute Idee erwiesen, da die Rinder ausdauernder waren. Ob sie freilich eine echte Verbesserung darstellten, war fraglich, da die unter ein Joch gespannten Tiere unweigerlich den schlechtesten Teil der Straße zu finden schienen. Alle Versuche, sie zu lenken, waren fehlgeschlagen. Sie bewegten sich vorwärts, wenn Tarrans Pferd es tat, und blieben stehen, wenn es anhielt.

Sie rutschte auf ihrem Sitz herum, und ihr Fuß stieß gegen ein Ende der provisorischen Waffe. Sie fasste danach, ehe er Vala treffen konnte, die hinter ihr döste. Iau hielt die Augen geschlossen, doch war sie nicht sicher, ob er schlief oder sich seinem Schmerz hingab.

Was für eine Konfusion entstanden war! Sie hatte auf Kastell Glyn Niwl erfahren, wo sich *Llech-lafar* befand, hatte aber ihren guten Stock verloren. Rhans Warnung klang ihr in den Ohren. War der Verlust des Stockes Teil dessen, was die Alte vorausgesehen hatte? Doch das Wissen, dass die Zukunft Unglück bringen würde, war nicht der schlimmste Aspekt ihres Aufenthalts auf Lord de la Rochelles Burg. Ihre abschweifenden Gedanken wanderten ständig zu Tarran und wie er ausgesehen hatte, wenn er lächelte. Sie wollte ihn wieder lächeln sehen … wenn er sie festhielt. Während er ihr vorausritt und ihr den Rücken zukehrte, war es jedoch ausgeschlossen, ein unerwartetes Lächeln zu erhaschen.

Vielleicht morgen, wenn es ihr glückte, mit einem seiner Männer den Platz zu tauschen. Sollte doch er sich an ihrer Stelle auf dem Karren langweilen, während sie den Ritt an Tarrans Seite genießen konnte, wenn die Straße genug Platz bot.

Ein Ritt aber stellte sie vor neue Probleme. Ihr Stock war nicht dazu geschaffen, getragen zu werden, wenn man im Sattel saß. Sie konnte ihren Stoffgürtel abnehmen und ein Ende des Stockes damit am Sattel befestigten. Das andere Ende konnte sie auf dem Schoß balancieren. Das ging nur gut, so lange man durch offenes Gelände ritt. In einem Waldgebiet würde sie absitzen müssen. Sie hatte keine Ahnung, wie sie dann mit den Reitern mithalten würde. Im Moment erschien ihr das Laufen als hervorragende Idee, doch hatte sie versprochen, sich um Vala zu kümmern, und konnte jetzt nicht kneifen.

Sie warf einen Blick auf die alte Frau, die selbst im Schlaf ihren besorgen Ausdruck nicht ablegte. Seit der Flucht aus Lord de la Rochelles Burg hatte sie ihre Unruhe nicht zu verbergen vermocht. Mit jeder Meile schien Vala sich tiefer in ihren Mantel zu verkriechen.

Oder war die alte Frau aus dem gleichen Grund nervös, der Tarrans Männer ständig die Köpfe wenden ließ? Elspeth hatte keine Ahnung, wonach sie Ausschau hielten. Nach einem Obdach oder nach Feinden? Sie hatte gesehen, dass Tarran und seine Leute bei Tagesanbruch beratschlagten, doch hatte man sie zu der Besprechung nicht eingeladen.

Sollte sie girrend die Hüften schwenken wie das brünette Frauenzimmer, das Iaus Aufmerksamkeit auf sich gelenkt hatte? Würde sie auf diese Weise einem der Männer entlocken, was besprochen worden war? Der Gedanke, sie könnte zu solchen Finten greifen, ließ sie erstarren, worauf ein Ochse ein dumpfes Muhen hören ließ.

Tarran warf einen Blick über die Schulter und sah sie

finster an. Warum musste er immer diese Miene zeigen? Seine finstersten Blicke hatte er für sie reserviert. Nicht einmal Kei, der seit dem Verlassen der Burg klug darauf achtete, dass zwischen ihm und Tarran immer der Karren war, erntete so finstere Blicke.

»Was ist los?«, rief er ihr zu.

»Nichts.«

»Dann sorge dafür, dass die Tiere sich ruhig verhalten. Man weiß nicht, was sich in den Schatten verbirgt.«

»Der Ochse war lange nicht so laut wie jetzt du.«

»Ich müsste nicht schreien, wenn die Rinder still wären.«

Ehe sie sich eine gebührend scharfe Antwort ausdenken konnte, blickte er wieder geradeaus. Seit dem gestrigen Nachmittag hatte er nicht mehr so viel mit ihr gesprochen. Er benahm sich, als hätte sie nicht mehr Leben in sich als die Steine der Mauern, die die Felder begrenzten. Seit er vom Fluss weggegangen war, hatte er nur »Guten Morgen« und »Gute Nacht« zu ihr gesagt.

Es wäre einfacher, wenn sich daran nichts änderte. Dann konnte sie ungestört an die Suche von *Llech-lafar* denken, anstatt sich immer wieder die erregenden Augenblicke in Erinnerung zu rufen, als sie auf dem Karren unter Tarran gelegen hatte.

Sie erschrak, als Tarran sein Ross zügelte, damit der Karren ihn einholen konnte. Sie wartete, dass er etwas sagte, doch blieb er stumm. Als das Ochsengespann langsamer wurde, bedeutete er ihr weiterzufahren.

Sie tat es mit einem scharfen Zuruf, der den Zugtieren galt. Dann warf sie einen Blick zurück. Er ritt neben Vala, die eben die Augen aufschlug. Seine Besorgnis um die alte

Frau verriet, dass mehr an ihm war als der Eisfürst, als der er sich gab.

Sie seufzte. Sie wusste bereits, dass mehr an ihm war als sein kaltes Äußeres. Was sie freilich nicht verstand, war der Umstand, dass seine Stimmungen wechselhafter waren als das walisische Wetter.

»Wir machen heute nur mehr etwa eine Meile, ehe es zu dunkel wird, um weiterzufahren«, sagte Tarran mit der Güte, die er für Vala immer aufbrachte.

»Da bin ich sehr froh«, gab sie tonlos zurück.

»Und wie geht's dir, Iau?«

Der junge Mann kämpfte sich in eine sitzende Haltung hoch. Elspeth legte eine Hand unter seinen Ellbogen, um ihm zu helfen, und umklammerte ihn fest, als das rechte Vorderrad des Karrens in ein großes Loch geriet.

Etwas brach krachend. Sie zerrte an den Zügeln und sprang herunter, noch ehe der Karren zum Stehen kam. Kopfschüttelnd begutachtete sie das Rad. Eine Speiche war gebrochen, zwei weitere waren angeknackst.

»Ist das Rad gebrochen?«, fragte Tarran, der sich vom Pferd schwang.

»Nicht ganz.« Sie deutete auf den Schaden, als seine Männer sie umdrängten.

»Dann können wir weiter, solange wir vorsichtig sind und die Straße einigermaßen ist.«

»Nein. Bald wird es finster sein. Der Wagen könnte in ein noch größeres Loch geraten und so beschädigt werden, dass ich nichts mehr machen kann.«

Seith schnappte nach Luft. »Soll das heißen, dass Ihr den Schaden beheben könnt?«

»Ja.«

»Du verfügst über eine Vielzahl unerwarteter Fähigkeiten, Elspeth«, sagte Tarran. »Sag mir, wo du gelernt hast, einen Radbruch zu reparieren.«

»Von meinem Vater.« Wieder bückte sie sich, um das Rad zu untersuchen, ehe er weitere Fragen stellen konnte. Zwar argwöhnte sie, dass sich nichts ändern würde, wenn sie die Wahrheit sagte, doch hatte Tarran sie befehlsgewohnt herumkommandiert, seit er sie an der Burgmauer zum ersten Mal angebrüllt hatte. Sie hatte einfach keine Lust, mit Fragen bestürmt zu werden. »Wie weit ist es noch bis Tyddewi?«

»Vier Tage. Nicht mehr.«

»Gut.« Sich aufrichtend wischte sie die Hände an ihrem Gewand ab, das vor Staub und Schmutz starrte. »Wenn wir hier lagern, kann ich am Morgen das Rad reparieren.«

Tarran nickte. Seine Leute halfen Vala und Iau vom Karren. Bald brannte ein kleines Feuer, um das herum die Mäntel ausgebreitet wurden. Tarran verschwand kurz und kam mit seinem Falken auf dem Arm wieder. Auf einer Schnur baumelten Fische, dazu hatte er einen erlegten Hasen mitgebracht. Rasch wurden die Fische gesäubert und brieten über dem Feuer. Er nahm den Hasen aus und verfütterte Fleischstücke an den Falken.

Elspeth lauschte aufmerksam, als die Männer die vor ihnen liegende Route besprachen. Ihr fiel auf, dass sie jedes Wort geflissentlich vermieden, das hätte verraten können, was geplant war, nachdem sie Vala der Obhut ihrer Enkelin übergeben hatten. Gryn setzte einmal an: »Wenn Tyddewi hinter uns liegt …«, sprach aber nicht weiter, weil sein Vetter ihm mit dem Ellbogen heftig in die Rippen stieß. Ihr sollte es recht sein, da man sie womöglich nach ihren Plänen fragen würde, wenn man von den eigenen sprach.

Nach dem Essen prüften Seith und die Vettern, ob die Pferde für die Nacht gesichert waren. Vala saß neben Iau und flößte ihm etwas ein, vermutlich einen Schlaftrunk.

Nur sie und Tarran blieben beim Feuer, bis sie aufstand und sagte: »Ich muss mich um die Ochsen kümmern.«

»Seith wollte nach ihnen sehen.« Er blickte unverwandt in die Flammen.

»Danke.«

»Bedanke dich bei *ihm*. Er meinte, du hättest es wahrscheinlich satt, die Hinterteile der Viecher zu sehen.«

»Dann will ich mich bei ihm bedanken.« Lachend sammelte sie die Essensreste ein und warf sie ins Feuer, während sie ihre Lieblingsweise sang, froh, dem holpernden Karren entronnen zu sein. Mit dem Fuß schob sie die Krumen in die glühende Asche.

»Musst du immerzu singen?«

»Singen?«, fragte sie erstaunt zurück. »Was stört dich daran? Ich singe, wenn ich glücklich bin, bei der Arbeit und …«

»Du plapperst wieder. Kannst du denn nie den Mund halten?«

Elspeth presste die Lippen zusammen.

»Sehr lustig.« Er hielt seinen Becher übers Feuer, um das Ale zu wärmen.

»Sarkasmus?«

»Zuweilen eine wirksame Waffe.«

»Glaubst du, gegen mich eine Waffe zu brauchen, Tarran?«

»Du missverstehst mich.«

»Ach?«

»Nicht, was den Sarkasmus betrifft, doch missverstehst du, was ich meine … bei anderen Dingen.« Er lehnte sich an den Felsen hinter ihm. Sein Gesicht war im tiefer werdenden Dunkel verborgen, doch seine Stimme verriet seine Anspannung. »Ich liebe meine Frau noch immer.«

»Ich weiß.«

»Mir liegt nicht daran, mich in eine andere zu verlieben.«

»Ich weiß.« Sie hoffte, ihr Gesicht wäre ebenso unsichtbar, da es verraten konnte, wie schwer es ihr gefallen war, diese Worte auszusprechen. Sie schluckte schwer und fuhr fort. »Auch mir liegt nicht daran, mich zu verlieben. Sobald ich das Ziel meiner Reise in Wales erreicht habe, muss ich nach England zurück, wo mich Verpflichtungen erwarten.«

»Du hast nie erklärt, was dich nach Wales führt.«

»Ich dachte, ich hätte es getan.«

»Nein. Warum sagst du es nicht?«

Elspeth wurde einer Antwort enthoben, als das Feuer knisternd erlosch. »Wir brauchen mehr Holz.«

»Bleib hier, während ich es hole.«

In ihr sträubte sich alles, weil er so anmaßend war zu glauben, sie könne gar nicht anders, als seinen Befehlen zu folgen. Und auch dies glückte ihr nicht zu seiner Zufriedenheit. Ebenso war sie erbittert, weil er sie so eisig behandelte und im nächsten Moment zu einem glühenden Kuss in die Arme nahm.

»Ich brauche deine Hilfe nicht, Tarran«, sagte sie kühl.

»Ebenso kann ich auf deine plumpen Verführungsversuche verzichten.«

»Plump?«

»Warum bist du beleidigt, wenn es dich ohnehin nicht kümmert?« Sie stützte die Hände in die Hüften. »Oder brauchst du die Illusion, jede Frau, die du einfach so küsst, würde bei deinem Annäherungsversuch praktisch in Ohnmacht fallen?«

»Ich sagte nicht, dass mich …«

»… dass dich deine Macht und dein Heldentum nicht kümmern? Möchtest du hören, dass ich mich geehrt fühle, weil mich ein Fürst küsst?« Sie schüttelte seufzend den Kopf. »Warum bist du darauf aus, mich zu erzürnen? Hast du Angst, dass zu viel Lachen und zu viel gute Laune den Kummer untergraben, in den du dich hüllst wie in ein härenes Hemd? Glaubst du, dein Entschluss, Bradwr ap Glew zu töten, würde schwankend, wenn dein Kummer nachließe?«

»Dieser Entschluss wird nie schwankend. Nie werde ich vergessen, dass Männer meines Vertrauens mir sagten, wie sie ihn mit Blut befleckt sahen.«

»Und jetzt erträgst du, dass er Tag um Tag über dich triumphiert, indem du zulässt, dass er jede Andeutung von Freude aus deinem Leben stiehlt.« Sie ging zum Karren, zog ihren Stock heraus und ging fort.

Gegen ihren Willen spitzte sie die Ohren, um zu hören, ob er nach ihr rief. Er tat es nicht.

Elspeth senkte den Kopf gegen den dichter werdenden Nebel. Sie hätte froh sein sollen, dass er aufrichtig zu ihr war. Hätte er sie nach der Flucht aus Kastell Glyn Niwl nicht mit solcher Glut umarmt, hätte sie ihn jetzt wegen des Kummers, von dem er nicht ablassen wollte, bemitleidet. Sie hätte sein Streben nach Vergeltung gepriesen. Sie wäre in Versuchung geraten, ihm beizustehen.

Stattdessen wünschte sie, er würde in der Dunkelheit stürzen und über eine Klippe fallen.

Sie stieg ein Stück den steilen Abhang hinauf. Grasgestrüpp vom letzten Sommer behinderte sie, doch kämpfte sie sich unbeirrt weiter bergan. Nach wenigen Schritten waren ihre Schuhe nass, und grüne, feuchte Dornenranken rissen an ihrem Kleid. Hätte sie einen Funken Verstand besessen, wäre sie ans Feuer zurückgekehrt und hätte es Tarran überlassen, den Hang auf der Suche nach Holz zu durchstreifen.

Sie würde keines finden, da die einzigen Bäume auf diesem vom Wind gepeitschten Hang ganz oben, weit über ihr standen. Sie hielt inne, war aber nicht willens, ihre Niederlage sich oder Tarran einzugestehen, und sah hinauf zu den Bäumen. Wie Wächter standen sie da und schützten Wales vor der See. Oder aber – falls Tarran typisch für die Waliser war – sie standen da, um den Rest der Welt vor den Walisern zu schützen. Sie blickte aufs Meer hinaus und dachte an Lord de la Rochelles Geschichte von Fürst Madoc.

Konnte ein walisischer Fürst so aberwitzig sein, um hinter den Horizont zu segeln? Fast hätte sie aufgelacht. Wäre Tarran der Meinung gewesen, er würde dort den Mörder seiner Frau finden, hätte er sich von den bekannten Grenzen der Welt nicht abhalten lassen.

Sie drehte sich um und wollte wieder hinunter. Es regnete nun stärker, obwohl der Regen immer noch in feinen Tropfen fiel. Die Tropfen kitzelten auf der Haut, und sie erinnerte sich daran, dass ihr Vater sie in einem ähnlichen Regen hochgehalten und herumgedreht hatte. Dabei hatte er gelacht. Ihr hatte es gefallen, wenn er lachte, weil sich dabei Runzeln auf seinen Wangen zeigten und seine Augen zu tiefen Schlitzen wurden. Sein Lachen war wie freundlicher Donner.

Sie verhielt den Schritt. Zahllose Erinnerungen an ihre Familie drangen auf sie ein. Im Kloster hatte sie nur selten an ihre Eltern gedacht. In ihrem dortigen Leben befangen, hatte sie die Mauern benutzt, um ihren Kummer im Zaum zu halten. Ihr Schmerz über den Verlust beider Eltern binnen weniger Stunden hatte dazu geführt, dass sie die Erinnerungen an freudige Momente tief in sich verschlossen hatte. Sie wollte jene Erinnerungen nicht auch noch verlieren.

Elspeth machte noch einen Schritt, und plötzlich verlor ihr Fuß den Halt. Geistesgegenwärtig stieß sie ihren Stock in den Boden, um nicht zu stürzen. Während sie noch um ihr Gleichgewicht kämpfte, erblickte sie voller Verwunderung vor sich aufgetürmte große Steine. Reste niedriger Mauern umgaben ein ebenes Geviert. Hatte hier einst eine Festung gestanden? Die gewölbte Erhebung auf dem Hügelrücken zur Linken war trotz der primitiven, steinernen Rampen, die zu erkennen waren, schwer zu erklimmen, doch konnte sie sich gut vorstellen, wie in alten Zeiten Krieger von ganz oben das umliegende Gebiet nach Feinden abgesucht hatten. Hatten die Bewohner der Festung gegen Legionäre gekämpft oder gegen Feinde, die Wales bedroht hatten, ehe das Römerreich das Hügelland als Grenzmark beanspruchte?

Ein aufleuchtendes Licht fesselte ihren Blick. Auf den

Stock gestützt blickte sie hügelan. Wer trieb sich dort oben herum? Ein Bauer vermutlich, der eine verlorene Kuh oder ein Schaf suchte. Jetzt war das Flackern fast direkt über ihr.

Der Wind ließ die Regentropfen sprühen, als würde ein Mantel ausgeschüttelt. Plötzlich tauchte jemand rechts von ihr auf, in der Hand eine Laterne, deren Licht die Regenwand teilte und die nassen Steine glänzen ließ. Geblendet hob sie abwehrbereit ihren Stock.

»Elspeth, lass das!«

Tarran! Sie wollte ihn fragen, was er hier auf dem Abhang zu suchen hätte, als er ihr ebendiese Frage stellte. Vorsichtig überwand er eine Felsplatte.

»Ich sagte, dass ich Holz sammeln wollte«, erwiderte sie.

»Hier gibt es keines. Auf blankem Fels wachsen keine Bäume.«

Gereizt stellte sie fest, dass seine Stimme ganz ruhig klang, während sie noch ganz atemlos vom Aufstieg war. Sie saß auf der Steinmauer und balancierte den Stock auf den Knien.

»Tarran, willst du, dass wir uns ständig anfauchen? Wenn du weiterhin diesen Ton anschlägst, wird es der Fall sein. Mir ist klar, dass es hier keine Bäume gibt. Ich wollte eben kehrtmachen und hielt nur an, weil ich oben auf der Hügelkuppe ein Licht sah.«

Er hob seine Laterne und suchte das Gelände über ihnen ab. »Wo war das Licht?«

»Ganz oben.« Ein fernes Blöken und der Ruf eines Mannes verrieten, dass ihre Vermutung zutraf. Ein Tier wurde gesucht.

»Was verloren war, wurde gefunden«, sagte Tarran, als hätte sie ihre Gedanken laut ausgesprochen. »Du hast Glück, dass *du* nicht verloren gingst, während sie Regen strömen lässt.«

»Was? Wer tut was mit dem Regen?«

Er sah sie mit dem kühlen Lächeln an, das sie nicht mochte. »So sprechen wir vom Regen. ›Sie lässt Regen fließen.‹ Die Wendung stammt noch aus der Zeit, als die Menschen glaubten, Regen sei eine Gabe der Göttinnen, die über Himmel und Erde gebieten.«

»Göttinnen?« Ihr Lächeln war so eisig wie seines … und wie der Regentropfen, der über ihren Rücken floss. Sie ließ sich ihr Unbehagen nicht anmerken. »Nie hätte ich gedacht, Waliser ließen sich von einer Frau beherrschen.«

»Von keiner Frau. Von einer Göttin.«

Sie schüttelte den Kopf. »Hier gibt es zu viele alte Geschichten.«

»Stimmt. Jeder Baum und jeder Stein hat eine zu erzählen.«

»*Jeder* Stein?«, fragte sie, ehe sie sich zurückhalten konnte.

»Wieso bist du so neugierig auf Steine?« Er kam näher. »Auf welchen Humbug hast du dich eingelassen, Elspeth?«

Sie wollte ihm eine Antwort geben. Doch wollte ihr keine einfallen, als sie in seine Augen schaute, die glänzten wie zwei vom Regen blank gewaschene Steine. Hart, doch mit verborgener Wärme, die von der Nacht verschattet wurde. Seine Finger strichen über eine Wange, ehe sie sie abwehren konnte. Sie zuckte zurück.

»Elspeth …« Seine Stimme hätte der Nachtwind sein können, leise und geheimnisvoll. Sie verlockte sie, alles aufs Spiel zu setzen, um zu entdecken, was sonst noch in ihr verborgen sein mochte. Sie forderte sie heraus, alle Vorsicht fahren zu lassen und sich der Lust hinzugeben, die sie in seinen Armen gefunden hatte.

Sie wandte den Blick ab. War es *das*, was Rhan meinte, als sie ihre düsteren Warnungen ausstieß? Wenn Elspeth von ihrer Suche nach *Llech-lafar* nicht abließ, verwirkte sie jegliche Chance, die Leidenschaften zu erkunden, die Tarran so selten zeigte. Nein, das ergab keinen Sinn. Sie liebte Tarran ap Llyr nicht. Auch wenn sie so dumm gewesen wäre, hatte er ihr am Feuer eröffnet, dass er sein Herz mit seiner Frau begraben hätte.

»Elspeth …«

Sie ignorierte den flehenden Ton, mit der er ihren Namen aussprach. »Ich sagte schon, dass mich die alten walisischen Sagen faszinieren. Immerzu ist die Rede von Wundersteinen, von Zauberern und von einem Fürsten, der anstelle des Todes kämpfte. Mich treibt die Neugierde, ob an diesem Hügel etwas Verzaubertes ist.« *Außer dir und den Gefühlen, die du in mir weckst*, setzte sie im Stillen hinzu.

Mit einem verächtlichen Schnauben umfasste er ihre Schultern.

»Du lügst!«

»Ich? Ich bin es nicht, die jedes Gefühl hinter einer Maske verbirgt.«

»Das also glaubst du von mir?«

»Ja!« Mit einer jähen Drehung entzog sie sich seinem Griff. Er schrie auf, als er auf einem Stein ins Schwanken geriet. Die Laterne entfiel seiner Hand. Entsetzt sah sie, dass er am Rand eines Steilhanges stand. Sie packte eine Handvoll seines Gewandes und rammte ihren Stock zwischen zwei Steine. Ein Knacken ertönte. Sie versuchte sich mit festem Stand dagegenzustemmen, doch war der nasse Fels zu glatt. Als sie einen Blick abwärts riskierte, sah sie einen größeren Felsblock unter sich. Mit einem tiefen Atemzug zog sie ihren Stock heraus. Sie glitten hinunter, auf den Felsblock zu.

Sie drehte den Fuß zur Seite und zuckte zusammen, als er gegen Stein prallte. Schmerz schoss ihr Bein hoch. Sie beachtete ihn nicht. In der Hoffnung, ihr Stock würde nicht brechen, rammte sie ihn wieder zwischen zwei Steine. Er hielt. Sie prallte gegen Tarran und hörte ihn knurren, als sie gegen einen großen Stein stießen. Sie versuchte sich zurückzustemmen, doch waren ihre Schuhe so glatt wie die Steine. Der Stock rutschte zwischen ihren nassen Fingern durch, fiel auf ihren Knöchel und sprang ab. Angestrengt spähte sie in die Dunkelheit, um zu sehen, wo er gelandet war.

Sie hob die Hände und versuchte, von Tarran wegzurutschen. Sie musste ihren Stock finden. Ohne ihn fühlte sie sich zu verwundbar.

»Hilf mir!«, rief sie und tastete mit einem Fuß nach dem Stock.

»Du bist in Sicherheit, Elspeth. Du wirst nicht fallen.« Er zog sie an sich.

Ihre Antwort blieb unausgesprochen, als ihre Brüste seine Brust streiften. Seine festen Schenkel drückten sich an ihre Beine.

»Tu das nicht wieder«, flüsterte sie. Ihr Stock war vergessen. »Du darfst mich nicht so festhalten, wenn du mir später einreden willst, dass dir nichts an mir liegt.«

»Ich sagte nicht, dass mir nichts an dir läge. Das hast du in meine Worte hineingelegt.«

»Die eine Warnung enthielten, dass du zwar Interesse hättest, mein Bett zu teilen, sonst aber nichts.«

»Das stimmt zum Teil.«

»Welcher Teil stimmt?«

»Deine Vermutung.« Sein Mund bedeckte ihren.

Sie erstarrte, wollte ihn fortschieben, befürchtete jedoch, ihn über die Klippe zu stoßen. Als eine wundersam süße Hitze sie durchströmte, entspannte sie sich. Sie hätte nicht zulassen dürfen, dass er seine Hände über ihren Rücken gleiten ließ und sie so eng an sich zog, dass sie ihn voll und ganz spürte.

Eine Frau schrie.

Elspeth sprang von dem glitschigen Stein herunter und lief in die Richtung, die ihr Stock genommen hatte. Sie hob ihn auf und rannte halb rutschend den Hang hinunter. Tarran überholte sie am Fuße des Hügels.

Jemand sprang aus der Dunkelheit auf sie zu. Sie spürte mehr, als dass sie es sah, wie ein Schwert gegen sie beide geschwungen wurde. Instinktiv ließ sie ihren Stock darauf niedersausen.

Tarran stieß sie beiseite. Sie wollte protestieren, als sie schon Schwerterklirren hörte.

»Schütze die Hilflosen!«, rief er ihr zu.

Damit meinte er Vala und Iau. Sie sah zu dem Karren hinüber, der neben dem Feuer stand. Die Ochsen waren noch im Joch. Sie rief nach Val und Iau. Als ihre Stimmen hinter dem Karren hervordrangen, eilte sie in der Hoffnung, einen eventuellen Angreifer abzuwehren, zu ihnen, wobei sie ihren Stock nach beiden Seiten wirbeln ließ. Von allen Seiten hörte man Schwerter klirren. Schatten bewegten sich in der Dunkelheit. Freund und Feind waren nicht zu unterscheiden.

»Ich komme!«, rief sie, als sie sah, dass Vala versuchte, Iau auf den Karren zu helfen.

Der Verwundete stöhnte, als sie ihn ungeschickt hinaufhoben. Elspeth duckte sich und bot der alten Frau ihr Knie als Aufstiegshilfe.

»Nächstes Mal musst du Iau seinen Schlaftrunk nach dem Überfall geben«, sagte Elspeth mit gekünsteltem Lächeln.

»Wo ist Tarran?«, flüsterte Vala.

»Er schlägt sich dort drüben.« Sie deutete in die Dunkelheit.

»Und die anderen?«

»Ich hörte sie kämpfen.«

»Du lieber Himmel!«

»Bleib flach liegen. Ich werde tun, was ich kann, um euch zu schützen.«

Elspeth schlich um den Wagen herum, den Stock kampfbereit in der Hand. Die Rechte nach oben, die Linke nach unten, so konnte sie ihn in jede Richtung wenden. Auf Keis lauten Warnruf hin schlug sie mit dem Stock von unten gegen den Arm eines Mannes, der einen Dolch in der Hand hielt. Er schrie entsetzt auf. Der Schrei wurde zu einem Stöhnen, als das andere Stockende seine Schulter traf und er ins Taumeln geriet. Er stolperte über seine Kapuzenkutte und fiel hin.

»Hinter dir, Kei!« Sie schwang den Stock andersherum

und traf den Arm eines anderen Kapuzenträgers, ehe dessen Schwert Kei durchstoßen konnte.

Tarran rief seinen Männern etwas zu, worauf sie zum Karren liefen und diesen umzingelten. Als er zu ihnen eilte, rief er: »Elspeth, auf den Wagen!«

Sie ignorierte den Befehl. Auf dem Gefährt, das zu wenig Raum zum Ausholen bot, wäre sie ernsthaft in Schwierigkeiten geraten.

»Ich schütze Vala und Iau!«, rief sie und deutete mit dem Stock auf weitere Gestalten, die aus der Dunkelheit hervordrängten. »*Perygl!*«

Trotz des schwachen Lichts sah sie Tarrans Staunen, als sie das walisische Wort für Gefahr gebrauchte. Er hob sein Schwert und rief etwas, das sie nicht verstand. Seine Männer setzten ihm nach, den neuen Angreifern entgegen.

»Mylady!«, rief Vala.

Elspeth fuhr herum und sah einen Mann auf den Karren zuschleichen. Als er ins Licht des verlöschenden Feuers trat, sah sie, dass er größer als Tarran war. Wie die anderen trug auch er ein Kapuzengewand, doch waren die Ärmel zu kurz geraten und gaben den Blick auf fleischige Arme frei. In einer Hand hielt er ein blankes Schwert.

Nach kurzem Zaudern riss sie sich zusammen. Sie war die beste Stockkämpferin von St. Jude's Abbey. Das hatte sie bewiesen, als sie den Champion der Königin geschlagen hatte. Königin Eleanor hatte sie erwählt, weil sie darauf vertraute, dass Elspeths Kampfkunst auch außerhalb der Klostermauern triumphieren würde. Sie würde die Königin nicht im Stich lassen. Sie konnte es nicht.

Der Mann lachte, als sie in Stellung ging, den Stock parat, um jedem seiner Hiebe zu begegnen. Sie würde sich von ihm nicht aus der Fassung bringen lasen. Er kläffte etwas. Nach dem verächtlichen Zug um seine Lippen zu schließen, eine Beleidigung.

»Ich spreche kein Walisisch, deine Worte kannst du dir sparen.«

Als er sein Schwert hob, blockierte sie seinen Hieb, indem sie gegen seinen Arm schlug. Seine höhnische Miene verschwand, als er wieder gegen sie ausholte, diesmal mit mehr Kraft. Wieder hielt sie stand, indem sie die Klinge wegschlug.

Er drehte diese, und plötzlich drückte das Schwert ihren Stock nieder. Sie kämpfte darum, ihn auf jener Höhe zu halten, die für sie die günstigste war. Er drückte ihn nieder. Ihre Kraft reichte nicht aus, ihm auf diese Weise beizukommen. Wieder ließ er ein leises Lachen hören. Und wieder stieß er das ihr unverständliche Wort hervor, als er sie rücklings gegen den Karren trieb. Sein Atem schlug ihr schwer und übel riechend ins Gesicht. Sie durfte ihren Blick nicht abwenden. Ein kleines Schwanken, und er konnte sie überwältigen.

Vala stieß einen schrillen Schrei aus, Elspeth aber konzentrierte sich unbeirrt auf den Gegner. Sie ließ die Hände den Stock entlanggleiten und packte ihn an einem Ende. Sie riss daran, und sein Schwert schnellte hoch.

Seinem Wutschrei folgte ein ersticktes Stöhnen, als sie ihm den Stock in den Leib rammte. Er taumelte einige Schritte rücklings und fiel, seinen Bauch umfassend, auf die Knie. Sie holte rasch aus und versetzte ihm einen Schlag auf den Kopf, der ausreichte, dass er bewusstlos umsank.

Sie wirbelte herum und sah einen anderen Mann in den

Karren klettern. Mit einem Schrei sprang sie vor und ließ wieder ihren Stock sprechen. Der Mann fiel aufstöhnend nach hinten.

»Dem Himmel sei Dank!«, rief Vala, als Elspeth ihr einen Blick zuwarf.

Ehe Elspeth antworten konnte, traf ein Pfeil den Karren. Ohne zu zögern sprang sie hinein, um Valas Arm zu packen und die alte Frau auf den Boden zu ziehen. Vala stöhnte, als sie neben Iau hinfiel. Nicht vor Schmerz, sondern aus Angst, da mehrere Pfeile den Wagen trafen, während andere über ihn hinwegflogen.

»Warte hier«, befahl Elspeth.

»Wohin willst du?« Vala umklammerte ihren Arm.

Elspeth machte sich behutsam frei. »Auch Tarran und seine Männer brauchen Deckung.« Sie streckte eine Hand nach dem Vorderteil des Karrens aus und zog sie sofort zurück, als weitere Pfeile durch die Luft schwirrten.

»Bleib unten!« Vala brach in Tränen aus.

Elspeth wusste, dass sie diesen Rat befolgen sollte. Ebenso wusste sie aber, dass die Männer ihre Hilfe brauchten.

Sie hob den Stock über die Vorderwand und tastete nach den Zügeln. Ein Pfeil prallte von der Bordwand ab. Der Aufprall war so stark, dass ihr der Stock fast aus der Hand gefallen wäre. Sie biss sich auf die Unterlippe, als sie metallisches Klirren aus der Richtung hörte, wo Tarran und seine Getreuen fochten. Sie versuchte es abermals.

»Ich habe sie!« Sie grinste Vala an und ließ die Zügel auf das Ochsengespann klatschen.

Der Karren schwankte, sie warf einen Blick zurück. Ein Mann versuchte, auf das Gefährt zu klettern.

Sie drückte die Zügel Vala in die Hand und rief: »Weg hier!« Mit ihrem Stock in der Hand stellte sie sich dem Mann entgegen. Sie erstarrte, als die Spitze seines Schwertes sie mitten auf der Brust berührte. Er grinste breit. Worte waren nicht nötig. Sie senkte ihren Stock. Ihre einzige Chance war es, ihn vom Wagen zu stoßen.

Diese Chance würde sich nicht ergeben, da er das Schwert zurückzog, um sie damit zu durchstoßen.

»Halt!«, ertönte ein Ruf, als ein Kapuzenmann in den Lichtkreis des Feuers trat und die Hände hob. »Halt! Sofort!«

Der Mann auf dem Karren erstarrte. Die Schwertspitze verharrte an ihrer Brust. Da ließ sie den Stock hochschnellen und traf das Schwert, das ihm in hohem Bogen aus der Hand flog. Sie hob den Stock, um den Kerl vom Karren zu stoßen, doch wurde in diesem Moment ein Stockende gepackt. Sie zerrte daran und sah dann, dass ein Kapuzenmann es festhielt.

»Ich sagte ›Halt‹.« Sein Ton war ruhig, das Gesicht unter der Kapuze unsichtbar. »Und das war mein voller Ernst, Mylady.«

»Wer seid Ihr?«

»Derjenige, der Euch heute das Leben rettete.«

»Warum?«

»Gehorcht meinem Befehl, Mylady, und Ihr sollt es erfahren.«

Sie furchte die Stirn. »Ich lasse nicht zu, dass Ihr oder sonst jemand diesen Menschen etwas antut.«

»Mein Befehl gilt allen Kämpfern. Seid Ihr gewillt, aufzuhören, oder wollt Ihr Eure Gefährten sterben sehen?«

Die Antwort war simpel. Sie senkte den Stock und

wünschte, sie hätte das Gefühl verdrängen können, dass von diesem Moment an nichts mehr einfach sein würde.

12

Elspeth stand neben Tarran. Vala saß auf seiner anderen Seite. Hinter ihnen hatten seine Männer im Halbkreis Aufstellung genommen. Gryn drückte die Rechte auf einen dicken Verband an seinem linken Arm. Der Schwerthieb hatte ihn nur gestreift, doch war der Kratzer tief genug, dass Vala sich Sorgen machte. Kei und Seith waren unversehrt davongekommen. Tarrans Schnitt am rechten Handgelenk war mehr lang als tief. Er hatte darauf bestanden, dass die Wunde erst später versorgt werden sollte. Elspeth war einverstanden, da sie zahlenmäßig unterlegen waren und ein Verband am Arm wenig nützte, wenn eine Klinge in ein schlagendes Herz fuhr.

Auf der anderen Seite des nun hell lodernden Feuers stand der Kapuzenmann allein, doch ließ sie sich davon nicht täuschen. Seine Leute warteten außerhalb des Feuerscheins. Einige waren kaum bei Bewusstsein. Andere waren blutend von ihren Kameraden fortgeschleppt worden, wie sie gesehen hatte. Die Zahl der Angreifer war größer, als sie zunächst geglaubt hatte. Sie war erstaunt, dass sie mit dem Leben davongekommen war.

Der Kapuzenmann trat einen einzigen Schritt vor. Der goldene Stab in seiner Hand schien die Kraft des Feuers in sich zu tragen. Kei stieß einen Fluch aus. Er brach mitten im Wort ab – vermutlich hatte Tarran ihm bedeutet, er solle schweigen. Sie sagte nichts, während sie den Kapuzenmann betrachtete. Ihm folgte ein anderer, etwas kleinerer, dessen breite Kapuze ihm vorne fast bis zum Kragen reichte.

Die Gewänder erinnern an Mönchskutten, dachte sie, nachdenklich an ihrer Unterlippe nagend. Sie ähnelten jenen der Sänger auf Lord de la Rochelles Burg. Gehörten diese Männer zu den Getreuen des Lords? Unmöglich! Niemals würde der Lord als Bettelmönche verkleidete Krieger nach ihnen ausschicken.

Wer waren diese Männer? Weder wandernde Sänger noch bettelnde Mönche überfielen Reisende.

Der Größere, der den Befehl zur Einstellung des Kampfes gegeben hatte, überließ seinen Stab dem Kleineren, ehe er seine Kapuze zurückschob. Er ließ sie auf die Schultern fallen, als sei es seine gewohnte Art, sie so zu tragen. Seine Bewegung enthüllte eine einer Tonsur ähnliche Stelle am Hinterkopf, ob rasiert oder auf Kahlheit zurückzuführen, war nicht zu unterscheiden. Als Mann des Friedens würde kein Mönch eine kleine Armee befehligen, zumal kein Bettelmönch, der von frommen Spenden lebte, während er Gottes Wort predigte.

Ihr Blick fiel auf einen Anhänger über seinem Gewand, mit Perlen verziert, die aus Glas gefertigt schienen. In der Dunkelheit war ihre Farbe nicht zu erkennen. Anders als der Mann auf Lord de la Rochelles Burg schien es ihn nicht zu kümmern, dass jemand die Perlen sah. Eine ähnliche Perle trug er an einem Ring an seiner Linken. Wieder konnte sie die Farbe nicht erkennen, doch glänzte der Ring silbern. Eine flüchtige Erinnerung streifte sie. Etwas

Ähnliches hatte sie schon gesehen, konnte sich aber nicht besinnen, wo oder wann.

Als der Mann näherkam, sah er sie an und hielt mitten im Schritt so unvermittelt inne, dass der Kleinere in ihn stieß. Er musterte sie von Kopf bis Fuß, dann neigte er den Kopf. Als er sich aufrichtete, las sie Neugierde in seinen Augen, die so hell waren, dass sie farblos wirkten.

Auch Tarran musste es bemerkt haben, weil er sich zwischen sie und die zwei Männer drängte. »Ich bin Tarran ap Llyr. Meine Begleiter sind Familienmitglieder und Gefolgsleute. Warum habt Ihr uns angegriffen?«

»Ihr zieht ohne meine Erlaubnis durch mein Land.«

»Dieses Gebiet gehört Lord Rhys, Fürst Deheubarth.«

Um die Lippen des Mannes zuckte es. »Er hat es vom normannischen König als Lehen, weil er sein Geburtsrecht dem Fremdling überließ.«

»Ein Fehler, da muss ich Euch recht geben.«

Elspeth verschluckte einen Ausruf. Warum hatte sie nicht die Möglichkeit in Betracht gezogen, Tarran und die Seinen würden es begrüßen, wenn König Henry aus Wales verschwände? Dass seine Männer ihn »Fürst« nannten, war ein deutliches Zeichen dafür, dass sie sich mit der Normannenherrschaft nicht abgefunden hatten.

Tarran, würdest du meine Versuche, König Henry zu retten, zu vereiteln trachten, wenn du wüsstest, was mein Vorhaben ist? Wäre es in deinem Sinn, wenn nach seinem Tod die Normannen aus Wales vertrieben würden?

»Es ist unwichtig«, fuhr der Mann fort, »da die Menschen in den Bergen und an der Küste wissen, dass dieses Land mein ist.«

»Mit welchem Recht erhebt Ihr Anspruch darauf?«

»Ich beanspruche es, weil ich Druce bin.«

Tarrans Miene ließ nicht erkennen, dass der Name oder Titel oder was immer es sein mochte, ihm etwas bedeutete. Seine Männer schienen ebenso ratlos wie er.

Druce deutete auf den Kapuzenmann hinter sich. »Das ist Orwig, mein Helfer. Auch er ist bewandert in den Sitten Cymrus, als es noch keinem fremden König untertan war.«

Der kleinere Mann schob seine Kapuze nicht zurück.

»Wer seid Ihr?«, fuhr der Mann namens Druce fort und deutete auf sie.

»Ich bin Elspeth Braybrooke.« Sie trat vor. »Ich …«

Tarran packte ihren Arm und schob sie hinter sich. Sie schrie leise auf, als seine Finger sich in ihre Haut gruben. Sein finsterer Blick ermahnte sie zum Schweigen, doch hätte sie sich nicht gefügt, wenn Vala nicht sanft nach Elspeths Arm gegriffen und den Kopf geschüttelt hätte.

»Ich nannte meinen Namen«, sagte Tarran. »Wir sind auf dem Weg nach Tyddewi. Ihr glaubt, einen Anspruch auf dieses Gebiet zu haben, doch müsst Ihr noch erklären, warum Ihr uns auf einem Gebiet angreift, das König Henry und Lord Rhys, Fürst von Deheubarth, gehört.«

Druce lachte leise, ein Geräusch, so eisig wie Schneeregen, der auf gefrorenes Gras fällt. »Weder der König noch seine Vasallen schützen dieses Land. Das tun wir.«

»Ihr seid nicht Diener des Königs?«

Elspeth umfasste ihren Stock fester, als sie hörte, dass Tarrans Leute ihre Schwerter zogen. Sie behielt Druces Männer im Auge, diese aber verharrten im Dunkel. Waren sie immer so gehorsam?

»Wir dienen keinem Menschen«, sagte Druce.

»Welchem Gott dient Ihr dann?«

Wieder lachte Druce. »Falls Ihr hofft, mir Antworten zu entlocken, von denen Ihr glaubt, ich enthielte sie Euch vor, dann lasst Euch gesagt sein, dass Ihr Eure Zeit vergeudet. Wir sind, wer wir sind.«

»Ich möchte nur die Antwort auf eine Frage«, erwiderte Tarran. »Ich möchte wissen, warum Ihr uns überfallen habt.«

»Weil Ihr ohne meine Erlaubnis auf meiner Straße und in meinen Hügeln reist.«

»Und wie erlangt man Eure Erlaubnis? Wir wollen nach Tyddewi, um eine alte Frau zu ihrer Enkelin zu bringen. Wir reisen in friedlicher Absicht.«

Er sah zu, als der Mann namens Orwig sich vorbeugte und Druce etwas zuflüsterte. Wie waren diese Menschen der Aufmerksamkeit der Obrigkeit entgangen? König Henry würde erbarmungslos gegen jeden vorgehen, der sich zu viel Macht anmaßte. Sein Vorstoß nach Irland, um Strongbows Unterwerfung zu erzwingen, war der Beweis dafür.

Druce hörte sich an, was Orwig zu sagen hatte. Dann ging er ums Feuer herum und blieb vor Tarran stehen. Druce starrte ihn an und sagte etwas, das weder Normannisch noch Walisisch war. Aus der Dunkelheit gaben seine Männer Antwort. Ein einziges Wort, das in Tarrans Ohren keinen Sinn ergab.

»Was sagen sie?«, flüsterte Elspeth hinter ihm.

Er mahnte sie zur Ruhe, wiewohl er ihre Ungeduld spürte. Weil sie der seinen glich oder weil er sie in den vergangenen fünf Tagen gut kennen gelernt hatte?

»Ihr habt meine Erlaubnis, durch meine Lande zu reisen«, sagte Druce mit dem Edelmut eines Großkönigs, der mit seinem geringsten Untertan spricht. Seine großzügige Geste ließ den Ring an seiner Linken im Feuerschein aufblitzen. »Orwig und ich werden Euch begleiten.«

»Das ist nicht nötig.«

»Es ist nötig. In meinem Land lauern Gefahren, auf die auch ein Fürst vielleicht nicht vorbereitet ist.«

Falls Druce und seine Leute eine Reaktion seinerseits erwarteten, weil sie wussten, dass ihm der Titel Fürst gebührte, hoffte Tarran, sie mit seiner unverändert gelassenen Miene zu enttäuschen. Er würde ihnen nicht die Chance geben, ihn noch einmal zu überraschen.

»Dann soll uns Euer Beistand willkommen sein«, sagte Tarran.

»Ja, das sollte er.«

Die Arroganz des Mannes war ein Affront, doch konnte Tarran sich den Luxus des Beleidigtseins nicht leisten. Er hatte gesehen, wie viele Leute Druce befehligte. In der Dunkelheit mussten mindestens vierzig Mann auf der Lauer liegen. Gab Druce den Befehl zum Angriff, würde Tarrans kleine Schar überwältigt werden. Elspeth würde sich zur Wehr setzen können, aber weder Vala noch Iau waren dazu imstande. Auch wenn sie es schaffte, den beiden auf den Karren zu helfen, würden Druces Bogenschützen die Ochsen töten, ehe sie auch nur ein Stück weit gekommen waren. Und was die Räder des Karrens anging …

Tarran wusste, wann er sich geschlagen geben musste. Er verspürte einen bitteren Geschmack im Mund. Er und seine Männer mussten am Leben bleiben, um Vergeltung an Bradwr ap Glew üben zu können. Zudem durfte er nicht jene gefährden, die zu beschützen er geschworen hatte.

»Gut.« Auf einen Wink Druces hin kamen seine Männer näher zum Feuer. Ihre Bogen waren nicht gespannt, ihre Schwerter eingesteckt, doch war jede Waffe eine Mahnung, dass Tarran die einzig mögliche Entscheidung getroffen hatte. »Wir lagern heute hier. Morgen …«

»Das rechte Vorderrad des Wagens muss repariert werden, ehe wir weiterfahren.«

Wieder gab sich Druce als wohlwollender Despot. »Ich habe Leute, die das können. Ihr werdet auf dem Weg sein, ehe die Sonne im Zenith steht.«

Elspeth murmelte: »Kann man in Wales keinen anderen Zeitpunkt wählen?«

Tarran staunte, als er unerwartet den Drang zu lachen verspürte. Lachen? Seit dem Tod seiner Frau hatte er nicht mehr aufrichtig belustigt gelacht. Warum musste er ausgerechnet jetzt lachen, während er sich einem gefährlichen Gegner gegenübersah? Wieder bedeutete er Elspeth zu schweigen.

»Morgen«, sagte er.

Druce ging nach hinten zu seinen Männern. Der Mann, der sein Gesicht nicht gezeigt hatte, trottete hinterher wie ein gehorsamer Hund.

»Wir müssen ausruhen«, sagte Tarran zu seinen Gefährten. »Vala, falls du noch etwas von dem schmerzlindernden Trank hast, flöße Gryn und auch Iau etwas davon ein.«

»Und du?«, fragte sie.

»Mir fehlt nichts.«

»Er lügt«, sagte Elspeth leise. »Er braucht den Trank ebenso. Wenn er vor Druce so viel Gefühl zeigt, muss er schwächer sein, als er vor uns zugibt.«

Nicht gewillt einzugestehen, wie zutreffend ihre Einschätzung war, schürte Tarran das Feuer, ehe er sich inmitten seiner Männer niederließ. Elspeth half Vala, überließ es aber der alten Frau, seine Wunde zu versorgen. Wollte sie seine Nähe meiden? Er hätte ihre Wärme brauchen können. Die spärliche Hitze der Flammen vermochte die feuchte Nacht kaum zu durchdringen.

Wie leicht wäre es, die Kälte der Nacht zu bannen, wenn er die süße Hitze tief in ihr hätte suchen können! Es drängte ihn, ihre festen Brüste zu umfassen, ehe sein Mund sie erkundete, jeden Hügel hinauf- und hinuntergleitend, in die Senke dazwischen, während ihr Herz vor Verlangen nach ihm wild hämmerte. Als sie sich auf dem Abhang eng an ihn geschmiegt hatte, hatte er ihre kraftvollen, geschmeidigen Bewegungen genossen. Sie hatte den Körper eines Kriegers, von langen Trainingsstunden geformt, dennoch war es ein Frauenkörper, schmiegsam und voller Erwartung, dass er Teil von ihr wurde. Er stellte sie sich vor, wie sie mit ihrem Stock übte und wie sie dieselben Bewegungen mit ihm vollführen würde, langsam, dann schneller, bis die Ekstase sie verschmolz.

Er stöhnte.

»Habe ich dir wehgetan?«, fragte Vala besorgt.

»Mir fehlt nichts.«

»Würdest du dich umdrehen, damit ich …«

Die einzige Bewegung, zu der er sich im Moment fähig fühlte, war jene im Inneren dieser rothaarigen Verführerin. Das pulsierende Verlangen nach ihr hatte ihn so hart werden lassen, dass er jede andere Bewegung als schmerzhaft empfand.

»Tu, was du kannst«, erwiderte Tarran.

Vala richtete den Blick auf den Verband, mit dem sie seinen Arm umwickelte.

Er bereute seine scharfen Worte. Nicht Vala war es, die zum ungünstigsten Zeitpunkt verzehrende Phantasien in ihm weckte.

»Verzeih«, sagte er. »Ich muss diese Männer im Auge behalten.«

»Das also musst du tun?« Die alte Frau sah ihn verschmitzt lächelnd an. »*Sie* würde deinen Schmerz wirksamer lindern als jeder Heiltrank.«

Er spielte erst gar nicht den Ahnungslosen. »Sie wäre nicht einverstanden, einzig als schmerzlindernde Dosis genossen zu werden.« Er sah an Vala vorüber zu der Stelle, wo Elspeth im Schneidersitz dasaß, den Kampfstock über den Knien. Die flackernden Flammen betonten ihre Backenknochen und hoben ihre Kinnpartie hervor. Ihre widerspenstigen Locken umrahmten ihr Gesicht wie eine feurige Wolke und betonten ihre schlanken Rundungen.

»Es besteht kein Grund, dass sie nur eine Einzeldosis bleibt.«

Er sah die alte Frau an, die ihm wie eine Mutter gewesen war. »Vala, sie ist mehr wert als ein paar flüchtige Umarmungen an einem verschwiegenen Plätzchen.«

Die alte Frau verknüpfte die Enden des Verbandes und lächelte. Sie sagte nichts mehr, doch wusste er, dass sie sich freute, weil sie ihn dazu gebracht hatte, diese Wahrheit einzugestehen. Er wollte sie noch ermahnen, ihr Gespräch für sich zu behalten, doch war dies nicht nötig.

Vala kannte den Wert der Verschwiegenheit … anders als Elspeth, die zwitscherte wie ein Singvogel. Allmählich aber ging ihm auf, dass Elspeth nicht um des Redens willen sprach. Aus ihren Äußerungen, mochten sie auch langatmig sein, sprach die Weisheit einer erfahrenen Kämpferin.

Als Vala ging, um nach Iau zu sehen, dessen Schnarchtöne mit jenen von jenseits des Feuers wetteiferten, bewegte Tarran sich über das feuchte Gras zu der Stelle hin, wo Elspeth saß, den Blick in die Flammen gerichtet. Wie eine der Frauen aus den uralten Sagen war sie bereit, für jene zu kämpfen, die sie als Verbündete betrachtete. Ihre Stärke war so verführerisch wie ihre weichen Lippen. Er bezwang sein Verlangen, sie unter sich zu sehen, um bei ihr Erleichterung zu finden.

Ohne ihn anzusehen, flüsterte sie: »Warum warst du einverstanden, dass Druce mit uns zieht?«

»Du kennst die Antwort.« Er bemühte sich um einen ruhigen Ton. »Du siehst, wie viele es sind.«

»Wir überwanden Lord de la Rochelles Männer, als sie uns aufzuhalten suchten.«

»Da hatten wir nicht Vala und einen Verwundeten bei uns.«

Ihre Schultern sanken nach vorn. »Das hätte ich bedenken sollen.«

»Das Tageslicht wird uns Wege zeigen, diese merkwürdige Allianz zu beenden.« Er fasste nach einer ihrer Haarsträhnen und wickelte sie um seinen Finger. »Keine Angst, Elspeth. Ich erlaubte *dir*, mit uns zu reisen, oder?«

»Das ist etwas anderes.«

»Wie?«

»Ich ließ nicht meine Verbündeten mit blanken Schwertern auf dich los.«

»Nein, das nicht. Aber Iau wird deinetwegen nicht über Tyddewi hinaus mit uns reiten.«

»Es ist nicht nötig, dies wieder zu diskutieren.«

»Gewiss, doch ist es etwas, das *du* nicht vergessen solltest.« Auch er durfte es nicht vergessen. So verlockend sie war, galt seine Verpflichtung in erster Linie seiner Mission und seinen Getreuen. Schlief er einmal mit ihr, würde er vielleicht befriedigt sein und konnte wieder an andere Dinge denken.

Als sie ihn mit Augen anschaute, die im Schein des Feuers funkelten, wusste er, dass er sich etwas vormachte. Ihre Leidenschaften waren stark wie schwerer Wein. Hatte er einmal ihre betäubende Wirkung genossen, würde er noch begieriger auf die nächste Gelegenheit warten.

»Wenn du das Thema wechseln möchtest«, sagte er scharf, gewillt, seinen Gedanken zu entkommen, »dann erkläre mir deinen Entschluss, mit uns zu reisen.«

»Das sagte ich schon. Ich wollte in die gleiche Richtung.«

»Warum?«

»Hoffst du, ich würde sagen, deinetwegen?«

Er nahm ihr Kinn zwischen Daumen und Zeigefinger. »Elspeth Braybrooke, sei auf der Hut, wenn du jemanden neckst. Wenn jemand dich ernst nimmt, könnte deine Lage gefährlicher sein, als wenn ein Mann sein Schwert auf dein Herz richtet.«

»Gefährlicher? Was könnte gefährlicher sein als das?«

Er spürte, dass sie aufrichtig und nicht kokett war. Ihr war nicht bewusst, welche Wünsche ihr Lächeln, ihre großen Augen oder ihre wilde Mähne in einem Mann wachrufen konnten. Bei ihrer Ausbildung zur Kriegerin hatte man verabsäumt, ihr zu erklären, welche anderen Waffen eine Frau besaß, um jeden Mann damit zu bezwingen. Ihre Unschuld ließ seinen Puls rasen und raubte ihm jegliche Vernunft.

Er küsste sie, ehe sich sein nächster Gedanke ausformte. Sie war willig, und er war befähigt. Er zog sie an sich. Sie war …

Er schrie auf, als ihr Stock sich auf ihrem Schoß aufrichtete und ihm gegen den Kopf schlug. Es war eine schmerzliche Mahnung, was er tun sollte und was er zu tun gelobt hatte.

»Verzeih, Tarran«, flüsterte sie. »Ist alles in Ordnung?«

So viele Antworten, die er ihr geben konnte. Einige begannen mit einem Ja. Andere waren das Gegenteil. Er sprach keine aus, als er aufstand und wegging, ehe ihm die einzig richtige über die Lippen kommen konnte.

Nichts konnte in Ordnung sein, ehe sie nicht die Seine wurde, doch würde er nicht riskieren, eine andere Frau in sein Leben zu lassen, solange nicht der Tod jener Frau gerächt war, der er ewige Liebe geschworen hatte.

Elspeth schlenderte unter den Bäumen am Flussufer dahin. Der Alun verdiente die großspurige Bezeichnung Fluss gar nicht, da er so schmal war wie der Bach, der eine Ecke von St. Jude's Abbey durchfloss. Gut möglich, dass er breiter wurde, ehe er ins Meer mündete, doch von ihrem jetzigen Standort aus konnte sie mühelos ans andere Ufer springen.

Der ideale Ort für einen verwunschenen Stein, da König Henry hier den Flusslauf mit einem einzigen Schritt überwinden ... und seinen Fuß auf *Llech-lafar* setzen konnte, ehe jemand ihn zu warnen vermochte. Merlin – ob reale Person oder Sagengestalt – hatte die Inspiration für einen teuflisch einfachen Plan geliefert.

Sie blickte westwärts, wo die Mittagssonne die See grellweiß färbte. Sie kniff die Augen in dem durchdringenden Licht zusammen. Der Alun schlängelte sich an den Ruinen der St. David's Cathedral vorüber.

»Was machst du da?«

Sie fuhr herum, als sie Tarrans Stimme hörte. Er stand über ihr auf der Uferböschung. Auf seinem Arm saß Heliwr. Der Vogel betrachtete sie mit einem Blick, so kalt wie der seines Herrn. Aber nichts vermochte die Flamme des Verlangens in ihr zu löschen, als sie Tarrans Anblick in sich aufnahm. Stark. Kraftvoll. Sehnig. Die Worte füllten ihr Bewusstsein, während sie seine behänden Bewegungen bewunderte, mit denen er den Abhang überwand. Nicht einmal der Verband um seinen Arm konnte seiner Aura der Stärke etwas anhaben.

Sie sehnte sich mit allen Fasern danach, in seinen Armen zu liegen, doch war sie nicht sicher, welchen Tarran sie jetzt vor sich hatte. War es der eiskalte Fürst, der nur an den Hass dachte, der seine Seele verzehrte? Oder war es der zärtliche Liebhaber, der solche Phantasien in ihrer Seele wachrief? Nie konnte sie sicher sein. Sie wünschte, er würde sein seltsames Verhalten von voriger Nacht erklären, doch hatte er nichts gesagt. Vielleicht tat er gut daran, nicht davon zu sprechen, da jede Debatte zu einem ganz andersgearteten Diskurs führen konnte, bei dem Worte nur im Weg waren. Wusste er, dass sie sich die ganze Nacht schlaflos gewälzt hatte, während sich ihr Körper vor Verlangen nach ihm verzehrte?

»Ich angle«, sagte sie und wünschte sofort, sie hätte einen anderen Vorwand genannt.

»Ohne Haken, Schnur und Rute?«

Sie lachte, nicht über seine Frage, sondern über die lächerliche Situation. Über die schmerzlich lächerliche. »Ich hätte sagen sollen, dass ich hoffe, eine ruhige Stelle zum Angeln zu finden.«

»Viel Glück.«

»Tarran.«

»Ja.«

»Wärest du froh, wenn die Normannen aus Wales abzögen?«

Er bedachte sie wieder mit einem finsteren Blick. »Eine absurde Frage. Mich wundert, dass du sie stellst.«

»Dann gib mir Antwort, damit ich nicht mehr fragen muss.«

»Ich wäre sehr froh, wenn alle Normannen aus Cymru verschwinden würden. Noch glücklicher wäre ich, wenn keiner wiederkehrt.«

»König Henry würde eher sterben, als das zuzulassen.«

»Ich weiß.« Er ging hinter ihr vorbei und sprang aufs andere Ufer hinüber. Der Vogel krächzte und schlug mit den Schwingen, ehe er wieder ruhig auf Tarrans Faust saß. Dieser setzte seinen Weg flussaufwärts fort, ohne sich umzublicken.

Elspeth musste sich sehr zurücknehmen, um ihm nicht nachzulaufen. Sie biss sich auf die Unterlippe, um ihm nicht hinterherzurufen, er solle sein verwirrendes Verhalten von vergangener Nacht erklären. *Er* hatte sie geküsst.

Er war vergangene Nacht auf und davon. Und jetzt lief er wieder davon.

Sie setzte sich und befingerte ihren Kampfstock. Er war davongelaufen, als der Stock ihn traf. Hatte er geglaubt, sie hätte ihn absichtlich gegen ihn geführt? Als er sie an sich zog und sie mit einem wilden, sie überwältigenden Verlangen küsste, hatte sie vergessen, dass der Stock auf ihrem Schoß lag. Jetzt benahm er sich, als wären sie Fremde, als traue er ihr nicht weiter über den Weg als diesem Druce.

Sie stieß einen Fluch hervor, der ihr einen Verweis der Äbtissin eingebracht hätte. Man hatte sie nicht nach Wales geschickt, um Tarrans Kummer zu lindern. Falls er wollte, dass er gelindert würde … Sie fragte sich immer wieder, ob er sich am Abend zuvor zurückgezogen hatte, weil er einen anderen Zustand als seinen Gram fürchtete. Ihr Vater hatte des Öfteren gesagt, dass niemand gern unglücklich wäre, aber vielleicht hatte er sich geirrt.

»Ach, ich dachte, ich würde Fürst Tarran bei Euch antreffen.«

Elspeth blickte vom Wasser auf und sah Seith, der mit verlegenem Lächeln vor ihr stand. »Er ging allein los.«

»Was habt Ihr zu ihm gesagt?« Er runzelte die Brauen und sah sie mit einem strengen Blick an, den er sich von Tarran abgeschaut haben musste.

»Was ich offenbar immer sage. Das Falsche. Ich fragte, ob er froh wäre, wenn die Normannen Wales verlassen würden.«

Seith schnaubte. »Eine alberne Frage!«

»Eine Frage der Loyalität!«

»Wir können loyal zu König Henry stehen und seinen

Thron respektieren, auch wenn wir wünschen, er und alle Normannen würden auf der anderen Seite von Offa's Dyke bleiben.«

»Vielen Dank, jetzt fühle ich mich willkommen.« Sie deutete auf die Bäume am anderen Ufer. »Er schlug diese Richtung ein, falls Ihr ihm folgen wollt.«

»Nein.« Er hockte sich neben sie. »Wenn er Zeit für sich allein haben will, möchte ich nicht stören.«

»War er immer schon so?«

Seith hob einen Zweig auf und rollte ihn zwischen den Fingern hin und her. »Wie … so?«

»Ohne eine Andeutung von Humor in allem, was er sagt oder tut. Leicht aufgebracht, wenn jemand seine Erwartungen nicht erfüllt.« Sie sah ihn offen an. »Er lächelt selten, und wenn er lacht, dann nur widerstrebend. Es ist, als hätte er vergessen, was es heißt, glücklich zu sein.«

»Das hat er.« Er schleuderte den Zweig in den Fluss. »Ich hoffe, die Erinnerung wird wiederkommen.«

»Wenn Bradwr ap Glews Leichnam das Blut entströmt?«

Seith sah sie an und wendete rasch den Blick wieder ab. »Vala hätte Euch nicht sagen sollen, was wir vorhaben.«

»Sie tat es nicht.«

»Fürst Tarran war es?«

Elspeth nickte. »Als ihm klar wurde, dass es absurd war, wenn alle ständig auf ihre Worte achten müssen, sagte er mir, was ich bereits ahnte.«

»Dann versteht Ihr, dass er ist, was er ist. Wie hätte er ahnen können, dass Lady Addfwyn von der Hand eines Mannes getötet würde, den er für seinen vertrautesten Freund hielt.«

»Sein Freund tötete sie?«

»Ich dachte, Tarran hätte von ihrem Tod gesprochen.«

»Er sagte, sie sei ermordet worden und dass ihr Bradwr ap Glew sucht. Nie erwähnte er seine Freundschaft mit dem Mörder.«

Seith schien den Tränen nahe. »Sagt Fürst Tarran nicht, dass ich davon sprach. Vergesst es.«

»Wie kann ich vergessen, dass Tarran von einem Freund verraten wurde?«

Er starrte auf den Fluss. »Das kann niemand von uns vergessen. Niemand hatte eine solche Tragödie voraussehen können, auch Fürst Tarran nicht. Er und Bradwr ap Glew standen sich näher als Freunde, da sie Adoptivbrüder waren. Ihre Väter waren Vettern, und viele hielten sie trotz des Größenunterschiedes für Zwillinge.«

Sie gab keine Antwort. Seiths Worte bestätigten ihre Ahnung. Tarran litt darunter, dass er, der Krieger, geboren, den Titel Führer zu tragen, ausgebildet, sich jedem Kampf zu stellen, zu Hilflosigkeit verdammt war, als etwas für ihn Unvorstellbares geschah und sein Freund, dem er von Kindesbeinen an vertraute, seine Frau ermordete.

»Aber warum tötete Bradwr ap Glew die schöne Addfwyn?«

»Dafür hat nur der Mörder eine Erklärung. Fürst Tarran wird ihm die Wahrheit entreißen, ehe er die Genugtuung hat, ihn zu töten.«

Wieder ließ sie sich seine Worte durch den Kopf gehen. Der eiskalte Fürst Tarran würde nicht zögern, den Mörder seiner Frau zu töten. Auch der zärtliche Mann nicht, der sie mit seiner Berührung erregte. Würde jedoch der

Tod seines Feindes seinem inneren Schmerz ein Ende bereiten?

»Wohin werdet Ihr gehen, wenn wir Tyddewi erreichen?«, fragte Seith in die Stille hinein.

»Ich bin mir nicht sicher.« Sie sah keinen Grund, ihn anzulügen. »Wollte Tarran, dass Ihr mich fragt?«

Seith lehnte sich an einen Baum und verschränkte die Finger über seinem ausladenden Bauch. »Wenn *Fürst* Tarran es wissen will, fragt er selbst. Heimlichtuerei ist nicht seine Art.«

»Stimmt.«

»Also, wohin wollt Ihr?«

»Ich bin noch nicht sicher.« Sie lächelte kühl. »Wohin geht ihr, nachdem ihr Vala wohlbehalten in der Obhut ihrer Enkelin gelassen habt?«

»Dorthin wo wir die Aufgabe erfüllen werden, zu der wir uns verschworen.«

»Ich verstehe.« Fast hätte sie hinzugesetzt, dass sie verstünde, weil ihre Antwort dieselbe war. Sie würde dorthin gehen, wohin die Aufgabe sie führte, die die Königin ihr gestellt hatte.

Äste knackten, und Elspeth griff nach ihrem Stock, während Seith sein Schwert zog. Niemand sprach, als Druce mit seinem goldenen Stab, gefolgt von seinem stummen Gefährten Orwin, auf sie zukam.

»Wir werden Euer Ziel erreichen, ehe der Regen über der westlichen See an die Küste kommt«, kündigte Druce mit einem Stolz an, als hätte er das Wetter persönlich für ihre sichere Reise nach Tyddewi bestellt. So empfand sie es jedenfalls.

»Eine gute Nachricht.« Das war gelogen, da der König

von Irland aus in See stechen konnte, wenn die großen Stürme vom Meer kamen. Ihr war das Verstreichen jeder einzelnen Stunde nur allzu bewusst. *Llech-lafar* mochte am Ufer des Alun liegen, aber wo? Sie hielt ihren Stock auf den gekreuzten Beinen und faltete darüber die Hände. Jetzt kamen ihr ihre Kampfkünste wenig zustatten. Warum hatte die Königin sie auserkoren?

»Es freut mich, das Ihr Euch freut. Wenn Ihr Zeit habt, möchte ich mit Euch sprechen.«

Seith richtete sich auf und nickte Druce zu. Obwohl er sich mit langsamen, gleichmäßigen Schritten entfernte, war Elspeth sicher, dass Seith es kaum erwarten konnte, von Druce möglichst rasch und weit wegzukommen. Ebenso wusste sie, dass er oder einer von Tarrans anderen Männern in der Nähe bleiben würden.

Druce setzte sich dorthin, wo Seith gesessen hatte, während sich Orwig ein Stück weiter am Ufer unter einem Baum einen Platz suchte. Die schattigste Stelle, wie ihr auffiel. Fürchtete er die Sonne? Wenn dies der Grund dafür war, dass er seine Kapuze nie zurückschob, musste er auch den Mond fürchten, da er die Kapuze ständig ins Gesicht gezogen trug.

»Es ist eine Überraschung, eine Normannin unter Walisern anzutreffen«, sagte Druce, und sie verdrängte Orwin aus ihrem Bewusstsein, als dieser aufstand und das Ufer entlang flussaufwärts ging.

»Unsere Wege führen in die gleiche Richtung, deshalb hielten wir es für klug, zusammen zu reisen.« Sie sagte es ruhig. Wenn Druce glaubte, sie sei mit Tarran und den Seinen seit dem Verlassen von Kastell Glyn Niwl zusammen, wollte sie ihn bei dieser Meinung belassen.

»Was haltet Ihr von Cymru?«

»Ein schönes Land.«

»Viele Eurer Landsleute teilen diese Meinung. Deshalb erheben sie Besitzansprüche auf unser Land.«

»Druce, ich kann nicht über die Taten anderer sprechen. Nur über meine eigenen. Ich bin hier, um möglichst viel über Euer Land zu erfahren. Hier gibt es viele faszinierende Geschichten und Sagen.«

Seine Miene erhellte sich. »Ich lehre jene, die zuhören wollen, die alten Dinge.«

»Was für alte Dinge?«

»Die Sagen, die von Anbeginn der ersten Morgendämmerung unsere Krieger beflügelten. Sagen, die Männer zu großen Taten anregten und dadurch wiederum zu großen Heldenliedern Anlass gaben.« Er öffnete die Arme. »Lieder, auf die Cymru stolz sein kann.«

Sein Ring blitzte auf, und sie sah, dass die Perle darauf nicht genau der blauen an seiner Halskette entsprach. Bis auf drei Streifen Blau, die sich spiralenförmig durchzogen, war sie durchsichtig. Elspeth wünschte, sie hätte sie näher in Augenschein nehmen können. Vielleicht würde ihr dann einfallen, wo sie eine ähnliche gesehen hatte. Es musste im Kloster gewesen sein, da die Menschen, die kamen, um die Vorstellungen ihrer Eltern zu sehen, nicht so reich waren, um sich so herrlichen Schmuck leisten zu können.

»Andere zu unterrichten«, fuhr er fort, »ist meine Pflicht als Nachkomme eines der größten Zauberer aller Zeiten.«

»Zauberer?«, fragte sie erstaunt. Bis jetzt hatte Druce ganz normal geklungen. Und jetzt war plötzlich von Zauberei die Rede.

»Ich stamme von Myrddin ab, der als Emrys zu Caer-Myrddin geboren wurde.«

»Von ihm hörte ich noch nie.«

Er lächelte. »Doch, das habt Ihr. Die Normannen nennen ihn Merlin und seinen Geburtsort Carmarthen.«

»Merlin? Kennt Ihr die Sage von *Llech-lafar*, dem sprechenden Stein?«

Er lächelte. »Ich kenne alle Sagen um Merlin. Wie kommt es, Mylady, dass Ihr den sprechenden Stein kennt?«

»Ich hörte vom Stein und seiner Zauberkraft. Als ich mehr wissen wollte, bekam ich wenig Antworten. Man weiß vom Stein, kennt aber nicht den Ort, wo Merlin ihn am Alun versteckte.«

»Er versteckte ihn nicht. Er hinterließ ihn dort, wo er das bewirken kann, was er soll, wenn die Zeit gekommen ist.«

»Ihr kennt die Stelle?«

Wieder lächelte er. »Wer sich in die alten Sagen vertieft, merkt bald, wie viel mehr es zu erfahren gibt.«

Elspeth unterdrückte einen Seufzer. Trotz seiner Großtuerei und Prahlsucht wusste Druce offenbar nicht mehr als die anderen vom Stein.

»Wir sind Nachkommen Merlins«, fuhr Druce fort, »und haben geschworen, die Kunde von seinen größten Taten sowie alle anderen Sagen, die dieses Land hervorbrachte, am Leben zu erhalten.«

»Andere Sagen? Welcher Art?«

Druce beugte sich vor und senkte die Stimme, bis sie klang wie der Wind, der über den Waldboden fegte, ein tiefes Gemurmel, das über sie hinwegstrich und sie umgab. »Sagen, die schon in Merlins Kindheit uralt waren, weil sie von den allerersten Menschen stammen, denen Cymru Heimat war.«

»Werdet Ihr sie mir erzählen?«

»Es sind zu viele, als dass ich alle erzählen könnte, ehe wir Tyddewi erreichen.« Er lächelte. »Aber ich will Euch jene erzählen, von denen ich meine, dass sie Euch am meisten zusagen. Sollen wir mit der Geschichte von Fürst Pwyll beginnen?«

»Der an Stelle des Todes kämpfte?«

Sein Lächeln wurde unsicher. »Ihr kennt die Sage bereits?«

»Nein, doch hörte ich davon. Erzählt, bitte.« Vielleicht würde ein Teil der Geschichte ihr helfen, Tarrans ständig wechselndes Verhalten zu verstehen. Nicht einmal sich selbst wollte sie die Hoffnung eingestehen, etwas zu erfahren, das ihr entdecken half, ob in seinem Herzen ein Platz für sie bereit war … oder ob es über alle Hoffnung auf neue Liebe hinaus und für immer gebrochen war.

13

Er träumte.

Tarran konnte sich nicht erinnern, eingeschlafen zu sein. Ihm war, als hätte er einen Augenblick zuvor noch zum Mond emporgeblickt, der aufgegangen war und sich schimmernd im Fluss spiegelte. Bald würden ihn die Äste der Bäume verdecken, noch aber fiel sein kalkweißes Licht auf deren Stämme.

Er fand es verwunderlich, dass er träumte, weil er so viele Nächte keinen Schlaf gefunden hatte. In den zwei Wochen, nachdem er seine tote Frau gefunden hatte, hatte er nicht schlafen wollen, bemüht, jeden Augenblick zu nutzen, um herauszufinden, wer sie getötet hatte und aus welchem Grund. Die Antwort auf die erste Frage war rasch gefunden, da sein einstiger Freund sich nicht die Mühe gemacht hatte, seine Untat zu vertuschen.

Als Tarran schließlich nach zwei Wochen von seinem Schlafbedürfnis übermannt wurde, hatten ihn Albträume heimgesucht. Einige begannen mit Bildern voller Freude. Er hörte Addfwyns Lachen, sah, wie ihre Liebe zu ihm ihre Augen aufleuchten ließ. Als diese Träume aber rasch in Albträume übergingen, wurde das Echo ihres Lachens zu Schreien, wie er sie gehört hatte, als er in ihr Haus stürzte und ihre Dienerin kniend neben ihr antraf.

Dann war Elspeth Braybrooke beredt und flammenden Blickes in sein Leben hineingeplatzt. Und er verstand nicht, warum Addfwyn wieder in seinen Träumen erschien, während sein Verlangen nach einer anderen Frau immer drängender wurde.

Um die Antwort zu finden, musste er schlafen. Er musste Addfwyn in seinen Träumen finden und mit ihr sprechen.

Und jetzt träumte er.

Tarran erkannte im Traum das Gebäude, das den Familiensitz barg und genug Platz für Stallungen und andere Nebengebäude bot. Und auch damit war es nicht voll. Hohe Säulen begrenzten es, doch gab es kein Dach. Dieses war nicht nötig, da niemals Regen fiel. Und doch war alles um ihn herum grün, üppig und wohlriechend.

In Cymru war aus alten Zeiten nichts übriggeblieben – außer in den Sagen. Er glaubte nicht, dass König Arawn über dieses Land herrschte, über dem eine Sonne schien, viel köstlicher und heller als jene, unter der Menschen Tag um Tag wandelten, ohne zu wissen, welcher ihr letzter sein würde.

Dennoch befand er sich wieder in der großen Halle in Annwfn. Musik umschmeichelte ihn wie eine Aufmerksamkeit heischende Katze. Stimmen erklangen in munteren Gesprächen, während volle Tabletts vor jene Gäste gestellt wurden, die mit König Arawn tafelten.

Er drängte sich zwischen den zahlreichen Tischen durch, an denen großen Helden der Lohn für ihre Tapferkeit zuteil wurde. Keiner der Krieger schien Notiz von ihm zu nehmen. Ihre Gesichter waren ihm nicht vertraut. Vielleicht deshalb, weil sich das Antlitz eines Menschen nach dem Tod veränderte. Es war ein Rätsel, an dessen Lösung ihm nichts lag.

Seine Anwesenheit hatte einen anderen Grund. Er wollte bei seiner geliebten Addfwyn sein.

Als könnten Gedanken ihn zu ihr führen, stand er plötzlich neben dem Tisch, an dem sie saß. Sie war unverändert. Zurückhaltend, ruhig. Ihr schwarzes Haar wies keine Spur einer Locke auf, wie Elspeth sie in Fülle besaß. Als sie sich umdrehte und ihn anschaute, hing ihr Haar ruhig zwischen ihren Schultern, anstatt bei jeder Bewegung mitzuschwingen wie bei Elspeth.

Elspeth! Warum war sie jetzt in seinen Gedanken? Er konnte nicht anders als die zwei Frauen miteinander zu vergleichen. Addfwyn, die ruhig seinem Haus vorstand und jedes seiner Bedürfnisse voraussah. Elspeth, die nie ruhig war und in der Nähe lauernde Gefahren voraussah, ehe er sie wahrnahm. Die zwei Frauen hätten nicht unterschiedlicher sein können.

Wie schon zuvor deutete Addfwyn auf den leeren Sitz neben sich. »Fürst Tarran ap Llyr, kommt und nehmt neben mir Platz.«

»Fürst Tarran ap Llyr? Du als meine Frau sprichst mich so förmlich an, Addfwyn?« Er schwang ein Bein über die Bank und setzte sich so, dass er ihr Profil bewundern konnte. Es war weich wie sie selbst. Elspeth war nur selten so lange ruhig, dass er ihren Anblick genießen konnte. Wie ihr Kampfstock bewegte sie sich gezielt und anmutig.

Hinweg aus meinem Kopf, Elspeth! Er wusste, dass ein solcher Befehl nichts fruchtete. Er konnte nicht aufhören, an sie zu denken. Auch jetzt lag sie nicht weit von seiner Schlafstatt. Erwachte er und ging zu ihr – würde sie ihn in die Arme nehmen und ihm die große Erleichterung gewähren, die er tief in ihr finden konnte? Sein Körper reagierte auf diesen Gedanken, indem sich jeder Muskel spannte, bis er nach Atemluft rang.

»Fürst Tarran«, sagte Addfwyn, und er blickte sie an. Diesen Moment hatte er mit aller Kraft herbeigesehnt und jetzt konnte er nur an Elspeth denken.

»Ich bin nicht mehr Eure Gemahlin«, fuhr sie fort. »Unser Eheschwur währte, bis der Tod uns schied.« Ein trauriges Lächeln milderte ihre Worte. Sie sah ihn an und legte ihre Hand auf ihr Herz. »Doch gibt es Dinge, die selbst der Tod nicht hindern kann, denn die Liebe zu Euch ist auf ewig Teil von mir.«

»Und ich liebe dich, Addfwyn.« Die Worte klangen,

als würde ein Verwundeter um Linderung seiner Qual flehen. Er liebte sie und wollte sich nicht neu verlieben. Das hatte er zu Elspeth gesagt. *Elspeth, hinweg aus meinen Gedanken!* Verzweiflung lag in seiner Stimme, als er hinzusetzte: »Mein Schwur überdauerte den Tod.«

»Ich weiß, dass es deine Absicht war, doch hat der Tod eigene Regeln.« Wieder lächelte sie, diesmal strahlend und voller Glück. »Es gibt eine andere Frau in deinem Leben. Eine Frau, die dich drängt, deinen Kummer abzulegen und das Geschenk, zu leben, zurückzugewinnen.« Sie zupfte ein Haar von seinem Ärmel. »Dies sagt es mir.« Sie ließ das rote Haar in der Luft entschweben.

Als es zurück zum Tisch sank, verwandelte es sich in Elspeths Abbild. Sie hielt ihren Stock mit jener Lockerheit, die große Virtuosität verriet, die er nie wieder unterschätzen würde. Als sie die einzelnen Schritte ausführte, die er von ihrem Training her schon kannte, schwebte das Bild auf den Tisch zu. Neben Addfwyns Hand verharrte die winzige Elspeth.

»Sie ist tapfer«, sagte Addfwyn leise.

»Ja, das ist sie. Aber woher weißt du das? Kannst du von hier aus die Welt der Lebenden sehen?« Hatte Addfwyn gesehen, wie er Elspeth in die Arme genommen hatte? Konnte sie wissen, welches Verlangen Elspeth in ihm wachrief? Schuldbewusstsein ließ ihn so erstarren, als hätte man ihm den Stock in den Leib gerammt.

»Nein. Der Schleier zwischen der Welt der Lebenden und Annwfn ist zu dicht, als dass ein Sterblicher hindurchblicken könnte. Erst wenn man etwas aus der Menschenwelt mitbringt, sehe ich etwas.« Sie lächelte so warm wie damals, als sie in seinen Armen geschlafen hatte. »Dass diese Frau in der Halle der großen Krieger zu sehen ist, verrät mir, dass sie würdig ist, in ihrer Mitte zu weilen.«

»Sie ist mutig, wenn sie auch unnötige Risiken eingeht.«

»Diese Sorge hattest du auch bei mir.« Sie sah die Miniatur-Elspeth an, die ein Ende des Stockes auf den Boden senkte und sich vor ihrem unsichtbaren Gegner verbeugte. »Du bist ein Mann, der die Menschen in seinem Leben beschützen möchte. Und jetzt bist du einer Frau begegnet, die sagt, dass sie deinen Schutz nicht braucht.«

Er warf einen Blick auf Elspeths lebendes Bild. Es war stumm, doch konnte er erkennen, dass sie lachte, als sie mit dem Ärmel über ihre Stirn fuhr. Ihr Haar flog um sie, und er konnte nur an dessen sonnendurchtränkten Duft denken.

»Sie ist geschickt«, sagte Addfwyn, »doch droht ihr die größte Gefahr nicht von einem Gegner, den sie mit ihrem Stock abwehren kann. Sie braucht deinen Schutz vor …«

»Vor mir?«

»Dass du die Frage stellst, beweist, dass du die Antwort kennst.« Sie blies auf das Abbild, und es schwebte davon, wieder nur ein einzelnes rotes Haar.

Er griff danach. Als seine Finger es umschlossen, erwachte er. Seine Hand war leer, weil er verloren hatte, was er einst besaß, während er das zu fassen versuchte, nach dessen Besitz er nicht streben sollte.

Tarran hörte Elspeth lachen, als er seinen Mantel um den Hals festhakte. Ihr Lachen klang wie eine fröhliche Weise, und es traf ihn bis ins Innerste, als er sie neben

Druce sitzen sah, während Vorbereitungen für eine weitere Nacht am Fluss getroffen wurden. Den ganzen Tag hatte sie mit Druce geredet. Der Kerl war nicht von ihrer Seite gewichen, ständig begleitet von seinem schweigsamen Gefährten.

Sollte Elspeth doch mit Druce zusammen sein, so viel sie wollte! Das würde sie wenigstens abhalten, ihre sanften grünen Augen in seine Richtung zu wenden. Als Tarran sich von den anderen entfernte und den Abhang zu einem hügeligen Moor erstieg, das sich in östlicher Richtung erstreckte, sagte er diese Worte immer wieder vor sich hin. Allein, auf der Jagd mit Heliwr, würde es ihm vielleicht gelingen, auf andere Gedanken zu kommen.

Er durfte sich nicht ablenken lassen, und von Elspeth schon gar nicht. Wenn er sie so mit Druce zusammen sah, musste er sich fragen, ob man ihr noch trauen konnte. Nicht dass er glaubte, sie würde ihn mit Absicht hintergehen. Hatte er aber nicht erfahren müssen, dass nur ein Narr blind vertraute? Addfwyn hatte für ihren blinden Glauben an Bradwr ap Glew mit dem Leben bezahlt.

Tarran hielt mitten auf einem Feld auf halber Höhe inne. Bis auf einen Streifen Waldland, der sich hindurchzog, lag vor ihm offenes Gelände, gewellt wie Wogen, in der Erde erstarrt. In der anderen Richtung erstreckte sich das graue, von Stürmen zwischen Cymru und Irland aufgewühlte Meer. Nur unter seinen Füßen gab es Festigkeit. Aber jeder Schritt, den er machte, konnte in Treibsand enden, wo seine Hoffnungen und Pläne von Elspeths Lächeln aufgesogen wurden, das jeden anderen Gedanken aus seinem Kopf verdrängte.

»Sie hat mich mit Wahnsinn angesteckt, mein Freund«,

sagte er, als er Heliwr von seiner Lederkappe befreite und mit dem Finger über das Brustbein des Vogels strich. Dessen Schärfe und die Größe von Heliwrs Kropf verrieten ihm, ob sein Falke nicht überfüttert und damit jagdbereit war.

Aus dem Blick des Vogels sprach Ungeduld.

»Du bist gut dran, mein Freund. Du denkst nur an die Jagd und an die unglückliche Beute, die du bald schlagen wirst.«

Der Vogel rührte sich auf seiner Hand, ein sicheres Zeichen, dass der Falke freigelassen werden wollte.

Erst nach hinten ausholend, sodann rasch nach vorne, damit sein Arm frei und vom Mantel unbehindert ausschwingen konnte, ließ Tarran Heliwr fliegen. Der Falke erhob sich in die Höhe und ließ sich auf einem Baum nieder, um Ausschau zu halten, viel weiter, als Tarran sehen konnte. Was für eine Freiheit in einem solchen Flug liegen musste! Welch einfaches Leben … Beute aufspüren und vertilgen, mit Fängen so scharf wie der Dolch an seinem Gürtel.

Tarran beobachtete den Falken, der, von Baum zu Baum fliegend, einen immer besseren Aussichtspunkt suchte, während er den Hang erklomm. Auf dem Hügelrücken angelangt, erblickte er ein paar Häuser auf einer Landzunge, die ins Meer ragte und aussah wie ein Laib ungebackenes Brot. Der Südwesten Cymrus unterschied sich von seinen geliebten Bergen im Norden. Ihm fehlten die zerklüfteten Felsen, die ringsum von Geröll umgeben waren. Als Kind war er über Felsblöcke geklettert und hatte wilde Kämpfe mit Phantasie-Gegnern ausgefochten. Nun hatte er es mit einem echten Feind zu tun.

Mit einem lauten Kreischen stieß Heliwr mit den Fängen voran herab. Tarran stürzte zu der Stelle, wo der Vogel seine Beute schlug.

Ließ er den Vogel zu lange schmausen, würde Heliwr sich nur widerstrebend in die Lüfte erheben. Der Vogel zerriss den kleinen Hasen, den er unter ausgebreiteten Schwingen festhielt. Tarran zog ein Stückchen Fleisch hervor und hielt es dem Vogel vor den Schnabel. Heliwr schnappte danach, und Tarran entriss ihm den Hasen, um ihn in seinem Beutel zu verstauen. Der Vogel, der glauben würde, der Hase sei geflohen, würde nach anderer Beute suchen und Tarran einen Vorwand liefern, weiterhin auf dem Hügel umherzustreifen.

Er legte nun ein Stück Fleisch auf den Daumen seines Handschuhs und streckte die Hand aus. Heliwr hüpfte hinauf und verschlang den Leckerbissen in einem einzigen Schluck. Kaum saß der Vogel wieder auf seinem Arm, schickte er ihn abermals aus. Heliwr schwang sich in die Höhe, erleichtert, von seiner Kappe befreit zu sein und den langen Ritt hinter sich zu haben.

Tarran wanderte den Hügelrücken entlang. Er hielt inne, als er große, übereinandergestapelte Steinblöcke sah. Dies war einer jener uralten Orte, erbaut von den Menschen, die als Erste von Cymru Besitz ergriffen hatten. Drei aufrecht stehende Steine stützten die Hinterseite eines riesigen, flachen Felsstücks. Ein einzelner Stein war unter der Vorderseite des tropfenförmigen Felsens positioniert. Etliche flache Felsblöcke lagen um die aufragenden Steine verstreut.

Er hörte in dem Gebüsch jenseits der Steine etwas rascheln. Ein Tier, das seine Herde suchte? Regenstöße setzten ein. Er pfiff dem Falken, der in starkem Regen nicht fliegen würde.

Wieder hörte er das Geräusch. Wer war in der Nähe? Elspeth? Er erstickte das Aufglimmen von Hoffnung, das sich ungebeten meldete. Was um ihn herum geschah, was er sah, was er hörte, alles bewirkte, dass sie in sein Bewusstsein trat, doch kam jemand näher, und er konnte sich nicht denken, wer hinter ihm den Hügel erklommen haben mochte. Seith hatte seinen großzügigen Leibesumfang nicht durch Bewegung erworben, und Kei und Gryn trauten weder Druce noch Elspeth so weit, dass sie die beiden mit ihren Gefährten allein zurückgelassen hätten.

»Elspeth«, sagte er, ohne seinen Ärger zu zügeln, »mir reicht …«

Heliwrs Kreischen ertönte hoch über ihm.

Tarran fuhr herum. Etwas schlug auf ihn ein. Ein Schwert! Er ließ sich rücklings fallen, um auszuweichen, und kam mit einer Rolle auf die Beine. Seinen Jagdhandschuh abwerfend, zog er sein Schwert. Er hob es, um einen heftigen, nach unten gerichteten Hieb abzuwehren. Klirrend glitten die Klingen aneinander vorbei.

Er starrte seinen Gegner an. Der Mann trug ein schlichtes Gewand, ähnlich den Gewändern von Druces Leuten. Warum sollte einer von ihnen ihn überfallen? Wurden auch Elspeth und die anderen angegriffen?

Er schlug das Schwert des Gegners beiseite, ehe es in seinen Arm dringen konnte. Wieder ließ Heliwr hoch über ihm ein Kreischen ertönen. Kamen noch andere, um über ihn herzufallen? Er knirschte so stark mit den Zähnen, dass er es selbst hören konnte.

Der Nieselregen steigerte sich zum Wolkenbruch. Er zwinkerte das Wasser fort, das ihm übers Gesicht lief. Sein durch eine tiefe Kapuze geschützter Gegner war im Vorteil, konnte freilich nach den Seiten hin nicht so gut sehen.

Tarran schwang sein Schwert nicht direkt gegen den Mann, sondern in einem großen, von rechts ausgehenden Bogen. Das gegnerische Schwert hielt mühelos stand und stieß gegen ihn vor.

Als er zurückwich, prallte sein Stiefel gegen einen Stein im Gras. Mit rudernden Armen kämpfte er um sein Gleichgewicht, und wieder führte sein Gegner einen Hieb gegen ihn. Schmerz durchschoss Tarrans Arm. Sein Ärmel färbte sich wässrig rot, doch blieb ihm das Gefühl in den Fingern. Tief konnte die Wunde nicht sein.

Er traf hart auf dem Boden auf. Er schob seinen Mantel weg, hob seine Klinge und parierte den Streich des anderen. Ganz knapp. Der Schnitt über dem Ellbogen behinderte ihn. Als der andere abermals gegen ihn ausholte, wusste er, dass dies auch seinem Gegner klar sein musste.

Als er sich auf die Beine kämpfte, stieß ihn das Schwert des Gegners zurück. Er starrte die halb unter dem Obergewand des Mannes verborgenen Farben an. Farben, die ihm einst teuer gewesen waren. Jetzt empfand er für das Wappen der Familie Bradwr ap Glews nur Verachtung.

»Wer bist du?«, rief er.

»Der, der die Ehre hat, Euch zu töten.« Abermals holte der Mann gegen ihn aus.

Und abermals hielt Tarran stand, doch lockerte sich der Griff, mit dem er sein Schwert hielt. »Wo ist Bradwr ap Glew?«

»Er wartet auf die Kunde von Eurem Tod!« Er beugte sich vor, um sein Schwert an Tarrans Kehle zu führen. Seine Augen glänzten vor Erwartung.

»Tarran!« Sein Name hallte über den Hügel.

Elspeth!

Wie hatte sie ihn gefunden? Wieder hörte er Heliwrs Schrei von oben. Hatte sein Falke sie gerufen? Unmöglich. Das einzige Streben des Vogels galt der Jagd.

Der Schrei lenkte den Gegner ab, und Tarran ließ beide Füße vorschnellen und brachte den Mann ins Schwanken. Er sprang auf und versuchte dabei einen Schwerthieb. Der Mann lachte über seinen kläglichen Versuch.

Das Lachen verging ihm, als Elspeth mit einem Schrei, der ihm in den Ohren klang wie jener des Falken, vorstürzte. Sie schwang ihren Stock und traf den Angreifer in den Rücken. Er fuhr herum, sie aber war schneller. Sie senkte den Stock, dass er darüber stolperte. Als er sich aufrappeln wollte, hob sie mit einem Ruck den Stock und traf ihn in die Brust, dass er nach hinten taumelte. Sein Schwert kreiste und ließ ihn ohne Deckung. Sie ließ den Stock auf das Handgelenk seines Schwertarmes niedersausen.

Tarran hörte Knochen brechen, das Schwert des Mannes fiel zu Boden. Schmerz und Wut ließen ihn aufschreien. Er tastete nach seinem Dolch. Sie stürzte vor, um ihn aufzuhalten, war aber nicht schnell genug. Er zog die Klinge und holte zu einem Wurf aus.

Mit einem Vorwärtssprung packte Tarran sie mit seinem unversehrten Arm um die Taille. Er warf sie zu Boden und landete neben ihr. Das Messer zischte über ihre Köpfe hinweg. Ihr Stock prallte gegen sein Knie, als der

Dolch sich nur knapp hinter ihnen in die Erde bohrte. Er hörte sie unter sich aufstöhnen. Hatte er sie bei seinem Rettungsversuch verletzt?

Sie hob den Kopf und spuckte Gras aus. »Lass mich aufstehen!«

»Elspeth …«

Sie deutete auf den Mann, der bergab zu einer Baumgruppe rannte, sein Schwert hinter sich herziehend. »Ich kann ihn noch einholen!«

»Nein.«

»Ich kann ihn aufhalten.« Sie versuchte, sich auf den Rücken zu rollen. Er ließ es nicht zu, um zu verhindern, dass sie ihm entschlüpfte und dem Mann nachlief.

Er schüttelte den Kopf und sah sie finster an. »Zwischen den Bäumen wärest du im Nachteil. Mit einem Stock richtet man dort nicht viel aus.«

»Ich kenne Tricks, die …«

»Nein, Elspeth.« Er versuchte einen strengen Ton anzuschlagen, doch brach dieser, als er sagte: »Ich möchte nicht Gefahr laufen, auch dich sterbend vorzufinden.«

14

Elspeth sackte zusammen. »Mir war nicht klar … das heißt, ich dachte, Addfwyn wäre tot gewesen, als du sie fandest. Verzeih, Tarran. Ich kann mir gar nicht vorstellen, wie schrecklich es ist, einen geliebten Menschen sterben zu sehen.«

»Sei froh, dass du es dir nicht vorstellen kannst!« Tarran wollte ihrem Blick nicht begegnen. Schämte er sich seines tief empfundenen Gefühls?

Tränen füllten ihre Augen. »Du darfst dir nicht länger die Schuld an ihrem Tod geben. Auch wenn du an Addfwyns Seite gesessen hättest, hätte dein Freund einen Weg finden können, sie zu töten.«

»Wäre ich zur Stelle gewesen, hätte ich ihn abgewehrt.« Der Blick, den er auf seine Wunde warf, war so gleichmütig, als würde der Arm einem anderen gehören. »Addfwyn war keine Kriegerin wie du. Du bist wie Rhiannon, die ihrem Gemahl Pwyll mehr als nur Gefährtin war. Addfwyn ähnelte Blodeuedd, der aus Blumen geschaffenen Schönen.«

»Aber Blodeuedd war darauf aus, ihren Mann zu betrügen, während Addfwyn das nie getan hätte.«

Seine Brauen zogen sich zusammen, als er zum ersten Mal ihrem Blick begegnete. »Nein.«

»Und Rhiannon wurde für ein Verbrechen verurteilt, das sie nicht beging. Vor der Halle ihres Gemahls sitzend, musste sie sich von den Leuten schmähen lassen, die fälschlicherweise glaubten, sie hätte den Tod ihres Sohnes verschuldet. Eure walisischen Frauen besitzen Kraft und Willensstärke. Ihre Ruhmestaten entsprechen jenen der Helden in euren alten Sagen. Warum glaubst du, dass Addfwyn anders war?«

»Sie war ein sanftes Wesen, unfähig, sich selbst zu schützen.«

»Wie kannst du dessen so sicher sein? Du sagtest, man hätte an Bradwr ap Glew Blutspuren gesehen. Könnte es nicht sein eigenes gewesen sein?«

»Wer weiß? Wir waren nicht da. Wenn es so war …«

»Tarran, ich wollte dich nicht noch mehr belasten.« Der Regen hörte auf, als hätte jemand ein Loch in einem Damm zugestopft, aber sie war so nass, dass ihr bei jeder Bewegung die nassen Sachen am Leib klebten.

»Nichts könnte meine Last erschweren oder sie mir abnehmen. Sie ist einfach da.«

»Wirst du sie ablegen können, nachdem du dich gerächt hast?«

Er stand auf und ging zu der Stelle, wo sein Schwert im Gras lag. Falls er seinen Schmerz zu verbergen suchte, gelang es ihm nicht. Sein ganzer Körper litt unter der Bürde seines Kummers.

Sie stand auf und wollte Gras und Schmutz von ihrem Kleid abstreifen. Als sie merkte, dass sie alles nur auf dem Stoff verteilte, hielt sie inne. »Lass mich nach deiner Wunde sehen.«

»Erst muss ich Heliwr rufen.« Er pfiff laut.

Aus den grauen Wolken herunterstoßend nahm der Falke Gestalt an und flog auf Tarrans hochgereckten Arm zu. Mit einer Eleganz, die jener seines Herrn glich, ließ er sich auf dessen linkem Handgelenk nieder.

Ein Donnerschlag durchbrach die Stille, die so bedrohlich wirkte wie die Landschaft. Als ein zweites, diesmal fernes Donnergrollen über dem Hügelzug verhallte, fluchte Tarran. »Wenn wir hierbleiben, kann uns ein einziger Blitz zu Asche verglühen lassen.«

»Unter den stehenden Steinen ist ausreichend Platz.« Sie erschrak, als ein Blitz in das Wasser jenseits der Landzunge fuhr.

Er bückte sich und hob etwas auf, ehe er ihr folgte. Seinen Falknerhandschuh, wie sie sah, als die Schleusen sich von Neuem öffneten und es wieder in Strömen zu regnen begann. Unter dem massiven Felsblock war es trocken. Sie kniete nieder und lehnte den Stock an einen der als Pfeiler dienenden Steine.

»Deine Kenntnis der alten Sagen verrät, dass die Lektionen, die Druce dir erteilte, auf fruchtbaren Boden fielen«, sagte Tarran.

»Diese Sagen sind das Einzige, was uns gemeinsam ist. Du brauchst nicht zu befürchten, dass ich dich hintergehe.«

»Das war nicht meine Sorge.«

»Aber du grollst immer, wenn ich sage, dass ich gehe und mit ihm spreche.« Sie streckte die Hand aus. »Lass mich deine Wunde untersuchen.«

Er entzog ihr seinen Arm. »Meine Sorge ist es, dass er *dich* hintergeht.«

»Mich?«

»Du klingst schockiert.«

»Das bin ich. Druce hat nur vorgeschlagen, ich solle mehr von euren walisischen Sagen erfahren.« Sie runzelte ärgerlich die Stirn. »Lässt du mich nicht deinen Arm untersuchen?«

Er schüttelte den Kopf. »Gleich.«

»Tarran, er könnte sich entzünden. Lass …«

»Gleich!« Er stieß sein Schwert in den Boden und legte ihren Stock quer über den Schwertgriff, um den Vogel auf den Stock zu setzen. Dann nahm er sein Messer und öffnete den Beutel, den er um die Mitte trug. Er brach den toten Hasen auf, schnitt ein Stück ab und überließ es dem Vogel, der sich gierig darüber hermachte.

»Glücklicher Vogel«, sagte er.

»Ja, er hätte verwundet werden können, hätte man ihn gerufen, während du angegriffen wurdest.«

Er sah sie mit dem Ausdruck an, den der Vogel hatte, wenn er mit offensichtlicher Ungeduld auf die Fütterung wartete. Es war eine Mischung aus Verlangen und aus Ärger über jemanden, der zu dumm war, um sich in seine Lage zu versetzen. »Das meine ich nicht.« Er warf dem Vogel wieder ein Stückchen zu, das er gierig verschlang. »Von einem Falken wird nicht erwartet, während der Fastenzeit auf Fleisch zugunsten von getrocknetem und fade schmeckendem Fisch zu verzichten.«

Sie lachte auf. Hart. So erheiternd war seine Klage nicht, doch das Gefühl, das sich in ihr staute, seitdem sie gesehen hatte, wie Tarran von einem gut geführten Schwert geschlagen worden war, brach sich Bahn. Wenn sie nicht lachte, würde sie weinen.

Er sah sie erstaunt an, dann galt seine Aufmerksamkeit wieder dem Falken.

Kaum hatte er sich die Hände am feuchten Gras abgewischt, als sie auch schon sagte: »Jetzt hast du Heliwr gefüttert. Lass mich deine Wunde versorgen.«

»Du machst zu viel Aufhebens um etwas, das kaum von Bedeutung ist und kaum Folgen hat.«

»Die Folgen wären groß, wenn der Anblick von Blut mich in Ohnmacht fallen ließe.«

»Du fällst nicht in Ohnmacht, wenn du Blut siehst.«

»Nicht beim Blut anderer.« Sie nahm seinen Arm und legte ihn über ihre angezogenen Knie. »Dein Lebensblut den Arm entlangfließen zu sehen, ist anders.« Wieder blitzte es, und sogar die Steine erbebten unter dem Donnerschlag, der über die Hügel hallte.

»Elspeth, sag nicht solche Sachen.«

»Schelte mich, wenn du willst, doch gibt es Dinge, über die Ihr nicht gebieten könnt, Fürst Tarran.«

»Und eines davon bist du?«

Sie lächelte. »Allmählich begreifst du.«

Vorsichtig zog sie seinen Ärmel hoch genug, um die frische Wunde freizulegen, die mehr als eine Fingerspanne über der ersten lag. Sie befürchtete, dass sein Arm steif bleiben würde, während der Muskel heilte. Erleichtert sah sie, dass das Blut bereits eintrocknete.

»Es ist nicht schlimm«, sagte sie, als sie von seinem Ärmel einen Streifen abriss, um die Wunde damit zu verbinden.

»Das sagte ich doch.«

Sie lächelte. »Anders als Druce, der alles übertreibt, neigst du dazu, alles abzuschwächen.«

»Ich ziehe es vor, nicht zu klagen.«

»Und du klagst nicht sehr gut.« Sie schob den zerrissenen Ärmel ein Stück zurück. »Außer über mich.«

»Stimmt.«

Einen kurzen Moment lang glaubte sie ein Lächeln auf seinen angespannten Lippen zu sehen, doch musste das schwache Licht ihr einen Streich gespielt haben. Sie fragte sich, womit man ein echtes Lächeln auf diese Lippen zaubern konnte. Warum fragte sie sich das? Sie kannte die Antwort. Er lächelte, wenn er sie in den Armen hielt. In diesen kurzen Augenblicken war er gewillt, den Griff, mit dem er seinen Kummer festhielt, zu lockern.

»Du erfährst viel über Druce.« Sein gleichmütiger Ton konnte seine Anspannung nicht überspielen.

Sie zog den Stoff über den Arm und erwiderte: »Ich erfahre viel mehr über die Sagenwelt dieses Landes. Sicher kennt er auch eine Sage von diesen Steinen hier, die, wie er sagen würde, nicht von Menschenhand bewegt werden können und daher durch Zauberkraft an diesen Ort gelangt sein müssen. Druce glaubt anscheinend, dass die Ereignisse in den Sagen auf Tatsachen beruhen … von jemandem, der behauptet, vom großen Zauberer Merlin abzustammen, nicht anders zu erwarten.«

»Interessant.«

»Du scheinst nicht erstaunt.«

»An Druce und seinem merkwürdigen Begleiter könnte mich nichts erstaunen.«

Sie schauderte, als sie nach draußen kroch, um ihre blutigen Hände in einer Pfütze außerhalb des schützenden Felsmonuments zu waschen. »Orwig beunruhigt mich.«

»Weil er nie spricht?«

»Er scheint dich unausgesetzt zu beobachten.«

Nun hatte sie ihn überrascht. Als sie sich niederließ und an einen Stein lehnte, fragte er: »Warum sollte er mich beobachten? Ich habe Druce nie bedroht, obwohl ich erwog, ihn in den Fluss zu werfen und ihn im Wasser zu lassen, während wir unseren Weg fortsetzen.«

Sie lachte und versuchte, die vom Stein ausgehende Kälte zu ignorieren, die ihre Kleidung durchdrang. »Falls du dies schon jemandem gegenüber geäußert hast und Orwig es zufällig hörte, würde es sein Interesse an allem, was du tust, erklären.«

»Ich habe zu niemandem davon gesprochen. Ich werde ihm doch nicht die Rechtfertigung für einen Angriff liefern.«

»Ich weiß.« Sie rieb die Hände aneinander.

Er nahm ihre Hände und zuckte zusammen, als er seinen verwundeten Arm bewegte. »Hilf mir, Elspeth.«

»Du weißt, dass ich es tun werde. Du brauchst es nur zu sagen.« War ihm klar, dass sie nicht nur seinen brüchigen Waffenstillstand mit den Kapuzenmännern meinte? Sie wollte ihm helfen, seinen Kummer zu bewältigen.

»Sei wachsam«, sagte er, »und lass mich wissen, wenn du eine Ahnung davon bekommst, was Druce plant. Er weiß, dass ihm niemand das Märchen, er begleite uns durch *sein* Land, glaubt.«

»Er selbst könnte es glauben, so wie er auch glaubt, Pwyll versuchte, Rhiannons Herz zu gewinnen, indem er ihrem Schimmel um den Berg herum folgte, ohne sie einholen zu können.«

»Pwyll sprach in dieser alten Sage aufrichtig zu Rhiannon, doch bezweifle ich, dass Druce so ehrlich ist.«

»Da magst du Recht haben.« Sie berührte ihren Stock ganz leicht, um den Falken nicht zu stören. »Deshalb habe ich meine Waffe immer bei mir.« Sie riss die Augen auf. »Glaubst du, er schickte den Mann, der dich angriff?«

»Der Mann trug ein einfaches Übergewand wie Druces Leute, darunter aber trug er die Farben von Bradwr ap Glews Familie.«

Sprachlos vor Entsetzen starrte sie ihn an.

»Ich kann nur annehmen, dass ich Bradwrs Schlupfwinkel schon sehr nahe bin«, sagte er.

»Du darfst nie allein sein!«

Er fluchte lästerlich. »Ich muss nicht bewacht werden wie ein kleines Kind. Ich kann mich wehren …« Er kniff den Mund zusammen. »Vielleicht hast du Recht. Heute bedurfte ich deiner Hilfe, damit mein Herz weiterschlagen konnte.« Er legte eine Hand auf ihren Arm. »Danke, Elspeth.«

Seine Schulter war auf idealer Höhe mit ihrem Kopf. Sie konnte nicht widerstehen. Als sein Arm sich um sie legte, schloss sie die Augen. Sie wollte sich in seiner Wärme verlieren, musste aber sagen: »Tarran …«

»Was denn?«

»Es ist nicht ganz von der Hand zu weisen, dass Druce bei dem Überfall die Hand im Spiel hatte. Ich glaube, dass er von unserer Reiseroute von einem Barden erfuhr, der Kastell Glyn Niwl verließ, als wir eintrafen.«

»Was?« Er setzte sich aufrechter hin. »Hast du Beweise?«

»Beide trugen Glasperlen um den Hals. Der Mann auf Kastell Glyn Niwl versuchte, seine zu verbergen, doch konnte ich einen Blick darauf werfen.« Sie starrte ins Unwetter hinaus. »Ich weiß, dass ich solche Perlen früher schon gesehen habe, doch ist mir entfallen, wann.«

»Oder wo?«

»Das fiel mir ein.«

»Wo?«

Wie konnte sie nur so dumm sein! Sie hatte so sehr darauf geachtet, die Wahrheit über ihr Leben im Kloster vor ihm zu verbergen. »Auf der anderen Seite von Offa's Dyke«, sagte sie in der Hoffnung, er würde sich damit begnügen.

Er tat es nicht. »Wo in England hast du solche Perlen gesehen? Falls Druce ein Spion der Normannen ist, muss man ihn unschädlich machen.«

Sie lachte. »Druce? Ein normannischer Spion? Er ist der Meinung, dieses Land wäre sein, und er verachtet König Henry. Er verspottet den König bei jeder sich bietenden Gelegenheit.«

»In der Hoffnung, Aufmerksamkeit von sich abzulenken, würde dies auch ein Spion tun.«

»Gewiss, doch glaube ich nicht, dass er ein Spion König Henrys ist.«

»Da gebe ich dir recht. Er hasst die Normannen, wie es ein treuer Sohn Cymrus tun sollte.«

Leise fragte sie: »Wie du es auch tust?«

»Ja, wie du die Waliser hassen würdest, wäre die Situation umgekehrt und wir würden Anspruch auf England erheben.«

»Aber ich würde die Waliser nicht genug hassen, um den König zu töten, damit sie das Land verlassen.«

Tarran sah sie an, als wären ihr Hörner und ein Schweinsrüssel gewachsen. »Willst du damit andeuten, ich möchte König Henry tot sehen?«

»Ohne starke Führung könnten sich die Lords der Grenzmarken nicht halten.«

»Würden die Normannen jetzt abziehen, würde Cymru in Chaos versinken. Zu viele Waliser wären darauf aus, die Besitzungen ihrer Väter und Großväter für sich zu fordern. Die Normannen sollten erst dann abziehen, wenn wir einen starken Führer haben, der uns eint.«

»Dich?«

Er wickelte eine Strähne ihres Haares um seinen Finger. »Du bist mir genug Herausforderung. Du zwingst mich, Situationen mit neuen Augen zu sehen.« Er tippte an die Spitze des Dolches, den sie an der Seite trug. »Sicher kannst du gut mit der Klinge umgehen, Mylady mit der Lanze.«

»Ich führe keine Lanze, Fürst Tarran. Eine Klinge nehme ich nur beim Essen zur Hand.« Sie lächelte.

Er blieb ernst. Mit seinem in ihr Haar eingewickelten Finger strich er erst über seine und dann über ihre Wange. »Und wie steht es mit deinen weiblichen Fertigkeiten?«

»Du lenkst vom Thema ab.«

»Ich weiß.«

»Wir müssen in Erfahrung bringen, was der Mann bezweckte, als er dich angriff.«

»Er wollte mich töten.«

Sie runzelte nachdenklich die Stirn. »Ich weiß. Warum aber überließ Bradwr ap Glew ihm die Ehre, dich zu töten, anstatt es selbst zu tun?«

»Mein Feind besitzt kein Ehrgefühl. Das bewies er, als er eine Frau tötete, die stets in den höchsten Tönen von ihm sprach.«

»Wenn du zugelassen hättest, dass ich den Mann stelle …«

Er löste den Finger aus ihrem Haar und strich es zurück. Mit seinem Mund an ihrem Ohr flüsterte er: »Habe ich schon einmal gesagt, dass du zu viel redest?«

»Aber er wollte dich töten!« Sie kämpfte um jedes Wort.

»Er ist fort.« Er zog ihr Ohrläppchen in den Mund und umspielte es mit der Zunge. Als sie bebend um Atem rang, zog er sich so weit zurück, dass er sagen konnte: »Du bist da.«

»Deine Worte beweisen, dass der Hieb auf deinen Kopf nicht zu heftig war, weil du sehen kannst, wer hier ist und wer nicht.«

»Du hast einen flinken Verstand, doch ist es nicht das,

woran ein Mann denkt, wenn er eine schöne Frau wie dich im Arm hält.«

»Du solltest mich gehen lassen.«

»Und was wirst du als Gegenleistung tun?«

»Als Gegenleistung?« Sie sah fragend in sein von Sonne und Wind gegerbtes Gesicht.

»Du glaubst vielleicht, ich würde die Antwort auf die Frage wissen wollen, warum der Mann mich angriff. Tatsächlich will ich nur, dass du mich küsst.«

»Was …?« Ihre Frage verschwand unter seinem Mund, als er sie küsste. Seine glühenden Lippen rissen sie mit sich in einen Sturm, heftiger als das Unwetter, das sich über dem Hügel entlud.

Sie strich mit ihrem Mund über die raue, stachlige Kühle seiner Wange, und er hielt den Atem an. Es war das erstaunlichste Geräusch, das sie je gehört hatte. Sie wollte es immer wieder hören. Mit leisem Auflachen nahm sie sein Ohrläppchen zwischen ihre Zähne und knabberte leicht daran. Sie drückte ihn auf den Boden nieder, der Macht gehorchend, die sie besaß, ihm die Lust zu bereiten, die er ihr geboten hatte.

Seine Haut schmeckte nach frischer Luft und Regen und Schweiß, einer köstlichen Kombination. Er wand sich unter ihr, als ihre Zunge über sein Ohr strich. Sie packte seine Schultern und kostete die weichere Haut hinter seinem Ohr. Es musste die einzige weiche Stelle an seinem ganzen Körper sein.

Von seiner Reaktion entzückt, folgte sie seinem fieberhaften Pulsschlag den Hals entlang. An der Stelle, wo dieser auf die Schulter traf, tastete sie unter seinen Mantel, um sein Gewand vorne zu öffnen. Sie strich über seine breite Brust. Ihre Finger griffen in das Haar über seinem schnell pochenden Herzen.

Sein rechter Arm glitt über ihren Rücken und drückte sie an ihn. Als er ihren Namen atemlos flüsternd hervorstieß, klang seine Stimme mächtiger als der Donner, der über ihnen grollte. Sie blickte in sein Gesicht hinunter. Es war nicht das Gesicht, das er vor anderen zur Schau trug. Sie las eine Vielfalt an Gefühlen darin, Verlangen, Unsicherheit, Kummer. Nie hatte sie gesehen, dass er diese Emotionen mit anderen teilte. Freude durchströmte sie, während ihr neue Tränen in die Augen stiegen.

»Was ist los?«, flüsterte er, als er unter ihr Haar griff und ihren Nacken umfasste.

»Nichts.«

»Aber …« Er zuckte zusammen, als er seinen verletzten Arm so weit bewegte, dass er ihr eine Träne von der Wange wischen konnte. »Du weinst ja. Was ist denn?«

»Nichts.« Sie lachte leise. »Du bezichtigst mich, töricht zu sein, wenn ich es nicht bin. Doch wenn ich törichte Tränen weine, bist du besorgt.« Sie strich mit einer Fingerspitze über seine Lippen. »Ich bin glücklich, mit dir hier zu sein.«

»Dann vertraue mir und sage mir die Wahrheit.«

Sie rückte ab, erschrocken von der plötzlichen Veränderung seines Tons. Er hatte seine Schärfe wiedergewonnen. »Welche Wahrheit?«

»Warum du hier in Cymru bist. Ich muss wissen, ob dein Tun mich davon abhalten wird, Vergeltung zu finden.« Sein Gesicht war bar aller Wärme, wie die Steine, die sie umgaben.

Elspeth setzte sich auf und kehrte ihm den Rücken zu.

»Du hast Recht!«, fauchte sie. »Ich *bin* töricht. Töricht zu glauben, du würdest an etwas anderes denken als an deine Hoffnung auf Rache. Hast du mich deshalb geküsst, Tarran? Um mir die Wahrheit zu entlocken?« Sie stand so jäh auf, dass sie mit dem Kopf die Unterseite des obersten Steins streifte. »Wenn du wissen willst, warum ich hier bin, brauchst du nur zu fragen.«

»Ich frage.«

Er stand ebenfalls auf und machte ein finsteres Gesicht, als er seine Schultern beugen musste. Er eroberte ihre Lippen mit einem Kuss, so innig, dass sie sich an die Steine lehnte. Als seine Hände höher griffen, um ihre Brüste entlangzustreichen, wandte sie das Gesicht ab.

»Nicht!«, flüsterte sie.

»Dich nicht küssen? Dich nicht berühren?«

»Küsse mich nicht und berühre mich nicht, wenn du an *sie* denkst! Ich bin nicht Addfwyn! Nie könne ich eine Frau sein, die wartet, dass der geliebte Held in das perfekte Heim zurückkehrt, das sie ihm bereitet hat. Ich bin, die ich bin. Eine Frau, die selbst für sich einsteht, die keinen Mann braucht, der sie verteidigt.«

»Du kannst dich also gegen alles behaupten?«

»Ja.« Noch mehr Tränen füllten ihre Augen. Sie ließ nicht zu, dass sie flossen, doch brannten sie in ihrer Kehle wie hundert Kerzen.

»Vielleicht hast du Recht. Du brauchst niemanden. Du bist Elspeth Braybrooke, stolze Kriegerin. Sag mir, Elspeth, hat eine Kriegerin Mitgefühl in sich?«

Seine Worte trafen sie und saßen. »Mehr als du besitzt!«, konterte sie. »Du hältst mich fest. Du tust, als wolltest du mich.«

»Ich tat nicht nur so!« Er zog sie wieder an sich. Seine Hände glitten ihre Hüften hinunter, um sie an seinen harten männlichen Körper zu drücken. »Ich will dich, Elspeth.«

»So sehr, wie du Rache für *sie* willst?«

»Das frage mich nicht.«

Wieder entzog sie sich ihm, obwohl sie seinen Körper spüren wollte. »Warum nicht? Du stellst mir Dutzende von Fragen. Ich stelle dir nur eine!«

Fluchend setzte er sich wieder.

»Heißt das, dass du mir nicht antworten wirst?«, fragte sie.

»Ich habe für dich keine Antwort.«

Auf diese brüske Aufrichtigkeit war sie nicht gefasst. Sie hatte sich für einen weiteren Streit gewappnet und gehofft, er würde sagen, sie irre sich und er begehre sie mehr als alles andere.

»Ach.« Sie kniete nieder und hielt so viel Abstand zwischen ihnen wie möglich. Als ein Windstoß sie mit Regen besprühte, zog sie sich näher zur Mitte ihres Unterstandes zurück.

»Auch du musst dich entscheiden, was du möchtest, Elspeth.«

»Ich weiß, was ich möchte.« *Ich möchte alles, was du mit mir teilen kannst, doch möchte ich, dass du es mit mir teilst, ohne an eine andere Frau zu denken.*

»Sag es mir.«

»Ich glaube, das wäre nicht klug.« Sie drehte sich um und blickte zum dunklen Himmel. »Es sieht nicht so aus, als würde der Regen nachlassen. Wir müssen zurück zu den anderen, ehe das Unwetter heftiger wird.«

»Geh, wenn du möchtest.« Er schloss die Augen und lehnte den Kopf an die Steine. »Ich möchte Heliwr nicht gefährden.« Er lachte angespannt. »Schelte mich nicht, weil ich nicht sage, dass ich besorgt bin, auch dir könnte etwas zustoßen. Ich weiß, dass du eine große Kämpferin und selbstständig bist.« Ohne ihr Zeit für eine Entgegnung zu lassen, sagte er: »Sag mir, wie es kommt, dass du so meisterhaft mit dem Stock kämpfst.«

Nein, flehte sie, *verlange nicht, dass ich lüge, nachdem ich dich um Aufrichtigkeit bat.* Aber sie musste etwas sagen. »Mein Vater fand sich damit ab, dass er keinen Sohn hatte, und unterwies mich in der ritterlichen Kampfkunst.«

»Aber du bist eine Frau. Du kannst der Gefolgschaftspflicht deiner Familie dem König gegenüber nicht nachkommen.«

»Das weiß ich.« Sie war froh, dass die Schatten verbergen würden, wie gekünstelt ihr Lächeln war.

Du hättest ihm von deinem Leben vor dem Eintritt in St. Jude's Abbey erzählen können. Sie konnte sich nicht annähernd denken, wie er *sie* behandeln würde, wenn er entdeckte, dass ihre Eltern wandernde Schausteller gewesen waren. Er hatte ihr den einer Lady gebührenden Respekt erwiesen, und den wollte sie nicht verlieren.

»Dennoch hat dein Vater dich den Gebrauch von Kampfstock und Dolch gelehrt.« Tarrans Worte rissen sie aus ihren Gedanken.

»Ich glaube, es machte ihm Freude, auch wenn seine Tochter niemals Land oder Titel besitzen würde.«

»Ich verstehe.« Er streckte sich auf dem Boden aus. »Danke für deine Aufrichtigkeit, Elspeth. Vorausgesetzt, du warst ehrlich.« Ohne ein weiteres Wort kehrte er ihr den Rücken zu, und zog seinen Mantel über sich.

Sie starrte ihn erschrocken an. Alle Instinkte drängten sie, ihm die Wahrheit zu sagen. Sie wollte ihm zeigen, dass sie in Wahrheit nicht allein sein wollte. Sie streckte eine Hand aus. Als spüre er ihre Nähe, zog er die Schultern ein.

Vielleicht hast du Recht. Du brauchst niemanden. Du bist Elspeth Braybrooke, stolze Kriegerin. Seine Worte dröhnten in ihrem Kopf, und jedes einzelne stellte eine schmerzliche Anklage dar.

Sie legte sich hin und blickte hinaus ins Unwetter. Wasser ergoss sich von den Steinen über ihr, als neue Tränen ihre Augen füllten. Sie hatte das Glück gekostet, das sie mit Tarran teilen konnte, und sie hatte mehr gewollt.

Ich weiß, dass du dich für eine große Kämpferin hältst, die allein bestehen kann.

Vielleicht stimmt es, denn sie hatte sich nie so allein gefühlt.

15

Nicht zu wissen, was sie sagen sollte, war für Elspeth ein sonderbares Gefühl. Immer hatte sie Worte gefunden, um auch die peinlichste Situation zu überbrücken. Eine von ihrem Vater geerbte Gabe, hatte ihre Mutter sie geneckt. Dieser hatte auch im ödesten Städtchen die Menschen in ihre Vorstellungen zu locken verstanden.

Aber was hätte sie sagen sollen, als sie neben Tarran

bergab ging? Er hatte ihr nicht einmal guten Morgen gewünscht, als sie sich aufmachten, sobald die Sonne über den Hügeln aufging und ihren Weg beschien. Die ganze Nacht, während sie seinen Atemzügen lauschte und wusste, dass auch er keinen Schlaf fand, hatte sie versucht, sich etwas auszudenken – irgendetwas –, das sie zu ihm sagen konnte. Was konnte sie sagen, dass er glauben würde? Sie hatte die Chance gehabt, ehrlich zu sein, und hatte sie vorübergehen lassen.

Alles war durcheinandergeraten. Sie hatte den Fluss Alun gefunden, nicht aber *Llech-lafar.* Das Gewitter der vergangenen Nacht ließ darauf schließen, dass die Unwetter von der See nun landeinwärts zogen. Das Meer würde ruhig sein, der König konnte Irland verlassen. Und sie hatte den verdammten Stein noch immer nicht gefunden. Nach allem, was sie wusste, konnte sie ebenso gut an ihm vorübergelaufen sein.

Als sie den Ort erreichten, wo die anderen die Nacht über gelagert hatten, empfing Vala sie mit einem erleichterten Stoßgebet. Tarrans Männer stürzten vor, während Druce und sein Begleiter an den Überresten des Feuers blieben, an dem sie tags zuvor ihre Mahlzeit gekocht hatten.

Elspeth knurrte der Magen, so dass sie nicht widerstehen konnte, als Vala sie drängte, zum Frühstück etwas Brot zu essen.

»Mit Honig«, sagte die alte Frau.

»Honig? Woher hast du ihn?«, fragte Elspeth, die froh war, über etwas reden zu können, da sie das Schweigen nicht mehr ertragen konnte.

»Gestern teilte ein Pilger, der die heiligen Stätten unweit Tyddewi aufsuchen will, unser Feuer. Er tauschte den Honig gegen eine Decke ein.«

Elspeth griff nach dem Brot, als sie Kei lachend fragen hörte: »Wo habt Ihr Euch den Schnitt am Arm geholt, Fürst Tarran? Hat sie sich so heftig gewehrt?«

Hitze brannte in ihren Wangen, und sie war sicher, dass sie errötete. Vala wurde weiß vor Wut.

»Sei still«, befahl Tarran, als er seinen Falken neben dem Karren absetzte.

»Hat sie sich endlich ergeben?« Kei wieherte wieder.

Elspeth blieb die Luft weg, als Tarran Kei mit einem einzigen Schlag aufs Kinn umwarf. Sie trat einen Schritt auf die Männer zu, Vala aber erwischte ihren Ärmel und schüttelte den Kopf.

Kei sprang auf und holte gegen Tarran aus. Er verfehlte ihn und versuchte es abermals.

Tarran packte ihn vorne bei seinem Gewand und rief: »Gryn!«

Dieser stürzte vor und riss die Augen auf, als er von seinem Vetter zu Tarran blickte.

»Kühle seinen Kopf im Fluss, bis er wieder zur Besinnung kommt«, befahl Tarran und schob Kei seinem Vetter zu.

Gryn fing Kei auf und hielt ihn aufrecht. Er schlug die Richtung zum Fluss ein, ging aber nur bis zur Feuerstelle, wo er seinen Vetter auf den Boden sinken ließ und etwas äußerte, das Elspeth nicht verstehen konnte.

Tarrans Augen verschossen Pfeile in ihre Richtung. Dann drehte er sich um und sprach mit Seith. Er beantwortete Seiths Fragen darüber, was auf dem Hügel geschehen war.

»Ihr wurdet angegriffen?«, fragte Druce vom Feuer aus. »Von wem?«

»Ich habe keine Ahnung.« Tarran nahm von Kei ein Fläschchen in Empfang und setzte es an. Sie war nicht erstaunt, dass er nichts mehr sagte.

Druces Begleiter flüsterte ihm etwas zu. Dann fragte Druce: »Habt Ihr den Angreifer getötet?«

»Nein.« Er nahm noch einen Schluck. »Dieser Feigling ergriff die Flucht.«

Druce stand auf und steckte die Hände in die weiten Ärmel seines Gewandes. Nun ähnelte er einem Mönch noch stärker, doch als er zu sprechen anfing, wuchsen Elspeths Zweifel, dass er einer war.

»Ich werde Verbindung mit meinen Männern aufnehmen. Sie werden den Schurken fassen. Während Ihr durch mein Land zieht, steht Ihr unter meinem Schutz. Ich kann nicht dulden, dass Ihr wieder in Gefahr geratet.« Auf sein Fingerschnalzen hin kam Orwig herangeschlurft. »Setze meine Leute von allem in Kenntnis.«

Orwig verbeugte sich und ging davon.

»Sorgt dafür, dass man ihn lebendig fängt!«, rief Elspeth ihm nach.

Druce wiederholte ihren Befehl und lächelte dann. »Euer weiches Herz ist ein weiteres Zeichen Eures sanften Wesens, Mylady.«

»Lasst Euch nicht täuschen«, sagte Tarran in einem Ton, so angespannt wie seine Miene. »Sie will nur ihre Neugierde bezüglich seiner Identität befriedigen. Doch sollte sie mit ihren Wünschen vorsichtiger sein. Es könnte sein, dass sie bekommt, was sie möchte, und dass es ihren Erwartungen nicht entspricht.«

Als er sich mit Seith zu einer Unterredung zurückzog, reichte Vala Elspeth eine Scheibe Honigbrot. Sie biss ab, aber es schmeckte wie Straßenstaub. Sie fragte sich, ob auch nur irgendetwas wieder ins Lot kommen würde, wenn Tarran sie aus seinem Leben ausschloss.

Allein zu trinken, ist eine Gewohnheit, die ein Mann nicht unbedacht annehmen sollte.

Tarran dachte an die Worte seines Großvaters, als er seinen Ale-Humpen ansetzte, den er von Druces Männern bekommen hatte, als sie auf einer mondhellen Lichtung ihr Nachtlager aufschlugen. Die Stimmen vom Feuer her, um das sich die anderen drängten, verrieten Müdigkeit und wachsame Kameradschaft. Seine Männer hörte er nicht heraus, doch erhob sich eine hellere Stimme über alle anderen. Zwar waren Elspeths Worte von seinem Platz unter einem Baum am Waldrand nicht zu verstehen, doch durchdrang ihn ihr fröhlicher Ton wie eine geschliffene Klinge.

Niemand war gekommen und hatte ihn aufgefordert, sich zu der Runde am Feuer zu gesellen. Er hatte es auch nicht erwartet. Seine Männer waren zurückhaltend, unsicher, ob er gegen sie auch so gewalttätig werden konnte wie gegen Kei. Elspeth war ihm gegenüber auf der Hut, doch hatte er in ihren Augen, die so matt waren wie seine Lebensgeister, Verblüffung gelesen. Leuchteten sie jetzt, wenn sie über einen Ausspruch eines seiner Männer lachte?

Druce hatte sie den ganzen Tag umschwärmt, und sie hatte es ihm mit viel Lächeln gedankt. Tarran fragte sich, ob dieses Getue für die Tochter eines normannischen Lords selbstverständlich war.

Warum hatte er die Wahrheit nicht gesehen, ehe sie ihren Vater erwähnte, als sie unter dem alten Steinmonument Schutz suchten? Ihre Worte über Landbesitz und Titel verrieten, dass sie die eheliche Tochter eines normannischen Lords war und beiderseits von Offa's Dyke als Lady edler Abkunft galt. Mochten seine walisischen Landsleute ihn auch mit »Fürst« ansprechen, so war er für jene, die Land im Osten besaßen, der Sohn eines Bastards.

Er hatte während des Tages des Öfteren bemerkt, dass Elspeth in seine Richtung blickte, doch hatte er getan, als sähe er es nicht. Sie stand im Rang so hoch über ihm, dass er eigentlich um Erlaubnis hätte bitten müssen, mit ihr sprechen zu dürfen. Sie küssen – das konnte nicht wieder sein. Der Schmerz, den er bei diesem Gedanken empfand, war schlimmer als die Wunde an seinem immer steifer werdenden Arm.

Ein Schatten bewegte sich auf Tarran zu. Hastig griff er nach seinem Schwert und atmete auf, als er Vala erkannte.

»Was machst du hier draußen?«, fragte er.

Statt einer Antwort setzte sie sich neben ihn und zog Nadel und Faden aus ihrem Beutel. Sie machte sich daran, seinen Ärmel zusammenzunähen, wobei sie darauf achtete, den Verband an seinem Arm nicht zu berühren. »Warum machst du das jetzt?«, fragte er.

»Um dich zu ärgern.«

»Was?«

Trotz des schwachen Lichtes sah er ihr Lächeln, das jene Kühle erkennen ließ wie damals, als er noch ein schlimmer Junge war. »Du kannst umherstapfen und schmollen so viel du willst, oder du kannst Lady Elspeth nachlaufen, wie du es eigentlich möchtest.«

»Es steht mir nicht zu, ihr nachzulaufen.«

»Und warum nicht?«

»Ich habe ein Ziel.«

»Das hat dich zuvor auch nicht daran gehindert. Was hat sich geändert, seit ihr auf dem Hügel wart?«

»Alles. Sie ist eine Lady, Vala.«

Ohne von ihrer Näharbeit aufzublicken, zupfte sie heftig an seinem Ärmel. »Das konnte doch jeder sehen, der Augen im Kopf hat. Allein ihre Haltung und ihr großes Herz machen sie zu einer Edeldame, erzogen, sich jener anzunehmen, die im Rang unter ihr stehen und ihrer Hilfe bedürfen.«

»Das sah ich.«

»Es war unvermeidlich, da du sie ausgiebig betrachten konntest.« Sie stach mit der Nadel in den Stoff. Mit einem Blick zu Druce, der dastand und gestikulierend eine Geschichte erzählte, setzte sie hinzu: »Es wäre für dich viel einfacher, wenn sie von seiner Art wäre, oder?«

»Sie ist nicht wie Druce.«

»Du verteidigst sie mit seltenem Eifer.« Sie kicherte.

»Da gibt es nichts zu lachen.« Er befingerte seinen Schwertgriff, doch er konnte seinen Unmut nicht mit einer Klinge bekämpfen.

»Für dich gibt es jetzt überhaupt nichts mehr zu lachen.«

»Vala, schelte du mich nicht auch noch.« Ein Gähnen kitzelte ihn hinten in der Kehle, aber er unterdrückte es.

»Also hat Lady Elspeth dich wegen deiner Verdrießlichkeit gescholten?« Sie lächelte. »Ich wusste, dass ich sie zu Recht bewundere. Und du hast Recht. Sie ist nicht wie Druce. Sie ist dir viel ähnlicher.«

»Mir? Das soll wohl ein Scherz sein.«

»Nein.« Sie nähte ein paar flinke Stiche. »Sie ist voller Anteilnahme und sorgt sich um andere mehr als um sich. So wie du auch. Außerdem ist sie tapfer und führt ihre Waffen vortrefflich. So wie du auch.«

»Aber sie ist leichtfertig im Reden und scheint nie zu wissen, wann Schweigen angebracht wäre.«

»Ich sagte, sie ähnelt dir – aber nicht genau, wenn ich mich auch an vergangene Zeiten erinnere, als du schwatzhaft warst wie ein Eichhörnchen, das die Vögel von seinem Nussvorrat ablenkt.« Sie verknotete den Faden. »Aber du glaubst, dass sie dir etwas vorenthält.«

»Ja, sie konnte mir nicht in die Augen schauen, als sie von ihrer Vergangenheit sprach.«

»Vielleicht wollte sie nicht von einem verflossenen Liebsten sprechen – oder von zweien.«

Er schüttelte den Kopf. Die zögernde Naivität der ersten Küsse hatte darauf schließen lassen, dass sie noch nicht oft geküsst hatte, eine Tatsache, die er bestätigt fand, als sie rasch lernte, jene zu erwidern, die er ihr gab. Er dachte daran, wie kühn sie geworden war, als sie unter den großen Steinen Schutz suchte. Ein Stöhnen würgte in seiner Kehle, als er an ihre heißen Liebkosungen dachte. Wieder reagierte sein Körper auf das unbezähmbare Verlangen.

Zugleich wollte ihm wieder ein Gähnen entschlüpfen. Er war die ganze Nacht wach geblieben, zu deutlich der Nähe Elspeths gewahr, die keine Armeslänge von ihm entfernt dalag. Hätte er sich zu ihr gerollt und sie in die Arme genommen, hätte sie seine Küsse willkommen geheißen. Sie hatte mit Erstaunen reagiert, als er ihr den Rücken kehrte.

»Sie weiß, dass man in Cymru aufgeschlossener ist als im normannischen England«, brachte er einigermaßen ruhig heraus.

»Nur was die Erben betrifft, legitime und illegitime. Über Liebesaffären von jungen Mädchen ihres Standes denkt man bei uns ähnlich wie bei den Normannen. Du bist immerhin der Enkel einer Fürstin. Sie könnte dich als passenden Bewerber betrachten.«

Passend? Eine richtige Lady wartete, bis Vater oder Brüder ihr einen Freier präsentierten. Sie hätte nicht mit ihm auf dem Boden gelegen und ihn geküsst, während ein Unwetter um sie herum und in ihnen tobte. Addfwyn war eine echte Lady gewesen. Obwohl er sie von Kindesbeinen an kannte, hatte sie darauf bestanden, dass er die Einwilligung ihres Vaters zur Heirat einholte. Wie hatte sie sich über den Titel »Lady« gefreut, und er war glücklich, ihr diesen bieten zu können. Elspeth brauchte seinen Namen und Titel nicht, der im normannischen England nichts galt.

»Was du da sagst, Vala«, sagte er, »deutet einen Gutteil Berechnung ihrerseits an. Sie gibt sich offen und aufrichtig.«

»Und doch glaubst du, sie verberge etwas – etwas sehr Wichtiges – vor dir.«

Er zog die Brauen hoch. »Und dies, Vala, ist der Ursprung meiner Besorgnis.«

»Das ist ein großes Dilemma.« Sie biss den Faden ab und bückte sich, um Nadel und Faden wieder in den Beutel zu tun, den sie unter ihrem Gewand trug.

»Eines, das ich nicht zu lösen vermag.«

Tyddewi ähnelte den anderen Dörfern, durch die sie gekommen waren, bis auf eine große leere Fläche, wo die St. David's Cathedral gestanden hatte. Verkohlte Trümmer lagen in Haufen da, aber es gab bereits Pläne, hier wieder eine Kathedrale als Andachtsstätte zu errichten. Große Steine lagen auf dem leeren Feld am gewundenen Fluss Alun bereit.

Die Häuser des Dorfes drängten sich um den Kathedralenbezirk. Auf den Wiesen grasten Kühe und Schafe, während der Dorfanger in der Mitte den Schweinen vorbehalten war.

Elspeth beschattete die Augen. Mehr als eine Meile Ufer auf beiden Seiten warteten darauf, von ihr erkundet zu werden. Doch welchen Sinn hatte die Suche, wenn sie keine Ahnung hatte, wie sie *Llech-lafar* unter den Hunderten von Felsblöcken, die das Ufer säumten, erkennen sollte?

Es war frustrierend – fast so frustrierend wie Tarrans Kühle ihr gegenüber. Sie hatte gehofft, Vala würde erklären, warum er kaum mit ihr sprach, die alte Frau aber hatte gesagt, dass dies eine Sache zwischen Tarran und Elspeth sei.

Als sie den Hügel abwärts gingen, blickte Elspeth hinaus auf die See. Noch immer hingen Wolken über den Wogen, die durch die Stürme jenseits des Horizonts aufgewühlt waren. Sie war dankbar für jede Stunde, die die Unwetter draußen über dem Meer blieben.

Ebenso war sie dankbar, dass Druce und seine Männer nicht mit ins Dorf gekommen waren. Stattdessen hatte Druce sich gebrüstet, sie sicher durch *sein* Land geleitet zu haben. Als sie hörte, wie Tarran Druce seinen Dank aussprach, hatte sie weniger auf die Worte der beiden geachtet als vielmehr auf die Anspannung in ihrem Ton. Sie wünschte, sie hätte glauben können, dass sie Druce und seine merkwürdigen Begleiter nicht mehr sehen würden, doch war es nicht der Fall. Da Druce sie von allem Anfang an belogen hatte, konnte sie sich nicht vorstellen, warum er jetzt aufrichtig sein sollte.

Sie verdrängte Druce aus ihrem Bewusstsein, als Tarran sein Pferd vor einem kleinen Haus zügelte, das sich nicht von den anderen auf dem Abhang unterschied, der zu einer Senke abfiel, aus der das verkohlte Gebälk der Kathedrale schwarz und verstümmelt aufragte. Das gemauerte Haus hatte ein Strohdach, und die Steine waren von demselben Ruß geschwärzt wie die Kirchenruine. Elspeth vermutete, dass das Haus mit der Kathedrale gebrannt hatte.

Er schwang sich vom Pferd, aber keiner der anderen rührte sich, als er an die Tür ging und anklopfte. Die Tür wurde sofort geöffnet, Anzeichen dafür, dass ihre Ankunft im Dorf beobachtet worden war.

Die Frau im Eingang hätte Vala vor vierzig Jahren sein können. Als Tarran erklärte, wer sie waren, lächelte sie so warm wie Vala. Sie trug ein einfaches Gewand aus ungebleichtem Gewebe; einziger Schmuck war ein Pilgerkreuz, das sie mit Stolz trug.

»Nur herein, nur herein«, drängte die Frau, die sich als Modlen vorstellte. Sie trat zurück, um sie ins Haus einzulassen.

Als Gryn und Kei, die Tarran seit ihrem Kampf ausgewichen waren, rasch eintraten, half Elspeth Iau vom Karren herunter. Seine Verletzungen verheilten gut, was ihn nicht hinderte, mit jeder zurückgelegten Meile mehr zu jammern. Ihr gegenüber zeigte er keinerlei Böswilligkeit, wenn auch sein Bruder Seith das Wort nur an sie richtete, wenn es unumgänglich war.

Als Elspeth das kleine, finstere Haus betrat, stand bereits Essen auf dem Tisch. Winzige Fenster hielten die Winterstürme ab, ließen aber nur wenig Frühlingssonne ein. Während sie Iau auf den einzigen leeren Platz auf den zwei kurzen Bänken half, stieg ihr köstlicher Suppenduft aus den Schüsseln auf dem Tisch in die Nase.

Lauchsuppe. Eine Schüssel wurde ihr in die Hände gedrückt. Auf Modlens Entschuldigung, weil sie zu wenig Löffel hatte, sagte Elspeth: »Ich kann aus der Schüssel trinken.«

»Ihr seid sehr freundlich, Mylady.« Sie griff an Elspeth vorüber nach noch einer Schüssel. »Ihr ehrt mich, indem Ihr mein einfaches Mahl mit uns teilt, Fürst Tarran.«

Elspeth zuckte zusammen, heiße Suppe spritzte auf ihre Hände. Sie hatte nicht bemerkt, dass Tarran hinter ihr stand. Als Modlen sich entschuldigte und Elspeth ihr versicherte, dass nichts passiert sei, sagte er nichts. Er schwieg, während sie aßen. Als Modlen Bettzeug brachte, um jenes zu ergänzen, das sie mit sich führten, bedankte er sich nur.

Die große Stube des Hauses bot kaum Platz für die Männer, und Modlen bedauerte, dass das winzige Kämmerchen dahinter, in dem die Frauen schlafen sollten, ebenso gedrängt voll sein würde. Als Vala und Modlen sich schließlich zu einem vertraulichen Gespräch in die Kammer zurückzogen, konnte Elspeth das Schweigen nicht mehr ertragen. Sie stellte ihre leere Schüssel auf den Tisch, ehe sie sich Tarran zuwandte. Welches starke Gefühl mochte sich hinter seiner ausdruckslosen Miene verbergen?

»Modlen fragte nicht, wie lange wir bleiben werden«, sagte sie.

»Das ist nicht die Art walisischer Gastgeber.« Tarrans Ton war so gleichmütig wie sein Gesicht.

»Aber …«

»Es ist ganz einfach. Betritt man ein walisisches Haus, sei es eine Hütte oder ein Herrensitz, ist man willkommen, so lange man bleiben will. Man schuldet dem Hausherrn keine Erklärung über Woher und Wohin. Tatsächlich braucht man gar nichts zu sagen. Man wird freundlich aufgenommen und ist für die Dauer des Aufenthalts aller Sorgen um das leibliche Wohl enthoben.«

»Lord de la Rochelle stellte dir viele Fragen.«

»Er ist ein Mann der Grenzmarken.«

»Das klingt wie eine Beleidigung.«

»Ach?« Er stellte seine Schüssel neben ihre auf den Tisch. »Das bildest du dir ein.«

»In den letzten zwei Tagen hast du so wenig gesprochen, dass ich vergaß, wie deine Worte zu deuten sind.«

»Da gibt es nichts zu deuten. Ich sage immer die Wahrheit.«

»Ich weiß.«

»Es ist die Wahrheit, dass du deinen Stock vortrefflich handhabst.«

Dieser jähe Themenwechsel verschlug Elspeth buchstäblich die Sprache. »Danke«, brachte sie heraus.

»Ich möchte, dass du mich unterrichtest. Ich habe gesehen, wie wertvoll es sein kann, wenn man den Umgang mit dem Kampfstock beherrscht.«

»Ein Stock ist keine fürstliche Waffe.«

»Und es gibt viele Fragen, auf die ich Antwort möchte.«

»Den Kampfstock betreffend?«

Entweder hörte er ihre leise Frage nicht oder er ignorierte sie. »Warum gibst du mir nicht Unterricht?« Er deutete zur Tür.

»Jetzt?«

»Warum nicht?«

»Weil …« Sie verspürte einen stechenden Schmerz, als ihr aufging, dass er diesen Nachmittag vielleicht als seine letzte Chance sah, von ihr zu lernen. Er hatte Vala nach Tyddewi gebracht und konnte nun seinen Rachefeldzug ohne Elspeth Braybrooke fortsetzen.

»Ich unterweise dich sehr gern«, sagte sie, »aber nur, wenn auch du mir etwas beibringst.« Sie blickte zu der Stange, auf der Heliwr hockte, stumm und dank seiner Kappe der Sicht beraubt. »Ich würde so gern lernen, deinen Falken fliegen zu lassen.«

»Er würde sich nur ganz langsam daran gewöhnen, für dich zu fliegen. Heliwr ist sehr eigenwillig. Du musst dir etwas anderes aussuchen.«

Sie verbarg ihre Enttäuschung. Sie hatte beobachtet, wie er den Vogel in den Wind warf, und hatte sich gefragt, wie es sein mochte, einen Falken zum Gefährten zu haben. Sie bedeutete ihm, ihr zu folgen, und ging aus dem Haus.

Tarran half ihr bei der Suche nach einem Ast, den man als Stock verwenden konnte. In der Nähe des Hauses gab es keine Bäume, deshalb gingen sie den Hang hinunter zu der abgebrannten Kathedrale. Wie Elspeth gehofft hatte, lagen dort etliche lange Stangen, die einst Teile des Bauwerkes getragen hatten. Sie sammelte einige ein und legte sie beiseite. Schnitt man sie auf die richtige Länge zurecht, waren sie vielleicht besser als ihre eigenen.

Sie nahm einen und warf ihn Tarran zu. Während sie ihren eigenen Stock hob, erklärte sie ihm kurz, wie man die Waffe richtig hielt. Er stellte Fragen, und sie beantwortete jede mit einer Demonstration wie bei ihren Schülerinnen. Sie war erstaunt, wie sehr ihr das Unterrichten gefehlt hatte.

»Beim Stockkampf geht es um mehr als um Stoßen und Schlagen«, sagte sie. »Seinen Gegner einzuschätzen ist vielleicht das Wichtigste.«

»Das ist einfach. Du bist kleiner als ich.«

»Aber ist das ein Vorteil oder Nachteil? Ein Stock ist nicht dasselbe wie ein Schwert. Während man mit dem Schwert quer gegen den Körper ausholt, muss man bei einem Stock bereit sein, sowohl hoch als auch tief sowie nach links und rechts zu schlagen.« Sie lächelte kühl. »Los. Greif an.«

»Einfach so?«

»Ja.« Sie legte sich den Stock quer über die Schulter, als trüge sie an jedem Ende einen Eimer, und schlang die Hände darüber. Einen Fuß auf einen Stein gestützt, lächelte sie. »Worauf wartest du?«

»Du bist nicht bereit.«

»Woher willst du das wissen?«

»Ich sehe, wie du deinen Stock hältst. Du sagtest, dass man ihn mit einer Hand von oben und mit der anderen von unten hält und dabei die Knie beugt.«

Sie nahm den Fuß vom Stein und ging zu ihm. Ohne ihren Stock zu bewegen, blieb sie vor ihm stehen. »Es gibt so viele Möglichkeiten sich auf einen Stockkampf vorzubereiten, Tarran.«

»Das verstehe ich nicht …«

Er schrie auf, als sie ihren Stock von der Schulter gegen seinen Schenkel schwang. Sie traf ihn nicht zu fest und lachte. Er versuchte nun, seinen Stock zwischen sich und ihr zu heben, sie aber blockte die Bewegung ab. Das war einfach, da er nicht genügend Raum hatte, um mit der langen Stange richtig hantieren zu können.

Während sie zurücktrat, sagte sie: »Unterschätze deinen Gegner niemals.«

»Dich würde ich nie unterschätzen.« Er holte aus.

Sie blockte den Schwung ab, nicht überrascht, wie viel Kraft er in die Bewegung legte. Er wusste, dass sie ihm standhalten konnte. Nach einer Seite ausweichend stieß sie ihren Stock gegen ihn.

»Und ich dich auch nicht«, sagte sie, als er brummte, weil sie ihn leicht in die Brust getroffen hatte. »Deinen verletzten Arm solltest du nicht zu sehr beanspruchen.«

»Ich kenne meine Grenzen.« Er führte wieder einen Schlag gegen sie. Als sie ihren Stock hob, um ihn abzuwehren, fragte er: »Und du?«

Sie versetzte ihren Stock in eine drehende Bewegung und schlug ihm seinen aus der Hand. Dieser flog in die Luft, und er trat zurück, um nicht am Kopf getroffen zu werden. Sie lief hin und fing ihn auf, ehe er auf dem Boden auftraf. Er starrte sie ungläubig an.

Sie stützte beide Stöcke aufs Gras. »Ich kenne meine Grenzen«, sagte sie, » und ich prüfe sie ständig. So wie du bereit bist, deine zu prüfen, wenn du nach Lundy Island segelst.«

Er ging zu ihr. »Woher weißt du, dass dies unser Ziel ist?«

»Während du Heliwr auf dem Hügel mit den alten Steinen jagen ließest, hörte ich deine Männer darüber reden, wie rau eine Überfahrt in den Süden sein würde, wenn die Stürme weiterhin für hohen Seegang sorgen.«

»Meine Leute reden zu viel.«

»Das mag sein, doch ändert das nichts. Willst du wirklich nach Lundy Island?«

»Es sei denn, ich entdecke, dass mein Feind sich anderswo aufhält. Um es herauszufinden, werde ich vielleicht zu wenig Zeit haben.«

»Zu wenig Zeit? Was heißt das? Du weißt, wo Bradwr ap Glew steckt?«

»Ich weiß, wo er sein könnte.« Er blickte zum Fluss, der sich in zahlreichen Windungen ins westliche Meer ergoss.

»In Irland?«

»Noch weiter.«

»Sprichst du von dem walisischen Fürsten, der neues Land jenseits des Westmeeres fand?«

»Ja.« Er setzte sich auf einen Stein. »Wie viele andere glaube auch ich, dass Fürst Madoc weit im Westen Land entdeckte.«

»Lord de la Rochelle ist anderer Meinung.«

»Ein Lord der Grenzmark will die Waliser kleinmütig und feige sehen. Die Vorstellung, dass ein walisischer Fürst ein fernes Land entdeckt, behagt ihm nicht.« Er nahm ihre Hand und zog sie ins weiche Gras neben dem Stein. »De la Rochelle berichtete dir nur einen Teil der Geschichte. Von mir sollst du alles erfahren. Vor drei Jahren starb König Owain von Gwynedd im Norden Cymrus. Er hinterließ zahlreiche Söhne, eheliche wie außereheliche. Bis auf Madoc und einen seiner Brüder kämpften alle um den Thron. Die beiden aber beschlossen, ein Land zu suchen, das ihnen gehören würde und in dem sie in Frieden leben konnten. Auf zwei Schiffen stachen sie von Aber-Kerrik-Gwynan aus in See und fuhren über Irland hinaus, bis sie auf ein Land mit einem großen Hafen stießen. Die Bewohner, wenngleich von völlig anderer Art, empfingen sie freundlich. Vor zwei Jahren nun kehrte Madoc zurück und berichtete von reichen Ländern. Er versammelte zehn Schiffe auf Lundy Island in der Severn Sea zwischen Cymru und Cornwall und lud alle ein, die sich ihm anschließen und eine Kolonie auf der anderen Seite des Westmeeres gründen wollten. Die Schiffe liefen aus und sind noch nicht zurückgekehrt, doch rüstet sich bereits die nächste Flotte für die lange Seefahrt.«

»Auf Lundy Island?«

Er nickte.

»Und dein Plan ist es, mitzusegeln, um Bradwr ap Glew zu finden?«

Wieder nickte er.

»Warum glaubst du, dass er sich Fürst Madoc anschloss? Der Mann, der dich überfiel, muss auf seinen Befehl hin gehandelt haben.«

»Diesen Befehl könnte er gegeben haben, ehe er außer Landes ging. Nachdem er Addfwyn getötet hatte, suchte ein Mann, auf den seine Beschreibung passt, eine Passage nach Lundy Island. Er muss dort eingetroffen sein, kurz ehe Fürst Madoc mit seinen zehn Schiffen in See stach.«

»Aber du kannst nicht sicher sein, dass sie den Hafen

auf der anderen Seite des Meeres erreichten. Dein Feind kann schon tot auf dem Meeresboden liegen.«

Sie staunte nicht wenig, als er über ihre Wange strich und mit den Fingern an ihrem Mundwinkel verweilte. Seit ihrem Streit unter dem steinernen Monument hatte er sie nicht mehr berührt. »Ich schwor, alles zu tun, um Addfwyns Tod zu rächen.«

»Auch wenn es zu deinem Tod führen sollte?«

Er wandte seinen Blick ab. »Das hoffe ich nicht, wenn es aber sein muss, werde ich sterben!«

»Damit du wieder bei ihr sein kannst?«

Sie erwartete nicht, dass er ihren Blick erwidern würde, doch tat er es, als er seine Hände auf ihre Schultern legte und sie auf die Knie hochzog. »Es steht nicht fest, dass man mir einen Platz unter den geehrten Toten gewährt.«

»Das soll wohl ein Scherz sein! Ich kenne keinen Menschen, der mehr Ehre besitzt als du. Du hast den Rest deines Lebens der Erfüllung eines Racheschwures geweiht.«

»War es denn ehrenhaft, die Ermordung meiner Frau zuzulassen? Wäre ich zur Stelle gewesen und nicht mit Heliwr auf Beizjagd, hätte ich sie vielleicht retten können. Anstatt bei ihr zu bleiben, wie sie mich gebeten hatte, ging ich eigensinnig zu meinen Freunden und …«

»Bei Sankt Jude, Tarran, du konntest ja nicht wissen, was geschehen würde.«

»Sie bat mich zu bleiben.«

»Wie so oft …«

»Ja.« Die Antwort kam widerstrebend.

»Und es war gewiss nicht der erste Streit.«

»Wir zankten uns selten.«

Sie schob seine Hände fort und stand auf. »Das zu glauben fällt mir schwer«, sagte sie und sammelte die Stöcke ein, die sie benutzt hatten, sowie jene, die sie beiseitegelegt hatte.

»Warum? Weil du und ich ständig streiten?«

Die Beantwortung dieser Frage konnte das Gespräch in Richtungen lenken, die zuzulassen töricht gewesen wäre. »Mir ist klar, warum deine Männer dich ›Fürst‹ nennen. Dein Ehrgefühl nötigt einem Bewunderung ab.«

»Ein Kompliment?«

»Wenn es angebracht ist, mache ich es.«

Er nahm ihr ein paar Stöcke ab. Sie glaubte ein Lächeln auf seinen Lippen zu sehen, ehe er hügelan zum Haus ging. Sie folgte ihm, erleichtert, dass er sie nicht nach ihren Plänen gefragt hatte. Vielleicht hatte er sich damit abgefunden, dass sie sich selbst nicht kannte. Sie schaute zum Fluss. Dort lag ihre Antwort.

»Aber wo?«, flüsterte sie.

16

Er träumte.

Warum führten ihn alle Träume zu Annfwn und an den Hof des Todes? Dieser Traum aber war anders als die anderen. Anstatt herrlicher Musik trafen ihn Misstöne wie Keulenschläge. Er hielt sich die Ohren zu, vergebens, da die Klänge auch in ihm waren.

Die Krieger an den Tischen starrten ihn an. Er wollte herausschreien, dass er wüsste, dass er nicht unter die der

Ehre würdigen Toten gehörte. Wussten sie denn nicht, dass kein Lebender das Ziel seiner Träume steuern konnte?

Der Himmel über dem Hof verdunkelte sich, als würde eine böse Macht Jagd auf die Toten machen. Sofort schöpfte er Hoffnung. Vielleicht wollte ihm der Traum sagen, dass sein Feind nahe war, und er sich dem Bösen stellen und dem Mann gegenübertreten musste, den er für seinen Freund gehalten hatte.

Dann sah er sie.

Nicht Addfwyn. Eigentlich hatte er erwartet, Addfwyn würde ihn erwarten, wenn er in seinem Traum hinter den schimmernden Vorhang geriet, der diese Welt von jener trennte, auf der die Lebenden wandelten.

Er sah Elspeth.

Sie stand genau in der Mitte der großen Halle. Ihre wie von einem Eigenleben erfüllten Locken fielen ihr über den Rücken, als sie zum Himmel starrte. Er fragte sich, wie er jemals Rot hatte verabscheuen können. Ja, es war eine Erinnerung an den Tod Addfwyns, es war aber auch die Farbe, die sein Gesicht streifte, wenn er Elspeth an sich zog. Es war die Farbe in ihren Wangen, wenn sie einem Gegner gegenüberstand. Es war der warme Ton ihrer Lippen, die sie bereitwillig mit ihm teilte.

In einer Hand hielt Elspeth den Stock, der an ihrem rechten Fuß lehnte. Wer glaubte, diese Pose deute auf leichte Beute hin, würde eine schmerzliche Lektion erteilt bekommen.

Ihre Kleidung war nicht aus den luxuriösen Stoffen, wie sie die toten Helden trugen. Staub und getrockneter Schlamm hafteten an ihrem Rock, und ihre Finger, die den Stock umschlossen, waren voller Schmutz. Hatte sie in der Erde gegraben? Warum?

Er ging auf sie zu. Seine Schritte wurden von der schrillen Musik übertönt. Sie musste seine Anwesenheit gefühlt haben, denn sie schaute in seine Richtung. War die Anwesenheit einer Normannin inmitten der alten Toten von Cymru der Grund für die Misstöne? Sie hatte sein ganzes Leben durcheinandergebracht. Konnte sie dasselbe in Annfwn bewirken?

»Was machst du hier?«, fragte er.

»Du hast mich hierhergebracht, Tarran. Selbst konnte ich den Weg nicht finden, da meine Kenntnis der alten Sagen begrenzt ist.« Wieder blickte sie zum Himmel empor. »Wo sind wir?«

»Ich würde nicht wünschen, dass du tot bist.«

Sie schloss die Augen und seufzte. »Meine Frage, auf die du bei der Kathedrale keine Antwort gabst, ist jetzt beantwortet. Du möchtest tot sein, damit du bei Addfwyn sein kannst.« Sie schlug die Augen auf und ließ den Blick durch die Halle wandern. »Welche ist sie?«

»Dort sitzt sie.« Er deutete dorthin, wo Addfwyn in seinen anderen Träumen mit ihm gesprochen hatte. Halb erwartete er, dass sie verschwunden war, doch war sie anwesend. Auch über die Entfernung war die Wärme ihres Lächelns zu spüren.

»Du solltest zu ihr gehen.«

Er sah, wie schwer es für Elspeth war, diese einfachen Worte zu sagen. Ein Hunger füllte ihre ehrlichen Augen, ein Hunger, den sie mit ihm stillen wollte. Oder sah er sein eigenes Verlangen nach ihr, in ihren Augen widergespiegelt? Seine Finger umfassten ihre Wange, und sie lehnte sich gegen seine Handfläche. Die Bewegung war ungemein vertrauensvoll. Empfand sie das wirklich so oder zeigte sein Traum, was *er* empfand?

Als er sie noch fester an sich drückte, erregte ihn die rasche Bewegung ihrer Brüste, während ihre Lippen sich öffneten und ihre schnellen Atemzüge in seinen Mund strömten. Sie flüsterte etwas für ihn Unverständliches, als er sie festhielt und seine Schenkel an sie drückte. Er konnte nicht darüber nachdenken, was sie gesagt hatte. Er konnte nur an den Schmerz denken, der tief in ihrem Inneren Linderung finden würde. Als ihre Hände seinen Rücken streichelten, zog er sie hinunter und über seine Hinterbacken. Er starrte in ihre Augen, die vor Verlangen verschwammen.

Er umfasste ihre Brüste, die ideal in seine Hände passten, und konnte sein Aufstöhnen nicht unterdrücken. Ihre Hände zogen ihn enger an sich, als seine Daumen ihre Brustspitzen liebkosten, die sich gegen den Stoff ihres Gewandes abzeichneten. Er löste die obersten Bänder, während er die begierige Hitze ihres Mundes kostete.

Sie drehte den Kopf weg. »Wir sollten nicht … nicht hier, wo …« Ihre Stimme verging in einem Seufzen, als seine Lippen die köstliche Haut an ihrem Hals kosteten.

»… wo wir gestört werden könnten?«

Als wären seine Worte eine Aufforderung, überlief ihn ein Frösteln. Als Elspeth schaudernd zurücktrat, zog er sie an sich und legte seinen Mantel um sie.

»Was geschieht?«, fragte sie.

Er gab keine Antwort, als König Arawn, Herr des Totenreiches, auf sie zuschritt. Obgleich er es mit dem

Tod nicht aufnehmen konnte, griff Tarran nach seinem Schwert. Es ließ sich nicht ziehen. Entsetzt sah er, wie sich das mächtige Schwert des Todes erhob, nicht gegen ihn, sondern gegen Elspeth, die sich aus dem Schutz seines Mantels löste.

Sie hob ihren Stock und stellte sich einem Kampf, von dem er bezweifelte, dass ein menschliches Wesen ihn gewinnen konnte. Er konnte seine Füße nicht bewegen, seine Hände waren wie an seinen Seiten festgenagelt. Er konnte nur zusehen, wie Elspeth sich mit ihrem Kampfstock stellte, während der Tod über ihr aufragte.

»Haltet ein!«, rief Tarran.

Das Schwert sauste auf den Stock herab. Elspeth wich mit einem Sprung zur Seite aus, und die Klinge bohrte sich tief zwischen zwei Steine. Sie ließ ihren Stock fallen und zuckte zusammen. Ihre Finger verkrampften sich wie im Schmerz, doch war sie nicht getroffen worden.

»Was tut Ihr hier?«, rief er.

»Das geht dich nichts an, Tarran ap Llyr.«

Ein eisiger Hauch durchfuhr ihn, als er die Stimme des Todes seinen Namen nennen hörte. Er konnte sich nicht rühren, als Elspeth auf die Knie fiel und ihre Finger anstarrte, die so rot waren, als hätte sie sich verbrüht.

»Sie steht unter meinem Schutz«, widersprach er.

»Sie behauptet, dass sie deines Schutzes nicht bedarf.« Mit seinem mächtigen Schwert schlug König Arawn leicht auf ihren Stock.

Sie griff danach, während sie sich langsam erhob, als wate sie bis zur Taille im Wasser. Sie kämpfte um Luft, die sich um sie herum verfestigt zu haben schien.

»Was wollt Ihr, was soll ich sagen?«, rief Tarran. »Dass

ich auch Elspeth nicht zu schützen vermag? Warum wollt Ihr sie? Sie ist Normannin. Sie ist nicht aus Cymru.«

»Sie hat ein Kämpferherz.« König Arawn ließ ein grässliches Lächeln sehen. »Und ein Kämpferherz gehört in meine Halle.«

»Nein!«, schrie er und schaffte es irgendwie, die unsichtbaren Fesseln zu brechen, die ihn banden. Er griff nach seinem Schwert, zog es und stürzte vor, als das Schwert des Todes sich erhob und auf Elspeth niederfiel.

Immer wieder rief sie seinen Namen, und der Boden unter seinen Füßen bebte. Finsternis verschlang die große Halle, er konnte nichts mehr sehen.

Elspeth beugte sich über ihn und flüsterte: »Tarran, Tarran, Tarran.« Mit jeder Wiederholung seines Namens rüttelte sie an seinen Schultern. »Aufwachen! Ein Albtraum!«

Er fuchtelte so heftig mit den Armen, dass er sie fast wegschlug und auf einen seiner schlafenden Begleiter warf. Sie packte einen Arm mit beiden Händen und drückte ihn auf den Boden. Geduckt wich sie dem anderen aus.

»Elspeth!«, stöhnte er.

»Wach auf, Tarran! Du träumst!«

Wieder ächzte er, wach, aber noch tief in seinen Träumen versunken.

Sie hörte, wie die anderen Männer sich unter ihren Decken regten. Blieben sie hier, würde ein anderer aufwachen.

Sie schob ihren Arm unter seine Schulter und stemmte ihn auf die Beine hoch, wobei sie ihren Körper als Hebel einsetzte. So manövrierte sie ihn durch die Haustür hinaus. Er fluchte, als er mit dem Kopf gegen den Türstock stieß und ins Schwanken geriet. Sie versetzte ihm einen etwas unsanften Schubs zum Brunnen in der Mitte des Dorfangers.

Er strauchelte auf dem unebenen Boden und fiel hin. Sie ging an den Brunnen und zog im Mondschein einen Eimer hoch. Ohne Warnung leerte sie diesen über seinem Kopf aus.

Er keuchte und fluchte. »Warum hast du das getan?«

»Kaltes Wasser ernüchtert den größten Trunkenbold.« Sie stellte den Eimer neben den Brunnen und wich einem Schwein aus, das im Schlamm daneben schlief.

»Ich habe nicht getrunken.« Er schüttelte den Kopf, dass das Wasser in alle Richtungen spritzte.

»Wovon hast du dann geträumt? Deine lauten Schreie hätten das ganze Dorf wecken können.«

»Elspeth … du bist es!«, stieß er hervor.

Sie kniete sich neben ihn und legte die Hand auf seine Stirn, wobei sie inständig hoffte, es würden sich keine Anzeichen von Fieber zeigen. Er packte ihre Hand und drückte seine Lippen auf ihre Handfläche. Bei seiner Berührung wallte es tief in ihr feucht und heiß auf. Sie war bereit, an ihm dahinzuschmelzen.

»Du hast mich gerettet«, flüsterte er.

»Was?«

»Du warst bereit, mit dem Tod zu kämpfen, um mein Leben zu retten.«

»Tarran, du redest wirres Zeug.« Ehe sie einen anderen Gedanken fassen konnte, lagen seine Arme um sie. Er zog sie zu sich herunter und flüsterte: »Was kümmert es mich, ob du Tochter eines Lords oder eines Schafhirten bist. Ich brauche deine Wärme, die mir die Kälte des Grabes vertreibt.«

Sie zog sich zurück. »Schläfst du noch immer?«

»Sprich nicht. Ich möchte nicht sprechen. Ich möchte nicht streiten. Ich möchte dich in meinen Armen. Du bist wundervoll lebendig und Balsam für die Nachtmahre, die mich heimsuchen. Ich möchte den Balsam, der du bist. Eine lebende, atmende, sinnliche Frau, die keine Halbheiten kennt.«

»Tarran …«

Mit einem Aufstöhnen zog er sie unter sich. Wasser rann aus seinem Haar, doch beachtete sie es nicht, als ihr Mund sich seinen glühenden Lippen ergab und ihre Augen sich langsam schlossen. Sie konnte sich nicht vorstellen, einem so verlockenden Angebot zu widerstehen, obwohl sie alle Gründe wusste, die dagegen sprachen. Als er ihren Kopf in seiner breiten Handfläche hielt, drückte er seine Lippen wieder auf ihren Mund, und sie reagierte mit einer Verzweiflung, die ihrem Wesen an sich fremd war. Seine Küsse wurden von ihrem stoßweisen Atem erschüttert, als er ihren Mund erkundete. Sie zog sich zurück, von ihrem eigenen kehligen Stöhnen schockiert.

»Ich wollte nicht …«, flüsterte sie. »Das heißt …«

Er schenkte ihr eines seiner seltenen Lächeln, die sie so liebte. »Halte dich nicht zurück. Deine sehnsüchtigen Seufzer sind das süßeste Geräusch, das ich nach vielen stillen Monaten vernahm. Jeder einzelne ist die Note einer wundersamen Weise, die du für mich erklingen lassen sollst.«

»Auch auf dem Dorfanger?«

Fast hätte sie aufgelacht, als er erstaunt um sich starrte. Verärgert über die Störung grunzte ein Schwein, und das Lachen entschlüpfte ihr.

»Hier haben wir zu viel Gesellschaft«, sagte er mit einem finsteren Blick, der dem Schwein galt. »Wir müssen einen ruhigeren Ort aufsuchen. Wo du mir heute die Lektion mit dem Stock erteiltest, wäre das geeignete Plätzchen.« Mit einer Hand zog er ihr Kinn zu sich, während die andere von ihrer Taille hinaufglitt, um ihre Brüste zu liebkosen. Als sie erbebte, raunte er ihr zu: »Ich versprach dir, dich einiges zu lehren. Um diese Stunde wird der Ort verlassen sein.«

»Ich habe einen besseren Vorschlag. Die Bäume am Flussufer geben mehr Deckung.« Sie strich mit dem Finger über seinen Ärmel, auf dem Wassertropfen hingen. Ein Wunder, dass es in der mit jeder Berührung steigenden Hitze nicht zischend verdampfte. »Ich möchte deine Haut im Mondschein sehen.«

»Eine verlockende Idee.«

Sie lächelte wie er auch. »Ich dachte mir, dass du sie zu schätzen weißt.«

»Und ich möchte dich nackt und in Flammen unter mir sehen.« Aufstöhnend küsste er sie voller Verlangen, das sie nur zu gut nachempfinden konnte.

Er zog sie auf die Beine und an sich. Spürte er, wie sie sich mit allen Fasern danach sehnte, ihm noch näher zu sein? Als seine Hände ihren Rücken hinunterstrichen, um sie fester an sich zu drücken, so dass sie über sein Verlangen nicht im Zweifel sein konnte, küsste sie ihn.

Eine Stimme, die durch die Nacht drang, ließ sie aufschrecken.

Tarran warf einen Blick über die Schulter. »Es ist Vala.« Er gab sie frei und drückte ihre Hand. »Ich will sie beruhigen, dass alles in Ordnung ist.«

»Wir treffen uns am Fluss.«

Er schüttelte den Kopf. »Bleib hier, ich werde dich holen.«

»Mach dir meinetwegen keine Sorgen.« Sie lachte. »Ich kann selbst auf mich aufpassen. Wir treffen uns am Fluss.« Kühn ließ sie ihre Hand über seinen Unterleib gleiten.

Er haschte nach ihrem Handgelenk. »Ein Stückchen tiefer, und es würde mich nicht kümmern, wenn uns ganz Cymru hier zusieht.«

Elspeth nahm seinen glühenden Kuss mit sich, als sie den mondbeschienenen Abhang hinunter an den Fluss lief. Sie konnte es kaum erwarten, dass er wieder zu ihr käme. Zu ihr käme. Vorfreude ließ sie schaudern. Ihre Mitschwestern im Kloster hatten Vermutungen darüber angestellt, was ein Mann und eine Frau miteinander teilen mochten. Erinnerungen drängten sich auf. Ihr fiel ein, wie ihre Mutter an einem Morgen, nachdem sie Elspeth unter dem Karren und nicht darauf schlafen gelegt hatte, vor Glück glühte. Erst später war ihr klar geworden, was die leisen, drängenden Laute über ihrem Kopf zu bedeuten hatten. Sie wollte vor Liebe glühen wie ihre Mutter.

Das Mondlicht lag wie ein Silberband auf dem Flusslauf. Sie wünschte, sie hätte es nehmen und um die Augenblicke schlingen können, die ihr bevorstanden, um diese für immer zu bewahren. Sie trat in die Dunkelheit zurück und suchte nach einer Stelle ohne Steine.

Sie lachte laut auf. Seit ihrer Ankunft in Wales war sie

davon besessen, einen bestimmten Stein zu finden. Und jetzt wollte sie nichts mit den vielen Steinen um sie herum zu tun haben.

Plötzlich wurde sie am Arm gepackt. Fest. Sie zuckte zusammen und wollte Tarran eben fragen, warum er so grob war. Ihre Stimme versagte, als ein Messer an ihre Kehle gedrückt wurde.

Sie hielt den Atem an, wohl wissend, dass ihr nur Sekunden zur Reaktion blieben. Mit beiden Händen fasste sie nach dem Arm des Angreifers und drückte ihn herunter, bis das Messer flach auf ihrer Brust lag. Die Knie beugend zog sie an seinem Arm, dass er über ihren Rücken geschleudert wurde. Er schrie erstaunt auf, als er auf dem Boden auftraf, doch sie lockerte den Griff um seinen Messerarm nicht und fasste mit einer Hand an seine Kehle.

Er starrte zu ihr hoch. Er war kahlköpfig oder hatte seinen Kopf rasiert. Oder trug er eine Tonsur? War ihr Angreifer ein Mönch? Der Gedanke war zu absurd, um auch nur in Betracht gezogen zu werden. Er bewegte sich, und sie erblickte eine Narbe auf seiner linken Wange, die wie ein Messerschnitt aussah. Er war nicht älter als Tarran und hatte gleich diesem dunkles Haar und ebensolche Augen. Seine Kleidung war schlicht und aus grobem Zeug.

»Wer bist du?«, herrschte sie ihn an.

Wortlos starrte er sie an.

»Sag schon!«

Er schüttelte den Kopf.

Sie verschob die Hand zu seinem Nacken, so dass er ihr nicht entkommen konnte. Ihre Finger stießen auf eine Lederschnur. Sie erschrak, als sie sah, dass eine Perle und ein Kruzifix daran hingen. Beide schimmerten im Mondschein.

»Elspeth, wo bist du?«, hörte sie Tarrans Stimme.

Diesen kurzen Augenblick der Ablenkung nutzte er, um ihr ins Gesicht zu schlagen und sie von sich zu stoßen. Als sie ihn packen wollte, griff er nach seinem Messer und stieß es in ihre Richtung. Schmerz durchzuckte ihr Bein. Sie versetzte ihm mit dem anderen Fuß einen Tritt, dass er taumelte. Das Messer flog ihm aus der Hand.

Sie lag auf dem Bauch, streckte sich und packte das Messer, das er fallen gelassen hatte.

Er starrte sie an, als sie es hob, um ihn damit anzugreifen, drehte sich um und lief davon.

»Elspeth, wo bist du?«

»Tarran, Achtung!«, rief sie zurück, als der Mann das Ufer entlanglief und verschwand.

Tarran brach in der entgegengesetzten Richtung aus dem Dickicht und schaute zu der Stelle, wo der Mann verschwunden war. Sie glaubte schon, er würde ihm folgen, aber er kniete nieder und half ihr, sich aufzusetzen.

»Bist du verletzt?«, fragte er und strich sich das nasse Haar aus den Augen.

»Nur ein Kratzer.« Sie zog ihr Kleid zurück und enthüllte ihren blutigen Strumpf. Die Wunde brannte, die Blutung aber ließ schon nach.

Als er die Ränder ihres zerschnittenen Strumpfes zurückschob, hielt sie hörbar den Atem an.

»Verzeih, wenn ich dir wehtue«, sagte er und hielt inne.

»Nein, du tust mir nicht weh.« Sie berührte seine Wange. »Ganz im Gegenteil. Tarran, ich möchte dir dafür danken, dass …«

»Danke mir auf diese Weise.« Er küsste sie innig.

Sie geriet in Versuchung, den Überfall zu vergessen, als sie damit fortfuhren, was sie auf dem Dorfanger begonnen hatten. Vermutlich versuchte auch er ihn zu vergessen.

Doch dann zog er sich rasch zurück und fragte: »Was ist geschehen?«

»Ich wurde überfallen. Tarran, er trug eine Perle am Hals wie Druce und seine Männer. Und er trug ein Kreuz.«

»Bist du sicher?«

»Ja. Ich sah beides, als ich ihn zu Boden drückte, nachdem er versuchte, mir die Kehle durchzuschneiden.« Sie hob die Klinge auf, die sie ins Gras geworfen hatte, als Tarran sie an sich zog. »Er hatte dieses Messer und …«

»Addfwyn«, würgte er hervor wie ein Ertrinkender beim letzten Auftauchen. Er nahm ihr das Messer ab. »Das war Addfwyns Messer.« Er hielt es geneigt hoch und deutete auf die Gravur am Griff. Sie konnte die Lettern des Namens seiner Frau kaum ausmachen. »Es verschwand an dem Tag, an dem sie getötet wurde.«

»Wenn sie damit getötet wurde …«

»Das war nicht der Fall, aber Bradwr ap Glew muss es an sich genommen haben.« Er kniff die Lippen zusammen. »Und jetzt benutzt er es, um mir eine Botschaft zu übermitteln.«

»Was will er dir damit sagen?«

»Dass er entschlossen ist, jede Frau in meinem Leben zu töten.«

»Aber warum nur?«

Die Klinge blitzte im Mondlicht auf, als er den Dolch hob. »Ich weiß es nicht … noch nicht.«

17

»Unmöglich!«, sagte Druce, der unter den Blicken der zahlreich erschienenen Dorfbewohner das Flussufer abschritt. Fast hätte er Vala umgestoßen, die mit an den Fluss gekommen war, da sie Elspeth nicht aus den Augen lassen wollte, seit sie vom nächtlichen Überfall erfahren hatte. Vala hatte darauf bestanden, sie sollten Druce befragen, um herauszufinden, ob er etwas über den Mann wusste, der versucht hatte, Elspeth zu töten. Tarrans Männer hatten ihn und Orwig unweit vom Dorf angetroffen. Damit hatte sich Elspeths Verdacht bestätigt, dass Druce gelogen hatte, als er sich von ihnen verabschiedete.

»Es war eindeutig möglich«, sagte Tarran kalt. »Der Mann war gekleidet wie Ihr und Eure Leute.«

»Keiner meiner Männer hätte Ursache, Lady Elspeth mit einem Messer zu bedrohen.« Druce verhielt seine Schritte lange genug, um ihr zuzulächeln.

Elspeth bemühte sich, das Lächeln zu erwidern, und schaffte es nicht. Ihr Bein schmerzte, ihr Gesicht hatte gelitten. Sie musste auf dem Ellbogen gelandet sein, da dieser aufgeschürft und wund war. Keine dieser Verletzungen aber schmerzte mehr als die Leere in ihrem Inneren. Sie wollte in Tarrans Armen liegen, seine Lippen spüren, wollte spüren, wie sein Körper ihren streichelte. Sie wollte, dass er sie wollte, weil sie in seinem Herzen war.

Es war seltsam. Sie war sicher gewesen, dass sie, wenn sie sich jemals verlieben sollte, genau wissen würde, wann ihr Herz sich entschloss, einem anderen anzugehören. Bei Tarran konnte sie es nicht mit Sicherheit sagen. Von dem Augenblick an, als er sie von der Mauer herunterriss und forderte, sie solle auf ihn hören, hatte er etwas in ihr entflammt.

Als sie nun Tarran am Fluss stehen und hinaus auf das unter grauen Wolken daliegende Meer starren sah, konnte sie nicht mit Sicherheit sagen, ob er überhaupt an sie dachte. Er hatte vorige Nacht leidenschaftlich auf Liebe gedrängt … bis das Messer ihn an seinen Verlust erinnerte. Sie wollte nicht, dass er Addfwyn vergaß. So treulos konnte sein Herz nicht sein, doch sehnte sie sich danach zu wissen, ob sie einen Platz darin hatte.

Du warst bereit, gegen den Tod im Kampf anzutreten, um mein Leben zu retten. Sie hätte ihn fragen sollen, was er mit diesen merkwürdigen Worten meinte. Nicht dass es von Bedeutung war – er hatte einen grässlichen Albtraum durchlebt. Sie aber wollte in seinen *Träumen* sein.

»Diese Anschuldigungen stellen eine Beleidigung dar!«, fauchte Druce hinter Tarrans Rücken.

Tarran gab keine Antwort.

»Niemand bezichtigt Euch oder Eure Leute, beteiligt zu sein«, sagte Elspeth. »Wir dachten nur, Ihr sollt wissen, dass jemand Eure Kleidung und Euren Schmuck benutzen könnte, um seine Identität zu verbergen.«

»Ihr seid für eine Frau selten weise«, erwiderte er.

Sie kämpfte gegen ihren Impuls, in Rage zu geraten. Vala zwinkerte ihr zu, und Elspeth ließ ihren Zorn verrauchen. Sie hatte bei Druce keine Frauen gesehen. Gut möglich, dass die Frauen dieser Leute fügsam und stumm waren und ihr ganzes Denken um Heim und Herd kreiste.

Orwig, der wie immer Druce wie ein Schatten folgte, beugte sich vor und murmelte etwas für Elspeth Unverständliches. Er verbarg die Hände in seinen langen Ärmeln, sein Gesicht war unter einer großen Kapuze nicht zu sehen. Sie fragte sich, wie er es schaffte, nie über vorstehende Baumwurzeln zu stolpern. Was er gesagt hatte, musste beunruhigend sein, da Druce nervös mit dem Ring an seiner Linken spielte. Wieder beugte Orwig sich zu ihm.

Druce nickte, ehe er sagte: »Das Wichtigste ist, dass Lady Elspeth nicht schwer verletzt wurde.«

»Ihr Angreifer muss gefasst werden.« Tarrans Stimme blieb eisig.

»Der Angreifer trug Kleidung wie *meine* Männer, und das Land hinter dem Dorf untersteht *mir*. Das sagte ich bereits.« Er gab sich nicht die Mühe, seinen Ärger zu verbergen.

»Dann helft uns, diesen Schurken zu fassen und dafür zu sorgen, dass er dafür büßt, was er Elspeth angetan hat. Jede andere Frau wäre getötet worden.«

Druce machte den Mund auf, um zu antworten, und schloss ihn wieder, als Orwig ihm etwas ins Ohr flüsterte. Die zwei Männer steckten die Köpfe zusammen und beratschlagten.

Elspeth ging zu Tarran, legte ihm aber nicht die Hand auf den Arm aus Angst, sie würde sich nicht zurückhalten können und die Arme um ihn schlingen und ihm mit einem glühenden Kuss sagen, wie sehr sie ihn begehrte.

Er sah sie an, dann blickte er wieder aufs Meer hinaus. Fragen brannten ihr auf der Zunge. Hielt er nach Westen Ausschau in der Hoffnung, Fürst Madocs Schiffe zu sichten? Dachte er in erster Linie an seine Rache und erst dann an alles andere? Hatte er überhaupt einen Gedanken für Elspeth Braybrooke übrig, wenn sie nicht in seinen Armen lag?

Mit einem unhörbaren Seufzer wandte sie sich ab und ging. Sie konnte sich nicht besinnen, jemals einer Konfrontation ausgewichen zu sein. Das Gefühl war erschreckend. Konnte es sein, dass sie noch nie so viel zu verlieren gehabt hatte wie jetzt?

Die Königin hat mehr zu verlieren, wenn du hier versagst.

Diese mahnenden Worte erschreckten sie. Nie vergaß sie ihre Verpflichtung, außer wenn Tarran sie glühend vor Leidenschaft ansah.

»Halt!«, rief Druce laut. »Lady Elspeth, haltet ein!«

Sie hörte, wie Tarran fluchte und sein Schwert zog. Er senkte es und sah Druce drohend an.

»Tretet nicht auf diesen Stein«, befahl Druce und lief herbei. Er deutete auf einen unförmigen Stein, der aus dem Ufergrund ragte.

»Warum nicht?« War er verrückt geworden wie die ganze Situation?

»Seht doch!« Er deutete mit seinem goldenen Stab auf den Stein.

»Was soll ich sehen?«

»Nun, das Werk des unvergleichlichen Merlin.«

»Merlin? Der ist doch nur eine Sagengestalt.« Elspeth lachte, obwohl ihr in ihrem ganzen Leben noch nie weniger nach Lachen zumute gewesen war. Konnte das bedeuten … war es denn möglich …? Sie wagte nicht zu hoffen. Sie wagte kaum zu atmen. Kannte Druce, der in den alten Sagen so bewandert war, die Lösung des Rätsels, das sie nach Wales geführt hatte?

»Seid Ihr sicher, dass er nur eine Sagengestalt war?« Er schlug mit seinem Stab leicht auf den Stein. »Wie erklärt Ihr Euch dann die Existenz dieses Felsblocks?«

»Ich versuche erst gar nicht, die Existenz eines von unzähligen Steinen zu erklären, die ich in Wales sah.« Sie bemühte sich um einen leichten Ton und sah Druce offen an. Richtete sie ihren Blick auf den Stein, war zu befürchten, dass sie ihre Erregung verriet.

»Das ist nicht irgendein Stein. Das ist *Llech-lafar,* ein Stein, den Merlin hier hinterließ, um die Zukunft Cymrus zu sichern.« Er erhob die Stimme. »Um sicherzugehen, dass Cymru nie von einem *Sais* beherrscht würde, befahl der große Zauberer diesem Fels, die Ankunft eines Königs zu erwarten, der Cymru und das Land jenseits des Wassers erobern will.«

»König Henry!«, stieß Vala erstickt hervor. »Er verließ Cymru und ging nach Irland.«

Druce lachte befriedigt. »Und bei seiner Rückkehr wird er bezahlen.«

Als Druces Lachen in ein Kichern überging, riss Tarran den Blick von den hohen Wogen los, die auf den Strand zurollten. Sie passten zu seinen aufgewühlten Gedanken, als er sich vorstellte, was geschehen wäre, wenn er vorige Nacht, als Elspeth überfallen wurde, zur Stelle gewesen wäre. Er hätte den Mann gestellt. Er hätte ihn ausfragen können und hätte vielleicht die Antworten, die er suchte, endlich bekommen. Dann hätte er seine Suche nicht fortsetzen müssen und wäre bei Elspeth geblieben, um zu entdecken, was sie beide zu erkunden begonnen hatten.

Aber würde sie denn in Tyddewi bleiben? Er beobachtete sie. Während Druce sich weitschweifig über das Ungemach ausließ, das König Henry Cymru angedeihen ließ, blieb ihre Miene ausdruckslos. Sie trug die Maske immer, wenn sie argwöhnte, dass ihre Gefühle sie verraten würden.

So wie er. Vala hatte Recht. Elspeth war ihm ähnlicher, als er sich eingestehen wollte.

Er beobachtete, wie Elspeths Blick immer wieder zu dem Fels unter Druces Füßen glitt. Und immer wieder blickte sie rasch weg, als wolle sie nicht, dass jemand auf den Gedanken käme, sie fände den Stein faszinierend. Einen ähnlichen Ausdruck hatte sie gezeigt, als de la Rochelle von Merlin, von Steinen und Bächen gesprochen hatte. War sie am Ende auf der Suche nach *Llech-lafar*?

Es musste so sein. Eine solche Suche erklärte alles, was sie gesagt und getan hatte.

»Und was ist der Preis, von dem die Rede war und den der König bezahlen müsste, wenn er auf den Stein tritt?«, fragte Tarran leise, obwohl er die alte Sage kannte. Ließ er Druce in seinen langatmigen Betrachtungen weiter fortfahren, würde er vielleicht entdecken, warum der Alte auf einen Stein aufmerksam gemacht hatte, den eigentlich nur seine Hüter kennen sollten.

»Der Tod. Der Preis, den er zahlt, ist der Tod.« Er erhob die Hände zum Himmel, als erwarte er, ein Blitz würde durch ihn hindurch und in den Stein fahren. Dann senkte er die Arme und ballte die Hände zu Fäusten. »Dann wird Cymru wieder unser. Jeder *Sais* wird aus unserem Land vertrieben.«

Während Druce fortfuhr, Merlins Voraussicht zu preisen, flüsterte Elspeth: »Glaubst du, dass seine Weissagung sich bewahrheitet?«

»Glaubst du es?«, fragte Tarran ebenso leise.

»Was ich glaube, spielt keine Rolle.« Sie sah zu Druce, um den sich eine wachsende Menschenmenge scharte, denen er laut die Verwünschungen kundtat, mit denen der Stein belegt war. »Wichtig ist nur, was derjenige glaubt, der einen Vorwand sucht, den König zu ermorden. Druce hat diesen Vorwand eben allen geliefert.«

Dagegen konnte er nichts vorbringen.

Elspeth stand da, ihren Stock auf den Stein gestützt. »Bist du wirklich *Llech-lafar*? Oder verriet ich mich irgendwie, während ich Druces Geschichten lauschte? Versucht Druce Verwirrung unter uns zu stiften? Obwohl das nun belanglos ist.«

Das halbe Dorf hatte Druces weitschweifige Ankündigungen am Fluss gehört. Die andere Hälfte und der Großteil des Kirchspiels mussten inzwischen davon erfahren haben. Bis die Stürme nachließen und der König in See stach, konnte die Geschichte sich in ganz Wales verbreitet haben.

»Du bist ein ganz simpler Stein«, fuhr sie fort, wohl wissend, dass man sie für verrückt halten würde, wenn jemand sie so hörte. Doch der Name des Steines bedeutete »sprechender Stein«, und sie sprach eben mit ihm. »Wenn du Merlins berühmter Stein bist, wäre es das Mindeste, dass du es sagst.«

Sie kniete nieder, um den Fels zu untersuchen. Er wies ein paar merkwürdig vorspringende Teile auf, die im Laufe der Zeit von der Strömung geformt worden waren, doch das waren viele der anderen Steine entlang des Ufers ebenfalls.

Sie stand auf und blickte auf den Stein hinunter, die Wange an den Stock gelehnt. Wie um ihn zu wecken, versetzte sie dem Stein leichte Stöße mit dem Stock und seufzte.

Rhans Stimme hallte in ihr nach. Die alte weise Frau auf Kastell Glyn Niwl hatte gesagt, sie würde alles aufs Spiel setzen, was ihr lieb und teuer war, wenn sie nicht den Rückweg anträte. Hätte Elspeth damals ihre Niederlage eingestanden, hätte sie nach St. Jude's Abbey zurückkehren und sagen können, sie hätte ihr Bestes versucht, doch war ihr auf Lord de la Rochelles Burg die Entscheidung, ihren Auftrag weiterzuverfolgen, leichter gefallen. Damals hatte sie den Verlust ihrer Heimat im Kloster gefürchtet. Nun aber fürchtete sie, Tarran zu verlieren.

Hinter ihr waren Schritte zu hören. Sie schaute auf und sah Tarran auf sich zukommen. Sie umfasste den Stock fester, bewegte ihn jedoch nicht.

»Ich dachte mir, dass ich dich hier antreffen würde«, sagte er. »Doch erwartete ich nicht, dich allein vorzufinden. Ich dachte, Druce würde an Merlins Stein Hof halten.«

»Druce wird im Dorf als Retter von Wales gefeiert.«

»Im Dorf?« Er warf einen Blick über die Schulter. »Ich dachte, ich hätte Orwig unweit der Kathedrale umherstreichen gesehen.«

»Du musst dich geirrt haben. Orwig weicht Druce nicht von der Seite, wenn es ihm nicht ausdrücklich befohlen wird oder wenn er herausfinden will, was du treibst.« Sie atmete tief durch. »Ich möchte nicht über Orwig oder Druce oder die Geschichten, die sie verbreiten, reden.«

»Deshalb wundert es mich, dass du allein bist. Ich dachte, andere würden kommen und das Wunder *Llech-lafar* sehen wollen.«

»Während König Henry in Irland ist, interessiert sich kein Mensch für den Stein.« Sie starrte den Felsblock an. »Er sieht so gewöhnlich aus.«

»Wenn jemand etwas mit einem Fluch belegt, ist es von Vorteil, wenn dieses Ding ganz gewöhnlich aussieht.«

»Damit der König darauftritt, ohne die Gefahr zu ahnen, bis es zu spät ist.«

»Du hast es erfasst.«

Sie ließ ihren Stock vom Fels gleiten und stocherte damit im Boden um den Stein herum. Sie hörte das dumpfe Geräusch von Erde und das schärfere, wenn der Stock auf Felsgrund stieß. »Er ist groß, aber nicht so groß, wie ich befürchtete.«

»Du hast *Llech-lafar* gesucht.«

»Das habe ich.« Sie würde nicht lügen, wenn er seine Bemerkung nicht als Frage formulierte. Warum auch? Die Antwort lag auf der Hand.

»Hat dein Vater dich auf die Suche geschickt, um die Gunst des Königs zu erringen?«

»Nein.« Sie zögerte, ehe sie sagte: »Mein Vater ist tot.«

»Wer hat dich dann ausgeschickt?«

»Die Königin.«

»Die Königin wovon?«

»Die Königin von England.«

Er packte ihren Arm und drehte sie energisch zu sich um. Ihr Stock schlug gegen sein Schienbein. Er zuckte zusammen, sagte aber: »Elspeth, lüg mich nicht an.«

»Nie würde ich in einer so wichtigen Sache lügen.«

Sie konnte sich nicht zurückhalten, griff in sein dunkles Haar und umfasste seinen Kopf.

»Ist dies…«, er klopfte mit dem Fuß auf den Stein, »ist dies der Grund, weshalb du mir nicht sagen konntest, was du nach der Ankunft in Tyddewi vorhattest?«

»Ich konnte es nicht sagen, weil ich selbst nicht sicher war, ehe ich *Llech-lafar* nicht gefunden hatte. Wir können ihn nicht hier lassen.«

Er bückte sich, um den mit Flechten bewachsenen Stein zu betrachten. Während er mit den Fingern über die Ränder strich, sagte er: »Der Großteil des Felsens ist sichtbar. Unter der Erde liegt der kleinere Teil. Wir müssten es schaffen, ihn auszugraben.«

»Du glaubt also, dass es Merlins Stein ist?«

»Er könnte es sein. Der Stein sieht aus, als hätte er einen Bart, ebenso wie ihn der alte Merlin angeblich hatte. Glaubst *du*, dass es der Stein ist, den du suchst?«

»Ja, ich glaube es. Dabei bin ich nicht einmal sicher, dass es einen solchen Fluch geben kann.«

Als er aufstand und sich die Hände an seinem Übergewand abwischte, verteilte er die Schmutzteilchen darauf. Ihr hätte jetzt nicht auffallen dürfen, wie das Stoffmuster seine Muskeln betonte. Sie hätte sich auf den Stein und nicht auf seinen durchtrainierten Körper konzentrieren sollen.

»Ich bin aus Cymru«, sagte er und lenkte ihren Blick zurück zu seinem Gesicht. »Ich weiß, dass Dinge in Sagen existieren, auch wenn ich sie nicht sehen oder verstehen kann.«

»Weil du die alten Sagen kennst.«

»Ja.«

»Die alten Geschichten, die dich in deinen Albträumen verfolgen?«

»Woher weißt du das?«, fragte er.

Sie stützte ihren Stock auf den Boden. »Vala nahm mich ins Gebet und wollte wissen, was vergangene Nacht geschah. Als ich ihr sagte, was du im Schlaf geäußert hattest, rief sie mir die Geschichte von Fürst Pwyll und seinem Besuch am Hof des Todes in Erinnerung.«

»Ich sagte nichts von Pwyll.«

»Aber du sagtest, dass ich bereit war, gegen den Tod im Kampf anzutreten, um dein Leben zu retten.«

»Ach?« Erstaunt setzte er einen Fuß auf den Stein. »Vielleicht liegen uns die Geschichten im Blut, die von einer Generation an die andere weitergegeben werden.« Er tappte mit dem Fuß auf den Stein. »Du sagtest, die Königin hätte dich geschickt. Warum?«

»Weil sie ihren Gemahl nicht tot sehen möchte.«

Er lachte kurz auf. »Nach allem, was ich von ihren Tobsuchtsanfällen hörte, weil der König eine Frau namens Rosamunde liebt, möchte man meinen, die Königin würde ihn nur zu gern tot sehen.«

»Ich vermute, sie hält ihren geliebten Richard noch für zu jung, um das große Reich seines Vaters zu regieren.«

»Henry der Jüngere wird seinem Vater nachfolgen.«

»Für ihn gilt dasselbe.«

»Welche Mutter wünscht einem Sohn den Tod, damit der andere herrsche?«

Sie sah ihn an. »Das wollte ich damit nicht andeuten! Ich weiß nur, wie sehr sie Richard liebt und wie sehr sie sich wünscht, dass er ihr Erbe in Aquitanien antritt. Leg mir nicht etwas in den Mund, das ich nicht sagte.«

»Dann werde ich dir etwas anderes in den Mund legen.« Er beugte sich über sie und presste seine Lippen auf den Mund. Als sie nach Luft schnappte, erstaunt, dass er sie im Verlauf eines solchen Gespräches küsste, ließ er seine Zunge in ihren Mund gleiten.

Sie zog ihn enger an sich, während sie ihre Finger über seinen kraftvollen Rücken wandern und wieder hinaufgleiten ließ. Er drängte sie an einen Baum, und ihre Hände wölbten sich über seine Hüften. Sie neigte den Kopf nach hinten, als sein Mund über ihren Hals strich. Er hakte den Finger unter den Rand ihres Ärmels und zog ihn herunter. Sanftes Knabbern quer über ihre Schulter ließ sie erbeben, und zugleich verzehrte sie sich vor Sehnsucht nach ihm. Sie musste ihm so nahe sein, dass nur ihre raschen Atemzüge sie trennten.

Aufstöhnend gab er sie frei.

»Tarran?«, fragte sie verwirrt.

»Auf uns warten Verpflichtungen.« Seine Stimme drang zwischen zusammengebissenen Zähnen hervor. »Es wäre falsch, sich ablenken zu lassen.«

Sie nickte. Sie musste ihr der Königin gegebenes Versprechen erfüllen … Sie schloss die Augen, nicht imstande, ihn anzusehen, weil sie wusste, als größter Fluch *Llech-lafars* konnte es sich erweisen, dass er ihr seine Liebe verweigerte.

In einem unsicheren Flüsterton sagte sie: »Dann hilf mir bei meiner Suche.« Sie legte ihre Hand auf sein Herz und war entzückt, als sie unter ihren Fingern sein Hämmern spürte. »Wirst du mir bei meiner Aufgabe helfen?«

»Elspeth, du weißt, dass ich eine eigene habe.«

Sie trat auf ihn zu. »Deine Aufgabe ist es, einen Tod zu

rächen. Meine, einen Tod zu verhindern. Was ist wichtiger?«

»Jetzt hörst du dich an, als würdest du an die alte Sage glauben.«

»Die Königin glaubt daran, und ich werde sie nicht enttäuschen.« Sie ging noch einen Schritt näher. »Tarran, ich weiß, wie verzweifelt du dir wünschst, Bradwr ap Glew für den Mord an Addfwyn büßen zu lassen, aber hilf mir, ein Menschenleben zu retten. Ich brauche deine Hilfe.« Sie ergriff seine Hand und hob sie an ihre Brust. »Ich brauche dich.«

Sein angespanntes Gesicht wurde noch verschlossener. »Elspeth, ich brauche dich ebenso. Bist du auch sicher, was du erbittest?«

»Ja.« Sie bezweifelte, einer Sache jemals sicherer gewesen zu sein. König Henry davor zu bewahren, auf *Llechlafar* sein Leben zu lassen, konnte bedeuten, dass sie Tarran verlieren würde. Sie wollte keinen Augenblick vorübergehen lassen, ohne auszukosten, was sie jetzt hatten.

»Bietest du dich mir an, um dich meiner Hilfe bei deiner Mission zu versichern?«

»Was meinst du?«

Er legte seinen Arm um ihre Taille und zog sie an sich. »Ich kann nicht vergessen, wie ich dich gestern Nacht in meinen Armen hielt.« Er beugte sich über sie und drückte seine Lippen wieder auf ihre Kehle. »Ich weiß noch, wie süß deine köstliche Haut duftet, und die Erinnerung weckt von Neuem mein Verlangen.«

Ihr Herz schlug Purzelbäume. »Tarran …« Worte, die ihr immer leichtgefallen waren, wollten ihr nun nicht über die Lippen.

»Ich möchte dich schmecken«, raunte er an ihrem Ohr. »Nicht nur deinen Mund, sondern auch deine weichen Brüste. Das wäre nur der Anfang, denn ich möchte auch die unter deinem Gewand verborgenen biegsamen Linien erkunden. Ich möchte in dem Moment, ehe wir eins werden, deine Locken über meine Brust streichen spüren.«

Sie trat zurück. Seine Augen nahmen wieder einen bekümmerten Ausdruck an, der jedoch schwand, als sie ihm ihre Hand reichte.

»Hier können wir nicht tun, was dir vorschwebt«, sagte sie mit einem kehligen Auflachen, wie sie es von sich noch nie gehört hatte. »Wer weiß, wer daherkommt, um *Llech-lafar* zu sehen und einen viel interessanteren Anblick vorfindet?«

Er reichte ihr den Kampfstock, ehe er ihre andere Hand ergriff. Dann zog er ihren Arm um sich und legte seinen um ihre Taille. Ihre Knie drohten nachzugeben, als seine Finger über ihre Brust strichen.

»Wie soll ich weitergehen, wenn du das machst?«, stieß sie hervor.

»Soll ich aufhören?«

Sie verweilte einen Moment im dunkleren Schatten und flüsterte: »Nein.«

Er lachte, als er vom Ufer auf einen Stein in der Mitte des Flusses hüpfte. Bis zum anderen Ufer waren es noch ein paar gesprungene Schritte.

Sie warf ihm ihren Stock zu, ehe sie ihm über den Fluss folgte. Sie ergriff seine Hand, ließ sich auf das andere Ufer heben und fast im Laufschritt in die Richtung zum Meer ziehen. Schon wollte sie fragen, wohin er wollte, als sie Äste sah, die bis zum Wasser reichten. Darunter befand sich eine natürliche Laube, schattig, abgeschlossen und ganz allein für sie.

»Woher wusstest du, dass es das hier gibt?«, fragte sie.

»Ich wusste, dass die Schweine den Schlamm auf dem Dorfanger nur ungern teilen, deshalb suchte ich ein anderes Plätzchen. Und ich fand dieses, das auf uns zu warten scheint.«

Sie lachte auf. »Komm mir jetzt nicht mit einer walisischen Sage – dass die Bäume uns unter ihren Zweigen willkommen heißen oder dergleichen.«

Er drehte sie in seinen Armen um. »Mich kümmert nicht, ob die Bäume uns bei sich wollen. Mich kümmert nur, dass ich bei dir sein kann.«

In ihrem Kopf wirbelten die Bilder durcheinander und ließen keinen Platz für anderes, als er einen Ast beiseitebog und sie in die dunkle Laube zog. Ungläubig starrte sie die dicke Decke an, die er auf dem Boden ausgebreitet hatte.

»Das ist wundervoll«, hauchte sie.

Er nahm ihren Stock und legte ihn außerhalb ihrer Baumlaube ab. Dann löste er seinen Schwertgürtel und legte ihn hin, ehe er ihren öffnete und auf seinen legte. Ihr stockte der Atem, als sie sah, wie die Schwertgriffe sich zueinanderfügten. So wollte sie mit ihm verbunden sein. Er zog seine Stiefel aus und kniete sich auf die Decke. Dann zog er sie auf die Knie neben sich und streifte ihr die Schuhe ab, die er neben seine Stiefel stellte. Er strich mit den Fingern aufwärts durch ihr Haar und zog es nach vorne, so dass es sie beide umgab.

Er begrub sein Gesicht in ihren Locken. »Dein Haar duftet nach Sonne, nach Wärme und nach dir.« Ehe sie antworten konnte, hob er den Kopf und flüsterte: »Elspeth, ich kämpfte gegen mein Verlangen von dem Moment an, als du in meine Arme fielst und mich rüde beschimpftest, weil ich deine närrischen Pläne durchkreuzte. Ich schwor, niemals wieder etwas für eine andere Frau zu empfinden, weil ich es nicht ertragen könnte, erst mein Herz zu verlieren – und dann meine Geliebte. Du hast alle meine Pläne umgestoßen. Du willst nicht beschützt werden. Du bist verdammt halsstarrig.«

Sie lachte. »Versuchst du mich zu verführen oder versuchst du, mich zu überzeugen, dass ich gehen soll?«

»Vielleicht beides. Oder nichts von beidem. Verstehst du denn nicht? Mir war klar, wohin ich gehe und was ich tun sollte. Dann kamst du, und nichts war mehr klar.«

»Und du hast *meine* Pläne umgestoßen.«

»Ich weiß.« Er küsste sie fest und mit dem Verlangen eines Mannes, dem viel zu lange Erfüllung verwehrt worden war. »Mir doch egal, ob du die Tochter eines Lords bist oder nicht.«

Jetzt hieß es, aufrichtig sein. Sie hatte zugelassen, dass er etwas von ihr glaubte, das nicht stimmte. Sie musste jetzt ehrlich sein. »Tarran …«

Er brachte sie mit einem atemberaubenden Kuss zum Schweigen. »Es kümmert mich nicht, wer du bist oder warum du in Cymru oder anderswo bist. Ich möchte nur, dass wir uns lieben. Liebe mich mit jeder Faser deines Körpers.« Er sah sie mit einem spitzbübischen Schmunzeln an, das ihre Sinne wieder in Aufruhr brachte. Hätte er sie schon eher so angesehen, sie hätte … Sie wusste nicht, was sie getan hätte, wusste aber, was sie jetzt wollte.

Sie zog seinen Mund zu sich. Seine Arme umfingen sie

so fest, dass sie sein Herz im Gleichklang mit ihrem spürte. Als er sie auf die Decke bettete, zog sie ihn mit sich. Ein erregtes Stöhnen entrang sich ihr, als er seine Lippen in die Senke zwischen ihre Brüste presste.

»Du hast zu viel an«, brummte er unwillig.

»Wenn dich meine Kleidung stört«, neckte sie ihn, »dann musst du das ändern.«

»Das werde ich.«

Er griff in die Verschnürung im Rücken ihres Gewandes. Als er die Schnüre lockerte, fand sein Mund ihre Lippen, und sie ergab sich seinem zärtlichen Angriff. Ihre Hand glitt neugierig unter den Halsabschluss seiner Tunika. Nach oben gleitend bewegten sich ihre Fingerspitzen langsam über seinen Rücken und entdeckten, wie jede Sehne auf ihre Berührung reagierte.

Er zog ihr geöffnetes Gewand herunter und hielt nur inne, um mit seinem Mund ihre Haut zum Glühen zu bringen. Lust durchströmte sie wie eine geschmolzene Flüssigkeit. Sie fieberte ihm entgegen, wölbte sich ihm entgegen, als seine Hände ihre Brüste an sein Gesicht pressten, während seine Zunge die empfindliche Haut dazwischen kostete. Sie ließ ein Stöhnen hören, drängend und flehend. Als sie sich, schockiert von ihrem hemmungslosen Stöhnen, den Mund zuhielt, hob er ihre Fingerspitzen an.

»Du sollst nie deine Leidenschaft vor mir verhehlen«, sagte er und strich ihr Haar zurück, das ihr an der Stirn klebte. »Ich will wissen, was dir Lust bereitet.«

»Ich war nicht … sicher. Ich bin nicht sicher, was ich tun soll.«

»Vertrau mir, *cariad.*«

»Wie nennst du mich?«

»*Cariad.* Liebling.«

Ein Hochgefühl erfasste ihr Herz. Das schlichte Wort nahm eine kostbare Bedeutung an, als er, auf der Seite liegend, seine Beine mit ihren verschränkte. Ihr dickes Kleid trennte sie, doch vergaß sie es unter der Berührung seiner Lippen, die sie so erregten, dass sie an nichts anderes mehr denken konnte.

Er zog sie über sich, und ihr Kleid glitt bis zu ihrer Taille herunter. Er schob es weiter bis zu den Hüften. Als sie sich so wendete, dass er es leichter herunterstreifen konnte, umfasste er sie fester.

»Bewege dich ruhig weiter so«, sagte er mit heiserem Auflachen, »und wir werden viel früher fertig sein, als ich plante.«

»Das ahnte ich nicht.«

»Ich weiß. Ich sagte ja, dass ich dich unterweisen werde.«

»Dann sei still und tue es.«

Mit einem erneuten Auflachen zerrte er ihr das Kleid vom Leib und warf es über ihre Waffen. Seine Hände glitten ihre Schenkel hinauf und unter ihr langes Hemd. Als seine Daumen die Innenseite ihrer Beine entlangstrichen, konnte sie nicht reglos bleiben. Sie versuchte es, doch es war unmöglich. Ihr Hemd rutschte höher, als er darunterfasste.

Sie stöhnte, als sein Mund ihre rechte Brust berührte. Seine Zunge wanderte weiter, bis er die Brustspitze einsog. Auch während er daran saugte, spielte seine Zunge mit der Spitze. Sie wurde von einem Wirbel ihr unbekannter Gefühle erfasst, von denen sie keines einzeln zu benennen vermochte, da sie in ihnen gefangen war, während sich ihre nackten Schenkel an den groben Stoff seiner Tunika pressten.

Während ihr Körper sich danach verzehrte, sich der Lust hinzugeben, öffnete sie mit fliegenden Fingern sein Gewand, um es ihm über den Kopf zu ziehen und es zu ihrem Kleid zu werfen. Als er ihr das Hemd auszog, sah sie nicht, was damit geschah, da sie, an seine nackte Brust gepresst, jedes spröde Härchen als Liebkosung empfand und jede Liebkosung einzeln auskosten wollte.

Als er sie wieder unter sich schob, strich sie mit ihren Nägeln leicht über seinen Rücken. Seine Augen versengten sie mit ihrem schwarzen Feuer, als er seinen Mund auf ihren drückte. Sein Kuss wurde noch leidenschaftlicher, als er sie von ihren Strümpfen befreite und sich selbst von seinen Beinkleidern.

Sie starrte seine unverhüllte Männlichkeit an, überwältigt von einer Scheu, die sie nie zuvor empfunden hatte, doch ließ sie sich davon nicht abhalten, mit zitternden Fingern den harten Schaft zu streicheln, der bald in sie gleiten würde. Er erbebte unter ihrer Berührung, und Tarran stöhnte. Er presste den Mund auf ihren Leib, als seine Hand sich zwischen ihre Beine drängte. Sie erschrak, als ihr Verlangen noch wuchs. Und als sein Finger in sie eindrang, wiegte sie sich in dem Rhythmus, den er mit jeder Bewegung vorgab.

»Jetzt«, bat sie mit einer Stimme, die sie von sich noch nie vernommen hatte.

»Hast du es eilig, *cariad*?« Seine Stimme war so unsicher wie ihre.

»Ich möchte dich jetzt.«

»Und ich möchte, dass du dies jetzt fühlst.« Seine Finger verschoben sich leicht.

Ihr ganzes Verlangen verschmolz zu einer einzigen unbeschreiblichen Eruption, die in ihrem Körper nachklang und sie mit ihrer Gewalt verzehrte. Es war eine Kraft, die sie erbeben ließ. Alles ging in diesen lodernden Gefühlen auf. Alles bis auf die Erkenntnis, dass er bei ihr war, und sie zu einer Verzückung führte, die sie sich in ihren jungfräulichen Träumen nicht vorzustellen vermocht hätte. Nichts würde jemals wieder so sein wie früher, da seine Berührung Empfindungen in ihr erweckte, von deren Vorhandensein sie nichts geahnt hatte.

Sie schlug die Augen auf, als er sich über ihr erhob. Sie umfasste seine Schultern und beobachtete sein Gesicht, als er in sie eindrang.

Ihr stockte der Atem, als Schmerz die Lust auslöschte.

»Verzeih, *cariad*. Ich hätte nicht vergessen dürfen, dass eine Jungfrau besonderer Sanftheit bedarf.« Sein Gesicht verriet, wie schwer es ihm fiel, sich zu zügeln. »Aber ich begehre dich so sehr.«

Sie strich ihm das Haar aus der Stirn, wie er es bei ihr getan hatte. »Es gibt nichts zu verzeihen. Nur zu teilen.«

Er bewegte sich langsam, und sie entdeckte, dass sie bereits wusste, wie sie reagieren sollte. Er hatte es sie wie versprochen gelehrt. Als er ihre Lippen forderte, glich sie sich seinen immer heftiger werdenden Bewegungen an. Sie vernahm sein befriedigtes Stöhnen in der Sekunde, ehe sie einmal mehr in dem Rausch ihrer Gefühle versank, der umso heftiger war als sie wusste, dass sie diesen Augenblick mit ihm teilte.

Tarran war sicher gewesen, dass seine Träume in dieser Nacht von Erinnerungen daran erfüllt sein würden, wie er Elspeth in die Welt der Lust eingeführt hatte. Stattdessen war in seinem Traum nur Dunkelheit. Er war allein, nicht in der Welt der Lebenden, nicht in Annfwn. Er hatte erst Elspeths Namen gerufen, denn jenen Addfwyns. Keine hatte geantwortet, und er wusste, dass er völlig allein im Nichts war. War er aus beiden Welten verbannt worden, weil er sich von Elspeth einen einzigen herrlichen Nachmittag lang von seiner Aufgabe hatte ablenken lassen?

Das Zusammensein mit ihr lohnt Verbannung und noch viel mehr. Diese Worte waren in seinem Kopf und hingen auch in der Unendlichkeit, die ihn umgab.

Die Antwort auf seine Aufforderung kam nicht. Die Finsternis blieb unverändert. Sie war weder tot noch lebendig. Sie *war* einfach nur da. Er musste ihr entfliehen. Er musste! Er musste! Eiskalter Schweiß bedeckte ihn. War der Traum ein Omen? Wenn ja, dann hatte er keine Ahnung, was es bedeuten mochte.

Er erwachte und tastete nach Elspeth. Seine Arme fanden nichts.

Als er sich aufsetzte, sah er, dass er sich in der äußeren Kammer des Hauses von Valas Enkelin befand. Er zählte die Wölbungen, die seine schlafenden Männer bildeten, und alles hatte seine Richtigkeit. Seine Leute ahnten zum Glück nichts von seinen Träumen.

Im Schlaf murmelnd drehte ein Mann sich um. Tarran erschrak, als ihm klar wurde, dass es lateinische Worte waren. Angestrengt spähte er durch die Dunkelheit. Es musste Druce sein, der sich im Haus von Valas Enkelin befunden hatte, als er und Elspeth aus ihrem Liebesnest zurückkehrten. Oder aber Orwig, wie er staunend feststellte. Er hatte den Kapuzenmann nie sprechen gehört.

Ob Orwig im Schlaf Reden hielt, konnte ihm einerlei sein. Er starrte zu dem dunklen Bereich, in den die Frauen sich für die Nacht zurückgezogen hatten. Wenn er hinging und Elspeth hochhob, würde sie ihn mit dem Verlangen ansehen, das er nachmittags in ihren Augen gelesen hatte, als er sie in den Armen hielt? Er musste es wissen.

Seinen Männern und dem Tisch ausweichend, zog er den Vorhang zurück, der den Hauptraum von der kleinen Kammer trennte. Seine Augen gewöhnten sich an die Finsternis, die nicht so undurchdringlich war wie in seinen Träumen. Er kniff die Augen zusammen, konnte aber nur zwei Gestalten im Raum ausmachen.

Als ein Finger auf seine Schulter tippte, zog er blitzschnell im Umdrehen sein Messer. Elspeth stand hinter ihm.

»Hast du mich gesucht?«, flüsterte sie, als sie eine Hand auf seine Schulter legte und sich ihm zuneigte. Ihr Haar liebkoste seine Arme und die nackte Brust.

»Woher weißt du …?«

»Ich weiß es nicht. Ich erwachte einfach und glaubte, du hättest meinen Namen gerufen.« Sie zeichnete ein willkürliches Muster auf seine Brust, und er war nahe daran, seinen jüngsten Albtraum zu vergessen. Was kümmerte ihn dieser, wenn sie bei ihm war?

»Ich kann mich nicht erinnern, aber …«

Sie drückte ihre Wange an sein Herz. »Lass die Albträume los, Tarran.«

»Ich wünschte, ich könnte es, doch fürchte ich, dass sie

mich verfolgen, bis ich meinen Racheschwur einlöse. Wie ist es dir gelungen, an mir vorbeizuschlüpfen?«

Ihr leises Lachen strich über seine Haut. »Ich kam bereits vor ein paar Minuten heraus. Ich wollte niemanden stören, deswegen setzte ich mich an den Tisch, bis ich dich aufstehen und kommen sah.«

»Du störst mich.« Er ließ seine Hand um ihre Taille gleiten. »Du ärgerst mich. Du reizt mich. Du plagst mich.«

»Werben die Waliser mit Beleidigungen um ihre Frauen?«

»Es ist die Wahrheit, so wie es wahr ist, dass ich dich begehre.«

Sie trat zurück und streckte die Hand aus. Er nahm sie und sie gingen hinaus, um einen Ort zu finden, wo sie sich für den Rest der Nacht ihrer Leidenschaft hingeben konnten. Wenn es tagte, würden ihre jeweiligen Aufgaben sie wieder in Anspruch nehmen, die Nacht aber gehörte ihnen.

18

»Wir müssen *Llech-lafar* fortschaffen.« Elspeth löffelte Kräuter in die Suppe, die auf der Feuerstelle des Hauses kochte. Düfte stiegen auf, aromatisch und verlockend. Eine herzhafte Suppe war an einem kalten, verregneten Tag wie diesem höchst willkommen. Weitere Unwetter, die den König in Irland festhielten, zogen vor der Küste auf.

Das erstaunte Gemurmel von Tarrans Männern war im

ganzen Raum zu hören. Valas Enkelin, die für die Suppe Streifen von getrocknetem Fisch abschnitt, blieb fast die Luft weg. Sie starrte an Elspeth vorbei ihre Großmutter an.

»Einen Felsblock dieser Größe?«, fragte Vala. »Jedes Pferd würde darunter zusammenbrechen.«

»Die Ochsen könnten ihn im Karren ziehen.«

Tarran saß an der Tür und polierte sein Schwert. »Wohin möchtest du ihn bringen?«

Sie hätte ihn nun am liebsten umarmt, weil er ihren Vorschlag nicht von vorneherein in Frage stellte, war aber unsicher, wie er auf diese Kühnheit in Gegenwart der anderen reagieren würde. Da sich das Benehmen seiner Männer ihr gegenüber nicht geändert hatte, vermutete sie, dass sie nichts von ihrer Liebesbeziehung ahnten.

Ein Lächeln umspielte ihre Lippen. Die vergangenen zwei Nächte hatten sie sich aus dem Haus geschlichen, und sie hatte in seinen Armen geschlummert, bis er sie mit einem drängenden Kuss weckte. Er hatte Zuflucht in ihr gesucht, und sie hatte ihn aufgenommen, bereit ihm zu geben, was sie konnte, um den Schmerz zu lindern, der ihn peinigte.

Ahnte er, dass sie immer, wenn er sie berührte, Rhans Prophezeiung im Ohr hatte? Wenn sie ihre Liebe zügelte, würde sie ihn vielleicht nicht verlieren. Das hörte sich einfach an, wie aber sollte sie sich zurückhalten, ihn zu lieben?

»Elspeth?«, fragte Tarran.

Sie drehte sich um und sah, dass alle sie anschauten. Sie musste antworten, ehe sie glaubten, sie hätte nun völlig ihren Verstand verloren.

»*Llech-lafar* stellt an seinem gegenwärtigen Platz eine Gefahr dar. Wir müssen den Stein an einen Ort schaffen, wo der König nicht auf ihn treten kann.« Sie legte den Rest der Kräuter auf den Tisch und setzte sich Vala gegenüber, so dass sie freien Blick auf den Dorfanger hatte.

Zum ersten Mal seit seiner Ankunft in Tyddewi saß Druce nicht am Brunnen, um all denen Geschichten zu erzählen, die innehielten, um zuzuhören. Er musste in einem anderen Haus Unterkunft gefunden haben, vermutlich in jenem der jungen Witwe, die immer einen Vorwand fand, um an seinem Platz vorüberzugehen.

»Wir müssen ihn fortschaffen«, wiederholte sie und sah die anderen im Raum an. »Am sichersten wäre er inmitten anderer Felsbrocken aufgehoben, wo niemand auf ihn treten kann.«

»Eine ausgezeichnete Idee«, sagte die alte Frau.

Elspeth lächelte. Dann fiel ihr ein, dass es nicht Vala war, die sie überreden musste. Tarran musste einverstanden sein und ihr helfen. Er hatte sie in seinen Armen willkommen geheißen, doch hatte er nie gesagt, dass er sein eigenes Vorhaben aufgeben würde, um einen König zu retten, den er als Eroberer ansah. Sie war ratlos, was sie ihm sonst noch bieten konnte, um sich seiner Hilfe zu versichern. Zu gern hätte sie ihm ihr Herz geschenkt, doch selbst wenn er es annehmen würde, konnte dies just jenes Geschenk sein, das sie trennte. Die Prophezeiung der weisen Rhan zu verwünschen, half nichts.

»Absurd!«, rief Seith aus. »Man kann einen Fluch nicht abwehren, indem man den Stein fortschafft.«

»Der König müsste darauftreten«, wandte sie ein. »Wenn wir den Stein fortschaffen, wird dies verhindert.

So einfach ist das, doch müssen wir jemanden finden, der *Llech-lafar* an eine Stelle schafft, an die der König nicht kommt.«

»Es gibt einen Ort.« Tarran steckte sein Schwert zurück in die Scheide und ließ den Putzlappen auf den Boden fallen.

»Wo?« Sie versuchte ihre wachsende Erregung zu unterdrücken. Wenn Tarran zur Hilfe bereit war, konnte König Henry gerettet werden, und ihre Mission war beendet. Dann würden sie und Tarran … Sie verscheuchte den Gedanken, weil sie fürchtete, sie würde ihn weiterverfolgen. Wieder war sie erstaunt, dass sie fühlte, wie Angst ihr die Luft zum Atmen nahm.

Was war mit ihr los? Sie hätte imstande sein sollen, sich allem zu stellen. Sie war eine der Ladys der Königin von St. Jude's Abbey, ausgebildet, um die Königin, die Abtei und sich selbst vor allen Gefahren zu schützen. Ehe sie Tarran gekannt hatte, hatte sie sich ein Zaudern gar nicht vorstellen können. Nun aber musste sie jede Entscheidung sorgsam abwägen, da sie sowohl der Königin als auch ihrem eigenen Herzen dienen wollte.

»Bei St. Govan's Head«, erwiderte Tarran.

»Wo ist das?« Sie zwang sich, sich auf das Problem *Llech-lafar* zu konzentrieren.

»Im Süden, auf der Landzunge, die weit ins Meer vorragt. Der heilige Govan fand vor vielen hundert Jahren auf einer Klippe an dieser Bucht Zuflucht. Es existieren noch Überreste der Kapelle, die er errichtete.«

»… oder die von Sir Gawain zu Ehren des Heiligen erbaut wurde, wie unsere Barden singen«, warf Vala ein.

Elspeth wollte nichts mehr von den Legenden um König Arthur und seine Ritter und seinen Zauberer hören. Sie würde ihr Einverständnis zu Tarrans Plan geben. Sie würden nicht nur in dieselbe Richtung reisen, die Tarran einschlagen würde, um seinen Feind aufzuspüren, sie würden auch mehr Zeit gemeinsam verbringen.

Ein Einwand drängte sich ihr auf die Lippen: »Die Kapelle wird von Pilgern aufgesucht. Es könnte sein, dass der König zum Dank für seine Siege in Irland den Pilgerweg wählt.«

Tarran stand auf und trat an den Tisch. Er setzte sich neben sie und streckte seinen Arm hinter ihr aus, ohne die unbehaglichen Blicke, die seine Männer wechselten, zu beachten. Er sah ihr so tief in die Augen, dass sie sich mit aller Kraft auf jedes einzelne Wort konzentrieren musste. »Anders als bei einer Wallfahrt zur St. David's Cathedral geht es bei einem Besuch der St. Govan's Chapel nicht um Seelenläuterung. Dorthin zieht es Gläubige, die Heilung suchen, und ich habe nicht gehört, dass der König in Irland verwundet wurde.«

Kei stand auf. »Ich bezweifle, ob viele Menschen nach St. Govan's Head pilgern. Es liegt weitab von jeder Siedlung, und der Pilgerweg nach St. David führt dort nicht vorbei.«

Sie starrte ihn an, erstaunt, dass er sich an dem Gespräch beteiligte. Vielleicht wollte er Tarrans Gunst zurückgewinnen.

»Aber einen Fels in die Kapelle zu schaffen ...«, setzte sie an.

»Hör zu, Elspeth.« Tarran ergriff ihre Hände und faltete sie zwischen seinen, die sich vom Polieren des Schwertes körnig anfühlten.

Sie kostete die Beschaffenheit seiner starken Hände aus. Ehe sie ihm begegnet war, war ihr nie aufgefallen, wie stark Hände sie faszinierten. Sie hatte die weichen, ungeübten Hände ihrer Schülerinnen trainiert. Sie hatte die Hände ihres Vaters beim Jonglieren beobachtet. Tarrans Hände waren geschickt, sei es, dass er ein Schwert hielt oder ihr Gesicht umfasste. Hart und rau, konnten sie dennoch so sanft wie ein Frühlingslüftchen sein. Er benutzte sie, um seine Worte zu unterstreichen, auch wenn er seine stärksten Gefühle beherrschte. Ließ er aber jenen Leidenschaften freien Lauf wie des Nachts, weckten jene Hände bei ihr ungeahnte Gefühle. Seine Hände waren ein fesselndes Spiegelbild seiner Seele, das sie die ganze Zeit über beobachtet hatte, ohne es zu wissen.

»Ich höre«, flüsterte sie und hoffte, niemand würde wahrnehmen, dass ihre Stimme erbebte, weil ihre Gedanken seinen an ihr entlanggleitenden Händen galten.

»Du musst gut zuhören.«

Widerstrebend entzog sie ihm ihre Finger. Als er die Brauen runzelte, strich sie mit dem Finger darüber, erst über eine, dann über die andere, ehe sie die Hände im Schoß faltete. Ob es ihm ihre Berührung oder ihre fest verschränkten Finger verrieten, er nickte.

»Die Kapelle«, sagte er leise und eindringlich in einem Ton, der anstieg und fiel wie das Tosen der See, »ist in eine Klippe über dem Meer gehauen, an der Stelle, wo der Heilige vor seinen Verfolgern Zuflucht suchte. Es wird überliefert, dass der Felsen sich auftat und ihn aufnahm. Kaum hatten seine Widersacher sein Versteck passiert, öffnete sich der Felsen abermals und schloss sich nicht mehr. Am Ort des Wunders wurde eine Kapelle erbaut. Ihre Mauern sind schon eingestürzt, nur der Altar blieb erhalten.«

»Es ist also unmöglich, den Stein in der Kapelle zu verstecken.«

»So ist es, doch bietet sich ein anderer Ort an.«

Elspeth bemerkte, dass Vala ihn aufmerksam beobachtete. War auch ihr aufgefallen, wie seine Stimme in den Ton verfiel, den die Barden anschlugen?

»Das Ufer unter den Klippen«, fuhr er fort, »ist mit Geröll übersät, das sich im Laufe der Zeit bei Unwettern von den Klippen löste. Inmitten dieser Steine wird *Llech-lafar* nicht auffallen.«

Elspeth stand auf. Sie konnte nicht stillsitzen, wenn die Erregung über die Aussicht, ihre Mission zu vollenden, mit ihrem Herzen kämpfte, das ihr in Erinnerung rief, was sie am Ende verlieren konnte. »Und die Bucht bietet keinen Platz für ein Schiff?«

»Es gibt einen Sandstrand, doch die Klippenwände zwischen Kapelle und Festland fallen steil ab. Sie zu erklimmen, ist nahezu unmöglich. Jedes Schiff würde in Pembroke oder unweit Tyddewi einen sichereren Ankerplatz suchen.« Tarran stand auf und legte ihr die Hände auf die Schultern. »Wir können *Llech-lafar* über den Klippenrand kippen und ihn zwischen dem Geröll am Strand verschwinden lassen.«

»Wenn aber der König zufällig zur Kapelle gelangt …«

»Auch wenn es so wäre, geht niemand weiter als bis zum Glockenturm.« Kei bedachte Tarran mit einem Lächeln. »Erzähle ihr davon.«

Er sah überrascht drein und sagte dann: »Die Kapelle

hatte einst eine Glocke.« Wieder fiel seine Stimme in den singenden Ton eines Barden.

Als er zu seinen Männern ging, flüsterte Vala: »Wie schön, ihn wieder Geschichten erzählen zu hören.«

Elspeth riss ihre Aufmerksamkeit von Tarrans Schilderung der wohlklingenden Töne los, die die Kapellenglocke von sich gegeben hatte. Sie setzte sich neben Vala und fragte: »Wieder?«

»Einst sang er, erzählte Geschichten und schrieb sogar Gedichte. Das alles hatte ein Ende, als …« Ihre Augen füllten sich mit Tränen.

Elspeth spürte, wie ihr die Kehle eng wurde, als sie sah, wie gefesselt seine Männer zuhörten. Sie hatten Tarrans Geschichten ebenso vermisst wie Vala. Alles, was Tarran Freude gemacht hatte, war mit Addfwyn gestorben. Ein kleiner Hoffnungsschimmer glomm in ihrem Herzen auf, als sie sich fragte, ob er nun wohl imstande war, die Geschichte von St. Govan's Chapel zu erzählen, weil er sich ihr im Hain am Fluss geöffnet hatte.

»Doch wurde diese wundersame Glocke beinahe gestohlen«, sagte Tarran in gedämpftem, Unheil verkündendem Ton, »deshalb verbarg der Heilige die Glocke im Inneren eines Felsens. Klopft man mit den Knöcheln an den Fels, ertönt unweit der heiligen Quelle ihr Geläut. Gerade so weit wagen sich die Heilung Suchenden vor, ehe Felsen und steile Abstürze sie am Weitergehen hindern.«

Als er verstummte, herrschte Schweigen.

Elspeth brach den Bann. Sie musste an ihr Ziel denken und nicht an das, was sich vor Jahrhunderten zugetragen hatte. »Wenn wir also *Llech-lafar* zwischen dem Felsgeröll verbergen, wäre er für immer verschwunden.«

»Ja.«

Elspeth lächelte. »Ich kann mir keinen besseren Ort denken, um den König vor dieser Gefahr zu bewahren. Wie weit ist es bis dorthin?«

»Mindestens eine Reise von einer Woche.« Tarran blickte zum Fenster, durch dessen Balken Regen auf den Sims sprühte. »Eine Woche bei schönem Wetter. Wenn diese Unwetter anhalten, könnte es länger dauern.«

»Und man muss damit rechnen, dass unsere Fahrt nicht unbemerkt bleibt.« Sie tippte mit ihren Daumen gegeneinander. »Ich wünschte, ich wüsste, warum Druce noch immer hier im Dorf ist, wo er doch so versessen darauf war, dass er und nur er den Mann suchen wollte, der mich überfiel.«

»Du kennst den wahren Grund seines Hierseins. Er will Cymru von Henry und seinen Gefolgsleuten befreien.«

»Wenn er entdeckt, was wir vorhaben, wird er uns daran zu hindern suchen. Wir müssen einen anderen Stein finden, den wir statt *Llech-lafar* an jene Stelle tun, damit niemand argwöhnt, dass der Zauberstein entfernt wurde.« Sie stand auf und griff nach ihrem Mantel. »Wer kommt mit mir?«

Tarrans Leute standen wie ein Mann auf und umschlossen seine ausgestreckte Rechte. Elspeth reckte sich und folgte ihrem Beispiel. Es bedurfte keiner Worte. Der Schwur, den König zu retten, galt nun für die Männer ebenso wie für sie.

Der Regen machte das Ausgraben eines an Größe und Form ähnlichen Steins leichter, als Elspeth zu hoffen gewagt hatte. Eine halbe Meile vom *Llech-lafar* entfernt war das Ufer weich und schlammig, und als sie den Felsbrocken ausgruben, schwemmte das Wasser alle Spuren weg.

Seith bewies, dass sein Umfang eher seinen Muskeln als Fett zu verdanken war, als er den Stein aus dem Wasser hievte und auf die Planke schob, die die anderen hielten. Das Brett war verkohlt, aber nur an den Rändern, so dass es stark genug war, um den Stein zu tragen, als alle fünf sich abmühten, ihn auf den Karren zu heben. Nachdem Elspeth das aufgewühlte Erdreich ins Wasser geschoben hatte, waren alle Hinweise auf die Stelle, wo sich der Fels befunden hatte, getilgt.

Die Ochsen legen sich ins Zeug, der Karren ächzte, als sie den Stein am Fluss entlang nach Tyddewi brachten. Tarran schickte seine Männer voraus, um sicher zu sein, dass niemand in der Nähe war und man die Steine unbemerkt auswechseln konnte. Wieder zeigte es sich, dass der kalte Regen ihr Verbündeter war, da er die Dorfbewohner an ihre heimischen Herde fesselte.

Weitere Planken wurde auf den Boden gelegt, damit die Karrenräder sich nicht ins weiche Erdreich gruben. Mit kleinen Steinen und Schotter wurden die Hufabdrücke der Rinder verdeckt. Nichts durfte verraten, dass sie am Fluss gearbeitet hatten.

Llech-lafar auszugraben war schwieriger, weil auch hier das Flussufer unberührt aussehen sollte. Elspeth zog mit ihrem Stock eine Linie um den Rand des Steins, und Gryn und Tarran entfernten Gras und Erde. Indem sie ihren Stock als Hebel einsetzte, lockerte sie den Stein. Sobald das Gras um den namenlosen Stein festgetreten war, hoben sie *Llech-lafar* auf den Karren und bedeckten ihn mit alten Decken, die Valas Enkelin ihnen überlassen hatte.

Elspeth sah zu, wie Kei den Karren zum Dorf begleitete. Er sollte hinter Modlens Haus stehen, wo er seit ihrer Ankunft in Tyddewi seinen Platz gefunden hatte. Mit etwas Glück würde niemandem etwas auffallen.

Das Glück war ihr gewogen, seit sie nach Wales gekommen war. Sie hoffte, es würde ihr noch eine Weile treu bleiben.

Der Regen hatte fast aufgehört, als Tarran durch das feuchte Gras am Grund des offenen Tales schritt, in dem die Ruine der Kathedrale stand. Er hatte gehört, dass sie ein großartiger Bau gewesen war, St. Davids Namen würdig, und dass der Bau, der die Ruine ersetzen sollte, noch größer werden sollte. Es würde Jahre dauern, die Kathedrale neu aufzubauen, doch konnte sie fertig sein, wenn er, falls er Bradwr ap Glew übers Meer folgen musste, aus Fürst Madocs sagenhaftem Land zurückkehrte.

Er zog den Dolch, den er neben seinem eigenen trug. Addfwyns Klinge hätte Elspeths Blut vergießen können. Wie nie zuvor stellte er seinen Schwur, Bradwr ap Glew zu töten, in Frage. Es war einfach, für die Vergeltung alles zu riskieren, ehe Elspeth in sein Leben getreten und in seinen Armen gelandet war. Doch hatte er Addfwyn einen Eid geschworen, und diesen galt es zu erfüllen, auch wenn es den eigenen Tod bedeutete.

Nahe der Kathedrale hielt etwas seinen Blick fest. Elspeth! Er erkannte ihre Silhouette, die seinen Händen allzu vertraut war. Er stapfte durch das kniehohe Gras des vergangenen Jahres, das mit viel kürzeren, frischen grünen Halmen durchsetzt war, und sagte, als er nahe genug war und sie ihn hören konnte: »Du hättest nicht allein hierherkommen sollen.«

»Ich weiß.« Sie blickte zum Fluss.

Er legte die Hand auf ihre Schulter, und sie lehnte sich an ihn. Die Bewegung war vertrauensvoll und unschuldig. Es gab noch immer viel, was sie von ihm nicht wusste. Er hatte ihr nichts von den dunklen Albträumen verraten, die ihn heimgesucht hatten, ehe sie neben ihm schlief. Die bösen Träume waren vergangen, doch tagsüber verfolgte ihn die Vorstellung, auf immer von ihr getrennt zu werden. Elspeth hatte nichts davon gesagt, in Cymru zu bleiben, sobald sie ihr Königin Eleanor gegebenes Versprechen eingelöst hatte.

»Wohin starrst du?«, fragte er.

»Zum Fluss. Ich frage mich, ob Druce aufrichtig war oder log, als er uns auf *Llech-lafar* aufmerksam machte.«

»Du sollst nicht zusätzlich Ärger herbeireden. Davon haben wir schon mehr als genug.« Er stöhnte so übertrieben, dass sie lachte.

»Na schön.« Sie legte den Kopf an seine Schulter. »Ich will davon ausgehen, dass wir den richtigen Stein haben. Und wir werden eine Möglichkeit finden, Druce zu überreden, dass er nicht mit uns weiterzieht. Vielleicht behagt ihm der Anklang, den er im Dorf mit seinen Geschichten findet, so sehr, dass er bleibt.«

Der Wind wehte ihnen Regen ins Gesicht, und sie beugte den Kopf vor, als sie die Kapuze ihres Mantels hochschob. Es war nicht kalt, doch der frische Wind heulte um die Ruinen, als beklage er die Zerstörung der Kathedrale.

»Hier herrscht Leere«, sagte Tarran.

»So wie jene, die du in dir verspürst.«

Er schüttelte den Kopf, ehe ihm einfiel, dass sie es nicht sehen konnte. »Was ich empfinde, ist nicht Leere. Es ist ein Hunger, der nicht gestillt werden kann, solange Bradwr ap Glew am Leben ist.«

»Aber was bleibt übrig, wenn du deinen Feind tot zu deinen Füßen sehen wirst?«

»Triumph.«

Sie drehte sich um. »Triumph vergeht. Und was dann?«

»Ich werde …«

Hinter ihm raschelte es im Gras, und er fuhr herum. Metall blitzte auf, er zog sein Schwert. Zugleich stieß er mit aller Kraft Elspeth fort und hob es an. Der Mann, der das einfache Gewand von Druces Leuten trug, schlug mit seiner Waffe gegen Tarrans Klinge.

Tarran parierte jeden Hieb und wartete auf die Öffnung, die es ihm gestatten würde, seinen Angreifer außer Gefecht zu setzen. Er spürte eher als dass er sah, wie Elspeth sich näherte, einen Stock bereit in ihren Händen.

»Bleib zurück!«, befahl er.

»Ich möchte helfen!«, rief sie.

»Zurück!« War ihr denn nicht klar, dass sie ihren Stock nicht einsetzen konnte, wenn er und sein Angreifer so eng beisammen standen? Eine einzige Fehleinschätzung, und sie hätte Tarran anstatt des anderen treffen können.

Wie staunte er, als der Stock zwischen ihnen niedersauste, keinen traf, aber haargenau auf dem Schwert seines Angreifers landete. Der Mann hob sein Schwert und schlug damit auf ihren Stock ein.

Der im Feuer mürbe gewordene Stock aus der Ruine brach. Wieder schwang der Mann sein Schwert. Sie versuchte auszuweichen, doch die Klinge schnitt ein paar rote Locken ab.

Blind vor Wut, weil der Mann Elspeth angegriffen hatte, stieß Tarran sein Schwert in ihn. Der Mann schrie auf und brach zusammen, eine Hand auf die Wunde gedrückt, aus der Blut floss, über sein Gewand und ins Gras.

Tarran stürzte zu Elspeth. Sie starrte den Mann an, und als Tarran die Hand auf ihren Arm legte, zuckte sie zusammen und wich mit einem Aufschrei zurück.

»Bist du verletzt?«, fragte er.

»Du … du hast ihn getötet …« Sie drehte sich um und taumelte ein paar Schritte weiter, ehe sie auf die Knie fiel und sich heftig übergab.

Er legte eine Hand auf ihr Haar, ratlos, was er sagen sollte. Mit einem Blick auf den Mann am Boden sagte er: »Ich muss ihn befragen, solange es noch möglich ist.«

Sie nickte und schlang ihre Arme um sich.

Er wollte sie nicht allein lassen, während sie würgte, doch war er nicht sicher, wie lange der Mann noch leben würde. Er ging zu dem im roten Gras Liegenden, kniete nieder und fragte: »Wer will meinen Tod?«

»Das wisst Ihr!«, würgte der Mann hervor, dessen Mut sich nicht mit seinem Blut verflüchtigte.

»Wüsste ich es, würde ich nicht fragen.« Wieder hörte er das Gras rascheln. Elspeth kam zögernd näher. Ihr Gesicht war aschgrau wie jenes des Sterbenden, als sie sich neben ihm hinkniete. »Wer möchte meinen Tod?«

»Bradwr ap Glew will, dass Ihr für Addfwyns Tod büßt.«

Tarran zuckte zurück. »Ich – büßen? Er war der Täter.«

»Ihr habt das Verbrechen begangen, Fürst Tarran ap Llyr.«

»Wo ist Bradwr ap Glew? Blieb er in Cymru oder segelte er mit Fürst Madoc?«

»Mein Vetter ist überall.« Der Mann rang um Atem, und Elspeth streckte die Hand nach ihm aus.

Tarran winkte sie fort.

»Aber ich könnte …«, setzte sie an.

»Still, Elspeth!«

Sie kauerte auf ihren Hacken und furchte enttäuscht die Stirn.

Er war versucht, sie zu trösten, doch dazu war keine Zeit. Er beugte sich über den Mann. »Antworte! Wo ist Bradwr ap Glew?«

»Er wartet auf die Kunde von Eurem Tod, Fürst Tarran.«

»Wo? Wo wartet er?« Seine Faust, die auf den Boden hieb, verlieh jedem Wort Gewicht. »Sag es! Ist er in Cymru?«

»Er ist dort, wo er wartet, um von Eurem Tod zu hören.« Der Mann versuchte ihn anzuspucken, wurde aber wieder von einem heftigen Würgen überfallen. »Er wird Euch finden, Fürst Tarran. Ich habe versagt, doch stehen andere bereit.«

»Wer?«

Der Mann gab keine Antwort und nestelte oben an seinem Gewand.

Tarran sah einen Lederriemen. Er zog ihn unter dem Stoff hervor, wobei etwas herausrutschte. Trotz des Regens schimmerte die Perle.

»Kennst du Druce, den Dichter?«, wollte Tarran wissen.

Der Mann ließ ein Gurgeln hören, sein Kopf sank zur Seite.

Elspeth entrang sich ein halbes Schluchzen, als Tarran dem Mann das Band vom Hals riss, ehe er ihm die Lider über den starren Augen schloss. Er drehte sich um und zog sie in die Arme. Zitternd wie ein verängstigtes Kind weinte sie sich an seiner Brust aus.

»Es tut mir leid.« Jedes ihrer Worte wurde von einem Schluchzen unterbrochen. »Ich weiß, dass du getan hast, was du tun musstest.«

»Aber?«

»Noch nie sah ich einen Menschen so sterben.«

Er strich ihr über den bebenden Rücken. »Aber ich musste dich abhalten, dem Mann nachzujagen, der mich überfiel, als ich mit Heliwr auf der Beiz war. Was hättest du getan, wenn du ihn gestellt hättest?«

»Ich hätte ihm Vernunft eingeprügelt.« Sie schüttelte energisch den Kopf. »Nie hatte ich die Absicht, ihn zu töten.«

Die Daumen unter ihrem Kinn, hob er ihren Kopf an. Er sah ihr in die Augen, die grün waren wie das neue Gras unter ihm, und flüsterte: »Manchmal hat man keine andere Wahl.«

»Ich hoffe, dass es nie dazu kommt.«

»Das hoffe ich auch.«

Schon als er die Worte aussprach, wusste er, wie wertlos sie waren. Die Warnung des Toten hallte in seinem Kopf nach. Bradwr ap Glew wollte ihn tot sehen, und die Überfälle würden kein Ende haben, bis man entweder ihn oder Bradwr ap Glew zum Festmahl mit dem Tod schickte.

19

»Solch schändliche Taten werde ich auf meinem Land nicht dulden.« Druce blähte sich auf wie ein Frosch vor dem Quaken und blickte den im Eingang von Modlens Haus stehenden Tarran finster an. Immer wieder hatte er diese Worte wiederholt und dabei mit seinem Stock auf den Boden gestoßen, ohne dass sein Zorn verraucht wäre.

»Lord de Vay, der diese Besitzungen für den König als Lehen verwaltet, wird verstehen, dass ich den Mann daran hindern musste, Elspeth zu töten.« Tarrans deutliche Worte konnten seine Erregung nicht verbergen. »Er wird einsehen, dass wir uns gegen den Überfall zur Wehr setzen mussten.«

Elspeth, die auf der feuchten Stufe unter Tarrans Standort saß, wollte nach seiner Hand greifen, ließ ihre Finger aber verschränkt im Schoß liegen. Nach dem anfänglichen Schock über den Tod des Mannes drängten sich ihr viele Fragen auf. Die wichtigsten waren: Was hatte Tarran getan, dass sein einstiger Freund und Ziehbruder ihn hasste und ihm die Schuld an Addfwyns Tod gab? War es denn möglich, dass Bradwr ap Glew unschuldig war?

Druce runzelte die Stirn. »Ihr solltet mein Land verlassen.«

»Wir brechen auf«, sagte Tarran. »Mein Anliegen in Tyddewi ist erledigt.«

»Gut! Ich möchte nicht länger säumen, zu meinem Volk zurückzukehren, das mich braucht.« Druce streckte schwungvoll die Hände aus. »Doch kann ich die Menschen hier nicht Euren Mordgelüsten ausliefern.«

Orwig zupfte an Druces Überwurf, und Druce sah ihn an. Ratlos, wie die beiden sich verständigen konnten, wenn Orwigs Gesicht von der Kapuze verborgen blieb, versagte Elspeth sich jede Bemerkung. Druces goldener Stab schimmerte, als die beiden sich entfernten.

Tarran sah seine Leute an und wies mit einer Kopfbewegung auf die zwei Männer. Mit erwartungsvollem Lächeln glitten sie davon, um Druce und Orwig zu folgen.

»Ich wünschte, ich könnte glauben, dass *dieses* Problem gelöst ist«, sagte Elspeth als sie aufstand.

Tarran nickte. »Wer diesen Männern traut, verdient es, durch ihre Bosheit zu Schaden zu kommen.«

»Welche Art von Bosheit?«

»Harmlose, hoffe ich.«

»Glaubst du das wirklich?«, fragte sie schockiert.

»Ich würde es gern glauben, aber Druce und seine Schar wollen etwas. Ob sie begriffen haben, dass sie es von uns nicht bekommen werden, oder ob ihr Weggang nur eine Finte ist, spielt keine Rolle. Wir werden sie und alle anderen genau im Auge behalten, die uns an der Erfüllung unserer Aufgaben hindern wollen.«

»Ich wünsche, mir würde sich nicht der Gedanke aufdrängen, dass es besser wäre, wenn Druce sich nicht auf den Weg gemacht hätte.«

»Warum?«

»Dann wüsste man wenigstens, wo er ist.«

Er sah sie an und nahm ihre Hände. »Du hättest versuchen können, ihn zum Bleiben zu überreden. Aber du sagtest kein Wort, als Druce mich anschnauzte.«

»In seiner Nähe etwas zu sagen, ist nicht leicht.« Sie

versuchte ein Lächeln. Es war zwecklos, da ihre Lippen bebten und ihr Tränen in die Augen schossen.

»Was ist denn, Elspeth?«

»Ich muss an den Mann denken, der sagte, Bradwr ap Glew gäbe dir die Schuld an Addfwyns Tod.«

»Warum?«

Sie benetzte ihre Unterlippe, da die Worte nicht leicht auszusprechen waren. »Was, wenn er sie nicht tötete? Wenn es ein anderer war, der die Spuren so hinterließ, dass alles auf Bradwr ap Glew deutete?«

Er führte ihre Hände an seinen Mund und küsste erst eine, dann die andere. »Lass dich von diesen Finten nicht verwirren. Ich kenne ihn gut, und ich weiß noch, wie oft er anderen Streiche spielte. Sein Ziel war es immer, die Menschen so zu verblüffen, dass sie etwas aus dem Rahmen Fallendes taten. Er fand es amüsant. Jetzt versucht er dasselbe, nur mit größerer Wirkung, wenn jemand darauf hereinfällt.« Er strich mit dem Handrücken ihr Kinn entlang. »Elspeth, bis jetzt hast du die Anschuldigung nicht erwähnt, die der Mann erhob.«

»Dass du Addfwyn getötet hättest?«

»Ja.«

»Da gibt es nichts zu sagen. Ich sah deinen Kummer, und ich weiß, dass er echt ist.« Sie legte die Hand mitten auf seine Brust. »Ich kenne den Menschen in dir. Er ist ein Ehrenmann, einer der glaubt, er hätte die Frau, die er liebte, im Stich gelassen und müsste diesen Fehler gutmachen, indem er alle in seiner Umgebung übertrieben zu beschützen trachtet. Ich weiß, dass du sie nicht getötet hast, aber Bradwr ap Glew …«

»… tötete Lady Addfwyn«, sagte Vala, als sie in der

Tür erschien. »Das weiß ich so sicher, wie ich weiß, dass ich in Tyddewi bin. Für einen Menschen, der gut hätte sein sollen, war er böse.«

Tarran ließ Elspeths Hände los und legte seine Hand auf Valas bebenden Arm. »Das wissen wir Vala, aber Elspeth tat recht daran, zu fragen. Sie kennt Bradwr ap Glew nicht so wie wir.«

»So wie wir ihn zu kennen glaubten.« Sie schüttelte den Kopf. Sich nach beiden Seiten umblickend sagte sie leise: »Der Karren und seine Last machen meine Enkelin nervös. Wir müssen sofort darüber sprechen.«

Elspeth folgte der alten Frau ins Haus. Tarran schloss die Tür hinter ihnen. Die auf dem Feuer kochende Suppe duftete einladend, aber Elspeth wusste, dass sie nicht für sie bestimmt war. Modlen sorgte sich zu Recht um die Sicherheit ihres Heims und ihrer Großmutter.

»Wir wollen im Morgengrauen aufbrechen«, sagte Tarran. »Wenn du willst, lasse ich einen anderen Mann da, weil Iau euch nicht viel Schutz bieten kann, sollte Druce zurückkommen.« Er sah Elspeth an, und um seinen Mund zuckte es, ehe er hervorstieß: »Oder ein anderer.«

»Nimm alle deine Leute mit.« Vala bewegte unruhig ihre Finger im Schoß. »Die Gefahr zieht mit euch. Falls jemand argwöhnt, was ihr plant …«

Elspeth setzte sich neben sie und legte der alten Frau eine Hand tröstend auf den Arm. »Ich sah Leute an den Fluss gehen, um *Llech-lafar* zu betrachten. Niemand hat Alarm geschlagen.«

»Wenn ihr durch Pembroke kommt, könnte jemand fragen, was sich unter den Decken auf dem Karren befindet.«

Tarran schlug mit der Hand auf den Türrahmen. »Daran dachte ich gar nicht. Die Lords der Grenzmarken behaupten, im Interesse des Königs zu handeln, wenn sie von allen Durchreisenden Zölle erheben. Eine Ironie des Schicksals, dass nun *wir* im Interesse des Königs handeln und sie mit ihrer Habgier alles verderben könnten.«

»Ich habe einen Vorschlag.« Elspeth schluckte schwer und wünschte, sie hätte eine andere Idee präsentieren können. Jede andere Idee. »Es befahren ja nicht nur Händler die Straßen mit Karren.«

»Wer sonst?«

»Wandernde Schausteller.« Sie blickte über die Schulter, als die Tür aufging und Tarrans Männer eintraten.

Seith nickte Tarran wortlos zu, ehe er sich auf dem Boden niederließ. Sie hoffte, dies bedeutete, dass Druce und sein Begleiter sich schon weit auf dem Rückweg zu ihren Leuten befanden.

»Das kann nicht dein Ernst sein!«, erwiderte Tarran, und sie wusste, dass er nur an ihren Vorschlag dachte.

Elspeth fragte sich, ob ihm wohl bewusst war, wie liebenswert seine rechtschaffene Empörung war, liebenswert und sogar ein bisschen zum Schmunzeln.

»Ein vernünftiger Vorschlag«, sagte Vala, griff nach ihrer Näharbeit und stichelte im Rhythmus ihrer Worte. »In Pembroke wird niemand auf die Idee kommen, ihr könntet etwas anderes als jene Utensilien mit euch führen, wie sie Gaukler benötigen.«

»Niemand wird ahnen, dass wir Merlins Stein haben.« Elspeth wusste Valas Zustimmung zu schätzen. Vielleicht war die Idee doch nicht ganz verrückt.

»Aber wo finden wir die Darsteller?«, fragte Seith.

Sie konnte jetzt stumm bleiben und es den anderen überlassen, Leute zu finden, die für Darbietungen sorgten, falls jemand Verdacht schöpfte. Aber das Engagieren von Darstellern war zeitraubend, und die Zeit wurde knapp.

»Wir haben alle nötigen Darsteller hier«, sagte sie leise.

»Wo?«

Vala lächelte. »Ich verstehe.«

»Ach?« Tarran sah die alte Frau an. »Kannst du es mir erklären?«

»Wir selbst können die Darsteller sein«, sagte Elspeth.

Er sah erst sie, dann Vala misstrauisch an.

Die alte Frau hob die Hände und lachte. »Versuche ja nicht, mich mit deinem durchdringenden Blick, den du von mir gelernt hast, niederzumachen. *Du* hast dein Talent verraten, als du die Sage von der Kapellenglocke erzähltest. Wir anderen können uns noch erinnern, wie gern du gesungen und Gedichte vorgetragen hast.« Ihr Lächeln schwand. »Ich weiß noch, was für ein Mensch du warst, ehe du die tote Addfwyn gefunden hast, und ich wünschte, du würdest dich auch an diesen Menschen erinnern.«

»... der seine Frau einem Mörder auf Gedeih und Verderb auslieferte!« Er stürmte durch den engen Raum. »Warum sollte ich diesen Toren wieder zum Leben erwecken wollen?«

»Weil wir ihn brauchen.«

Auf Elspeths leise Erwiderung hin blickte er sie an. Sie sah Schmerz hinter seinem Zorn und seinem Verlangen nach Vergeltung. Er hatte versucht, einen Teil seiner Persönlichkeit zu verleugnen, und hatte es nicht geschafft.

Sie legte ihre Finger auf seine Schulter. Leise, so leise,

dass sie selbst die Worte kaum hören konnte, sagte sie: »Tarran, ich möchte den Mann kennen lernen, der du warst. Ich möchte deinen Mund im Gespräch so ausdrucksvoll sehen, wie wenn er an meinem liegt. Ich versuche, dich mir lachend vorzustellen, wenn wir zusammensitzen. Nicht vor Sarkasmus oder Herablassung, sondern vor Glück.«

»Ich weiß nicht, ob ich das noch kann.« Er wandte sich zur Feuerstelle um.

»Du kannst es sehr gut. Sonst könntest du nicht lächeln, wenn du bei mir bist. Du darfst nicht glauben, dass du Addfwyn betrügst, wenn du die Mauern des Hasses niederreißt.«

»Wie kann ich das?«

»Sag es mir, Tarran, sag es mir aufrichtig. Würde sie wollen, dass du aus deinem Leben jegliche Freude verbannst? Du hast mir Addfwyn als bemerkenswerte Frau geschildert, mit einem Herzen, so großzügig, dass alle darin Aufnahme fanden. Sie liebte dich, und sie muss auch deine Musik und Poesie geliebt haben. Warum nicht? Ihre Heimat war Wales, und die Waliser genießen das Glück im Überschwang.«

Er sah sie an. In seinen Augen brannten Gefühle, die er sich geschworen hatte, niemals wieder zu empfinden. »Ich bin glücklich, wenn ich bei dir bin, Elspeth. Mehr verlange nicht von mir, da ich meinen Addfwyn geleisteten Racheschwur nie vergessen werde.«

»Das würde ich niemals von dir fordern.« Sie legte ihre Hände auf seinen Arm. Ein Fehler, wie ihr klar wurde, als sie den Wunsch verspürte, sie ganz um ihn zu legen. Sie musste an die Aufgabe denken, die vor ihr lag, und nicht an ihre Sehnsucht, in seinen Armen zu liegen. »Aber ich bitte dich, mir zu helfen, mein Gelöbnis zu erfüllen.«

Kei lachte, als er an ihnen vorüberging, um eine Schüssel aus einem auf dem Feuer siedenden Topf zu füllen. »Sich als Gaukler auszugeben, klingt lustig, und es ist viel zu lange her, seitdem wir Spaß hatten. Stimmt's, Gryn?«

Sein Vetter sah nachdenklich drein.

»Ich weiß«, erwiderte Kei auf die wortlose Rüge, »dass wir eine Mission zu erfüllen haben, aber muss es dabei immer so trübsinnig zugehen?«

Seith tippte mit dem Finger an sein Doppelkinn. »Wir gelobten zu tun, was wir tun müssen. Wenn wir Gaukler spielen müssen, werden wir es tun. Was sollen wir machen, Lady Elspeth?«

Tarran juckte es in den Fingern, seinen Freund zu erwürgen. Von all seinen Männern war Seith ap Mil der vorsichtigste. Nie hatte er ihn zur Vernunft mahnen müssen. Seith war entschlossen wie er selbst, das Blut Bradwr ap Glews zu sehen. Und doch hatte er Elspeths lächerlichem Plan zugestimmt.

»Es gibt viele Darbietungen, die ihr vorführen könnt«, sagte Elspeth. »Die Menschen sehen gern, was sie selbst können, nur perfekter ausgeführt, wie mein Vater gern sagte, wenn er mich unterrichtete.«

Ihr Erbleichen verriet ihm, dass ihr etwas ungewollt herausgerutscht war.

Er sah seine Männer an und bedeutete ihnen mit einer Kopfbewegung zu verschwinden, worauf sie im Gänsemarsch das Haus verließen. Vala zog sich mit einer gemurmelten Entschuldigung in den Nebenraum zurück und zog den Vorhang vor.

Elspeth hielt den Kopf gesenkt, der rötliche Haarvorhang verbarg ihr Gesicht. Ihre fest verschränkten Finger waren ein Zeichen ihrer Niedergeschlagenheit.

»Ich dachte, dein Vater wäre ein normannischer Lord«, sagte er so leise, dass seine Worte hinter dem Vorhang nicht gehört werden konnten.

Sie schüttelte den Kopf. »Nein, er war wie meine Mutter Darsteller einer Wandertruppe.«

»Du hast mich also belogen?«

»Es war nicht so sehr gelogen«, antwortete sie und hob ihren Blick. »Ich ließ zu, dass du glaubtest, was du für die Wahrheit hieltest. Tarran, ich versuchte es dir unter den Bäumen zu sagen, als ...« Farbe stieg ihr ins blasse Antlitz. Er fand ihre Scheu, mit der sie von ihrem ersten Stelldichein sprach, betörend.

»Aber ich hinderte dich daran.«

»Ja.«

Er setzte sich auf die Bank. Als sie sich neben ihm niederließ, rührte er sie nicht an. Hätte er es getan, würde er alles vergessen außer seinem Verlangen, sie von Neuem zu entdecken, die Düfte ihrer Haut zu spüren, die er gern noch genauer erkunden wollte, ihre eifrigen Reaktionen auszukosten, Befriedigung seines Begehrens mit ihr zu finden ... nur um sie noch mehr zu begehren.

»Warum hast du mir nicht gleich die Wahrheit gesagt?«, fragte er.

»Ich könnte sagen, dass ich es für unangebracht gehalten hätte, wenn die Tochter eines Schaustellers die irrige Annahme eines Fürsten korrigiert.«

»Das könntest du sagen, doch gibst du dich mit so wenigen Worten nie zufrieden.«

»Stimmt.« Sie lächelte flüchtig. »Tarran, du musst wissen, dass ich dich nicht in der Hoffnung belog, du würdest mich als ausreichend ebenbürtig für ein gemeinsames Leben ansehen.«

»Und ich versuchte mich von dir fernzuhalten, weil ich glaubte, du wärest die Tochter eines normannischen Lords, dessen Familie mich nur als Bastard ansehen würde.«

»Oder zumindest zur Hälfte.«

Ehe er auf ihre Neckerei antworten konnte, flüsterte sie: »Ich spreche nur selten von meinen Eltern. Ich schäme mich ihrer nicht, aber ich musste mich nach ihrem Tod an ein neues Leben gewöhnen.«

»Du hast sie nie betrauert?«

»Nein.« Sie zwinkerte die Tränen fort, die ihre Augen füllten.

»Wie fanden sie den Tod?«

»In einer Stadt, in der wir auftraten, wütete ein Fieber. Als meine Eltern die Gefahr entdeckten, war es zu spät. Wir zogen weiter, doch selbst wenn sie lange genug überlebt hätten, wäre uns in der nächsten Stadt kein Einlass gewährt worden.« Sie kaute an ihrer Unterlippe. »Ich konnte nichts anderes tun, als ihnen feuchte Tücher auf die Stirn zu drücken und ihnen in Milch gekochtes Fingerkraut einzuflößen. Etwas anderes wollte mir nicht einfallen, ich war ja kaum zehn Jahre alt.«

Er strich ihr das Haar aus dem Gesicht. »Du hast es so gut gemacht wie jeder Arzt. Die alten Waliser hätten gesagt, dass ihre Zeit gekommen war, ins Land Annwfn überzusetzen.«

»Was ist das?«

»Du weißt es. Du warst dort, als …« Eine Verwünschung entschlüpfte ihm.

Elspeth wich zurück. »Ich war da? Was ist Annfwn?«

Als er aufstand und sich entfernen wollte, trat sie vor ihn hin. Breitbeinig und mit verschränkten Armen baute sie sich vor ihm auf.

»Du kannst es mir ebenso gut gleich sagen«, sagte sie. »Tust du es nicht, werde ich Vala oder einen deiner Männer fragen. Wir brechen nicht vor Tagesanbruch auf, du hast also die ganze Nacht Zeit, es mir zu erzählen.«

»Also gut. Annfwn ist das Land, über das der Tod herrscht.«

»Aber du sagtest, ich wäre dort gewesen.«

»In einem Albtraum.«

»Tarran, es tut mir leid. Ich …«

Seine Hände umfassten ihre Schultern, um dann an ihren Armen herunterzugleiten. Als seine Fingerspitzen ihre Brüste streiften, stöhnte sie leise auf.

»Jetzt weißt du es«, flüsterte er. »Und du solltest wissen, dass ich nicht von Albträumen sprechen möchte, wenn wir die ganze Nacht *einer* Sache widmen.« Er drückte seine Lippen an ihren Hals, sein heißer Atem drohte sie in Flammen zu setzen. »Ich möchte nicht an die Zukunft denken, nur an die gemeinsame Nacht.«

»Wir müssen an die Zukunft denken.« Sie streichelte lächelnd sein Gesicht. »Wir müssen entscheiden, was du bei unseren Vorstellungen zeigen wirst.«

»Ich? Ich soll auftreten?« Er schüttelte den Kopf. »Das ist absurd.«

»Warum? Weil du *Fürst* Tarran bist?«

Er ging zur Feuerstelle. Als sie ihm wieder den Weg

vertrat, umging er sie. Sie vertrat ihm ein drittes Mal den Weg. Mit einer Verwünschung hob er sie hoch und stellte sie seitlich ab. Er machte noch einen Schritt, ehe sie seinen Arm packte.

Er fuhr herum und sagte wie schon so oft: » Genug, Elspeth. Ich muss …«

»… auf die Vernunft hören.« Sie schlang die Arme um seinen Kopf und sprang auf ihn zu.

»Was machst du da?«, fragte er. Oder wollte es fragen, da die Worte sich in einen ungläubigen Aufschrei auflösten, als ihre Füße vorschnellten und ihn auch schon umstießen, ehe ihre Beine die Bewegung vollendet hatten.

Sie stürzten zu Boden. Sie hielt seinen Kopf nahe bei sich, als sie aufschlugen. Ehe er reagieren konnte, lag er auf dem Rücken und sie saß auf ihm und drückte seine Rechte auf den Boden.

Die Tür flog mit einem Krach auf, und seine Männer, die der Lärm im Haus alarmiert hatte, spähten herein. Vor Lachen wiehernd zeigten sie mit den Fingern auf ihn.

Vala schob den Vorhang beiseite. Ihre Besorgnis wich Belustigung, als sie sah, dass er unverletzt war.

Bis auf meinen Stolz. Der hatte gelitten, nachdem ihn eine um einen Kopf kleinere Frau zu Fall gebracht hatte. Sie war verrückt! Oder war er derjenige, der den Verstand verloren hatte? Als er sah, wie ihr rotes Haar um ihre Schultern hüpfte und ihre Brüste sich mit ihren raschen Atemzügen bewegten, war sein einziger Gedanke, sie näher an sich zu ziehen.

Er schrie auf, als er seinen rechten Arm zu bewegen versuchte. Ihr Daumen drückte in sein Handgelenk und ließ ihn nicht los.

»Loslassen!«, befahl er.

»Nicht ehe du einwilligst, mit uns aufzutreten, Tarran!« Ihr Kinn reckte sich ihm entgegen.

Wenn er wollte, konnte er sie mit einem Schlag zum Verstummen bringen, doch hatte er nicht die Absicht, sie zu schlagen. *Auch wenn du es könntest,* wie er zugeben musste. Noch nie hatte er jemanden gesehen, der so schnell und kontrolliert handelte wie sie, als sie ihn umwarf.

»Gehört das zu deinen Bühnentricks?«, fragte er.

»Das war kein Trick, sondern Übung und Geschicklichkeit.« Sie beugte sich vor. »Wirst du mir helfen?«

»Habe ich eine andere Wahl?«

»Die hast du, doch gibt es nur eine richtige Entscheidung, wenn wir das Leben des Königs retten wollen.« Sie gab seinen rechten Arm frei und richtete sich auf, um dann gegrätscht über ihm zu stehen. »Du musst dich selbst fragen, ob du mehr bedauern wirst, mir geholfen oder nicht geholfen zu haben.«

Er packte ihre Fessel, um sie zu Fall zu bringen, wieder aber war sie schneller als er. Ehe er reagieren konnte, hatte sie sein Handgelenk gepackt und verdrehte es bis knapp vor den Schmerzpunkt. Er machte den Mund auf, um zu antworten, da verlagerte sie ihren Griff, und ein Stich durchschoss seinen Arm.

»Antworte nur auf die Frage, was du mehr bereuen würdest.« Sie war nicht atemlos. Man hätte meinen können, sie täte nichts Anstrengenderes, als eine Suppe umzurühren. »Nun, was sagst du?«

»Bringt mir eine falsche Antwort ein gebrochenes Handgelenk ein?«

Wieder ertönte schallendes Gelächter von seinen Männern.

»Es gibt keine falsche Antwort«, sagte sie, noch immer ernst.

»Ich sagte, ich würde dir auf jede mir mögliche Weise helfen, selbst wenn es bedeutet, dass ich mich von hier bis St. Govan's Head zum Narren mache.«

Sie ließ sein Handgelenk los. Als er sich aufsetzte und es massierte, ging sie vor ihm in die Hocke, dass ihre Augen auf gleicher Höhe waren. »Das ist die richtige Antwort, Tarran.«

»Ich dache, du hättest gesagt, es gäbe keine falsche Antwort.«

»Es gab keine, doch gab es nur eine richtige.«

»Vermutlich werde ich bereuen, dir so geantwortet zu haben.«

Sie lachte. »Das wirst du vermutlich.« Sie beugte sich vor, um ihren Mund auf seinen zu drücken, und zögerte.

»Nichts hat sich zwischen uns geändert«, flüsterte er. »Wir sind dieselben wie immer.« Er zog sie an sich, und sie wurde weich unter seinem Kuss.

Sie durfte nicht ahnen, keinen einzigen Augenblick, wie sehr er es hasste, dass er ihre gemeinsame Zeit verkürzte, indem er ihr half. Addfwyn war ihm viel zu rasch genommen worden, und sobald Elspeth ihre Mission für die Königin erfüllt hatte, würde auch sie gehen. Er hatte geglaubt, Addfwyn an den Tod zu verlieren, wäre der größte Schmerz, den er je empfinden würde … bis jetzt.

20

Als Tarran neben dem Karren durch das Dorf Pembroke zog, fühlte er sich völlig fehl am Platz. Eine Plane überspannte den Karren und verbarg *Llech-lafar*. Elspeth versicherte ihm, dass das Gefährt nun aussah, als gehöre es einer richtigen Wandertruppe.

Während das Ochsengespann langsam den steilen Hang hinuntertrottete, sah er, dass zwischen den Burgmauern auf dem diesseitigen Ufer und einer Priorei am Gegenufer ein Fluss dahinströmte. Die Priorei stand höher auf ihrem Hügel, und er fragte sich, ob der Burgherr nicht gern getauscht hätte, um im Falle eines Angriffs den besseren Aussichtspunkt zu haben.

Elspeth hatte darauf bestanden, er solle zu lächeln versuchen, während sie sich durch die gewundenen Straßen bewegten. Er versuchte es, doch war sein Gesicht zu einer Grimasse verzogen, die jeden abstoßen musste, der in die Nähe kam.

Dasselbe konnte er von Elspeth nicht sagen. Sie frohlockte, weil sie ihre Geschicklichkeit allen zeigen konnte, die den Wagen umdrängten. Sie rief den Dörflern zu, sie sollten kommen und zusehen, während Kei und Gryn wie zwei große Kinder herumalberten. Gryn, der größere der beiden, balancierte seinen Vetter auf den Schultern. Kei streckte seine Hände aus, als wolle er eine Wolke einfangen.

Von dem Augenblick an, als sie die Holzpalisaden um den gemauerten Hauptturm von Pembroke Castle erblickten, hatte sie darauf bestanden, dass sie in ihre Rollen schlüpften. Seine Männer schienen begeistert, auch wenn sie schon Anzeichen von Überdruss gezeigt hatten, die Tricks, die sie ihnen beigebracht hatte, nach der langen Wanderung über das Küstengebirge allabendlich zu üben.

Als Heliwr auf seiner Hand heftig mit den Flügeln zu schlagen begann, beruhigte Tarran den Vogel mit sanften Worten und einem Stück Fleisch. Die neugierigen Dorfbewohner, die den Falken aus der Nähe sehen wollten, verscheuchte er mit einer Handbewegung. Hätte er sicher sein können, dass die Geräusche des Vogels im Karren keine Aufmerksamkeit auf sich zogen, hätte er es Heliwr überlassen, *Llech-lafar* zu bewachen.

Kinder rannten vorüber und zerrten ihre Eltern mit. Er sah zu, wie sie zu Elspeth liefen, die zwei Stöcke in der Hand hielt. Keine Kampfstöcke, sondern Stelzen, da sie mit zwei Querhölzern versehen waren.

Er staunte nicht schlecht, als sie sich auf die Stelzen schwang und mit ihnen losstakte, ohne zu wackeln. Vor den Kindern hielt sie an und streckte die Hände in die Höhe. Sie klatschten begeistert und bettelten darum, es auch versuchen zu dürfen.

»Sie hat viele überraschende Fähigkeiten, Fürst Tarran«, sagte Seith.

»Gib acht, wie du mich nennst.«

Seith entschuldigte sich und lief rot an. »Ich werde froh sein, wenn das Dorf und ihre Mission hinter uns liegt.«

»Und sie auch?«

»Das fragt Ihr *mich*?« Der große Mann war verdutzt. »Die Entscheidung liegt bei Euch.«

»Ich würde gern deine Meinung hören.«

»Meine Meinung ist, dass niemals wieder Ruhe einkehrt, wenn sie in der Nähe ist.« Er ging nach vorne, um die Ochsen anzutreiben.

Tarran nickte. Wie immer waren er und sein vertrautester Gefährte einer Meinung.

Heliwr stieß einen schrillen Schrei aus, als die Kinder hinter der auf Stelzen gehenden Elspeth auf sie zugelaufen kamen. Sie sprang herunter und bot die langen Hölzer dem größten Kind an. Einem Mädchen, das auf die Querstreben stieg und prompt im Straßenschmutz landete. Die Kinder lachten ausgelassen, als sie es von Neuem versuchte.

Elspeth winkte ihnen lächelnd zu und ging zu Tarran, der dem Karren folgte. Ihr Gesicht, das ihr Haar wie ein roter Wirbel umgab, glühte vor freudiger Erregung. Das schwache Sonnenlicht, das sich durch die dichter werdende Wolkendecke drängte, genügte, um ihrem Haar einen Glanz zu verleihen, der zu den feurigen Gefühlen passte, die sich in ihren Augen widerspiegelten.

»Kann man die Ochsen nicht energischer antreiben?«, fragte sie, als Kei unter großem Beifall von den Schultern seines Vetters zu Boden sprang.

»Seith versucht, sie zu überreden.«

»Uns gehen die Kunststücke aus. Ich machte das Angebot, gegen jeden anzutreten, der mich mit einem Kampfstock herausfordert.«

»Hältst du das für klug?«

Sie zuckte mit den Schultern. »Das kann ich nicht sagen, doch muss ich für allgemeine Belustigung sorgen, bis der Karren das Dorf hinter sich lässt.«

»Ich kann Heliwr fliegen lassen.«

»Erst wenn es sein muss. Die wenigsten Wandertruppen könnten sich einen Falken leisten. Falls jemand von den Burgmauern herunterblickt, darf er nur Artisten und begeisterte Zuschauer sehen.«

»Wie froh werde ich sein, wenn wir erst außerhalb der Reichweite der Bogenschützen der Burg sind.«

Sie sah ihn mit gespieltem Erstaunen an. »Hast du denn keinen Spaß dabei?«

»Nein.«

»Wenn du lächeln würdest, würdest du dich auch mehr amüsieren.«

»Über diese Possenreißerei?«

»Meine Familie fand es nicht unter ihrer Würde, anderen Freude zu bereiten. Du solltest dir nicht zu gut dafür sein.« Sie tippte ihm mitten auf die Brust. »Tatsächlich solltest du deine Würde viel bereitwilliger vergessen, um deinen Lehensherrn zu schützen.«

Er umfasste ihren Finger. »Berühre mich, *cariad,* und wir werden diesen Menschen etwas wirklich Bemerkenswertes vorführen.«

»Mir gefällt, was du jetzt denkst.«

»Woher weißt du, was ich denke?«

Sie berührte den Punkt zwischen seinen Augen. »Ich kann es hier sehen.« Ihre Finger glitten über seine Lippen, über sein Kinn und hinunter zur Brust. »Und hier.«

Als er sie einfing, ehe sie seinen Gürtel erreichten, murmelte er: »Gib acht, da es keiner Überredung bedarf, dich auf den Karren zu werfen und zu lieben.«

»Ich will es mir merken.« Elspeth drehte sich um und ging ein Stück zurück, bis zu einem Jungen, der es auf den Stelzen versuchte. Sie wollte sicher sein, dass keines der Kinder sich verletzte.

»Elspeth?«

Die Sanftheit in Tarrans Ton bewirkte, dass sie sich umdrehte. Sie hörte diesen Ton so selten, wenn sie sich auch seiner Zärtlichkeit ständig bewusst war. »Ja?«

»Es ist keineswegs so, dass ich diese Possen als meiner nicht würdig ansehe. Wenn du das glaubst, tut es mir leid.« Er ging zu ihr und strich ihr übers Gesicht. »Ich ahnte nicht, dass dir dieses Leben fehlt.«

»Ich auch nicht.« Sie passte sich seinen Schritten an, als er sich umdrehte, um wieder dem Karren zu folgen, und wich einer Pfütze aus.

»Wie lange ist es her, seitdem du so übers Land zogst?«

»Ich hatte erst zehn Sommer erlebt, als meine Eltern starben.«

»Was geschah dann mit dir?«

Elspeth verzehrte sich danach, ihm die Wahrheit zu sagen, doch würde dies mit Sicherheit die Situation noch mehr komplizieren. Eine Lüge aber war ihr so widerwärtig, dass sich ihr Magen zusammenkrampfte.

»Ich begrub sie mitten in der Nacht auf dem nächsten Friedhof. Zumindest war dies meine Absicht. Der Priester fand mich und bot mir Schutz und Bleibe an. Bald musste er einsehen, dass ich im Dorf nie glücklich sein würde, und sandte mich zu Freunden, die mit einem Mädchen wie mir etwas anzufangen wussten.«

»Mit einem Mädchen, das es sich zutraut, die ritterlichen Künste zu erlernen?«

Sie lachte. »Das kam später. Ich hatte viel anderes zu lernen, da mein Unterricht sich bis dahin auf Jonglieren beschränkt hatte, auf Stelzengehen und …«

»… und darauf, auf einer Stange zu balancieren.«

»Meine Eltern versuchten, mich zu unterrichten, doch ich übte später weiter. Kinder lernen lieber alles allein.«

Er berührte ihre Wange so liebevoll, dass ihr Entschluss, ihren Kummer in der Vergangenheit zu lassen, fast dahin war. »Und du lerntest, für dich allein einzustehen.«

»Ja.«

»Eine Kämpferin, die allein steht.«

»Bist du nicht ein Mann, der allein gegen das Schicksal steht?«

»Nein. Ich habe meine Männer, die mein Verlangen nach Rache teilen.«

Sie schüttelte den Kopf. »Aber sie hätten sich nicht zu diesem Rachefeldzug aufgemacht, wenn du sie nicht darum gebeten hättest. Sie werden an deiner Seite kämpfen, doch bist du seit Addfwyns Tod allein. Wie lange wirst du noch allein sein, Tarran?«

Er gab keine Antwort, da Gryn herbeieilte. »Elspeth, Ihr müsst kommen. Die Leute wollen unterhalten werden, und Kei ist zu nervös. Dauernd lässt er die Säcke fallen, mit denen er jonglieren soll.«

Sie lachte. Die nicht sehr lernwilligen Vettern hatten nur eine begrenzte Vorliebe fürs Jonglieren gezeigt.

»Ich bleibe beim Karren«, sagte Tarran. »Geh und lenke die Leute ab.« Er fasste ihren Arm, ehe sie sich umdrehen konnte. Sein Kuss war süß und bitter zugleich, von der Sorge belastet, die er mit jedem Herzschlag fühlte.

Elspeth entspannte sich. Ihre Verpflichtung nahm sie allzu oft in Anspruch. Sie wollte in seinen Armen verweilen, sie wollte, dass sie offen über ihre Gefühle reden konnten und Leidenschaft ihren Schmerz bannte. Doch als sie mit Gryn ging, wusste sie, dass es heute nicht sein konnte.

Sie blickte zurück. Tarran war um eine gleichmütige Miene bemüht. Sie wollte ihn drängen, wieder zu lächeln, doch solange sein Herz gebrochen war, war es wohl unmöglich. Sie wünschte, sie hätte ihm ihr Mitgefühl zeigen können, musste jedoch ihrer Rolle und Verkleidung treu bleiben. Die Bürde ihrer Verpflichtung der Königin gegenüber lastete so schwer auf ihr, als trüge sie *Llech-lafar* auf dem Rücken.

Sie ging mit Gryn zu einer Gruppe von Zuschauern. Männer, Frauen und Kinder in der ländlichen Kleidung des Dorfes. Ihr fiel ein Mann in hellen Gewändern auf, der zum Kloster am anderen Flussufer gehören musste. Oder gehörte er zu Druce? Wie Tarran traute auch sie Druce nicht, und sie fragte sich, ob er seine Späher auf sie angesetzt hatte. Sie wollte es Tarran melden, sobald sie ihn und den Karren hinter dem Dorf eingeholt hatte.

Kein Mensch hatte für sie und Gryn einen Blick übrig. Und zu ihrer Erleichterung beachtete niemand den Karren, während er die Straße entlangrollte, die ein wenig bergab in den Schatten der Burg führte, wo der Fluss nicht viel breiter war als der Alun.

Die Menschen umstanden einen großen Felsblock, der ihr zuvor nicht aufgefallen war. Kein Felsblock, wie sie sah, als sie näher heranging, sondern ein Mann, neben dem sich sogar Seith klein ausgenommen hätte. Er hätte einer der Berge sein können, die in der Ferne aufragten. Sein Kopf wirkte klein im Vergleich zur Masse seines Körpers. Die Leute gestikulierten, und er drehte sich um. In seiner Hand lag ein Stock, so groß wie er.

Glyn fluchte. »Mylady, Ihr müsst nicht *alle* Forderungen annehmen.«

»Ich weiß.« Sie blickte über die Schulter zu den Holzpalisaden oberhalb des Flusses. Wachposten beobachteten ihren Durchzug, anstatt auf den Mauern zu patrouillieren. Sie musste alle ablenken, bis der Karren das andere Ufer erreicht hatte.

»Ich werde ihm sagen, dass Ihr die Absicht hattet, nur Forderungen von Frauen anzunehmen«, sagte Gryn.

»Nein.« Sie packte seinen Arm, um ihn daran zu hindern, auf den Riesen zuzugehen. »Wenn er Krach schlägt, weil ich mich weigere, werden die Wachposten von den Mauern kommen und Ordnung schaffen. Dann werden wir mit Fragen konfrontiert, die wir nicht beantworten können.«

»Lasst mich gegen ihn antreten, Mylady.«

»Wann hast du zuletzt einen Stock benutzt?«

Er trat auf der schlammigen Straße von einem Fuß auf den anderen. »Mein Schwert ist mir lieber.«

»Hier kannst du es nicht einsetzen.« Sie deutete auf den Wagen, der um eine Ecke bog und noch immer an der Burgmauer entlangratterte. »Bring mir meinen Stock.«

»Er könnte Euch töten, Mylady.«

»Ehe es dazu kommt, werde ich mich ergeben.«

Er lächelte andeutungsweise. »Gewiss. Bei Euch geht es nicht um Mannesehre.«

Nur um die Ehre der Abtei, hätte sie am liebsten zurückgeschossen.

Während Gryn davonrannte, um ihren Stock zu holen, ging Elspeth auf den Hünen zu. Er musterte sie kalt und lachte. Sie behielt ihren ruhigen Ausdruck bei.

Außer Reichweite seines Stockes, der an beiden Enden mit Eisen beschlagen war, blieb sie stehen. Ihr provisorischer Stock war nur aus Holz. Sie sah sich zwei Nachteilen gegenüber, ehe der Kampf begonnen hatte.

»Ihr wollt meine Forderung annehmen?«, fragte sie.

»Vielleicht wollt Ihr sie zurückziehen.« Sein Lachen war wie ein Donnerschlag.

Gryn kam keuchend dahergelaufen und übergab ihr den Stock. Er wollte etwas sagen, sie aber bedeutete ihm zu schweigen. Sie hob ihren Arm und warf den Stock nach rechts.

Der Große lachte wieder. »Wenn du aufgibst, bist du klug, Mädchen.«

Sein Lachen verstummte, als der Stock auf einen Stein auftraf und ihr zurück in die Hand sprang. Sie musste dem Kerl gleich von Anfang an zeigen, dass sie so gut war, wie sie von sich behauptet hatte. Sie schwang ihre Waffe und traf ihn fest in die Schulter.

»Vielleicht willst du aufgeben.« Ihn zu reizen, bis er die Beherrschung verlor, konnte ihre wirksamste Waffe sein.

Der Mann äußerte grollend eine Antwort. Er überragte sie weit, als er schwer auf seinen Fersen balancierte, um das Gleichgewicht nicht zu verlieren.

Elspeth wog ihren Stock mit beiden Händen. Sie beobachtete den Mann genau, als er vortrat. Seine langsamen Bewegungen ließen vermuten, dass er seine Kraft Mühsal und Plackerei verdankte. Als er einen Schritt näherkam, verströmte er den Geruch nach Mist und feuchter Erde.

Er stieß mit dem Stock gegen sie. Sie wurde einige Schritte zurückgeworfen. Gryn, der sie auffing, war es zu verdanken, dass sie auf den Beinen blieb. Sie dankte ihm mit einem Nicken und richtete sich auf.

»Kämpfst du immer so zurückhaltend?«, rief sie. »Sag mir, wenn du für eine richtige Runde bereit bist!«

»Ich bin bereit!« Er ließ den Stab um seinen Kopf kreisen. »Bist du so weit?«

Wie gern hätte sie gerufen: »Nein!«. Stattdessen suchte sie sich eine Stelle, von der aus sie jede seiner Bewegungen einschätzen konnte. Sie wich mit einem Sprung aus, wenn er mit seinem Stock, der ihr lang wie ein Baum vorkam, gegen sie ausholte. Traf er sie nur ein einziges Mal, würde er sie zerschmettern.

Seine Bewegungen wurden langsamer, während sie ihn ununterbrochen umkreiste, ein Zeichen, dass er müde wurde. Als sie ihn mit Beleidigungen reizte, brüllte er auf und ging mit erneuter Kraft auf sie los. Rufe aus dem Publikum forderten, den Kampf zu beenden. Falls er sie auch hörte, tat er doch nichts dergleichen.

Ihr Name wurde gerufen. Tarran? Warum war er nicht beim Karren und bewachte *Llech-lafar*?

Der Stock des Riesen traf ihren. Sie hörte Holz brechen, doch hielt der Stock stand. Dann traf der Stock des Mannes sie am Kopf. Nicht direkt, denn das hätte sie getötet. Er prallte von ihrem Stock ab und streifte sie seitlich am Kopf. Sie taumelte, fiel auf die Knie.

Aus allen Richtungen drangen Geräusche auf sie ein. Keine der Stimmen ergab Sinn, da das Dröhnen in ihrem Kopf alle Worte übertönte. Hatte man die Glocke aus St. Govan's Chapel in ihren Schädel verpflanzt? Dunkelheit umschloss sie, und unversehens befand sie sich am Rande eines ins Nichts abfallenden Felsabhanges.

Sie hob den Blick. Der Hüne stand einige Schritte von ihr entfernt. Wieder ertönten Rufe, und sie sah Tarran, der von den Dörflern zurückgehalten wurde. Hoch oben in der Luft krächzte Heliwr.

»Du hättest dich ergeben sollen«, rief der Mann. Vielleicht sprach er in normaler Lautstärke. Sie konnte es nicht unterscheiden. Alles wurde laut und wieder leise und umgekehrt.

»Elspeth!«, rief Tarran.

Blinzelnd zwang sie sich, ihren Blick auf ihn zu konzentrieren, während sie sich an seine Stimme klammerte, die sie vom Rand des Abgrunds zurückhalten sollte. Sie packte ihren Stock, der ihr entfallen war und vor ihr lag. Sie zog ihn an sich und ließ ihn über die Steine auf der Straße holpern. Als sie einen fand, der die richtige Höhe hatte, ließ sie den Stock darauf wippen.

»Dummes Ding!« Der Mann lächelte breit, packte seinen Stock an einem Ende und holte damit gegen sie aus. Die Zuschauer kreischten.

»Für Sankt Jude!« Sie sprang auf und trat auf ihren Stock. Das andere Ende schnellte hoch. Sein Triumphschrei ging in ein schmerzliches Stöhnen über, als er ihn zwischen den Beinen traf. Er schwankte, sein Stock entglitt ihm, als er heulend in seinen Schritt fasste. Als sie ihren Stock unter ihm hervorzog, kippte er wie ein ins Meer stürzender Berg um.

Ringsum ertönte Jubel. Als sie sich nach Tarran umdrehte, der sich vordrängte, tat sie einen einzigen Schritt in seine Richtung, ehe Dunkelheit sie erfasste und einhüllte. Ihr letzter Gedanke galt Tarrans Hand, die nach ihr griff und sie festhielt.

21

Auch mit den Decken, die ihn verbargen, gab *Llech-lafar* kein bequemes Kopfkissen ab. Elspeth zuckte zusammen, als sie die Augen aufschlug. Sie schaute zu dem provisorischen Baldachin hoch, auf den der Regen eine komplizierte Weise trommelte.

Sie versuchte sich aufzusetzen. Ihre Bemühungen waren nur zum Teil von Erfolg gekrönt. Von links ertönte ein Krächzen. Sie sah Heliwr auf seinem Stangensitz. Er beäugte sie mit einem Ausdruck, der Ekel, Mitleid oder Hunger bedeuten konnte.

»Wie fühlst du dich?«, fragte Tarran, der hinter dem Karren ging.

»Ich lebe noch. Nur knapp, aber immerhin.«

»Hat er dir Vernunft in den Kopf gehämmert?«

»Entweder dies oder er prügelte mir jeden Gedanken, den ich je hatte, heraus.«

»Wie konntest du nur so dumm sein? Er war doppelt so groß wie du.«

»Aber ich schlug ihn.« Sie zog sich am Seitenbord hoch. »Wie lange war ich bewusstlos?«

»Eben lange genug, um dich auf den Karren zu laden und mit der schnellsten Gangart des Gespanns die Burg hinter uns zu lassen.«

»Hinter uns?« Sie berührte ihre empfindliche Kopfhaut. »Unter den Arzneivorräten der Burg muss es etwas gegen meinen Kopfschmerz geben.«

»Wahrscheinlich, doch wird man dich dort kaum willkommen heißen.«

»Warum nicht?«

»Dein besiegter Gegner gilt auf Pembroke Castle als großer Kämpfer. Seine Kameraden von der Wache würden dich vermutlich im Wogan anketten.«

»Im was?« Sie rutschte vorsichtig ans rückwärtige Ende der Ladefläche.

»Im Wogan, dem Verlies unter dem Hauptturm. Es öffnet sich zum Fluss und dient auch als Lagerraum.«

»Hilf mir herunter.«

Sein Stirnrunzeln war tröstlich vertraut. »Du brauchst Ruhe, also genieße die Chance, dem Regen zu entgehen.«

»Ich werde nicht wie ein Invalide daliegen, wenn beim Verlassen von Pembroke für uns Gefahr besteht.«

Er griff hinein und hob sie heraus, als sei sie leicht wie sein Falke. Er hielt den Arm um ihre Schulter gelegt, als er sie auf die Straße stellte. Sie schwankte, konnte aber mit ihm Schritt halten, als der Karren langsam den steilen Hügel hinauffuhr.

»Dein Stock war zerbrochen, als wir ihn aufhoben«, sagte er. »Du kannst von Glück reden, dass er nicht deinen Schädel einschlug.«

Sie nickte zustimmend und wünschte, sie wäre vorsichtiger gewesen. »Sobald wir ein paar Meilen von der Burg entfernt sind …«

Tarran legte seine Finger auf ihre Lippen. Sie seufzte, als die sanfte Berührung sie reizte, ihn zu bitten, er solle sie festhalten, bis die Welt um sie herum sich nicht mehr um sie drehte und der Schmerz nachließ.

»Du kannst nicht viel weiter gehen.«

»Aber du sagtest, wir würden auf der Burg keine Aufnahme finden.«

»Das ist richtig, doch wird uns die Priorei Monkton ihre Tore öffnen.«

Sie sah zu den schweren Wällen hoch, die eher zu einer Festung als zu einem frommen Haus zu gehören schienen. Sie rief sich in Erinnerung, dass es hier viele kriegerische Auseinandersetzungen gegeben hatte, ehe König Henry Wales befriedet hatte. Es stand zu vermuten, dass die Insassen der Priorei dankbar für die dicken Mauern gewesen waren.

»Glaubst du, dass du so weit laufen kannst?«, fragte er.

»Ich kann es, wenn du es kannst«, antwortete sie in spöttischem, aufmunterndem Ton. »Hoffentlich gibt es dort ein trockenes und warmes Plätzchen.«

Tarran dirigierte sie um einen großen Erdhaufen herum. Als sie gegen ihn taumelte, hielt er sie fest. »Warm und trocken. Genau meine Überlegung.«

»Und ein Plätzchen, um viele Stunden zu schlafen.«

Seine Finger streichelten ihre Seite, als er murmelte: »Und in deinen Armen zu erwachen.«

Elspeth sah ihn an und rasch wieder weg. Obwohl seine verführerischen Worte sie verlockten, ihre schwierige Situation zu vergessen, musste sie sich darauf konzentrieren, die zur Priorei führende Straße entlangzustolpern.

»Das ist absurd«, sagte er.

Er hob sie in seine Arme. Zärtlich wanderte sein Mund über ihren, beruhigend, verlockend, Nähe fordernd. Sie lehnte sich an ihn. Diese kleine Bewegung warf sie beinahe zurück in den Strudel der Finsternis. Oder wurde sie von seinem Kuss mitgerissen?

»*Cariad*«, murmelte er, »überlasse dich meiner Obhut. Nur dieses eine Mal.«

Sie schloss die Augen und schmiegte sich an seine Brust. Sein Herzschlag war das wunderbarste Wiegenlied, das sie sich denken konnte, und sie ließ sich von ihm an einen Ort irgendwo zwischen Schlaf und Wachsein versetzen.

Tarran ging durch das offene, gemauerte Torhaus voraus. Die hell erleuchtete Kapelle erhob sich kerzengerade auf dem Abhang. Stallungen und Nebengebäude umgaben sie wie ein beflissener Hofstaat. Nur ein einziges der anderen Gebäude war an diesem stürmischen Nachmittag erleuchtet.

Aus der Kapelle hörte man den Chorgesang der Vesper. Eine Woge des Glücks erfasste sie beim Klang der geliebten Weisen. Fast hätte sie glauben können, zu Hause in St. Jude's Abbey zu sein, wären die alten Kirchenlieder nicht von tiefen, sonoren Stimmen gesungen worden. Sie hatte nicht geahnt, wie sehr ihr der regelmäßige Tagesablauf, den sie vom Kloster her gewohnt war, fehlen würde.

Ihr Glücksgefühl ließ nach. Ins Kloster zurückgekehrt, würde sie Tarran nie wieder nahe sein können. Sie konnte die zwei Dinge, die sie am meisten liebte, nicht gleichzeitig haben – Tarran und ihr Leben im Kloster. War dies das Dilemma, das Rhan in ihrer Warnung angedeutet hatte?

Bald würde ihre Aufgabe erfüllt sein, während jene Tarrans erst richtig begann. Er war gewillt gewesen, ihr beizustehen. Sie konnte ihn nicht daran hindern, seine Mission zu vollenden. Ebenso wenig aber konnte sie ihr Herz zügeln, das mit ihm gehen würde, ob er es wollte oder nicht.

Tarran blieb vor einer schlichten Tür stehen. Er stellte sie hin, hielt sie aber weiterhin fest, während er einen verfärbten Messingklopfer anhob und gegen die Tür fallen ließ. Das dumpfe Geräusch hallte über den Hof. Als hätte sie ein Eigenleben, öffnete sich die schwere Tür.

Ein Mausgesicht lugte hervor. Umgeben von einer dunkelbraunen Kapuze, wurde das Gesicht des Mannes von einem Backenbart fast verhüllt. Glänzende Augen von der gleichen warmen Farbe sahen sie mit freundlicher Neugierde an. Die Perlen an seinem schmalen Gürtel klimperten an der Kutte, während er zur Begrüßung lächelnd eine Hand ausstreckte.

»Gesegnet seien alle, die an unsere Tür klopfen. Was ist Euer Begehr?«, fragte er.

Tarran hielt Elspeths Schultern umfasst, als er antwortete: »Wir suchen Zuflucht vor der kommenden Nacht.«

»Wie viele seid ihr?«

»Wir sind fünf und führen zwei Ochsen mit uns. Dazu habe ich einen Falken bei mir. Wenn es hier Stallungen gibt, kann er dort Unterkunft finden.«

Das Lächeln des Klosterbruders wurde breiter. »Ein Falke? Wir haben einen Taubenschlag. Wenn Ihr ihn dorthin bringt, gäbe es morgen tote Tauben. Keine Angst, wir finden ein Plätzchen für ihn.«

Er machte die Tür weiter auf. »Tretet ein. Ich werde veranlassen, dass einer meiner Mitbrüder Euren Karren und die Tiere in den Stall bringt. Dort könnt Ihr Euch um Euren Falken kümmern.«

»Danke.« Tarran versetzte Elspeth einen kleinen Stoß, als der Mönch zur Seite trat.

Elspeth trat auf einen glatten Steinboden, während Tarran dem Mönch ihre Namen nannte. Der Duft der in Nischen entlang des Korridors brennenden Kerzen erinnerte sie an ihr Kloster. Das gedämpfte Geräusch schlichter Hausschuhe und das Klirren von Perlen empfing sie wie eine Umarmung zum »Willkommen daheim«.

Tarrans Arm umfing sie fester, als der Mönch ihnen bedeutete, ihm zu folgen. Verwundert registrierte sie, dass Tarrans Miene wieder zu einer ausdruckslosen Maske geworden war. Was konnte ihn hier in der Priorei so erbittern?

»Wir hätten in der Burg um Unterkunft bitten sollen«, murmelte Seith hinter ihr.

Kei machte sich nicht die Mühe, seine Stimme zu senken. »Wenn sie hierbleibt, können wir immer noch zur Burg gehen. Du brauchst nicht hierzubleiben, wo …«

»Still!«, fuhr Tarran ihn an. »Ich sagte schon, dass ich keine Einwände gegen meine Entscheidungen dulde.«

Seine Männer wechselten wachsame Blicke, gaben aber nach.

Elspeth staunte. Dass seine Männer ein zweites Mal gegen einen Befehl aufbegehrten – dass sie seinen Befehl schon in Frage gestellt haben mussten, als sie bewusstlos war –, war unvorstellbar.

Regen prasselte gegen Fenster entlang des Ganges, während sie dem Bruder folgten, dessen dunkle Kutte mit den Schatten verschmolz. Keine bunten Glasfenster milderten die strenge Schönheit des Baues. Wohin sie auch blickte, sah sie blanken Stein. Sogar die Bänke vor den Fenstern waren aus grauem Stein.

Als er eine Tür öffnete und zurücktrat, sagte der Bruder: »Wenn Ihr hier mit Eurer Lady wartet, Mylord, lasse ich einen Bruder aus dem Vorratsraum rufen.«

»Danke, Bruder …«

»Leopold«, antwortete dieser lächelnd. »Wenn Eure Männer mit mir kommen, bringe ich sie dorthin, wo sie bis zum Abendbrot ruhen können.«

Beim Betreten der Kammer glaubte Elspeth fast, in St. Jude's Abbey zu sein, so sehr erinnerte sie der karge Raum mit der einfachen Schlafstatt und der Schüssel auf dem Boden an ihre Zelle. Nur der Schrank neben der Tür war hier größer. Wäre ein Ständer für ihren Stock vorhanden gewesen, sie hätte sich in ihr Kloster versetzt gefühlt.

»Du solltest dich hinsetzen«, sagte Tarran, der sie zum Bett schob.

Es war zu schmal, um für sie beide Platz zu bieten, bemerkte sie voller Bedauern. Sie setzte sich und versuchte, zu Atem zu kommen. Bis zu diesem Moment war ihr entgangen, dass sie keuchte, als würde sie wieder mit dem Riesen kämpfen.

»Warum sind deine Leute so verdrießlich?«, fragte sie.

»Wie würdest du an ihrer Stelle entscheiden, wenn es darum geht, ob du in einer Burg mit willigen Mädchen oder in einer Priorei mit Keuschheitsgebot nächtigen sollst?«

Sie nahm seine Hand. »Tarran, du weißt, dass mehr dahintersteckt, als der Wunsch, eine Dienstmagd ins Bett zu kriegen. Sei ehrlich. Bitte.«

»Wenn du dich hinlegst und ausruhst.«

Als sie sich auf dem Bett ausstreckte, ging er zum Schrank. Er öffnete ihn und holte einen dicken Wollstoff von der gleichen Farbe wie Bruder Leopolds Gewand hervor. Davon schnitt er einige Streifen ab. Dann trat er zu der Schüssel, tauchte einen Streifen ein und wrang ihn aus, ehe er ihn ihr auf die Stirn legte.

»Besser?«, flüsterte er, als er sich neben sie setzte und ihre Hände nahm.

Sie hob den Stoff. »Dies ist dunkelbraun.«

»Ach?«

»Der Mann in der Menge trug ein helles Gewand.«

»Mann?« Er zog die Brauen zusammen. »Welcher Mann?«

Sie wollte sich in eine Erklärung stürzen, doch hielt er sie davon ab, indem er das Stoffstück wieder auf ihre Stirn legte. Seufzend ließ sie sich zurücksinken.

»Kei und Gryn sollen sich im Dorf umsehen«, sagte er. »Mich würde nicht wundern, wenn Druce uns beobachten lässt.«

»Wir müssen *Llech-lafar* nach St. Govan's Head schaffen. Sofort.«

»Wir brechen im Morgengrauen auf. Jetzt ist es zu dunkel, um den Weg fortzusetzen, selbst wenn du dazu imstande wärest. Ruhe dich aus, während ich mit Kei und Gryn spreche.«

Sie griff nach seiner Hand. »Ehe du gehst, musst du mir sagen, was deine Leute an dieser Priorei stört.«

»Es muss dir bereits besser gehen. Deine Ungeduld meldet sich wieder. Ruhe dich aus.«

»Tarran!«

»Ich muss die Männer zurück ins Dorf schicken, damit sie sich umhören. Außerdem muss ich Heliwr versorgen. Ich komme wieder, so rasch es geht. Dann kannst du mich mit Fragen bestürmen.«

Sie nickte, als er ging. Etwas über den Mann im hellen Gewand herauszufinden, war wichtiger als die Befriedigung ihrer Neugierde. Sie schloss die Augen und ließ die

Minuten ungezählt verstreichen. Als Tarran kam und sich an ihr Bett setzte und ihre Hände hielt, wusste sie nicht, wie lange er fort gewesen war. Wichtig war nur, dass er wieder bei ihr war.

Elspeth war kurz davor einzuschlafen, als an die Tür geklopft wurde. Die Tür ging auf, ein Kopf mit Mönchstonsur spähte herein. Nicht Bruder Leopold, sondern ein kleinerer, dünnerer Mann.

»*Ihr* seid es, Fürst Tarran!« Als der Mönch eintrat, wehte seine dunkelbraune Kutte um seine Beine, ein Geräusch, als würde ein Falke mit den Flügeln schlagen.

»Ich war sicher, es müsse sich um einen Irrtum handeln, als ich hörte, wie Bruder Leopold zum Prior sagte, dass ein Mann Eures Namens eingetroffen sei.«

Tarran umarmte ihn, wobei er darauf achtete, nicht den Inhalt der Schale zu verschütten, die der Mönch in Händen hielt. »Bruder Dewey! Wie gut es tut, Euch zu sehen!«

»Bruder Twm in der Vorratskammer bat mich, Euch diesen schmerzlindernden Trank zu bringen. Seid Ihr verletzt, Fürst Tarran?«

»Der Trank ist für Lady Elspeth bestimmt.« Er nahm die Schale und hielt sie ihr an die Lippen. Als sie daraus trank, setzte er hinzu: »Bruder Dewey wuchs bei meinen Eltern auf. Er kam schon in unsere Familie, kaum dass er abgestillt wurde.« Er schlug dem Mönch auf die Schulter, als er Bruder Dewey die leere Schale reichte. »Ihm war seine Ruhe immer schon lieber als Jagd und Spiele.«

»Jagt Ihr noch immer, Fürst Tarran?«

»Ich jage mit dem besten Falken, den es je gab. Heliwr ist der klügste Vogel, mit dem ich jemals auf die Beiz ging. Ich würde ihn dir gern zeigen, wenn ich Zeit hätte.«

Die Miene des Mönchs wurde ernst. »Es ist also wahr. Du willst den Tod deiner Frau sühnen.«

»Man weiß hier davon?«, fragte Elspeth, die das kühlende Tuch von der Stirn nahm und sich aufsetzte. »Nie hätte ich gedacht, dass so weltliche Dinge bis hinter diese Mauern dringen.«

»Das wäre auch der Fall, wäre nicht Bradwr ap Glew des Mordes beschuldigt worden. Ich wusste, dass viel Wut in ihm ist, dachte aber, dass er hier gelernt hätte, sie zu zügeln.«

»Er war Mönch?«, fragte sie völlig perplex.

»Bis er vor etwa drei Jahren fortging.«

Sie hielt sich den Mund zu, was überflüssig war, da es ihr die Rede bei dem Gedanken verschlug, dass ein Mönch Addfwyn ermordet hatte.

»Bruder Dewey«, fragte Tarran, »hast du jemals dergleichen gesehen?« Er hielt die Lederschnur mit der Glasperle in die Höhe. Sie erkannte sie. Er hatte sie dem Mann abgenommen, der versucht hatte, sie zu töten.

Der Mönch schüttelte den Kopf. »Nein. Gehört es Bruder Bradwr?«

»Ein Mann, der behauptete, sein Vetter zu sein, trug es, als er Elspeth zu töten versuchte. Er verriet, dass Bradwr ap Glew meinen Tod will. Ich hatte gehofft, Ihr würdet wissen, was es bedeutet.«

»Von meinen Mitbrüdern wird es nicht getragen.«

»Habt Ihr ihn jemals mit etwas Ähnlichem gesehen?«

Bruder Dewey wollte antworten, wurde aber von Glockengeläut unterbrochen. »Ich muss gehen. Die Vesper nähert sich dem Ende. Ich muss mich zu Meditation und Gebet in meine Zelle begeben. Fürst Tarran, nie sah ich

Bruder Bradwr mit einer Perle wie dieser.« Er blickte von Elspeth zu Tarran. »Ich werde für Euch beten.«

Er stürzte hinaus, ehe Elspeth ihm danken konnte.

»Nun weißt du es«, sagte Tarran, in der Hand die Lederschnur mit der Perle, die er hin und her pendeln ließ, »warum meine Leute nicht in diesen Mauern bleiben wollten. Der Gestank des Verrats unseres Gegners hängt inmitten der Heiligkeit.«

Der Schein der einzigen Kerze im Raum fing sich in der Glasperle und warf ein bläuliches Licht in Kaskaden auf die Wand, wie eine Perle es in der St. Jude's Abbey getan hatte. Stimmen aus der Erinnerung stürmten auf sie ein. Die Stimme der Äbtissin und jene Schwester Avisas, als sie über eine ähnliche Glasperle sprachen, die Avisa gebracht hatte.

»Ich weiß, welche Bedeutung sie hat!«, stieß sie hervor.

»Sie?«

»Die Perle!«

»Sag schon.« Er setzte sich neben sie, die Perle fest in der Hand.

»Es ist eine uralte Geschichte, und deshalb trägt Druce vielleicht eine solche Perle. Diese Perlen sollen große Kraft in sich bergen.«

»Alle?«

Sie schloss die Augen und versuchte, die Erinnerung wachzurufen. »Eine Perle soll so viel Kraft besitzen, dass sie ihrem Träger die Herrschaft über Wales garantiert. Diese Wunderkraft kann jede Armee besiegen.«

»Ist es diese?« Er öffnete die Hand.

»Nein, diese hier ist unverfälscht blau. Die Wunderperle hat blaue Spiralen auf klarem Glas.«

»Und die Perle befindet sich in England?«

»Da bin ich nicht sicher. Ich glaube, sie gab sie jemandem zur Aufbewahrung.«

»Sie?«

»Avisa de Vere. Sie war auch Schwester in St. Jude's Abbey und …« Sie stöhnte auf, als ihr klar wurde, was sie eben verraten hatte.

»Schwester? St. Jude's Abbey? Willst du damit sagen, dass du einem Orden angehörst?«

Sie sah ihn forschend an, neugierig, wie er diese Enthüllung aufnahm. »Ja, aber …«

Er legte den Kopf in den Nacken und lachte.

Sie konnte ihn nur anstarren. Vielleicht war ihr Kopf stärker getroffen worden, als sie geahnt hatte. Oder der Heiltrunk raubte ihr den Verstand. Wie sonst sollte sie sich erklären, was sie sah und hörte? Seit sie Tarran kannte, hatte er nie so gelacht wie jetzt.

»Tarran …«

Er sah sie an und lachte noch mehr.

Sie zog eine Grimasse und machte Anstalten, aufzustehen. Ihre Beine wollten sie nicht tragen. Sie setzte sich wieder aufs Bett und stöhnte. Der Raum drehte sich wieder um sie, und ihr Kopf fühlte sich merkwürdig leicht an.

Er wischte sich die Lachtränen ab. »Leg dich hin. Ich mache den Lappen wieder nass, und du erzählst mir noch mehr lustige Geschichten.«

Sich vorsichtig zurücklehnend, schloss sie die Augen und versank ins Weiche. Das feuchte Tuch linderte den Schmerz in ihrer Stirn. Sie öffnete ein Auge und sagte: »Keine Geschichte, sondern die Wahrheit.«

»Du? Eine Klosterschwester?« Wieder lachte er. »Was

ist das für eine Nonne, die den Kampf mit dem Stock beherrscht und über eine Stange läuft? Soll ich etwa glauben, dass man dir diese Dinge beibrachte, damit du im Konvent einen Mann entwaffnest?«

»Es ist eine Abtei. St. Jude's Abbey.« Sie fasste nach seinem Ärmel. Beim ersten Versuch entglitt er ihren Fingern, beim zweiten schaffte sie es. »Außerhalb des Klosters wird darüber nicht gesprochen, aber du sollst die Wahrheit wissen. St. Jude's Abbey ist nicht wie andere Klöster. Es ist anders. Die Schwestern sind anders.«

Sie erklärte ihm nun, was sich hinter den Mauern der Abtei verbarg. Er schwieg, bis sie geendet hatte, dann stand er auf und ging zur Tür. Wollte er ohne ein Wort gehen?

Mit angehaltenem Atem wartete sie darauf, dass er etwas sagte. Als er die Hand auf den Riegel legte, durchschoss sie ein Schmerz, heftiger als jener in ihrem Kopf. Er kam aus dem Herzen, das sich danach sehnte, ihm zu gehören.

Er hob den Riegel, und sie biss sich auf die Lippen, um ihn nicht anzuflehen, er möge sich umdrehen und zu ihr zurückkommen.

»Deine Geschichte erklärt so viel«, sagte er, ohne sie anzusehen. »Aber sie erklärt eines nicht.«

»Was denn?«

»Warum diese Türen keine Schlösser haben.« Er trat von der Tür zurück und schob den Schrank davor. »Ich möchte heute Nacht nicht gestört werden.«

Sie war so glücklich wie nie zuvor in ihrem Leben, als er ans Bett trat. Er setzte sich neben sie und strich mit den Fingerspitzen über ihre Wange.

Unwillkürlich zuckte sie zusammen. Er hob die Hand, doch sie griff danach. »Berühre mich. Ich möchte dich hier bei mir haben.«

»Und ich möchte hier bei dir sein. Ich möchte mehr von diesen Ladys von St. Jude's Abbey hören.« Er zog ihr die Schuhe aus und stellte sie neben das Bett. »Aber erst am Morgen. Heute Nacht brauchst du Ruhe, damit du gesund wirst.«

»Bleib bei mir, Tarran.«

»Ja. Ich werde dasitzen und mit dir reden, bis du einschläfst.«

»Nein, du sollst nicht sprechen. Vala sagt, du könntest schön singen. Sing mir vor.«

»Ein Wiegenlied?«

»Nein, singe mir die Geschichte eines eurer Sagenhelden vor.« Sie lachte. »Aber nichts von Merlin und seinem Zauberstein.«

Er nickte und zog seine Stiefel aus. Er streckte seine Beine neben ihr aus und zog Elspeth an seine Brust. Sie fragte sich, warum sie gedacht hatte, das Bett wäre für sie beide zu schmal. Er fing an zu singen, von Fürst Pwyll, der als König Arawn verkleidet den schlimmsten Feind des Todes besiegte.

Sie ließ sich von seiner wundervoll warmen und wohltönenden Stimme in jenes verzauberte Land entführen, in dem alles möglich war … sogar, dass er sie ihr Leben lang liebte.

22

Der Wind blies Wasser horizontal über die Ebene hinter den Klippen, doch es regnete nicht stark. Die Feuchtigkeit war vor allem Meeresgischt, die einen Nebel schuf, der an allem und jedem haftete. Mit tief gebeugten Schädeln trotteten die Ochsen auf die Klippen zu.

Elspeth zog ihren Mantel fester um sich. Wassertropfen stachen sie wie Nadelspitzen in die Wangen, weil die Windstöße ihr immer wieder die Kapuze vom Kopf rissen. Sie stützte sich schwerer auf ihren Stock.

»Langsamer!«, rief Tarran von der anderen Seite des Karrens. Seine Stimme war leise wie ein Geflüster neben dem Donnern der Brandung, die auf das Stück Strand unter den Klippen vom Wind gepeitscht wurde.

Seine Schultern waren gerade, denn selbst der stärkste Wind vermochte ihn nicht zu beugen. Das Haar vom Wind zurückgeweht, Heliwr auf seinem linken Arm, hätte er ein Held aus einer alten Sage sein können. Ein Mann, ungebeugt von den Prüfungen, die die alten Götter ihm immer wieder auferlegten. Er war nicht ungeschoren davongekommen. Als sie von Pembroke aus nach Süden die spärlich besiedelte, in die Severn Sea ragende Halbinsel durchzogen, hatten ihn keine Albträume heimgesucht, doch fragte sie sich, ob sie ihn jemals für immer verschonen würden, ehe er nicht sein Gelübde eingelöst hatte.

Als der Karren unweit des Steilhanges anhielt, spannte Seith die Ochsen aus und führte sie fort, während Kei und Gryn die Deichseln an der Vorderseite packten und darangingen, das Gefährt rücklings zum Klippenrand zu schieben.

Kaum war der Karren an Ort und Stelle, lehnte sie ihren Stock an seine Seite und ging zu Tarran, der ein Stück weiter dastand. Er streckte den Arm aus, um sie aufzuhalten, als sie näherkam. Sie verstand warum, als sie die schroffen Klippen in einem abgezirkelten Halbkreis vor sich sah. Der Boden fiel ab, als hätte ihn jemand mit einem schweren Messer abgeschnitten und dabei Krümel hinterlassen, die ins Meer gefallen waren. Diese Krümel waren Blöcke, neben denen *Llech-lafar* sich klein ausnahm.

»Wir sind bereit«, sagte sie.

»Wir können den Stein jetzt nicht hinunterkippen.« Er deutete auf die Blöcke. »Pilger.«

Elspeth erspähte Gestalten, die sich auf einem Teilstück des Abhangs hinunterbewegten. Sie konnte nicht unterscheiden, wie viele Menschen knapp unter der flachen Hochfläche versammelt waren, da sie in den Nebelschwaden verschwammen. »Wie lange halten sie sich hier auf?«

»Ich weiß es nicht, aber der Stein muss im Karren bleiben, bis sie die heilige Quelle verlassen.«

Sie warf einen Blick hinter sich. »Falls Druces Mann uns folgt, kann er sich überall im Nebel verbergen.«

Er legte die Hand auf den Griff seines Schwertes. »Wir sind sehr gut vorbereitet.« Während er den anderen Arm um ihre Schultern legte, sagte er: »Was von St. Govan's Chapel übrig blieb, ist dort.«

Sie war erstaunt, als sie sah, dass Gras um das wuchs, was einst Stufen gewesen sein mussten, die zu dem ebenen Felsplateau auf halber Höhe der Klippen führten. Sie kniff die Augen zusammen und sah durch den grauen Nebel einen Steinblock an der Klippenwand, hüfthoch etwa, vermutlich an die acht Fuß lang.

»Der Altar der Kapelle«, sagte er, als hätte sie gefragt, was der Steinblock darstellen sollte. »Gut! Die Pilger müssen in unsere Richtung kommen. Sobald sie unterwegs sind, können wir uns überlegen, wie wir den Stein hinunterbefördern, ohne dass er Spuren hinterlässt.«

»Es ist steiler, als ich …«

»Tarran, Achtung!«, ertönte ein Ausruf hinter ihnen.

Sie fuhr herum, als er sein Schwert zog. Seith und Kei lagen mit dem Gesicht nach unten auf dem Boden, und Gryns Schwert klirrte gegen ein anderes. Gestalten lösten sich aus dem Nebel. Tritte stapften den Hang herauf. Die Pilger! Würden sie ihnen beistehen? Würden sie … Sie verschluckte einen Fluch, als die Pilger über dem Klippenrand auftauchten, und sie einen an seinem goldenen Stab erkannte.

»Druce!«, rief sie aus, als sie auf den Karren zustürzte.

»Hindert sie daran, zu ihrem Stock zu gelangen!«, rief Druce.

Ihre Arme wurden gepackt, sie wurde fast umgerissen. Sie wollte sich befreien, wie Nariko es sie gelehrt hatte, als sie noch mehr Gestalten aus den wirbelnden Nebelschwaden auftauchen sah. Einem Griff zu entgehen, war nutzlos, wenn man sofort wieder gepackt wurde. Sie musste sich ihre »Finten«, wie Tarran sie nannte, aufsparen, bis sie diese optimal einsetzen konnte.

Gryn wurde zum Karren geführt, wo Tarran umgeben von einem halben Dutzend Männern stand. Als man auch sie in diese Richtung schleppte, tat sie so, als würde sie vornüberstolpern, und schlug wie um Gleichgewicht kämpfend mit den Armen um sich. Sie griff nach der Plane über dem Karren, und Heliwr flog himmelwärts, um in den tief hängenden Wolken zu verschwinden. Festen Stand suchend riss sie daran, und die Plane begrub einige Männer unter sich.

»Tarran!«, rief sie. »Jetzt!«

Etwas traf sie in den Rücken. Sie wurde umgeworfen. Ihr Atem entfuhr ihr in einem Stoß, als sie auf dem Boden aufschlug. Ehe sie sich rühren konnte, wurde sie rückwärts am Kleid gepackt, auf die Füße hochgerissen und weggeschleppt. Sie sah ein Schwert aufblitzen.

»Nein!«, schrien Tarran und Druce gleichzeitig.

Das Schwert senkte sich, als ihre Arme von zwei Männern gepackt wurden. Sie setzte sich heftig zur Wehr, um ihre Stärke zu prüfen. Verzweiflung erfasste sie. Beide waren sehr stark.

Druce schob einen Teil der Plane mit seinem Stab weg, als er sich Tarran und dem Karren näherte. »Habt Dank, dass Ihr *Llech-lafar* zu uns brachtet.« Er zog die Decken zurück und strich mit der Hand über den Stein. »Seid versichert, dass wir ihm Gelegenheit geben werden, das zu tun, was der große Zauberer für ihn vorsah.«

»Wie wollt Ihr wissen, dass dieser Stein wirklich *Llech-lafar* ist?«, fragte Tarran verächtlich.

»Welchen anderen Stein würdet Ihr von Tyddewi hierher schaffen?«

»Von Tyddewi bis hierher sind es viele Meilen. Wir hatten viele Möglichkeiten, den Stein loszuwerden.«

»In Monkton Priory?«

»Eure Späher sind raffiniert, Druce«, sagte Elspeth in der Hoffnung, die Aufmerksamkeit des Mannes auf sich zu lenken. Tarran war ihrem Stock näher als sie. Wenn er ihn erreichen konnte, würde es ihm vielleicht glücken, einige der Männer für so lange bewusstlos zu schlagen, dass er entkommen und ihre Aufgabe zu Ende führen konnte. »War es Euer Mann, den ich in Pembroke sah?«

Druce stolzierte großspurig auf sie zu. »Es wundert mich nicht, Lady Elspeth, dass Ihr meinen Mann erspäht habt, als Ihr in Pembroke zum Zweikampf angetreten seid. Ihr seid bemerkenswert gewitzt.«

»Dann solltet Ihr wissen, dass ich auch Eure Spione bemerkte, als sie uns folgten.«

»Doch seid Ihr von Tyddewi direkt hierhergekommen.«

»Ja, direkt, was Euch etwas sagen sollte.«

Druce zögerte, und Elspeth lächelte triumphierend. Einige wenige Augenblicke des Zauderns reichten aus.

»Stellt Euch selbst die Frage, Druce«, sagte sie und unterzog die Griffe der Männer an ihren Armen wieder einer Prüfung. Sie waren nicht lockerer geworden, deshalb durfte sie nicht aufhören zu reden und musste versuchen, Druce mit einer Geschichte zu verunsichern, die genug Wahrheit enthielt, um plausibel zu klingen. »Fragt Euch selbst, warum wir durch Pembroke zogen, als König Henry dort hätte eintreffen können. Würde ich *Llech-lafar* dorthin bringen, wo König Henry auf ihn treten und ums Leben kommen könnte? Habt Ihr gesehen, dass ich etwas tat, das nicht völlig logisch wäre?«

»Nein.« Die Antwort kam zögernd.

Es drängte sie, Tarran anzusehen, um ihm ein Zeichen

zu geben, doch sie wagte es nicht. Hatte er einen Plan? Wenn ja, dann wusste sie, dass er ihn erst in die Tat umsetzen würde, wenn sich eine Erfolgschance bot. Er hatte nicht die Absicht, seinen letzten Atemzug zu tun, ehe er nicht an Bradwr ap Glew Rache geübt hatte.

»Sie lügt.« Orwig drängte sich vor.

Sie rang um Atem. Druces Gefährte mit der Kapuze hatte nie ein Wort gesprochen. Seine Stimme war kultiviert und tief … und bekannt. Aber wo hatte sie sie schon gehört? In St. Jude's Abbey? Unmöglich! Aber wo dann?

»Der Felsblock auf dem Karren ist *Llech-lafar*«, fuhr Orwig fort. »Er gehört uns.« Er hob die Hände, wie Druce es getan hatte, als er am Ufer auf dem Stein gestanden hatte. »Er ist unser! Sein Fluch wird der Untergang unseres Feindes sein. Im Verein mit der Kraft der Perle an deiner Hand werden wir über Cymru herrschen.«

Druce hob die Hand, an der er den Silberring mit der Glasperle trug. Blaue Spiralen fingen das stärker werdende Sonnenlicht ein.

»Tarran, das ist der Ring!«, rief Elspeth entsetzt aus.

»Du hast Recht, Orwig«, sagte Druce, ohne sie zu beachten.«Ich werde mich von ihren Lügen nicht aus der Fassung bringen lassen.« Er trat vor Elspeth hin und versetzte ihr einen festen Schlag.

Tarran riss seinen Arm von seinen Bedrängern los. Seine Faust grub sich in das Gesicht des Mannes. Dann sprang er vor, um Druce an der Kapuze zu packen. Er schwang ihn herum, hob die Hand und hieb auf den Mann ein, der Elspeth geschlagen hatte. Druce taumelte ein paar Schritte rücklings und rief dann seinen Männern etwas zu.

»Elspeth!«, rief Tarran.

»Nichts passiert.« Sie ließ sich ihren Schmerz nicht anmerken. »Tarran! Hinter dir!«

Er fuhr herum, als ein Mann auf ihn zustürzte. Er bückte sich, traf ihn in der Mitte und ließ ihn über seinen Rücken fliegen.

Elspeth rief laut seinen Namen, und einer der Männer, der sie festhielt, schüttelte sie und knurrte etwas auf Walisisch. Der andere stieß etwas hervor, das ein Befehl sein musste. Die beiden fingen an zu streiten.

Elspeth beugte sich vor und mimte einen Schwächeanfall. Als ihre Knie einknickten, beugten sich die Männer, die noch immer ihretwegen stritten, zu ihr. Sie ließ sich auf den Boden sinken, und einer ließ ihren Arm los und packte stattdessen ihren Mantel, während er seine Stimme zornig erhob.

Mit einem ohrenbetäubenden Schrei schnellte sie hoch und rammte dem Mann ihren Ellbogen gegen das Kinn. Er brach zusammen.

Dem zweiten Mann, der versuchte, sie an sich zu reißen, rammte sie ihren Fuß in den Magen. Als er nach seiner Mitte fasste, versetzte sie ihm abermals einen Tritt, diesmal ins Gesicht. Er war bereits bewusstlos, als er auf dem Rücken landete.

Sie rannte zum Karren und ihrem Stock. Wo war er nur? Sie hatte ihn beim Karren gelassen. Wenn jemand ihn über den Klippenrand geworfen hatte … nein! Da war er, im Karren. Sie zog ihn heraus.

Ihr Haar wurde gepackt, und ein Mann knurrte: »Weg damit!« Er drückte sie gegen den Karren. »Sofort!«

»Tarran!«, rief sie.

Der Mann meckerte höhnisch und griff nach ihr.

Sie schleuderte den Stock über seinen Kopf hinweg in der Hoffnung, das Ziel richtig eingeschätzt zu haben. Der Stein, den sie treffen musste, lag direkt am Rand des Felsabhangs. Traf sie auch nur ein kleines Stück daneben, würde der Stock auf die darunterliegenden Felsen fallen.

»Du hast deine einzige Waffe weggeworfen!«, höhnte der Mann. »Hast du Angst vor mir?«

»*Du* solltest Angst haben!« Sie jubelte, als der Stock auf dem Stein auftraf und auf Tarran zuschnellte.

Er fing ihn locker auf und stürzte vor.

Der Mann packte ihren Arm und schwang sie zwischen sich und den Stock. Sie stieß ihm den Ellbogen in den Leib. Sein Stöhnen wurde zu einem Schmerzensschrei, als sie ihm ins Knie trat. Knochen brachen, er fiel ins Gras.

»Gute Arbeit«, sagte Tarran mit einem Lächeln. Er warf ihr den Stock zu.

»Und Heliwr?«

»Er ist in Sicherheit.«

»Wo sind die anderen?« Sie blickte um sich und sah, dass Seith und Kei, die auf dem Boden gelegen hatten, verschwunden waren.

»Dort drüben!« Er deutete den Klippenrand entlang. »Sie brauchen meine Hilfe.«

»Geh und stehe ihnen bei«, drängte sie ihn.

Sein knapper Kuss war eine Verheißung vieler anderer, nicht so flüchtiger Küsse.

Elspeth sah, wie er in den Nebelschwaden verschwand, die sich langsam hoben, so dass der Strand unten in der Sonne lag. Den Stock kampfbereit in der Hand, schaute sie, so weit sie konnte, in jede Richtung. Sie hörte Stimmen, schien aber mit Ausnahme der Bewusstlosen der einzige lebende Mensch auf der Klippe zu sein.

»Elspeth!«

War das Tarran oder ein anderer? Das Tosen der Brandung verzerrte alle Geräusche, der erstickende Nebel verlieh der Umgebung irreale Formen.

»Elspeth!«

Sie tat einen Schritt, hielt inne. Sie musste bei *Llech-lafar* bleiben, weil sie nicht riskieren konnte, dass er Druce in die Hände fiel. Der Karren. Konnte sie ihn rücklings anschieben? Sie stemmte die Schulter dagegen und schob an. Er rührte sich nicht.

»Elspeth!« Sie konnte die Stimme, die verzweifelt klang, nicht erkennen.

»Tarran?«, rief sie zurück.

»Elspeth!«, ertönte die Antwort nicht weit hinter ihr.

Sie blickte über die Schulter. Jemand brach aus dem Nebel hervor. Sie sah, wie sich etwas erhob. Etwas Goldenes. Sie versuchte, Druces Stock mit ihrem abzublocken – nicht schnell genug. Er traf sie am Hinterkopf.

Sie konnte sich nicht erinnern, gefallen zu sein. Nur an den Schmerz. Schmerz, der in ihrem Kopf nachhallte. Sie musste aufstehen und den Riesen bekämpfen. Nein, sie hatte ihn besiegt. Sie kämpfte gegen jemanden anderen. Sie war …

Alles schwankte, als wäre sie auf einem von wilden Wogen hin- und hergeworfenen Schiff. Die Finger in die Erde gekrallt, betete sie darum, der Boden möge aufhören, zu schwanken. Sie wollte die Augen schließen, doch wenn sie es tat, wurde das Schwanken noch ärger.

»Aufhören! Tu ihr nichts zuleide!«

Tarran!

Sie hatte versprochen, den Karren mit dem Stein für ihn zu bewachen ... für die Königin ... für ihn ... Sie war dessen nicht mehr sicher. Sie musste ihren Stock finden und den verdammten Felsblock schützen. Aber sie konnte nichts anderes tun, als sich ins Erdreich zu verkrallen.

Jemand packte sie wieder hinten am Kleid und hob sie wie ein triefendes Kätzchen hoch. Sie wurde gegen den Karren geschleudert. Sie klammerte sich daran und hielt sich so aufrecht. Sie kniff die Augen zu und öffnete sie in der Hoffnung, das Bild vor ihren Augen würde wieder scharf werden.

Es funktionierte. Ihr Blick fiel auf den goldenen Stab, der ihr dicht vors Gesicht gehalten wurde. Sie blickte daran entlang zu der Hand, die ihn hielt.

»Druce«, stöhnte sie.

»Wo habt Ihr gelernt, so zu kämpfen?«, wollte er wissen. »Meine Männer können diese Kampfkunst gebrauchen, um gegen die Normannen anzutreten, die wir aus Cymru verjagen werden. Ihr sollt sie unterweisen.«

Sie spie ihm ins Gesicht. »Fahr zur Hölle! Nicht in eure walisische Hölle in der Halle König Arawns. Fahr zur Hölle Satans!«

Er lachte. »Außer ein paar alten Sagen wisst Ihr nichts von den alten Dingen.« Er hob den Ring mit der Glasperle in die Höhe. »Damit und mit *Llech-lafar* sind wir unbesiegbar.«

»Tarran wird ...«

Er schnalzte mit den Fingern.

Elspeth stöhnte, als Tarran und seine Männer aus dem

Nebel gestoßen wurden, mit Blut befleckt. Da sie stehen konnten, vermutete sie, dass es nicht ihr eigenes Blut war. Um sie herum waren Männer in hellbraunen Gewändern. Als die Sonne den Nebel auflöste, ließ das Licht die geschärften Klingen aufblitzen, die Druces Männer in Händen hielten.

Einer der Männer trat vor. »Druce, wir erwarten Eure Befehle.«

»Tötet sie«, ordnete er so gleichmütig an, als gelte es, ein Stück Brot auszuwählen.

Sie hielt Tarrans Blick fest und wünschte, sie hätte ihm Hoffnung auf Entkommen machen können. Sie hatte ihn in diese Lage gebracht, und jetzt würde er sterben, ohne seine Rache üben zu können. Sie hatte die Königin und die Abtei im Stich gelassen, schlimmer noch, sie hatte Tarran im Stich gelassen.

Als seine Lippen sich zu einem Lächeln verzogen, hämmerte ihr Herz gegen ihre Rippen. Hieß das, dass er ihr verzieh? Hieß es, dass er sie *liebte*?

»Werft die Leichen über die Klippe«, befahl Druce. »Das gibt ein Festmahl für die Aasgeier.«

»Wartet.« Orwig kam hinter dem Karren hervor, wo sie ihn nicht bemerkt hatte. »Zuerst ...« Er schob die Kapuze zurück. Eine Narbe verunzierte seine linke Wange, und sie erkannte ihn. Er war der Mann, der in Tyddewi versucht hatte, ihr die Kehle durchzuschneiden.

Kein Wunder, dass ihr seine Stimme bekannt vorgekommen war!

Tarran knirschte mit den Zähnen und stieß hervor: »Bradwr!«

Bradwr? Wieder starrte sie den Mann mit der Narbe

an. Abgesehen von der Tonsur, sah er Tarran so ähnlich wie ein echter Bruder. Sie schauderte. Bradwr ap Glew hatte Addfwyn ermordet. Er würde nicht zögern, wieder zu morden.

»Du scheinst erstaunt, alter Freund«, spottete Bradwr.

»Dummerweise glaubte ich die Geschichte, die du selbst verbreitet haben musst«, erwiderte Tarran, der sich wieder gefasst hatte. »Dass du mit Fürst Madoc westwärts gesegelt wärest, um meiner Rache zu entgehen.«

Bradwr tastete nach der Narbe auf seiner Wange. »Ich hatte nicht den Wunsch, ihr zu entgehen. Ich brauchte nur Zeit zur Heilung, damit ich zu einem Ende bringen konnte, was unvollendet blieb. Dieser Wildkatze verdanke ich diesen tiefen Krallenhieb.«

Elsbeth biss sich auf die Unterlippe, als Tarran ihr einen Blick zuwarf. Sie lächelte traurig, aber auch erleichtert, dass Addfwyn so viel Tapferkeit gezeigt hatte wie eine der Frauengestalten aus den alten Sagen.

»Du bist also bereit, dich der Gerichtsbarkeit wegen des Mordes an meiner Frau zu stellen?«, fragte Tarran. »Oder hast du die Absicht, zu fliehen und auf Lundy Island zur neuen Flotte zu stoßen?«

»Um den Ozean zu überqueren? Soll doch Madoc in die endlose Wüste des Meeres vordringen. Ihn hält hier im Gegensatz zu mir nichts zurück.«

»Und das wäre?«

»Meine Rache.«

Tarran lachte scharf auf und wand sich im Griff der Männer. »Ich glaube, du denkst verkehrt, alter Freund. Ich bin es, der Rache sucht.«

»Ich wollte Addfwyn nicht töten. Ich wollte *dich* töten

und sie zur Frau nehmen. Sie hätte nie deine Frau sein dürfen.« Bradwr bedeutete den Männern, Tarran loszulassen. Er zog ein Messer unter dem Gewand hervor und sagte: »Sie war für mich bestimmt.«

»Bis du dich für ein frommes Leben entschiedst, weil dein Vater dich nicht anerkannte und dir keinen Anteil dessen geben wollte, was deine Halbbrüder erhielten.«

»Aber sie war mir versprochen!«

»Bis du die Kirche vorzogst.«

Er lachte schallend. »Sie hatte also keine andere Wahl, als sich dir zuzuwenden.«

Elspeth wartete mit angehaltenem Atem auf Tarrans Antwort. Er hatte Bradwr genug gereizt, um die Aufmerksamkeit des Mannes vom Karren und *Llech-lafar* abzulenken. Nicht nur die Bradwrs, sondern auch jene der anderen Männer. Es war eine unglaubliche Geschichte, der die Waliser nicht widerstehen konnten. Doch genügte ein falsches Wort, und Bradwr würde Tarran auf der Stelle töten.

»Sie fürchtete dich, Bradwr. Sie bat mich, ihr meinen Namen zu geben, damit ich sie schützen könnte.«

»Es ist dir nicht gelungen.«

Tarran griff nach seiner Schwertscheide, aber diese war leer. »Weil ich nie vermutet hätte, mein verlässlichster Freund würde uns beide verraten.«

Bradwr bedeutete Druce, beiseitezutreten. Als Druce es tat, fragte Elspeth sich, wer hier der eigentliche Anführer war. Bradwr hob nun das Messer in seiner Hand und hielt es an die Stelle unter ihrem Ohr, wo ihr Puls so heftig schlug, dass man ihn durch die Haut hindurch sehen musste.

»Das ist das Messer, das die von dir entehrte Frau tötete, *Fürst* Tarran.« Er sprach den Titel aus, dass er wie eine Beleidigung klang.

»Das kann nicht sein! Als ich Addfwyn fand, steckte ein Messer in ihr.«

Er führte das Messer Elspeths Kehle hinauf und schnitt leicht in ihr Ohr. Als sie tief Atem holte, lächelte er. »Aber *dieses* ist das Messer, das den Todesstoß tat, als sie mich mit ihrem eigenen Dolch angriff.« Er berührte seine Wangennarbe. »Jetzt entehrst du Addfwyns Gedächtnis, indem du eine *Sais* in dein Bett nimmst.«

»Elspeth zu lieben, ist keine Schande.«

Wieder schnappte sie nach Luft, diesmal aber wegen der Leichtigkeit, mit der Tarran aussprach, dass er sie liebte. Bradwr blickte finster, doch funkelte böse Lust in seinen Augen. Er kostete jeden Augenblick aus, den er Tarran zwang zuzusehen, wie er ihr ein Messer an die Kehle hielt.

»Auch war es keine Schande, Addfwyn zu heiraten«, fuhr Tarran fort. »Dass du sie getötet hast, war schändlich.«

»Sie wäre noch am Leben, hättest du sie nicht zur Ehe gezwungen.«

»Ich musste sie nicht zwingen.« Tarran kniff die Augen zusammen. »Anders als du, Bradwr. Glaubst du, sie wäre bei mir geblieben, wenn sie dich wirklich geliebt hätte?«

Bradwr stieß Elspeth zurück zu Druce, als er auf Tarran zusprang. Sie wollte ihn zurückhalten, wurde jedoch von Druces Stab an den Karren gedrückt.

Bradwr holte mit seinem Messer gegen Tarran aus und lachte, als der Angegriffene auswich.

»Du kannst nirgendwohin fliehen, Tarran ap Llyr«,

reizte er ihn. »Du wirst heute hier zusammen mit deinen Gefolgsleuten den Tod finden.«

»Und Elspeth?«

Wieder schwang Bradwr das Messer und drängte Tarran zum Klippenrand. »Druce will sie. Druce kann sie haben, während er seinen großartigen Träumen nachhängt.«

»Bis du auch ihn verrätst?«

Elspeth war bemüht, Bradwrs Antwort zu hören, weil sie wollte, dass Druce sie hörte. Der Wind trug sie davon. Sie sah, wie Tarran und sein Gegner einen tödlichen Tanz entlang des Abhangs aufführten, in den treibenden Nebelschwaden verschwanden und immer wieder auftauchten.

Sie schrie eine Warnung, als Bradwr mit geschwungenem Dolch auf Tarran zuhielt. Beiseitespringend kämpfte Tarran um sein Gleichgewicht am Felsrand. Sie schrie auf, als er taumelte und unter lautem Gepolter die Treppe zur Kapelle hinunterstürzte.

Bradwr schrie triumphierend auf und lief die Stufen hinunter.

Druces Leute drängten sich vor, um das Ende des Kampfes nicht zu verpassen.

Mit einem schrillen Schrei packte Elspeth Druces Handgelenk und schmetterte es gegen die Seitenwand des Karrens. Er schrie vor Schmerz auf. Sie griff nach seinem Stab, doch blockte er sie mit seinem Arm ab. Stattdessen fanden ihre Finger den Ring. Sie zog ihn von seiner Hand und warf ihn zu Boden. Als sie darauftrat, splitterte Glas, und sie zuckte zusammen, als eine Scherbe durch ihren Schuh drang.

Druce stieß einen schrillen Schrei aus. Seine Männer drehten sich jäh zu ihm um.

Tarrans Gefährten rissen sich los. Fäuste schlugen dumpf auf Körper, Schwerter durchschnitten die Luft. Seith und Gryn liefen zu ihr. Sie ergriffen die Deichseln des Karrens und schoben ihn an. Kei eilte ihnen zur Hilfe.

»Hier, Mylady!«, rief Seith aus.

Sie fing den Stock auf, den er ihr zuwarf. Es war nicht ihr eigener. Er war länger, doch brauchbar. Sie ließ ihn kreisen, so schnell, dass er verschwamm, und trat zwischen den Karren und Druces Männer, die sie abwehrte. Sie schlug mit dem Stock gegen Köpfe und schickte einen nach dem anderen zu Boden.

Der Karren geriet am Rand des Abgrunds ins Schwanken wie Tarran.

»Nein!«, schrie sie. »Dort unten ist Tarran!«

Seine Männer tauschten entsetzte Blicke. Sie zogen am Wagen ... zu spät. Der Stein glitt von der Ladefläche, und der Karren kippte um.

»Tarran!« schrie sie gellend. »Achtung! *Llech-lafar* kommt!«, Sie betete darum, dass er noch lebte und sie hören konnte.

Dann schlug der Stein krachend auf dem Untergrund auf, kollerte weiter hinunter und riss anderes Gestein in einer steinigen Sturzflut mit sich. Wie Kinderspielzeug hüpfte das Geröll in die Tiefe. Über dem Lärm erklang unverkennbar Glockengeläut.

Das Echo des Aufpralls hallte die Küste entlang. Ein Rad prallte gegen eine Klippenwand, streifte einen Geröllhaufen und verschwand unter einem steinernen Bogen. Der Rest des Karrens zerbrach in tausend Stücke, die auf dem Boden der Kapelle verstreut landeten.

Elspeth stürzte an Tarrans Leuten und an Druce vorbei. Er lag auf den Knien neben einem Stein, wo Glassplitter in den Sonnenstrahlen blitzten, die die Wolken durchdrangen. Er weinte.

Sie wich ihm aus und beugte sich über den Klippenrand. Ihr Magen revoltierte, sie musste gegen Übelkeit ankämpfen, als sie Bradwr auf dem Rücken daliegen und zum Himmel emporstarren sah.

Er war tot, sein Körper zerbrochen, wie seine unnatürlich abgewinkelten Gliedmaßen verrieten. *Llech-lafar* musste ihn getroffen haben, als er Tarran nachsetzte. Sie blickte zum zerklüfteten Klippenrand hinauf, erstaunt, wie viele Steine den steilen Hang hinuntergeschoben worden waren.

»Tarran …«, flüsterte sie, als sie auf die Verwüstung um die Kapelle hinunterstarrte.

Über ihr ertönte Krächzen. Heliwr! Ein Blick nach oben, und sie sah den Falken auf die Überreste von St. Govan's Chapel hinunterstoßen. Ihr Atem stockte, als sie sah, dass sich hinter dem Altar eine Hand erhob. Als der Falke darauf landete, rannte sie die Stufen hinunter. Auf dem ebenen Boden der Kapelle kam sie rutschend zum Stehen und stürzte zu Tarran, der sich in dem engen Raum hinter dem Altar aufrichtete.

Sie kniete neben ihm nieder. Sein Gesicht war übersät von Schrammen, Blut drang durch seinen Ärmel unweit der Stelle, wo der Vogel auf seiner linken Hand saß. Er legte den rechten Arm um ihre Schultern und zog sie näher zu sich.

»Bradwr?«, fragte er.

»Tot.«

»Addfwyns Tod ist gesühnt«, flüsterte er.

»Wie du es gelobtest.«

»*Llech-lafar*?«

»Im Geröll unter uns verloren.«

Er rührte sich und zuckte zusammen. »Auch dein Gelöbnis ist eingelöst.«

»Ja.« Sie sagte nichts mehr, als seine Männer die Kapelle erreichten und ihn beglückwünschten. Sie trat zurück und blickte zum weinenden Druce hinauf. *Llech-lafar* war verloren; seine Glasperle in Scherben; seine Getreuen waren tot oder auf der Flucht.

Tarran streichelte ihre Schulter, als sie flüsterte: »Er hat alles verloren.«

»Er hat nichts verloren«, erwiderte er, während seine Männer wieder den Klippenhang erklommen. Heliwr, dem es sichtlich nicht behagte, von Seith getragen zu werden, schlug krächzend mit den Flügeln. »Er verlor nichts, weil er nur böse Träume hatte und jetzt noch in ihnen befangen ist.«

»Dann sollten wir ihn bemitleiden.«

Er drehte sie zu sich um. Blut verklebte sein Haar und befleckte sein Übergewand, sie aber sah nur seine Augen, die gefühlvoll glühten. »*Cariad*, ich musste erfahren, dass die Albträume eines Menschen sein eigenes Werk sind. Er kann sich von ihnen verzehren lassen, oder er kann ihnen entkommen, indem er sich entscheidet, die Liebe wieder in sein Herz einzulassen.«

»Sag nicht, dass du mich liebst«, flüsterte sie.

»Elspeth?« Seine Miene wurde hart. »Sagst du damit, dass du mich nicht liebst?«

»Nein, ich sage aber, dass ich dich verlieren werde, wenn du mich liebst.«

»Das ist Unsinn.«

Sie schüttelte den Kopf und zuckte zusammen. »Ich suchte Lord de la Rochelles Burg auf, um Rhan zu treffen, eine alte, weise Frau. Als sie mir Einzelheiten über *Llech-lafar* verriet, drängte sie mich, von meiner Mission abzulassen. Wenn ich sie weiterverfolgte, würde ich verlieren, was ich liebe.«

»Hast du mich geliebt, als du mit ihr sprachst?«

»Nein.« Sie sah ihn forschend an in der Hoffnung, er wüsste eine Antwort auf das Dilemma, das ihr zu schaffen gemacht hatte. »Ich hielt dich für ein arrogantes, widerwärtiges, herrisches Ungeheuer, das …«

Er legte ihr die Finger auf die Lippen. »Genug, Elspeth!« Er lächelte. »Was hast du damals geliebt?«

»Meinen Dienst für die Königin. Mein Leben im Kloster.«

»Die alte Frau hatte doch Recht.« Er legte den Arm um ihre Taille und zog sie an sich. »Du wirst dies alles verlieren, wenn du bei mir in Cymru bleibst. Wirst du bleiben, Elspeth?«

Erinnerungen stürmten auf sie ein, teure Erinnerungen – das Klosterleben, die Übungsstunden mit ihren Schülerinnen, Königin Eleanor, die sie mit der großen Aufgabe betraute –, doch zögerte sie nicht und flüsterte: »Ja.«

Epilog

Es war ein prächtiger Ostermorgen. Die Menschen hatten sich um die Ruinen der Kathedrale in Tyddewi versammelt, um der Messe beizuwohnen, während sich die Sonne über den Horizont erhob, wie auch die St. David's Cathedral sich bald wieder aus den Trümmern erheben würde. Der Regen war abgezogen und hatte einem prachtvollen Tag Platz gemacht, der gefeiert werden musste.

Als eine Gruppe von Männern den Abhang zum Fluss Alun hinunterschritt, verstummten alle. Die Männer waren mit einer Sache befasst, die nichts mit dem Feiertag zu tun hatte, da sie unter ihren Gewändern Kettenhemden trugen. Wer von ihnen der König war, war unverkennbar. Unansehnlich und mit Salz befleckt, schritt er mit der Selbstsicherheit eines Menschen einher, der weiß, dass er zu den Mächtigsten der Welt gehört.

Unter den Bäumen am Fluss saß Elspeth zwischen Tarran und Vala. Seit sie gehört hatten, dass die Flotte des Königs unweit Tyddewi gelandet war, hatten sie auf diesen Augenblick gewartet.

»Jetzt«, flüsterte Elspeth Vala mit einem aufmunternden Lächeln zu.

Die Alte trat aus dem Schatten eines Baumes am Ufer hervor. Sie hob ihre Hände in einer Pose hoch, die sie sich von Druce abgeschaut hatte, und rief: »Hütet Euch, großer König! Hütet Euch vor dem Fluch, der über Euch kommt, wenn Ihr auf *Llech-lafar* tretet.«

König Henrys Stirn legte sich unter der Kettenhaube in tiefe Falten. »Alte Frau, was für einen Unsinn redest du da?«

»Hütet Euch vor *Llech-lafar*!«

Einer der Männer flüsterte dem König etwas zu und dieser nickte. »Alte Frau, an diese alten Geschichten glaube ich nicht, und das werde ich dir beweisen.«

»*Llech-lafar*«, rief Vala laut, während die Menschen zusammenliefen, um die Wirkung des Fluches mitzuerleben, »übe Vergeltung!« Sie blickte auf den Stein am Wasser hinunter. »Übe Vergeltung … jetzt!«

König Henry trat lachend auf den Stein, um den Fluss zu überqueren und sogleich wieder umzukehren. »Alte Frau, euer Merlin ist als Lügenmaul entlarvt.«

Elspeth eilte, so schnell sie es mit ihrem wunden Fuß schaffte, nach vorne. Die Splitter von Druces Ring hatten sich tief in ihre Ferse eingeschnitten. Sie legte eine Hand auf Valas Arm. »Vergebt ihr, Euer Majestät. Sie ist nicht immer im Vollbesitz ihres Verstandes. Verzeiht ihr, denn es ist Ostermorgen.«

Der König kniff die Augen zusammen. »Euch habe ich schon einmal gesehen.«

»Das ist möglich.« Sie zog ihren Stock hinter dem Rücken hervor und stützte ihn auf den Boden.

Wieder lächelte er, und sie wusste, dass er sich an sie von seinem einzigen Besuch in St. Jude's Abbey her erinnerte. »Es sieht aus, als hätte ich noch eine Verbündete aus einer gänzlich unerwarteten Richtung, Lady …«

»Lady Elspeth«, erwiderte sie.

»Und Ihr habt ihr beigestanden?« Der König blickte hinter sie.

Ein Blick über die Schulter war nicht nötig, als wundersam vertraute Finger sich darauflegten. Auch mit einem Verband im Gesicht und am Knie war Tarran der eindrucksvollste Mann am Ufer und stach sogar den König aus.

»Das tat ich«, sagte Tarran.

»Ihr seid …«

»Tarran ap Llyr, Sohn des Fürsten Llyr.«

Einige hielten hörbar die Luft an, als Tarran den Titel seines Vaters nannte, den die Normannen nie anerkannt hatten.

Falls König Henry es wahrnahm, ließ er es sich nicht anmerken. »Ein weiser König weiß, dass er für jeden getreuen Untertanen dankbar sein muss, und einen Dummkopf nannte mich noch niemand.« Nach einem Blick auf den Stein sah er sie wieder an. Ein knappes Kopfnicken, und er setzte mit seinen Männern den Weg ins Dorf fort.

Die Dorfbewohner folgten ihm und ließen die drei allein am Fluss zurück.

Elspeth lachte.

»Was ist so komisch?«, fragte Tarran.

»Hast du das Geraune nicht gehört? Die Leute sagen, dass König Henry Irland nicht wirklich bezwungen haben kann, wenn *Llech-lafars* Fluch seine Wirkung nicht tun konnte, als der König auf den Stein trat.«

»In Cymru lassen wir von unseren alten Sitten nicht so leicht ab, auch wenn die Tatsachen gegen sie sprechen.« Er lächelte Vala zu. »Danke für deine Hilfe. Niemand wird je in Frage stellen, ob dieser Stein der Zauberstein ist. Und niemand wird ihn anderswo suchen.«

Vala gab ihm einen Kuss auf die Wange, dann küsste sie Elspeth, ehe sie zum Haus ihrer Enkelin ging.

Elspeth lächelte, als Tarran sie an der Hand nahm und mit ihr den Fluss entlangschlenderte, an dem sich Blumen durch das Gras drängten. Ihr Lächeln bebte, als er sagte: »Ich gebe es auf.«

»Aufgeben? Was?«

Er blieb stehen und sah sie an. Er umfasste ihre Hände und hielt sie zwischen sich und Elspeth. »Ich gebe es auf, dich behüten zu wollen, Elspeth Braybrooke. Nicht nur, dass du dich selbst gut schützen kannst, musste ich auf St. Govan's Head auch feststellen, dass es einen hart ankommen kann, mit dir mitzuhalten.«

»Ich könnte sagen, dass ich dich warnte.«

»Und ich nehme an, dass du es tun wirst. Oft.« Er lehnte seine Stirn an ihre. »Du sollst wissen, dass ich vergangene Nacht einen sehr angenehmen Traum hatte.«

»Wirklich?« Ihr Herz schlug höher. »Was hast du geträumt?«

»Ich träumte von meinem zukünftigen Leben. Kein einfaches Leben, da du Teil davon sein wirst.« Er lachte auf. »Wenn es ein Vorbote der Zukunft ist, muss ich sagen, dass ich von nun an dir deinen Schutz selbst überlasse, es sei denn, du bittest mich um Hilfe.«

»Und was wirst du machen?«

»Dich lieben.«

Sie sah in seine dunklen Augen, aus denen jene Leidenschaften sprachen, mit deren Erkundung sie erst begonnen hatten. »Und ich werde meine gesamte Zeit damit verbringen, Eure Liebe zu erwidern, Fürst Tarran ap Llyr.« Sie schenkte ihm ein keckes Lächeln. »Aber was ist, wenn einer von uns Schutz braucht?«

»Dann werden wir einander wohl gegenseitig schützen müssen.« Er tippte ihr auf die Nase. »Wir beide, und nicht nur du als einsame Einzelkämpferin. Wie hört sich das an?«

»Wundervoll.«

»Für den Rest deines Lebens?«

Ihre Antwort war ein langer, süßer Kuss, beredter als noch so viele Worte.

– ENDE –